Tamia, el universo
Roberto Ramírez

Roberto Ramírez

Tamia, el universo

katakana
editores

Tamia, el universo
PRIMERA EDICIÓN 2023
© Roberto Ramírez
© D.R. de esta edición katakana editores 2023

EDITOR: Omar Villasana
DISEÑO Y MAQUETACIÓN: Elisa Orozco
ILUSTRACIÓN DE PORTADA: Karla Cuéllar

ISBN: 979-8-9865284-3-4

katakana editores corp.
Weston FL 33331
✉ katakanaeditores@gmail.com

Para Cafú, quien me dictó esta novela.
Para Odín, amo de las segundas oportunidades.
Para Shéxpir y Nina, por ser el presente y el futuro.

Esta novela se escribió bajo el influjo de la música y así debe leerse: su banda sonora, una lista llamada "Tamia triunfante", está disponible en el siguiente enlace: https://spoti.fi/3jP2wf0 o usando el código QR.

Formaba parte de una categoría de escritores para quienes su
obra es la reencarnación de su propia personalidad.
ENRIQUE VILA-MATAS

Todos ellos constituyen un desafío para el novelista
latinoamericano: ¿cómo competir con la historia?
CARLOS FUENTES

Consideremos otra vez ese punto: eso es aquí, eso es nuestro hogar,
eso somos nosotros. En él, todos los que has amado, has conocido,
de quienes has escuchado, todo ser humano ha vivido su vida...
CARL SAGAN

Obras completas de Tamia Torres

Acacias (2013)
Ada desfigurada (2014)
Sinfonía silbada (2015)
Mujer con jardín en la cabeza (2017)
Con la huida de la gacela (2019)
Gabo, el universo (2021)
Moby y Bela (2027)
La edad del tiempo (2031)
Lisboa 1992 (2033)
Enciclopedia viviente (2034)
El paria del cosmos (2035)
En el último día del mundo dirás su nombre (2036)
Cuentos académicos (2037)
El dragón en mis sueños (2038)
La eternidad en una hora (2039)
Catalina, el universo (2042)
Lo que perdí fue el océano (2065)

Mujer con jardín en la cabeza
(2017-2018)

Más que su contundente propuesta literaria, lo que más llamó la atención fue que proviniera de una periferia cultural: Ecuador. Incluso un crítico asumió que la novela *Mujer con jardín en la cabeza* era de autor argentino y luego, avergonzado, usó la sección Fe de erratas. Y aunque en el pasado el Ecuador tuvo varios escritores en el mapa de las letras, al inicio se le hizo la misma clase de preguntas que se le hace al administrador de un zoológico cuando recibe a un animal exótico: ¿qué se siente?, ¿qué es lo que va a hacer?, ¿hay más como usted? Nada de ¿cómo ha evolucionado su prosa desde su primera novela hasta este momento?, ¿a qué escritores ecuatorianos y universales pondría en su canon personal?, ¿considera que la novela es un género en vías de extinción? Al menos la última pregunta sí se la hizo.

—¿Sabía que la última tortuga gigante de Galápagos y del mundo, llamada Solitario George, murió en 2012? Así de extinta está la novela —dijo con una sonrisa tan pesada que se le caía de la cara. Esperaba la complicidad del periodista, pero como este, imperturbable, no hacía más que tomar notas, borró la sonrisa y se sintió obligada de aclarar que era una broma—. En realidad la novela está más viva que nunca, la novela es una celebración de la vida, se debe bailar y cantar al empezar una novela ambiciosa, sí, eso. ¿Es que a nadie le gusta celebrar ya? —Movió la cabeza buscando al celebrador definitivo que secundara sus palabras, pero solo halló a un sombrío fotógrafo que disparaba clics.

La entrevista terminó con un aroma a derrota, una incomodidad que le hincaba el costado. Qué preguntas tan mediocres para celebrar la aparición de su novela. Debería practicar ser más directa, pensó, pero ¿levantar los brazos y ondearlos al ritmo de una música invisible no es el símbolo internacional de la celebración? El periodista no me entendió, se dijo. Como sentía la decepción salir a flote, intentó consolarse recordando la frase de Hemingway: «El hombre puede ser destruido pero jamás derrotado». ¿Moriré derrotada o moriré destruida? Y se sintió peor por tratar de acomodar a su vida la frase de un escritor que no solo no le gusta ni le ha influido, sino que rechaza porque, al final, contrario a su filosofía de vida, no tuvo el valor de volarse los sesos cuando la enfermedad lo empezó a consumir. Se dejó derrotar, se dijo en voz baja, si se hubiera suicidado, hoy no se empezaría a olvidarlo.

Llamó error el haber ordenado un sándwich y agua mineral, error que rectificó cuando el mesero pasó a su lado. Pidió una, dos cervezas, cinco en total, de las grandes. Y mientras jugaba a levantar castillos con la ceniza de cigarrillos extintos, dentro de un cenicero en forma de neumático, contó las parejas que, en el restorán, conversaban animadas. Pensó en David, en el triste final, en el abandono salvaje al que lo arrojó. Rebuscó dentro de su bolso y halló lo de siempre —los libros que estaba leyendo, llaves, billetera, pastillas, plastilina—, con una variación: un volante que promocionaba la edición conmemorativa de la novela *La señora Mora*, a treinta y cinco años de que viera la luz en Quito. Se encogió de hombros. Como no tenía nada mejor que hacer en casa, el alcohol le susurró que ir sería una gran idea: ahí, con algo de suerte, conocería a alguien que también lee y podrían conversar toda la noche y coincidir en que las novelas son una celebración y lo celebrarían en la cama, recreando contorsiones imposibles que le harían olvidarse de los libros y de sí misma. No estaría mal no ser yo, se dijo hundida en el asiento trasero del taxi, y el taxista creyó que le hablaba a él.

No, no me habla a mí, eso es seguro, se dijo al ver que el mesero la ignoraba y se perdía en la cocina. Bueno, no tenía por qué ser grosero: si ella quería más vino, debía dárselo, después de todo, en las presentaciones de libros uno debe navegar por el salón como un pulpo en mar abierto, con los tentáculos absorbiendo los rayos del sol, con la mirada fija en el espacio. Qué más da si ya estaba pasada de copas. Hace tanto que no sentía esa clase de embriaguez, no la del alcohol, sino la rabia abstracta que se desencadena como el agua de lluvia, la rabia de querer tomar al mundo en la mano derecha, con la que escribe, y exprimirlo como una naranja hasta que brote un jugo hecho de palabras y secretos.

Estaba sola, como siempre, así que se dedicó a observar a los invitados, que eran los escritores usuales, de los que huía, pero ahora la observaban: tal vez era por sus movimientos erráticos de ebria o porque ya la habían reconocido, después de todo *Mujer con jardín en la cabeza* la había hecho popular en Ecuador, a un nivel no visto en las últimas décadas, de hecho, se decía que era la escritora ecuatoriana más relevante desde la caída del muro de Berlín, es decir, desde el inicio del capitalismo y la democracia en el Ecuador y Latinoamérica.

La analizaban como a un bicho que se muere. Por eso enarcó las cejas apuntando al espacio, giró anclada en sus pesadas botas y se alejó a buscar otro rincón, pero todos en la Casa Cultural Mora la conocían, incluso dos jóvenes —una era su alumna— se acercaron a pedirle un autógrafo. Después de dos galimatías y dos sonrisas sinceras reconoció, con una angustia espasmódica, que había sido un error ir a la presentación, a fin de cuentas, iba a las de sus libros porque no tenía escapatoria.

Fue como despertar de un mal sueño dentro de una pesadilla. Se subió el cuello del abrigo, se aseguró de que sus gafas estuvieran sobre la nariz y, trémula, se escabulló hasta la puerta, escoltada por saludos y felicitaciones que se le pegaban a la ropa como espinos de mora, algunos incluso traspasaban la tela y le laceraban la piel, hasta lo profundo del alma. Ahí estaba su oportunidad de conversar de libros con desconocidos y de colisionar con otro cuerpo, la oportunidad tendida a sus pies como un bufón ante la reina, pero ella evadía los cuerpos y los argumentos, giraba el picaporte para sentirse libre. Entonces apareció la cabeza regordeta del mismísimo Adolfo Mora. El semblante del escritor mutó: de histeria reprimida pasó a felicidad extrema, de esa que estalla con un pinchazo.

Oh, querida, qué gusto, dijo el viejo escritor tomándola del brazo, no sabes cómo me honra que hayas venido, ven por acá, siéntate aquí.

Era justificable la doble excitación: por un lado, Adolfo Mora presentaba en la flamante Casa Mora la nueva edición de *La señora Mora*, y por el otro, la escritora del momento había venido a rendir pleitesía a una de las esfinges fundamentales de las letras ecuatorianas. Se decía que si la literatura ecuatoriana fuese una mesa de cuatro patas, *La señora Mora* sería el carpintero, la madera y el camión que la transportó hasta el taller. La frase, lapidaria en la historia de la literatura ecuatoriana, la dijo un crítico cuando la novela se presentó por primera vez en 1982, la repitió cada vez que escribió o habló de ella en los siguientes treinta y cinco años, y la habría dicho una vez más esa noche si la escritora del momento no lo hubiera arruinado todo.

Sentada en la silla más incómoda del mundo, flagelándose por estar ahí, vio el desfile de escritores, periodistas y curiosos acomodándose en las sillas, mientras la observaban como al animal recién llegado al zoológico. Silencio, luces tenues, música de piano de fondo, un ambiente tan romántico como la novela presentada, que apareció en plena dictadura en Ecuador. El presentador dijo: 1982 no fue un buen año para las letras en el país. Ella se rascó la cabeza, confundida: ¿no fue un buen año por la represión social o porque ella nació? Mientras se perdía en la pregunta, inflada por el vino, de nuevo la rabia empezó a bullir en su pecho, el ardor ascendente que un médico habría catalogado como gastritis pero un poeta habría calificado, con un dedo señalando a la posteridad, como pasión. ¿Por qué estaba ahí, en la presentación de un libro que leyó cuando fue adolescente en el colegio, que nunca le gustó, escrito por un ser que como también era editor, en su momento, le dijo no a la publicación de una de sus novelas? La rabia y la incomodidad aceleraban el tiempo, de manera que, para ella, el discurso se escapaba de la boca como petróleo recién descubierto. Se ahogaba en una verborrea que apenas podía discernir, que le caía como cascada, lo poco que entendía era porque parte del discurso ya se había pronunciado cientos de veces en boca del mismo Mora: la principal influencia de su novela había sido *La ciudad y los perros*, de Mario Vargas Llosa, que leyó en algún año de los 70, luego fingió pena para lamentar la muerte del escritor peruano en 1963, en aquel trágico accidente de tránsito.

Seguro le aguardaba una gran carrera literaria, dijo con el puño en el corazón y mirando al cielorraso, como si desde adentro de la bombilla encendida, atrapado, Vargas Llosa le aconsejara.

Después de los aplausos, Mora fue el artífice de su propia destrucción: saludó públicamente a la mujer que estaba sentada en primera fila, sin ver la pasión que se le desbordaba. Le pidió que, en vista de su pericia en la literatura, como escritora y docente, diera una opinión de

La señora Mora, vista desde el contexto de la historia de las literaturas ecuatoriana e hispanoamericanas. Ella se puso de pie y con valentía, efecto secundario de la pasión, dijo:

—Señor Mora, ¿dónde está su ambición?, su ambición artística, quiero decir, porque la monetaria sabemos dónde está. Hace treinta y cinco años usted parió esa novela, digamos, una buena novela: ¿qué ha hecho después? Sí, tiene otras obras, pero sin alma ni ambición. Usted es incapaz de desanclarse de un escritor peruano muerto hace más de cincuenta años. Ha explotado su novela de todas las formas posibles: edición conmemorativa por los cinco años, diez, todos los múltiplos de cinco hasta el cien, edición ilustrada por Fulano, Mengano y Zutano, la novela gráfica, cómic por entregas, de venta con el periódico, gratis por la compra de una Coca-Cola, su novela con un yoyo, con chicles... Por eso le pregunto: ¿cómo puede dormir por las noches, señor Mora?

El discurso pasó como una cuchilla que rebana fino el aire pesado y este cae del otro lado de la hoja, como una mortadela. El rostro de Mora yacía estupefacto, horrorizado por la osadía. Nadie dijo nada, solo unos estornudos esporádicos y tímidos en la audiencia. Alguien en el fondo susurró a su compañero de al lado:

¿Quién es esa?, no puedo verla desde acá.

Y la persona de al lado, la alumna que atesoraba su ejemplar firmado de *Mujer con jardín en la cabeza*, le respondió:

¿No sabes?, ¿dónde has vivido los últimos años?, tonto, es Tamia Torres.

Sí, es Tamia Torres, dijo emocionado el monstruo de la derecha, alto y verde, a su amigo idéntico a él excepto por su color naranja. Lo dijo quedo mientras se acomodaba en la butaca. Tamia estaba sentada tres filas adelante de ellos, cerca de la pantalla, sola. Se destacaba del resto porque era la única humana.

Tamia ya ha venido a este cine, le encanta esta película, dijo el monstruo verde. Transcurridos los primeros cinco minutos del filme, Tamia notó que nadie veía la pantalla sino a ella. Empezó a sentirse incómoda, consciente de que la atención no era de la buena, sino de la que percude todo lo que toca. Ya nadie veía la película *El monstruo marinero*, que a Tamia le gusta porque la transición de escenas es tan sutil y orgánica que apenas se siente, como un bebé dormido al que depositan en la cuna: vio la pantalla, parpadeó y vio la puerta del baño abierta, giró la cabeza y vio las repisas llenas de libros, luego reconoció el cielorraso de su habitación, sintió el ardor en la garganta e imaginó su cuerpo visto desde arriba, desde el espacio, y sintió lástima por sí misma. Súbito, vino el golpe de dolor, la primera oleada. En la segunda se replanteó su vida, prometió no volver a beber alcohol y, después de comprobar que ha babeado la almohada, se levantó para hacer café. La tercera oleada: temblores, vómito y regresar a la cama, donde se abraza las piernas, pensando en que debería dormir para sobrevivir a la resaca que ha intensificado su efecto a medida que ha envejecido: antes, a los veinte años, cuando era estudiante de Literatura, era solo una leyenda inventada por débiles, pero ahora, quince años después, le destroza el cuerpo.

Chuchaqui, qué bonita palabra, pensó Tamia, resaca en español ecuatoriano. Es la única idea que su cuerpo inservible pudo permitirse. Luego, todavía hecha un ovillo, pensó: las mejores cosas están hechas de melancolía. Sintió que la frase no le pertenecía, trató de rastrear su origen y, en efecto, la encontró en uno de los diálogos de *El monstruo marinero* de su sueño, así que técnicamente le pertenecía. La anotó en la libreta que lleva a todas partes, la que tiene una caricatura de los Andes ecuatorianos, y regresó a la posición fetal. Tamia: su cabello es la cola de un corcel salvaje, crines que se le trepan en el rostro como una cortina esconde un día soleado.

Un día soleado es ideal para una entrevista, dijo el periodista sentándose en el comedor, nervioso porque al final le pedirá que autografíe su ejemplar de *Ada desfigurada*, su segunda novela (2014). Tamia también se sentó, pero de forma destructiva, con el desdén del cansancio y del hastío, potenciado por la resaca monumental que agitaba sus movimientos. El periodista notó que la cabezota de Tamia no se debía a que iba despeinada, sino por la abundancia de su cabello, bajo el cual escondía un rostro hermoso, ojeroso y armónico. No parecía tener treinta y cinco años, sino ser una adolescente descortés.

Para su sorpresa, las preguntas eran interesantes porque no era un cuestionario de zoológico, sino uno elaborado a partir de la lectura atenta de sus cuatro obras publicadas hasta el momento, con un fin claro: acomodar la obra de Tamia Torres dentro del contexto político, histórico y social de la historia de la literatura hispanoamericana. La entrevista se publicaría en la última página de la sección cultural del domingo, el día de más tiraje.

Me llama muchísimo la atención de *Mujer con jardín en la cabeza*, dijo el periodista, que inicia con esta historia tan simple, la de una escritora dando a luz su obra, y termina en otro lugar, uno muy, muy lejano e impredecible, ¡impensable!, el lector no tiene ni idea de adónde le va a conducir esta novela, no sabe adónde lo va a llevar.

—Y más vale que dejemos así el final de esta historia, en completo misterio, para que el lector lo descubra por sus propios medios.

Claro, sí, nadie quiere que le arruinen el final, dijo el periodista, ¿qué me puede decir de la conexión de *Mujer con jardín...* con la novela de la dictadura latinoamericana?

—Fue clara la tendencia literaria de nuestro continente durante la gran dictadura latinoamericana, de los sesenta a los noventa: ante la represión social que sufrieron nuestros padres, el arte contraatacó con las formas más libérrimas de las que se supo capaz. —Tamia se sorprendió de poder hilvanar el discurso (cualquier discurso en realidad), a pesar del chuchaqui adherido al alma—. Por eso la novela-universo fue nuestro estandarte en aquella época, nuestra carta de presentación ante el mundo...

Con esto, interrumpió el periodista, me daría a entender que *Mujer con jardín en la cabeza* es un regreso al pasado, un homenaje a la ambición artística en épocas oscuras, pues su novela se estructura como un gran ensayo falso, que tiene incluso bibliografía al final, es decir, es una novela-ensayo dentro de las novelas-universo.

—No lo llamaría homenaje —dijo Tamia, tomó un gran trago de agua mineral y continuó—, pero es claro que la literatura de esa época tiene impacto en *Mujer...* De hecho, como artista la novela que fue producto del regreso a la democracia, en 1990 en Ecuador y en esos años en otros países de Latinoamérica, no me interesa demasiado porque se reduce a ser una copia más burda de la novela decimonónica, en la que se cuenta una vida en orden cronológico del tipo *Oliver Twist*, pero aquí lo hicieron infinitamente más aburrido que Dickens. Al parecer los tiempos acomodados hacen más vaga a la gente y, por ende, menos propensa a tomar riesgos. Sí, eso.

¿Eso quiere decir, preguntó el periodista dejando sobre la mesa el vaso de agua mineral, que su obra, o al menos su última novela, es abiertamente combativa por usar elementos de lucha? ¿Una novela que quiere sepultar el pasado con sus propias armas?

—Ni lo uno ni lo otro: es ingenuo pensar que si un escritor hace una novela histórica ambientada en la Segunda Guerra Mundial es un nazi o un aliado. Te pongo otro ejemplo: imagínate que escribo una novela ambientada en la Guerra Fría, en los 50, una novela negra en la que se relaten los acontecimientos que llevaron a Estados Unidos a perder su poderío a favor de los comunistas, ¿eso me convertiría en prosoviética? ¡Por supuesto que no! Sería una novela de aventuras que indaga en cómo se mueve la historia y cuál es mi ambición como escritora.

Pero, interrumpió el periodista, *Mujer con jardín...*

—El artista debe robar lo que necesite de los sistemas económicos y sociales, y rechazar lo que le estorbe. Si la estructura de mi novela recuerda a lo que se escribía durante las dictaduras latinoamericanas, será porque en esa época había algo que me interesaba, algo que necesito para completar mi proyecto.

El argentino Antonio Di Benedetto, dijo el periodista revisando apuntes en una libreta amarilla, fue el primer escritor latinoamericano que abiertamente pudo recoger el Premio Nobel de Literatura en Suecia, sin temor a represalias gubernamentales, como fue la tendencia durante casi treinta años de dictadura, eso fue en 1990, al año siguiente de la caída del Muro de Berlín, en cambio, el pobre Joaquín Reyes recogió su Nobel en 1982 y jamás pudo volver a su país porque lo iban a fusilar, no regresó a Guatemala sino hasta 1991.

—Así es...

Si se comparan las obras de estos dos Nobel, continuó el periodista, hay similitudes: la búsqueda de libertad, la necesidad de nuevos medios de expresión, la ambición desmedida de conquistar espacios no explorados por la literatura hispanoamericana del siglo XX... Lo que quiero decir, bebió un rápido sorbo de agua mineral y continuó, es que a ninguno de los dos le faltó calidad, no obstante, la obra de Di Benedetto ha caído en un olvido monumental y Reyes, en cambio, está más presente que nunca. ¿Se podría decir que su obra es más reyesesca o benedettiana? ¿Hay un intento de rescate de estos escritores?

—No niego que Reyes tiene novelas excelentes que han influido mi forma de pensar y escribir. Di Benedetto ni se diga: mira *Zama*, mira *El capitán zarpó para siempre*... Pero tengo claro esto: reducir la literatura hispanoamericana a dos corrientes encabezadas por dos escritores, y escritores ni siquiera del todo opuestos, que es lo peor, es de un reduccionismo peligrosísimo y caduco. Perdón, no quiero sonar grosera contigo, pero esto es precisamente lo que intento enseñar en mis clases en la universidad: ver el abanico de la literatura desplegado y completo. La literatura es la cola de un pavo real y el cuerpo es la historia. Si se lo va a reducir a dos corrientes, que sea por temáticas: los que escriben aventuras y los que indagan en la oscuridad, pero aun así me parece reduccionista...

—¿En serio te parece reduccionista? —preguntó Tamia desde adentro del fortín que había construido con la cobija tejida, la almohada, la botella de agua y el sofá que tenía, por lo menos, cuarenta años—. Me explicas, por favor.

Su abuela, mientras tejía, le dijo que *Mujer con jardín en la cabeza* aglutinaba (esa fue la palabra que usó) la época de represión de una forma, digamos, apurada, no se notaban realmente los horrores, y todo lo hacía por favorecer esa forma de ensayo tan rara que había decidido darle a la novela. La abuela Aída vivió en la época de la novela-universo, pero era incapaz de ver el ingenioso truco, a pesar de que era la segunda vez que la leía: la primera durante las correcciones iniciales y ahora en la cuidada edición de Daxhund Booxs, con el logo del perro salchicha brillando en la portada y el lomo. Pero al contrario de su abuela, reduccionista no era uno de los adjetivos que la crítica había utilizado para calificar la novela, y habían dicho de todo:

- «Marcada con el sello de la historia y la posteridad».
- «Ingenioso documento que juega con el tiempo y los temas».

- «Genial introspección en la historia y mente de su protagonista».
- «Torres nos ha regalado uno de los personajes más entrañables del siglo XXI latinoamericano. Se lo agradecemos».
- «Ancla el tiempo y el espacio, es decir, la Historia, con la maestría que demanda el supuesto ensayo».

De todo menos reduccionista, eso era claro. Por eso valoraba más que ninguna la opinión de su abuela Aída, quien hoy vivía la cruzada diaria de trasladarse de la cama al sofá, del sofá al baño, esperar el almuerzo (todavía podía hacerse el desayuno), recoger el periódico de la puerta de la calle, ver televisión y hojear los libros de las bibliotecas de su casa, como el rastro de migas de tiempos sino mejores, al menos más intensos. Aída no lo decía, pero Tamia lo colegía: ya quería morirse. Era un pacto sobreentendido, una suerte de eutanasia tácita que las dos aceptaban con la sumisión del fusilado. Si no se la llevaba la diabetes, lo haría su corazón o sus setenta y dos años, diez de los cuales había pasado encerrada en su casa de El Batán Alto, en el norte de Quito, por el conformismo de ver el final del camino.

Guiada por la anciana —en la mente de la escritora siempre lo había sido—, Tamia halló el gusto natural de la lectura en las bibliotecas de su casa, que eran laberintos, lo que después mutó en el deseo antinatural de copiar a esos maestros, improvisando historias propias, de estilos y reflexiones, en la medida de lo posible, originales. La abuela Aída todavía atesora la carta que Tamia escribió en primaria, sin destinatario real:

Un día seré
escritora
pero por ahora
estoy atrapada en tercer grado
con un montón
de idiotas.

La oración ocupaba toda una página de cuaderno, hecha de letras garrapatosas, deseos reales y materia indisoluble. Tamia descubrirá la carta años después, cuando se aboque a la tarea de decidir qué sirve y qué no en la casa de su abuela, antes de posicionarse como reina absoluta de ese espacio generoso, para regocijo de los copistas que llevan la historia de los humanos simples.

La historia de los humanos simples, de eso también trata *Mujer con jardín en la cabeza*, después de todo, ¿existe una obra literaria que no se centre en las historias más sencillas, en el examen de la condición humana? Los más extraordinarios también están hechos de banalidad, pero se los juzga según el medidor moral de quien lo ve, que generalmente es modesto, y, como todos, perduran cuanto su memoria u obra alcance a extenderse en el tiempo, como una sábana limpia que cae sobre el colchón, una toalla extendida en el universo de la arena del mar. En la novela se transparentaba la preocupación por la muerte de la abuela, pero más allá de esta, que se aceptaba con mansedumbre en la ficción, lo que le jodía a la escritora, aunque lo intentase con la potencia de mil cohetes, era la posteridad. En el mejor de los casos, la posteridad se resume en que tus bisnietos sepan una anécdota tuya, una que se columpie peligrosamente entre cuatro generaciones, porque la quinta inicia con silencio y oscuridad, la gran nada de la memoria, el estado larvario antes del *big bang* de la consciencia. Con estas imágenes Tamia definió, para su satisfacción, el concepto de memoria en *Mujer con jardín en la cabeza*, hacia la mitad de la obra, no obstante, aún conservaba el mal sabor de boca por las implicaciones que las palabras tenían en su vida, que eran unas diminutas perlas que le colgaban en la cabeza.

La idea de su abuela muerta y su nula posteridad la sumió en un estado de abandono que la acompañó por la noche, mientras se abrazaba a sí misma en el sofá de su departamento, encobijada y silenciosa. De nada había servido visitar a la abuela, en su casa, por la tarde, ni su comida ni su compañía la hicieron sentir mejor.

—Debo conseguir un gato o un perro —se dijo mirando la alfombra, un punto vacío que giraba en el aire y reflejaba una nada absoluta—. Pero lo primero será dejar de beber… —Levantó la mano derecha y juró en la soledad del departamento.

A pesar de los temblores, decidió entregarse a alguna tarea, por mundana que fuera, así el existencialismo del alcohol —sospechaba que, en el fondo, no se trataba de eso— dejaría de sobrecogerla. Fue hasta el estudio y revisó el correo electrónico: Daxhund Booxs la invitaba a la Feria del Libro de Bogotá para que presentara su novela. No mencionaban si invitarían a otro escritor del Ecuador. No, por favor, no quiero estar fingiendo interés en conversaciones de avión. Revisó las noticias: un diario de Quito había hecho eco del incidente de la noche anterior. El artículo de opinión, escrito en segunda persona, empezaba así: «Supe que humillaste a la Sublime Majestad de la Literatura Ecuatoriana en su propia presentación de libro. De poner los puntos sobre las íes a querer subirte a la mesa para patear los ejemplares hay un trecho muy largo. Te abrazo, Tamia, aunque toda la Academia Literaria de Ecuador te odie. Lo tuyo fue el equivalente ecuatoriano de Nabokov rompiendo *El Quijote*».

Abandonó la lectura. Aunque no se arrepentía, estaba mortificada de la vergüenza. Se agarró la cabeza como si se la fuera a sacar y se obligó a recordar la noche anterior: el discurso atropellado, el intento de subir a la mesa, los brazos fuertes que la asieron por detrás, los manotazos desesperados a *La señora Mora* y los mismos brazos que la pusieron en la calle, donde, al verse sola, intentó recomponerse para huir de la escena. Había exagerado, sin duda, pero, en el fondo, estaba orgullosa del discurso. Alguien por fin había señalado al villano que no tuvo el valor para renunciar cuando todavía era héroe.

Las orejas le ardían como si hubiera nadado un kilómetro sin descanso. Por debajo de las gafas, se restregó las comisuras de los ojos, como si la fricción pudiera reducir la incomodidad. Le estremecía un calor hecho de una materia que no podía entender, pues poco le importaba lo que pensara el resto, ya había hecho el ridículo antes y en circunstancias más diplomáticas, no le afectaba que el lunes sería la comidilla en la universidad. ¿Entonces de dónde venía esa misteriosa sensación de no pertenecer que seguía ahí, latente? Respiró hondo y abrió el archivo en el que escribía un estudio introductorio para *Tres cuentos* de Gustave Flaubert, para la editorial Tortuga Pálida. El trabajo requería investigar, resumir y escribir sobre la vida y obra del escritor francés, contextualizarla con el ambiente social y literario de Francia y el mundo, en una tabla cronológica, y coronar el trabajo con un breve análisis de los tres relatos. Se había aficionado al trabajo porque le había permitido conocer más sobre la vida de Flaubert.

Flaubert, amo del realismo literario, uno de los primeros en considerar a la novela una voluntad suprema creadora, el arma definitiva para fustigar sociedades, un ejercicio de estilo y estructura por sobre la anécdota. El peso de Flaubert en la literatura es solo comparable al de Aída en la vida de Tamia, pero a pesar de su importancia, Flaubert aparece desnudo, despojado de su maestría dentro de la tabla cronológica que resumía su vida en apenas cuatro categorías, claustrofóbico en los rectángulos de su existencia, tembloroso y solitario en 1857, un año después de la publicación de la novela *Madame Bovary*:

AÑO	VIDA Y OBRA	PANORAMA CULTURAL	HECHOS HISTÓRICOS
1857	Es procesado legalmente por ofensas a la moral que suponen su *Madame Bovary*.	Baudelaire: *Las flores del mal*. Aparece la revista Réalisme.	Francia conquista Argelia.

Tamia examinó varias veces el 1857 de Flaubert, buscando en su escasez de detalles algún indicio que señalara cómo pasó o qué sintió. ¿Se reiría en la cara de los abogados que le entregaron la notificación del juicio, para luego, ya en la intimidad, secarse frenéticamente el sudor porque estaba consciente de que se le venía el mundo encima? ¿Le atemorizaba la cárcel? ¿Sería capaz de «rectificar» *Madame Bovary* para evadir la cárcel? ¿Qué impresiones en el alma y en el estilo le dejó el poemario de Baudelaire que apareció ese año? ¿Celebró la conquista de Argelia o estaba al tanto del papel destructor que tenían los colonizadores europeos?

Los cuatro rectángulos no daban respuestas, por eso le pareció un estudio introductorio fallido, pero ¿se puede exigir más a un cuadro cronológico como ese? Era una guía, después de todo, que no le hacía justicia a Flaubert, para eso está el resto del estudio, no obstante, aun así no hay justicia para la memoria. Quizá lo más acertado sea leerlo, adentrarse en sus novelas y olvidarse de la dichosa tabla. Más importante sería vivirlo a través de sus ficciones: de todas formas, *Madame Bovary soy yo*. En el arte se tiene una oportunidad más concreta para vivir más allá de las cuatro generaciones de rigor, pensó. Tomó *Mujer con jardín en la cabeza* y repasó algunos pasajes para asegurarse de que su protagonista, la escritora Lucía Landa, tuviera la misma personalidad de la abuela Aída: el tartamudeo matutino hasta despertarse bien, la costumbre de servir un plato vacío a la hora del almuerzo para que el espíritu del abuelo Julio la acompañara a comer, la lectura de la prensa haciendo un sospechoso sonido gutural... Si Flaubert era Emma, Aída era Lucía. La conclusión la consoló un momento. ¿Se podía hacer algo más descomunal para que una memoria durara más de cuatro o cinco generaciones? La pregunta la golpeó tan fuerte que supuso que se la había susurrado un fantasma que debía atrapar. La pregunta le dio fuerzas para apagar la computadora e irse a dormir, así mataría la pena y el chuchaqui.

«Chuchaqui: así me recibió Tamia Torres en su aposento, el templo artístico de la escritora ecuatoriana más importante en la actualidad». Así iniciaba la entrevista publicada al siguiente día, que copaba toda la página, con una fotografía en la que Tamia miraba de frente a la cámara, despeinada y cruzada de brazos, con desenfado, vestida con el saco tejido por su abuela. El texto era una rara mezcla entre crónica y entrevista, cuyo titular gritaba: «Una nueva clase de escritora ecuatoriana». Aunque el artículo sufría de intelectualismo —se delataba por palabras como *aposento, circunspección, vertebrar*—, no suponía problema porque el periodista conocía su negocio y lo había aplicado bien. Cuando se asientan bien los trucos de la escritura, esta constituye una extraña forma de posteridad.

Leyó el artículo en la cocina, tomando café soviético, con los ojos bailando sobre las letras y sobre la alfombra que no tenía gato ni perro. Se encogió de hombros y, apoyando el periódico en la pared, se dibujó un bigote y cicatrices, un parche pirata, un diente muerto y una colilla que se extingue en la comisura de la boca. Sonrió ante la nueva fotografía, recortó el artículo y, antes de archivarlo en una carpeta, decidió releerlo. El periodista hacía un buen repaso de sus libros publicados y explicaba por qué habían pasado desapercibidos. *Acacias*, su primera novela (2013), era un «juego de espejos en el que un investigador trata de recobrar la verdadera identidad de un escritor desaparecido». *Ada desfigurada*, la segunda (2014), «era una reflexión sobre el papel del arte en la vida del ser humano». *Sinfonía silbada*, la tercera (2015), «son los cuatro movimientos de *Heroica*, la sinfonía de Beethoven, que recrean la vida del dictador ecuatoriano Juan Martín Silva, en su faceta más patética». Le gustaron los epítetos que el periodista les dio a sus novelas, sobre todo porque otros solo se habían limitado a copiar las contraportadas.

En el escritorio, con el sol de la mitad del mundo iluminándole el rostro, reconoció aquello que venía sospechando desde hace algunos días: en sus tres primeras novelas también estaba presente su abuela Aída, aunque los críticos y estudiosos no pudieran hallarla a ciencia cierta. En *Acacias*, la protagonista, Ana María, vive la tragedia que vivió Aída al perder a su hija (la madre de Tamia: Juana). En *Ada desfigurada*, el detective trata de resolver el crimen sin salir de El Tejar, el barrio donde Aída creció y dejó cuando se casó. Carlos, el personaje secundario de *Sinfonía silbada*, tiene una biblioteca igual a la de Aída. Estas referencias ocultas eran las más obvias, pero también había acontecimientos, personajes, escenarios, tiempos y dichos que recreaban, de forma más oscura, el teatro universal de la vida de la abuela.

Tamia tenía claro que la transformación de su abuela, de carne a palabras, había sido hecha medianamente consciente. No tenía intención de rendirle tributo ni cortesía, su literatura no era altar ni tumba. Empezaba a entender que había un secreto escondido en el uso repetido de su abuela, podía sentirlo. Se revelaba una misión, una idea borrosa que tomaba forma cuando volvió a trabajar en el estudio introductorio. Aída y Gustave. Suárez y Flaubert. Los dos encerrados en una caja cronológica, muertos para la historia, dentro de un ataúd inmaculado porque, aunque un fantasma lo profane, la mano humana no puede borrar lo vivido.

No puedes borrar lo vivido, Tamia, dijo Vicente Preciado, decano de la Facultad de Literatura, cuando se encontraron en el pasillo, el lunes a primera hora, tienes que hacerte cargo de lo que dijiste en la presentación.

—¿Crees que quiero borrarlo? —A Tamia se le dibujaba, lentamente, una enorme sonrisa—. Tuve suficiente tiempo el fin de semana para meditar. Te soy sincera: en este punto me jode más no haberlo dicho estando sobria. Sí, eso.

Yo te entiendo, dijo bajando la voz, de alguna forma, hasta yo mismo creo en lo que dijiste, pero no puedes expresarlo así, sin anestesia, a los dinosaurios hay que dejarlos que se extingan solos, si entiendes lo que quiero decir.

—Los dinosaurios deben morir por causas naturales —dijo Tamia consultando su reloj pulsera—, pero eso no va a pasar si los académicos respetados como tú les siguen llamando para que dicten seminarios solo para rellenar las horas extra del semestre.

¿En serio Tamia dijo eso? ¿De dónde salía la ira reprimida? A pesar del cariño que le tenía, Preciado supuso que la súbita fama había despertado a la fiera. Para cambiar de tema porque temía meterse en terrenos pantanosos, quiso felicitarla por la entrevista del domingo, pero Tamia dijo que se le hacía tarde para la clase de Literatura Hispanoamericana y se despidió mientras desaparecía por el pasillo.

La conversación con Preciado y el incidente del viernes le confirmaron la existencia de una cláusula social que, tras la publicación de *Mujer con jardín en la cabeza*, le golpeó en la cara: la importancia de la reputación. Tamia ahora sabía que el decano pensaba igual: Adolfo Mora era uno de los tantos fósiles literarios, quizá el más importante, que hoy se dedicaba a alimentar a los trilobites narrativos. Esta confidencia le indicó que el decano jamás la retaría o despediría porque la agitación que estaba levantando su creciente fama era provechosa para la facultad, siempre hambrienta de estudiantes. No planeaba aprovecharse de la debilidad de Preciado, pero la usaría en caso de que el trabajo amenazara su vida como escritora, que era lo principal.

Los alumnos la recibieron, para su sorpresa, con una ovación de pie. Recorrió uno a uno sus rostros, ninguno mayor de veinte años, algunos ondeaban en el aire la entrevista recortada. Abrumada, Tamia puso fin a los aplausos y los hizo sentar. Después de agradecer, quiso entrar directo en materia, la literatura de Hispanoamérica durante las dictaduras socialistas del xx, pero los estudiantes la bombardearon con preguntas sobre su vida y obra. Se enteraron de que Tamia era una más de la generación que creció con sus abuelos porque la dictadura le arrebató a sus padres, que de pequeña descubrió el amor por la literatura al leer las ediciones ilustradas de clásicos universales, que *Mujer con jardín en la cabeza* era su esfuerzo más sincero de retar a la forma narrativa y de ampliar los horizontes de la novela ecuatoriana y latinoamericana, que vivía sola y dedicaba la mayor parte del tiempo a visitar a su abuela (que era su madre), a escribir y a leer («Tengo doce mil años de literatura atrasada» decía para rechazar invitaciones a almorzar, tomar un trago en un bar o reunirse en una casa para beber y comer). Tamia vio cómo sus respuestas le sacaban sonrisas a la joven alumna que le pidió un autógrafo antes de humillar a Mora, una linda sonrisa cercada por dientes blancos y pómulos redondos.

Dientes blancos y pómulos redondos los de Tamia a los dieciocho años. No había cambiado mucho desde entonces, solo las arrugas, la seriedad y el engrosamiento propios de envejecer. A esa edad inició en el primer semestre en la Facultad de Literatura, donde hizo buenas migas con pocos compañeros. Su materia preferida, en un alarde de misticismo del destino, era el Seminario de Literatura Hispanoamericana, que luego terminaría heredando. En aquel entonces la docente era Mercedes Estrella, quien no toleraba que nadie se dirigiera a ella sin anteceder el apellido por el título de doctora.

—Mercedes —decía Tamia para iniciar una doble discusión en clase.

Doctora Estrella, por favor, rectificaba.

En aquel semestre leyó dos obras cruciales del mexicano Juan Rulfo: la novela breve *Pedro Páramo* (1955) y la que la crítica siempre ha considerado su *magnum opus*, *Los diablos salen de la tierra a medianoche* (1963), que Tamia calificó de «mamotreto de 800 páginas, publicado porque lo que el señor Rulfo necesitaba era dinero». Su ensayo de final de semestre trató sobre por qué era una novela fallida: «Porque Juan Rulfo nunca tuvo la decencia de callarse después de dos obras maestras», concluyó.

Estrella y Tamia se volvieron a ver en cuarto semestre, en el Seminario de Literatura Ecuatoriana III, donde analizaron la obra del escritor lojano Pablo Palacio, uno de los picos en el tridente de las letras nacionales. Analizaron sus dos etapas: la primera, la de genial cuentista, en la que se disputó el título del primer vanguardista latinoamericano con el argentino Roberto Arlt. Aquí dio sus mejores relatos: «Débora» y «Un hombre muerto a puntapiés». En su segunda etapa, a partir de

1950, se dedicó a publicar novelas que, si bien eran respaldadas por académicos y por la crítica, era evidente que a Palacio se le había secado el tintero hace mucho, porque más le preocupaba su trabajo como chupatintas del gobierno de turno —fue ministro de Educación desde 1960 hasta su muerte (1977), bajo la protección del dictador Juan Martín Silva—. Su obra, en esta etapa, fue diametralmente diferente a lo que había escrito antes, cuando su espíritu era libre, por eso geniales relatos como «El antropófago» o «Las mujeres miran a las estrellas» se transformaron en novelas como *La vida del jefe*, biografía novelada sobre Silva, y *Los niños deben respetar a los astros*, sobre un burócrata que trabaja en el sistema de censura de artistas, en un país ficticio llamado Equateux.

En el ensayo de final de semestre, Tamia concluyó que la segunda etapa de Pablo Palacio era un desperdicio monumental: ojalá la locura lo hubiera matado antes, a finales de los 40, por ejemplo, así se hubiera ido con gloria y sin la imagen de dictador de las letras nacionales que lo acompañó hasta la tumba. La doctora Estrella, por supuesto, recibió con escándalo semejante afirmación, por lo que le dio la calificación mínima para pasar a quinto semestre, donde se vieron otra vez en el Seminario de Literatura Hispanoamericana III, donde todo terminó en disputa. A mitad de semestre, Tamia entregó su ensayo más ambicioso titulado «Rulfo y Palacio, emparentados por la vileza», que fue castigado con la peor calificación posible. Estrella detestó que insultara a los escritores, como si no tuvieran ningún tipo de mérito. Todo artista, cuando está cómodo en el mundo, tiende a producir basura, de ahí que Rulfo, cada dos o tres años, publicara una novela que se abría como cajas chinas sin llegar a ningún punto, y Palacio, por su parte, se la pasara a los pies de su jefe, preocupado en cómo podía servirle en la educación y la cultura del país. El ensayo hacía un recuento cronológico y extensivo de las vidas de Rulfo y Palacio, asalariados de sus respectivos Gobiernos, lo que habían hecho cada año como chupatintas y lo que no habían hecho como artistas —Rulfo trabajó en la dictadura de Marcos Sinel, en México, como consultor cultural—. La tabla es un antecedente de la que haría en el estudio introductorio de Flaubert:

AÑO	LO QUE PUBLICARON	LO QUE HICIERON	LO QUE NO HICIERON
1964	Rulfo publica *Los dientes de oro*.	Propone a Sinel una ley de cultura que regule la publicación de las novelas-universo, la tendencia latinoamericana.	Dejar que el arte sea libre.
1972	Palacio publica *Renegados y obtusos*.	Propone a Silva una ley de educación para impartir la vida de Silva como parte de la historia del Ecuador.	Atacar al dictador con el poder de la pluma.

De no ser porque pidió recalificación, Tamia habría reprobado el seminario. Estrella dejó la facultad para dar la cátedra de Literatura Ecuatoriana en una universidad alemana, donde los estudiantes asumieron que Palacio era un pilar de la literatura universal: veían a Palacio de la misma forma en que se veía a Stalin antes de la Perestroika. Por su parte, la Historia le estaba enseñando a Tamia que el artista era una pulsión en equilibrio constante entre Jekyll y Hyde: o te comprometes contigo mismo para crear algo bello o te debes a los demás y eres feliz el resto de tu vida. La dictadura de las letras inicia cuando estas han dejado de importar. Tamia escuchaba los susurros de la libertad cuando leía. Sus ideas se disparaban como un ave que atraviesa el cielo.

«El ave que atraviesa el cielo y sale del otro lado: eso es la palabra». En esta oración de la segunda parte de *Mujer con jardín en la cabeza*, Tamia había escondido un secreto que le contó a su abuela: había imaginado la novela como una saeta que se clava en el corazón de una persona y le sale por la espalda. La novela era un asesinato a sangre fría.

¿Y a quién has asesinado?, preguntó Aída mientras tejía.

—A uno de mis maestros literarios, lo dejé bien muerto —dijo Tamia sonriendo. Aída iba a preguntarle de qué escritor se trataba, pero sonó el teléfono y al regresar el asunto ya estaba olvidado porque iban a cenar lo que Tamia compró en un chifa.

Asesinar al padre literario era lo que algunos sectores intelectuales creían que Tamia había hecho al insultar a Mora en la presentación, sobre todo él mismo. Mora trataba de convencerse de que el incidente fue una alabanza: la escritora del momento tratando de sacudirse al maestro. Con este tema escribió un artículo de opinión que no tuvo impacto en el público, ni siquiera en su indiferente esposa. Ella estaba tan desconectada de su esposo que la mañana del domingo, después del desayuno, ignoró su artículo y le sugirió que leyera la gran entrevista a una nueva escritora ecuatoriana que traía el periódico. Mora lo hizo y lo que más le molestó fue que Tamia sentenciara que el mejor escritor ecuatoriano era el poeta Guillermo Bass, actualmente desaparecido. A Mora no lo mencionaba ni por error. Contraatacaría exponiendo los defectos de *Mujer con jardín en la cabeza*, para lo cual leyó las 282 páginas de la novela. Para su pesar, le agradó: estaba bien escrita, era tan entretenida como ambiciosa, incluso hacía alarde de una brillante vuelta de tuerca al final. Pero, para Mora, el lado flaco saltaba a la vista: era un desacierto el aura de romántica nostalgia de la novela-universo, la tendencia literaria durante la gran dictadura latinoamericana, por la que se conoció a la región en todo el mundo, y añorar ese tipo de novela era una invocación innecesaria de los tiempos de represión. Envalentonado, tituló a su crítica «El pasado no volverá».

Orgulloso del resultado, envió la crítica al editor de la revista que dirigía, el novel escritor Edwin Pozo. Mora le tenía tanta confianza al joven que nunca revisaba el producto final ni los cambios de última hora, solo se limitaba a señalar lo que sí quería que apareciera, el resto era obra de Pozo. Además de la crítica, él puso la novela de Tamia en la sección «Solapa mayor», que destacaba como lo mejor del mes, y enumeró las razones por las que *Mujer con jardín en la cabeza* abría nuevas brechas en la literatura latinoamericana, bajo el título «Todos amamos a Tamia Torres». El artículo se convirtió en el texto más comentado del mes, incluso recibió solicitudes de reproducción de revistas de Perú, Colombia y España, que Mora denegó. Alegando la contradicción que había en la revista, Mora lo despidió. Pozo vio en el desempleo el pretexto idóneo para estudiar la carrera de Literatura, nada barata en esa universidad de jesuitas, que siempre querían ver el dinero por delante antes de instruir como Jesús lo habría hecho.

¿Qué habría hecho Jesús? Esta pregunta ponía en movimiento la vida de Aída Suárez. Se la formulaba ante una bifurcación doméstica: la indecisión de no saber qué camino tomar. La pregunta, que delataba su fe católica y una duda existencial, apelaba a la ayuda divina para sortear los azares y le había sacado de más de un embrollo. Hay quien arroja una moneda al aire, Aída se calzaba los zapatos del Señor. Pero toda la inocencia que pudiera caber en la pregunta se esfumó cuando la usó como arma en un momento decisivo: si se dejaba morir o no cuando los escuadrones de la muerte del dictador Silva la secuestraron, después de la desaparición de su hija Juana. Cautiva, Aída perdió las ganas de vivir. Durante los primeros años de los 80, Latinoamérica salió a las calles a protestar porque era evidente que la dictadura, veinte años después de haber iniciado, estaba alcanzando altísimas cotas de corrupción, impunidad y crimen. Los dictadores de la región, siguiendo el ejemplo de la madre patria, la Unión Soviética, no podían permitir la rebelión ante lo que se consideraba el bien común. Entonces estalló la guerra y la gente empezó a desaparecer.

Costa Rica fue el único país de Latinoamérica que no sufrió represión evidente porque era controlado por Estados Unidos durante la Guerra Fría, mediante una dictadura disfrazada de democracia capitalista —que también desaparecía gente—. República Dominicana también estaba controlada por Estados Unidos, pero ahí sí hubo una dictadura violenta controlada por los Trujillo, primero Rafael Leonidas y luego todos sus descendientes, se decía incluso que el perro y el gato de los Trujillo gobernaron con mano de hierro, hasta que la dinastía se extinguió a finales de los 80.

En cuestión de desapariciones, el único país bajo la égida de la Unión Soviética donde no fueron tan evidentes, al menos según la Historia oficial, fue Cuba, la mimada, donde todo empezó. En Cuba, el socialismo se pudría a un ritmo menos acelerado que en el resto de países, tal vez porque fue el primero de su estirpe, con Fidel Castro, que era bien visto en el mundo porque demostró que otra forma de vida era posible. Por ejemplo: Aída Suárez, tras la muerte de su esposo y la de Fidel Castro, ambas en 1996, perdió todo tipo de ilusión de visitar la isla, meta que se planteó desde la Revolución cubana del 59.

Aída se preguntó qué habría hecho Jesús después de la desaparición de su hija. Estaba tan desgarrada por dentro que ni siquiera, en un primer momento, la «obligación» de cuidar a Tamia la sacó de ese estado catatónico hecho de desasosiego. No quería ver al bebé porque le recordaba a su hija. Habría sido tan fácil: salir a protestar con un cartel que dijera «Silva, devuélveme a mi hija, puto asesino» y fin de la historia, la habrían asesinado ahí mismo, como le pasó a su única hermana, Ana, que vivió toda su vida en Chile y que cierto día de 1984 salió a protestar en contra del dictador Homero Irtiague y nunca más se la volvió a ver. A Aída, puede decirse, la salvó Jesús. Además de su abuelo, era la única persona que Tamia tenía en todo el mundo, después de que su padre, Tomás, se volara los sesos de la pena.

En aquel momento crucial de la Historia de 1983, con el recuerdo de su hija Juana en el corazón, Aída acogió a Tamia y esta, muchos años después, usaría esta decisión y el escape de Aída para estructurar su siguiente obra que, más tarde, mientras comía un plátano en el patio de la abuela, sabía que la tenía adentro pero dispersa, como un jarrón que se ha roto en la niebla. Mientras tomaba un café soviético y escuchaba a la abuela, que se acomodaba las gafas telescópicas sobre la nariz y se tocaba el corazón como quien comprueba que sigue latiendo, Tamia se vio a sí misma agachándose en una carretera cubierta de neblina, como un sabueso que olfatea el rastro de un niño perdido, para recoger los pedazos del jarrón y usarlos en *Con la huida de la gacela*, novela a la que Adolfo Mora, por más que lo intente, no podrá encontrarle lados flacos.

—¿Le encuentras lados flacos? —preguntó Tamia por teléfono.

Aída, del otro lado del auricular, respondió que no: el ensayo era sólido. Tamia le agradeció haber leído las veinte páginas sobre las representaciones de identidad latinoamericana en la ficción de Herman Melville, trabajo que presentará en el XVI Congreso de Literatura, Historia y Tradición que organiza su facultad (del 20 al 24 de noviembre de 2017), en el que volverá a verse cara a cara con Adolfo Mora, después de que el escritor redoblara sus ataques en editoriales en periódicos y críticas en su revista. Tamia, en cambio, si bien no había olvidado el asunto, le restó la importancia que la opinión pública le daba, había hecho oídos sordos a los comentarios de la endogámica comunidad artística de Quito, que la llamaba zorra literaria, oportunista, trepadora, enceguecida por la fama, etcétera. Claro, no usaron esas palabras, pero sí eufemismos. Claro, y ningún eufemismo le dedicaron al escritor Jorge Bermúdez cuando criticó la obra de Mora, envalentonado tras las palabras de Tamia que habían conjurado al demonio de la desacralización y habían puesto en la mesa del debate lo que debía considerarse digno de entrar en la Historia Oficial, de la que todos quieren un pedazo porque está hecha con la piel de la posteridad. A Bermúdez, que sí era un trepador social porque jamás había leído a Mora, le dijeron socialista vago y capitalista reprimido, fetiche de las letras del imperio, lo que dejó claro que el requisito indispensable para enfrentar al rey es ser varón.

¿Por qué Tamia no clavó el espadazo final para concretar el golpe de Estado en la nación de las letras ecuatorianas? ¿Por qué no dijo nada en las múltiples entrevistas que le hicieron durante los siguientes meses? ¿Por qué no escribió el ensayo definitivo para despotricar contra el machismo en la literatura ecuatoriana? ¿Por qué no fue un tema capital en las conversaciones con Aída, mientras ella le seguía tejiendo sacos y bufandas? La respuesta la dio Aída, jesuíticamente, con otra pregunta: ¿crees que a Jesús le interesaban las mujeres y los casinos cuando sabía que tenía una misión que cumplir, la misión más grande de todas?

La misión, el fantasma. Tamia le daba la espalda al mundo y a la Historia, quizá sin darse cuenta, porque corría detrás de una sombra que desaparecía al doblar en la esquina, una silueta sin rasgos humanos ni animales que se escondía a plena luz. Era un fantasma hecho de ideas que le sobrevolaba la cabeza cuando leía literatura, con calma, sentada en la plaza, en la biblioteca de la universidad o en el comedor, cuando subía en ascensor a su oficina en la facultad o iba al aula para dar clase, cuando un estudiante recalcaba que nuestra literatura era así porque nuestra historia fue así: un arte que se sabe feliz y orgulloso de su agonía porque la muerte es el destino más siniestro. Lo que Tamia perseguía, sin saber, la buscaba también a ella, iba a su lado como un aroma dulce que se le desprende del cuerpo, que se pierde en el aire, en remolinos invisibles, y que vuelve a ella, más tarde, cuando está escribiendo, sola y concentrada, inamovible como la estatua de Pigmalión. Cuando el fantasma huía, pues la escritura es cazar duendes con el rabillo del ojo, se frustraba y continuaba escribiendo como un ciego que da palazos al aire, con la esperanza de asestar un golpe al fantasma. Y ese fantasma, una noche de octubre, le susurró «Hacemos lo que sea para perpetuarnos».

Para noviembre, durante el congreso, la popularidad de Tamia había crecido tanto que no solo leyó su ponencia a un auditorio repleto, sino también a una sala improvisada donde se proyectó en directo el plano medio de Tamia en el podio. Se esperaba que aludiera al llamado que le había hecho la historia de la literatura ecuatoriana para autoproclamarse como líder, se esperaba que dijera algo de Mora, que estaba sentado de brazos cruzados en el público. Tamia apareció con dos trenzas a los lados, que le llegaban al pecho, vistiendo su abrigo de siempre. Su hablar era meditado: era de las personas que preferían callar diez segundos para que las siguientes palabras salieran estructuradas y fluidas. Hacía pausas para relamerse los labios delgados y ponerse las gafas en la posición correcta. Sus ojos leían la tabla biográfica de Melville que había elaborado como ayudamemoria, y en esos rectángulos de vida, casi de forma nítida, veía el fantasma que se le escabullía cuando le susurraba ideas de inmortalidad. Calló para tratar de distinguir la misión. El público empezó a murmurar cuando el silencio superó los treinta segundos. Vicente Preciado, que hacía de panelista, le preguntó si estaba bien. Ella afirmó con la cabeza. Después de dos intentos fallidos, retomó el hilo de la conferencia. Al terminar, tras los aplausos y las preguntas del público —la mayoría nada tenía que ver con Melville sino con su faceta de escritora—, Tamia tomó su bolso, los libros que le rebasaban la vida y salió corriendo hacia la parada de autobús. Le dio unas monedas al vagabundo que se había instalado en la puerta de la universidad desde el año anterior. Como ningún autobús llevaba la prisa que a ella la guiaba, tomó un taxi en el que se respiraba una mezcla de aromas: entre frambuesa artificial y cigarrillo, con el adorno de un perrito que movía la cabeza al vaivén del movimiento.

Un vaivén movía las paredes del departamento, Tamia ponía las manos sobre estas para comprobar que el temblor viniera de adentro de su pecho. No tenía todavía nombre ni rumbo, pero lo suyo, lo sentía, sería la construcción de un disco de oro, grabarlo y asirlo a un cometa, el de la posteridad, para que nadie pudiera hablar del futuro sin referirse a su creación. La misión, el fantasma.

En alguna parte se escondía una pista más, así que se lanzó a buscar el libro. Biblioteca 1 de la habitación, nada. En la 2, nada. Bibliotecas 1, 2 y 3 del comedor, nada. Halló finalmente la pista en el libro de la biblioteca 2 del estudio: el poema «Ozymandias» de Percy Bysshe Shelley, que dormía junto a los libros de su poeta ecuatoriano favorito, el desaparecido Guillermo Bass. Los versos de Shelley tenían un regusto a arena del desierto, que se eleva con el viento y se escurre entre los dedos, que cubre el legado de Ramsés II, obras monumentales del mundo antiguo de las que hoy nada queda porque la misma arena, agitada por las tormentas del tiempo, lo ha sepultado todo. Arena de olvido.

Dale tiempo al tiempo, pensó Tamia, y lo único que quede de nosotros será el disco de oro que viaja con la sonda Viajero. La sonda fue enviada al espacio por la Unión Soviética en 1977, con la esperanza de que descubriera vida inteligente. Ese mensaje sería la única oportunidad de revelar nuestra historia: nuestro escape a la eternidad. La sonda carga lo que entendemos por humanidad: un mapa galáctico de nuestro planeta, qué son los humanos, los animales y las plantas, muestras de música y literatura (*Ana Karenina* vivirá por siempre). Y aunque nos hayamos extinguido como especie humana, si alguien hallase el disco, como nosotros con Ozymandias, se nos conferirá la vida eterna.

Si la memoria humana dura tres o cuatro generaciones, ¿cuánto duraría la memoria embarcada en una sonda espacial construida a base de literatura y lanzada como un mensaje en una botella al océano de la infinitud? Tamia se hizo la pregunta cerca de la medianoche en ese día de noviembre de 2017, sentada en la cama, con la lámpara proyectando pequeños haces de luz en las paredes, el techo y las cosas, como las estrellas en el universo. Las sombras que antes se escabullían ahora bailaban para ella, como arlequines que entretienen a un rey déspota, que jamás saldrá de la Historia porque sus crímenes lo hacen eterno. Siguió el movimiento de las luces que escalaban y descendían por las imperfecciones del terreno: una mesa con libros apilados, las bibliotecas coronadas por muñecas de su abuela, un espejo de cuerpo entero que le devolvió su rostro atónito, con la boca abierta. La vista se congeló en la repisa de sus libros favoritos y del muñeco del robot Voltron que su abuela le regaló en la Navidad de 1988 —uno de los juguetes capitalistas que entraron de contrabando al país cuando la dictadura agonizaba—, que se antopomorfizaba tras el ensamble de cinco robots pequeños. Tamia imaginó la luz de las estrellas danzando sobre él: con esta imagen ardiéndole en los ojos cerrados, se durmió.

¿Se durmió?, preguntó Jonathan en el fondo del aula.

Sí, respondió Germán pasando la mano por delante del rostro. Josué no reaccionó.

—¿Qué pasa ahí atrás? —preguntó Tamia sentada en un pupitre que había girado para encarar a los alumnos. Cuando le dijeron que Josué se había dormido, se acercó a él—. Por favor —susurró—, lean en silencio los cuentos de las clases siguientes que son —hizo una pausa para revisar las hojas sobre el escritorio— «El hacedor» de Borges, «Regreso a Comala» de Rulfo y «El rey y el lobo amurallado» de Joaquín Reyes.

Los alumnos habían notado que Tamia había adquirido la tendencia de usar cualquier pretexto para terminar pronto la clase. Josué decía que a la escritora se le habían pegado las cobijas de año nuevo, y aunque ya era febrero de 2018, no podía quitárselas de encima. Anita decía, en cambio, que tras celebrar en enero su cumpleaños treinta y seis, no se recuperaba del todo y necesitaba paz y silencio para regresar a su estado natural. En otras ocasiones, cuando daba por terminada la clase y les pedía que se fueran «a coger el sol» en el parque de la universidad, aunque fuera invierno, Tamia se quedaba en el escritorio rayando unas hojas maltratadas que amontonaba en una carpeta. Eso creían sus alumnos que hacía: rayar, no escribir, como un bebé con crayones. Y rayaba frenética, como si se confesara antes de morir.

Un día de mitad de semestre, Paulina, envalentonada por sus compañeros, se acercó y, con miedo de interrumpir el trance, le preguntó si escribía una nueva novela. Tamia respondió, con aire distraído o con el desdén del que responde lo primero que le viene a la mente para zafarse de una molestia:

—No solo una novela, estoy escribiendo toda mi obra.

¿Se puede escribir una obra de una sentada? Paulina la miró perpleja y se alejó. No se puede, a menos que las obras completas constituyan una obra única que valga por mil, una obra con la suficiente potencia y calidad para ser recordada por siempre. Este quizás no era el caso. ¿Su respuesta significa que Tamia atrapó al fantasma?

En la escritura frenética de Tamia hay ambición: el artista no es tal si no se ha convertido a la religión del egoísmo, si antes no se le implora al dios no-quiero-descendencia de rodillas, le prende una vela al dios dame-el-temple-para- resistir-mi-arte y reza rosarios como hacen las amigas de Aída a las seis de la mañana, todos los días, en la iglesia de San Francisco. Y a ese dios Tamia se estaba encomendando.

Este tipo de ambición es imperativa, aunque encierre un rencor contra la realidad: con base en unir oraciones, se desea reconstruir la vida de forma más interesante, para que a la madre de uno no la desaparezca la dictadura y para que el padre no se suicide, para que la Historia fuese diferente, una en la que la Unión Soviética no hubiese sido tan poderosa durante la Guerra Fría y sus colonias no se hubiesen esparcido desde México hasta Argentina en forma de dictaduras, una Historia en la que la promesa del socialismo se hubiese cumplido. La reconstrucción de una vida en la que la abuela no muera nunca. Una Historia en la que cuando la abuela muera, se la recuerde por siempre.

Cuando la contrataron para dar clases de Literatura Hispanoamericana en la universidad, Tamia se dedicó varios días, ayudada de libros de historia y enciclopedias, a armar la tabla cronológica definitiva de los acontecimientos históricos y culturales del siglo xx, desde la segunda mitad, es decir, un mapa escueto pero efectivo que señalara qué escritor nació en tal año, cuándo publicó tal novela, qué pasó en Latinoamérica, qué dictador subió al poder, qué hizo la Unión Soviética, qué intento de Estados Unidos por meter su ideología capitalista fracasó y en qué país, y un larguísimo etcétera. Creó un manto sagrado que recorría la Historia que, si se analizaba bien, explicaba nuestra idiosincrasia y escritura. Esta línea del tiempo la había hecho en computadora, donde era fácil actualizarla, pero los cambios frenéticos que desconcertaban a sus alumnos los hacía en papel. A las categorías «Año», «Panorama cultural» y «Hechos históricos» había agregado uno, «Vida y obra», y ahora iniciaba en 1945, ya no en 1951, y recorría la vida y obra de Aída Suárez como una constante en el resumen del mundo en el que le tocó vivir, su existencia como la cuerda invisible que se tensa y entreteje la historia de la gente que amó. Si el plan tenía éxito, daría cuenta de la abuela más allá del arrecife en el que terminan los calendarios y los relojes. Y desde lo alto de ese arrecife, Tamia vio a Aída lanzarse al mar en un clavado perfecto. Después de la zambullida el cuerpo salió a flote, le tomó unos segundos ubicarse —su posición con respecto a los peces y los botes— y continuó nadando hasta perderse en el mismo océano espacial al que Tamia estaba arrojando su mensaje dentro de una botella en forma de literatura.

No había manera de que alguien le quitara el honor de hallar primero su cuerpo, pues Tamia era la única que tenía una copia de las llaves de la casa. La encontró sentada en el sillón de la habitación, con la mano en el pecho, como si hubiera tratado de sacarse el corazón del bolsillo de la blusa, con una mueca que le desfiguraba la cara y las gafas durmiendo sobre los muslos. El doctor dijo que era muy probable que hubiese muerto la noche anterior, entre las ocho y las once. Se sentaría para tratar de respirar mejor, con un agudo dolor en el pecho, uno que le nublaba la razón pero que le murmuraba, una y otra vez: hasta aquí nos trajo el río, Aída, mejor ándate a ver a Jesucristo y a tu hijita Juana.

Con la huida de la gacela
(2019-2020)

El colombiano promedio que caminase el jueves 12 de abril de 2018 por las inmediaciones de Corferias, afuera del gran pabellón de Daxhund Booxs, encontraría a una mujer tejiendo. Una mujer de tez pálida y frente sudorosa, con la camiseta blanca metida dentro del bluyín, botas de escalar —en Quito, todos tienen al menos un par— y un abrigo negro a su lado. Y ese colombiano promedio no la llamaría la renovadora de las letras ecuatorianas, más bien pensaría que se trata de una mujer que ha sido llevada a la fuerza a la Feria del Libro de Bogotá, a la que los libros le importan un bledo, pues su única pasión en la vida es el tejido de punto. Ese colombiano promedio, al que llamaremos León Triana, la miraría como al nuevo animal del zoológico, un mamífero que mueve las agujas y crea, puntada tras puntada, una frágil malla de cota que imita las bufandas de su abuela fallecida. Y ese Triana, después del extrañamiento inicial, se fijará en el cuerpo de la tejedora. Triana está de suerte porque en Quito pocos han visto a Tamia sin su abrigo tres cuartos, que cubre su cuerpo de la forma más desdeñosa. Triana la halla delgada, le parece muy blanca para los estándares latinos: su tez es de la palidez de los fantasmas. Sería más bonita sin esas gafas inmensas de marco grueso que le esconden el rostro.

Para cuando Triana decide abordarla, ella desaparece dentro del pabellón de Daxhund, llamada por otra mujer. Ahí termina la aventura de ese colombiano promedio. Adentro Tamia, mientras camina, acomoda el estambre, las agujas y el tejido dentro de una bolsa de plástico de Daxhund. Sigue de cerca a la mujer que la conduce hasta un cuarto apartado dentro del pabellón, donde la espera el periodista colombiano de una radio que mezcla música alternativa con cultura, de buena aceptación en Bogotá. Él le dice que la vio afuera, tejiendo. Ella le dice que sí, aunque en otra época la hubiera encontrado leyendo un libro de bolsillo, pero ahora divide la mayor parte de su tiempo —el tiempo muerto, como Tamia llama a la espera— entre leer y tejer. El periodista sonríe con afabilidad, pero lo que no sabe es que el tejido es una forma de duelo.

Tamia creyó que tendría más tiempo para leer y tejer durante la semana que pasaría en Colombia —fantaseaba con hacerlo en medio del océano caliente de la bañera, en la habitación del hotel—, pero en la primera noche, apenas botó las maletas junto a la cama de tres plazas, la llamaron para atender a un periodista en la cafetería del hotel. Nunca le quedó claro si lo enviaba la Feria para llenar su programación o Daxhund como parte de la promoción de *Mujer con jardín en la cabeza*, que a Tamia se le hacía cada vez más como un vino que ha sido dejado sin corcho bajo el sol. El tiempo se le escurría porque imaginó que Bogotá sería igual a Quito —son ciudades parecidas por sus edificios y sus montañas—, pero no contaba con que Bogotá era Quito en esteroides, pues la capital colombiana se había inyectado un ácido motorizado que le fluía por las arterias de concreto, por ello pasó mucho tiempo metida en el tráfico, atendiendo a un editor y luego a otro —técnicamente, su «oficina» era la sede bogotana de Daxhund, ya que en Quito no había—. En otra situación no le habría molestado cumplir con las labores de la edición, pero ahora si le jodía porque el viaje la había sorprendido escribiendo, y cuando no podía entregarse por completo a la escritura, sobre todo por razones que no comprendía, la piel bajo el ojo derecho le temblaba como un pequeño corazón que se sabe delator.

—«El corazón delator», sí, el cuento de Poe —dijo Tamia después de sorber el café soviético—. ¿No lo has leído? Qué raro. No hay duda de que ese cuento es el que Andrés Caicedo homenajea en *Las quejas del valle*, gran novela, me parece que es del 89 o 90, se me escapa el año. La novela recrea su estructura. Un gran ejercicio de conversión entre la culpa de este hombre culposo de Poe al patriarca de los Salazar, en Cali. Como escritora, da envidia leer una novela así.

Qué bueno que toques el tema, dijo el periodista acercando la grabadora a Tamia, porque, además de ser el homenajeado en esta Feria del Libro, Caicedo ya es una constante, todos los años, en la Academia Sueca, con él pasa lo que pasó con Borges, se decía que era una tradición sueca no concederle el Nobel, hasta que, claro, al escritor argentino lo premiaron en 1977.

—Si hay un latinoamericano que ahora mismo se merece el Nobel —agregó Tamia—, ese es Caicedo. No solo ha sido un innovador que tomó su propio camino cuando la novela-universo empezaba a agotarse, sino que la tuvo muy difícil.

Claro, con lo del exilio, dijo el periodista.

—El pobre Caicedo —dijo Tamia triturando el vaso desechable del café— publicó una gran novela en el 77, ¡*Que viva la música!*, y como recompensa tuvo que salir soplado, como decimos en Ecuador, para que la dictadura socialista de…

Garmendia, dijo el periodista en vista de que Tamia no recordaba el nombre, el general Ramón Garmendia.

—Sí, Garmendia le puso precio a su cabeza —dijo Tamia—, era inconcebible que se publicara una novela sobre la gozadera de la vida, sobre drogas y salsa, en pleno régimen militar. Eso le valió el exilio. Caicedo salió del país, atravesó Centroamérica a pie, con los soldados de Garmendia persiguiéndolo, y llegó a Costa Rica, que era el único país que vivía en *democracia* en ese entonces, si a eso se le podía llamar democracia. Caicedo quiso vivir en República Dominicana, y esa fue su primera opción, pero como eran fuertes los rumores de lo que hacían los Trujillo con su pueblo, se quedó en Cartago.

Es notorio, dijo el periodista, que la dictadura de Colombia no difería mucho de la dictadura capitalista, como la de República Dominicana, en aquel momento.

—No —sentenció Tamia sacando de la bolsa los objetos para tejer—. A la larga todas las dictaduras, ya sean de izquierda o de derecha, se parecen, solo difieren en quién pone a los gobernantes, o los gringos o los comunistas, y en lo que te dejan comprar y en lo que te permiten leer y ver en la televisión.

Parecería que a partir de los años sesenta, dijo el periodista, Latinoamérica dejó de pertenecer a los latinoamericanos, que fuimos experimentos de la Unión Soviética o de Estados Unidos, ¿qué opina usted al respecto?

—Sí, eso —dijo Tamia. Las gafas se le resbalaron por la nariz, se las colocó de nuevo en su puesto y continuó—. No soy historiadora, al menos no oficial, por eso no tengo claro cómo es que Latinoamérica pasó de ser una tierra baldía al lugar de disputa e interés primordial durante la Guerra Fría. Supongo que mucho tendrá que ver con quién podía construir las bombas más grandes, conquistar países poco interesantes, esparcir más rápido su ideología sin importar los intereses de los habitantes que la recibirían, fabricar las naves más avanzadas para llegar a la luna, como finalmente hicieron los soviéticos en 1970. ¡Cómo me habría encantado ver esa transmisión!, ver en vivo a Valeri Poliakov descender en la Luna, verlo pisando por primera vez ese objeto de ciencia, que antes solo conocíamos por Verne. Creo que todos los niños de países socialistas que vieron el alunizaje quisieron ser astronautas en algún momento. Yo no lo vi y siempre quise serlo. El propio Caicedo tiene un cuento hermoso sobre este tema, «El niño en la Luna», que además usa la fantasía infantil para denunciar lo que pasaba en Colombia a finales de los 70.

En ese sentido, dijo el periodista, ¿podría decirse que tuvimos algo verdaderamente nuestro en aquellas épocas?, ¿algo genuinamente latinoamericano?

—No puedo decir que haya sido genuinamente nuestro, pues Cervantes en *El Quijote* lo hizo hace tantos años —dijo Tamia tejiendo—, pero la novela-universo fue nuestro único y verdadero estandarte de libertad. Ante la represión de las dictaduras, el grito de libertad es de propiedad exclusiva del pueblo, eso nadie nos lo pudo quitar, ni siquiera con torturas y desapariciones. En aquella época las novelas-universo, que se hicieron famosas en todo el mundo, tan famosas como la Revolución cubana que hizo que el mundo supiera que existía un continente llamado Latinoamérica, eran nuestro grito de libertad. Mira el poder de las novelas-universo: el arte de la palabra se adaptaba a cualquier forma, se adaptaba al medioambiente, se camuflaba de arte y verdad.

Ahora mismo recuerdo *Rayuela* de Cortázar, dijo el periodista, recuerdo *El inicio de la poesía metafísica* de Joaquín Reyes.

—Dos buenos ejemplos de libertad, tan poderosos como una protesta o un manifiesto —dijo Tamia—: el primero es una novela que se puede leer como al lector le dé la gana, el segundo es una serie de poemas que, al leer en cierto orden, adquieren forma de novela y revelan un verdad apabullante. Con razón llamamos la atención de escritores tan juguetones como nosotros, como Georges Perec y Vladimir Nabokov.

¿Cómo es eso?, preguntó el periodista.

—Fácil —respondió Tamia—: Nabokov escribió *Pálido fuego*, esa novela que es el estudio crítico de un poema. Perec publicó *La vida instrucciones de uso*, novela-edificio parisino al que se le ha quitado la fachada y es posible ver lo que pasa adentro, en cualquier momento del tiempo. Una persona que haya vivido en una caverna los últimos ochenta años y salga directamente a leer esas dos obras, creerá que son latinoamericanas de los 60, 70 u 80, porque así escribimos nosotros en esa época. Perec y Nabokov fueron los más latinoamericanos de los escritores europeos, o bien nosotros fuimos perequianos y nabokovianos en un continente equivocado. Estas novelas ejemplifican bien lo que Latinoamérica hizo en las dictaduras: quejarse sin quejarse, protestar sin protestar. Mira el caso de Boris Pasternak: escribió la queja más grande y ambiciosa en contra del comunismo soviético y Stalin, *Doctor Zhivago*, y no solo tuvo que publicar en el extranjero, sino que casi lo matan. *Doctor Zhivago* recién se publicó en la Unión Soviética en 1987, ¡imagínate: 1987!, cuando el comunismo estaba muerto. ¿Qué hicimos nosotros para pasar la censura de las dictaduras socialistas, para que nos dejaran escribir y publicar sin temor a que nos fusilaran? No escribimos ficciones ambientadas en estos regímenes, no hablamos de la censura, no denunciamos los crímenes. No. Nosotros hablamos de libertad sin hablar: nuestro grito de denuncia era la forma, por eso cuando en Ecuador aparecía una novela-catedral, era porque había un tirano. Cuando en Colombia aparecía una novela-estadio, había un dictador. Cuando en Chile se publicaba una novela-museo, existía un Homero Irtiague que estaba cometiendo crímenes de lesa humanidad. Nuestros escritores de las dictaduras también eran arquitectos, como en otros momentos alternos de la historia serían docentes y periodistas. ¿Entiendes? Lo nuestro fue tan ingenioso como artístico porque permitió que las novelas-universo vivieran más allá de lo que denuncian, gracias a su calidad artística, por eso no se puede estudiar esa época literaria sin la histórica, así se enriquecen más los procesos académicos.

Tamia, dijo el periodista apagando la grabadora, te agradezco porque no solo me has dado material para la entrevista, que nuestros lectores van a encontrar muy interesante, sino que conversar contigo es una cátedra de historia.

Tamia se encogió de hombros y sonrió por no saber qué decir. Al final lo único que se le ocurrió fue:

—Y yo te agradezco que no me hayas preguntado mayor cosa de *Mujer con jardín en la cabeza*. Es un alivio poder pensar en algo diferente.

Es un alivio poder leer algo diferente, dijo Andrés Caicedo para cerrar su intervención. La oración, la única improvisada dentro de una lectura planificada, fue la más lisonjera de todo el discurso. Se le notaba una incomodidad al hablar en público, como si lo último que Caicedo hubiese querido era estar en la presentación de *Mujer con jardín en la cabeza* al público colombiano, con esa ecuatoriana que no paraba de tejer bajo el mantel, en el enorme pabellón de Daxhund. La editorial, en la que Caicedo también publicaba, le había solicitado que diera su opinión sobre la novela para consolidar a Tamia en el mundo editorial. Él, con su amabilidad habitual de colombo-costarricense, aceptó y no canceló a pesar de haber sentido esa mañana, al despertar, que había algo malo en su interior: un cáncer que hará metástasis y que dentro de dos meses, el 14 de junio de 2018, lo matará en su cama de Cali, ciudad a la que regresó en 1998, ocho años después de iniciada la era democrática en Colombia. El periodista que entrevistó a Tamia escribirá: «El caleño que nunca vio el Nobel ahora baila salsa en el cielo».

Tamia, Andrés Caicedo y Gloria Fuertes, editora y representante de Daxhund para la Región Andina, se pusieron de pie para agradecer los aplausos (casa llena para Tamia en calidad de visitante). Tamia se sentó de nuevo para firmar autógrafos. Si bien no acostumbraba a escribir más allá del tradicional Para Fulano. Espero que disfrutes esta novela. Tamia T., le había prometido a su abuela, cuando le contó que la habían invitado a Bogotá, que haría algo especial para los lectores que pusieran interés en su obra. Aída, desde ultratumba, la obligaba a seguir en contacto con los vivos, de los que, desde que cazó al fantasma, se sentía más lejos. Había preparado un kit que contenía un sello, una almohadilla entintada y una pluma fuente. Así, Tamia, lanzando sus trenzas para atrás y acomodándose las gafas, saludaría, preguntaría el nombre, tomaría el libro, abriría en la primera página, mojaría el sello con tinta y estamparía lo siguiente:

ESTA NOVELA

Arriba del cuadrado escribiría «Para Fulano». Abajo, por supuesto, firmaría «Tamia T.». Dentro del cuadrado, sobre «ESTA NOVELA», improvisaría el primer verbo que se le ocurriera al ver la cara del lector. De manera que el primer autógrafo que dio después de la presentación decía *Para Fulano. Destripa* ESTA NOVELA. *Tamia T.* Durante media hora más, el *destripa* varió a *amarra, universaliza, odia, abarca, analiza, decodifica, ama, lanza, muele, goza, historiza, mece, teje, perenniza, compara, disfruta, eterniza, encumbra, poda, enrumba, no olvides…* La concurrencia alabó el detalle, tan simpático como original. Mientras firmaba, Tamia se sintió cómoda y feliz, cerca de nuevo del género humano, del que su abuela le había prohibido alejarse, vaticinándole lo peor si lo hacía. Cuando terminó, Gloria y Caicedo ya se habían marchado, solo quedaban dos hombres que barrían la alfombra del pabellón, de los que se despidió con un efusivo apretón de manos.

Con un efusivo apretón de manos se despidió el mesero de su colega, agradecido porque había aceptado reemplazarlo en el turno de la noche del hotel, así podría ir a cuidar a su madre enferma. El buen samaritano salió de la cocina con una bandeja, sobre la que una langosta escarlata se paseaba por los pasillos del edificio. Golpeó la puerta de la habitación con delicadeza. Unos pasos inquietos se oyeron adentro, el temblor de un cuerpo que se mueve con determinación. Tamia, en bata del hotel, recibió la comida con mayor entusiasmo del que tuvo cuando le entregaron los ejemplares de su novela.

Viendo videos en Internet, devoró la langosta. Solo entonces cayó en la cuenta de que no había ordenado nada para beber, así que se colgó de la llave del baño y pensó que el agua colombiana sabía diferente a la de Quito. Luego llenó la bañera a toda potencia, se desnudó y se metió al agua. Adentro observó su cuerpo, se palpó en busca de tumores, contó las burbujas visibles en la superficie, intentó dividir en dos el agua como Moisés, braceó como si fuera una nadadora olímpica (Soy el terco nadador de Cheever, soy el terco nadador de Cheever, repitió), contó cuánto tiempo podía aguantar la respiración bajo el agua y gritó el nombre de su abuela con los ojos bien abiertos, hizo un barquito con el empaque del jabón y lo sopló hasta hundirse (Soy Eolo, soy Eolo, repitió), continuó tejiendo la bufanda que terminó mojada, se hizo un peinado punk con el cabello lleno de champú, cantó (Yo quiero que a mí me entierren como a mis antepasados...) usando el cepillo como micrófono, improvisó un soneto sobre los avatares que tuvo que pasar la langosta para llegar a su estómago, se dijo que debería leer de nuevo la *Odisea*, recibió la llamada de Jorge y lo puso al día de su semana en Colombia, recitó «Ozymandias», recordó que en Hamlet el famoso cráneo fue en vida un bufón, entendió que el agua se había enfriado, se puso de pie, agarró la toalla más cercana y salió de la bañera.

Su cuerpo desnudo se paseó por la habitación. Resguardada en una bata limpia, que le hacía sentir dentro de una cota de malla, como un caballero medieval, se sentó frente a la computadora y continuó con la escritura de la novela que llamará *Con la huida de la gacela* y que continúa el proyecto que le ordenó el fantasma. Escribió a tientas porque el artista nunca conocerá a ciencia cierta el terreno que pisa y el trayecto que sigue, sino que avanza basándose en las obsesiones y oscuridades que lleva dentro.

Entonces volvió el dolor agudo en el pecho, que la tomó por sorpresa (parecía haberse quedado en Quito, por miedo a volar en avión), un dolor que se volvía angustia, pánico y ansiedad, como si supiera que en algún lugar ignoto de la Tierra, en una calle desolada, un ser querido estaba siendo asesinado. Algo malo va a pasar, pensó. Es una muerte la que Tamia carga en el pecho, que hace espirales de fuego que le raspan los órganos, le malogran el alma. Dejó de escribir. Se llevó las manos al rostro y se entregó al dolor. ¿Y si en lugar de llorar, se preguntó, como los egipcios, nos dedicamos a embalsamar a la abuela? Minutos después estaba ansiosa pero recompuesta. Se secó las lágrimas y retomó el trabajo, tecleando con furia para crear literatura que amenazaba con incendiar y derrumbar el hotel. Siguió escribiendo un rato más, pero el pecho se le ahuecó, el corazón dio un gran brinco y empezó a latir pasando dos tiempos. ¿Y si solo hoy noche, se preguntó, como los egipcios, nos dedicamos enteramente a llorar?

El hotel no se incendió ni se derrumbó, al menos visto desde afuera.

Vista desde afuera, la clase de Tamia —uno de los tres seminarios de Literatura Hispanoamericana, el Seminario Electivo de Novela Estadounidense y uno de Soviética (opcional), en diferentes semestres— era tradicional: la lectura de dos cuentos semanales, un grupo de alumnos expone sobre ellos y su autor, todos conversan y participan con opiniones. En el tercero de Hispanoamericana la cosa es más sabrosa, como diría Jorge, pues se lidia con gente de verdad interesada en la literatura. En el que tuvo lugar en mayo de 2018, Tamia empezó a probar una teoría que tenía que ver mucho con la rebelión. La idea de rebelión le vino el año anterior cuando redactaba la nueva tabla cronológica, basada en la que usaba en sus clases, ahora con múltiples cambios y adiciones que daban cuenta de la vida de su abuela Aída, a quien lloraba por las noches, pero cada vez con menos asfixia porque los rostros de los muertos, a la postre, se van difuminado en la niebla, sus costumbres se van haciendo menos familiares. Los muertos, con el tiempo, se convierten en un concepto lastimero, el rumor vago de un barco que llega a puerto en la noche, como una novela leída hace veinte años.

La rebelión consistía en convertir los seminarios de Hispanoamericana en talleres de escritura creativa, cosa que no se permitía en la facultad, pero a los alumnos sí les agradaba la idea de conocer la literatura del continente mediante la escritura. La rebelión dio tan buenos resultados en sexto semestre que Tamia copió el método con los de segundo, donde no todos tenían interés. Los cuentos debían adscribirse a la pregunta: ¿qué pasa con la gente que al morir no tuvo impacto en la Historia? Cuando introdujo la pregunta, Tamia dijo:

—Hemingway fue un escritor estadounidense del siglo pasado, uno de los más influyentes, aunque su obra en la actualidad empieza a olvidarse. Murió de cáncer después de una larga agonía, pero antes había empezado a quedarse senil. —Tamia caminaba al frente de la clase, con los ojos de los estudiantes encima—. Hemingway, después de vivir una temporada en la Unión Soviética en los 50, vivió en Cuba en los 60, donde escribió las cartas de su famoso volumen *Remite Finca Vigía*, que creo que es incluso mejor que su ficción. El 7 de diciembre de 1968 le escribió a su editor francés Georges Fave:

Recibí gustoso tu última misiva. Me alegra saber que gozas de buena salud y que tu esposa se prepara para un parto de mellizos. Espero que uno de ellos se llame Ernest, mejor Papá Ernesto; a él, tenlo por seguro, le dedicaré un cuento para que en el futuro, dentro de doscientos años, cuando alguien abra mi libro, se pregunte quién es este Ernest Fave y así empiece a indagar sobre él, sepa de su gran obra, inventor del tren volador, la dinamita invisible, qué sé yo. Así su memoria no se perderá en los anaqueles polvorosos de la historia, a la que se condenan los poco ilustres.

Para meternos en el asunto que mencionas, me cuido muchísimo. La CIA me investiga de la peor forma: manda agentes que se distinguen a tres kilómetros de distancia por lo blancos que son, podrían reflejar la luz del sol hasta la luna, en Marte seguro creen que hablamos en código morse. Los agentes son ineptos, intentan invitarme a tragos para sonsacarme secretos (como si fuera yo un agente soviético). Yo no sé qué pasó con mi país. ¿Recuerdas los agentes que Eisenhower tenía en todas las dependencias del Estado? Hombres fuertes, convincentes, que hacían bien su trabajo. Hombres de los cincuenta, como aún se dice en Estados Unidos.

Los agentes de la CIA de hoy, en cambio, son debiluchos de baja autoestima que no le quitarían un caramelo a un cadáver sin rigor mortis. Estoy seguro de que esta lacra de agentes es la que hizo que mi país perdiera fuerza a finales de los cincuenta ante la Unión Soviética. Sé que a estos agentes los mandaron a Europa del Este a conquistar ideológicamente a los países comunistas aledaños a la Madre Rusia. Al final, como sabes, fracasó la ejecución de la Teoría de Contención de la forma más estrepitosa: no solo no conquistamos nada, sino que descuidamos lo que ya teníamos, el patio trasero, y los soviéticos se metieron como Pedro por su casa en esta hermosa región.

Como te digo, no me preocupan los agentes de la CIA que me manda Lyndon Johnson, ese títere de Leonid Brézhnev, sino los propios agentes de la Unión Soviética. La KGB está en todas partes. La Madre Gallina espía y controla con férula a sus propios pollitos. ¿Por qué? No me queda del todo claro pues aquí todos somos obedientes: Latinoamérica es la única región del mundo que ha abierto los brazos al comunismo, ni siquiera los países de Europa del Este lo aprecian así. ¿Será porque en cuestión de materia prima, Latinoamérica es más autosuficiente que los del Este? Ya ves que para un roto siempre hay un descosido. Asumo que la Gallina no quiere que los pollitos se escapen del corral, así de celosa es, quizá se descarríen, ya ves que el ambiente en esta guerra silenciosa está caldeado.

Como en la Cuba comunista las requisas son constantes, los agentes son tan «comedidos» que se «preocupan» sobre qué estoy escribiendo y hasta me dan consejos. Hasta el momento no han censurado mi obra, pero temo mucho que me caiga la Maldición Zhivago, sobre todo si alguna de mis ficciones se ambienta en esta tierra y menciono algo que no sea divertido para los soviéticos. Habría que pensar en una forma de denuncia que no use palabras sino formas: me pregunto si Hispanoamérica tiene alguna idea sobre este tema (guiño, guiño).

Te rescribo con esta sinceridad porque esta carta viaja con mi gran amigo Jack, diplomático que nadie toca en las aduanas; de lo contrario, no tendría sentido: nunca saldrían mis palabras de aquí y esa es mi pesadilla: que mis palabras no adquieran vida propia en la mente del lector, que no dejen de pertenecerme.

Me pregunto si en otra versión de nuestra Historia yo te escribiré con mayor facilidad y tranquilidad, si nuestra hermosa región estará gobernada por otro tipo de gente, quizá igual de ruin, quizá por los mismos Estados Unidos, donde más bien sean los comunistas los que luchen por tratar de llegar al poder en gobiernos democráticos de dictaduras militares. Pobre Latinoamérica. ¿Es posible un universo así, con otro tipo de historia y, por ende, de literatura?

Como ahora mismo no puedo responder a semejante pregunta de la Historia, y como nada garantiza que esta carta llegue a las manos indicadas, las tuyas, Georges, aprovecho para despedirme saludando al presidente Johnson y al director del FBI Nichols, o también al gran secretario Brézhnev y al gran ministro Kosygin, quien sea que haya sido el perspicaz de interceptarme. Comunistas y capitalistas, los dos son la misma mierda.

—Una carta interesantísima —continuó Tamia. Los alumnos estaban expectantes, como si hubiera contado una historia de fantasmas. Cerró el libro y dijo—: Ustedes van a hacer lo que Hemingway pensó: crear una Historia diferente usando la literatura.

Usando la literatura, Tamia puede explicarse mejor que con la boca. Por eso lee en la cama: para conversar con alguien, con un fantasma. La lectura es eso: el diálogo de los muertos. La cama, la misma que ha usado desde hace varios meses, es en la que durmió de niña y que luego usó su abuela, ya anciana, por culpa de las enfermedades. Ahora la cama es suya por completo, de nuevo, desde que se mudó a la casa de Aída, ahora es su casa como única heredera, pero falta todavía tiempo para que se sienta cómoda, aunque, a decir verdad, Tamia es de las personas que nunca están cómodas en ninguna parte.

Tamia miró la alfombra sin gato ni perro que colocó junto al escritorio, sintió la necesidad de escribir, pero le ganó la pena, así que llamó por teléfono a Jorge, que se ha mostrado muy complaciente desde la muerte de Aída. Le tomó veinte minutos llegar a la nueva casa de Tamia, pero para ella es todavía la casa de su abuela. El juego de las apariencias. Por eso quería probar algo nuevo, por eso lo llamó: cree que la transgresión tal vez acelere el proceso de nacionalización en la patria de su infancia. Empujó a Jorge a la cama ni bien llegó al pasillo, le sacó la ropa con las manos temblorosas y se enjugó alguna lágrima que él no vio. Jorge nunca había visto esa faceta de Tamia, esa suerte de rebeldía, de posesión demoníaca que se conjura entre las sábanas y arde como un canto pagano que los infieles no pueden acallar. En esa danza maléfica se quedaron más de lo usual. Luego, en reposo, Tamia observó la habitación y sintió como si la hubiesen pintado en la mañana: el olor a pintura fresca que incomoda y anuncia una nueva estética. Todavía falta, todavía hay qué hacer. Le pidió a Jorge que se vistiera. Tamia lo condujo por toda la casa. A medida que avanzaban en el laberinto de parqué y paredes blancas, ella entendió que era necesaria una explicación.

—En esta habitación —dijo Tamia bajo el dintel, encendiendo la luz— vivía mi abuela. No creo que pueda vivir yo aquí. Se me hace un poco profano. Sí, eso.

Jorge metió la cabeza en la habitación.

Muy bonita, dijo, una cama muy grande, ¿puedo?, preguntó y Tamia respondió con una leve sonrisa. Jorge se lanzó de bomba en la cama y ella se tapó los ojos. Para continuar viviendo hay que profanar lo sagrado.

Fueron a la siguiente habitación.

—Este era el estudio de mi abuela —dijo Tamia prendiendo la luz de la habitación más grande de la casa—. Ahora es mi estudio, aquí estoy escribiendo todos los días.

Jorge se maravilló ante el bargueño de madera lustrosa.

Qué bonito, dijo.

—Sí, es muy bonito —dijo Tamia—. Era de mi mamá. Fue de las primeras cosas que traje del departamento cuando mi abuela murió. Este bargueño me ha soportado cuatro novelas, actualmente estoy trabajando en la quinta.

Durante la noche de ese viernes, Tamia le enseñó el resto de las habitaciones, rincones y secretos que guardaba la vieja casa quiteña, como quien se desnuda por primera vez ante un nuevo amante. Jorge, colega de la facultad hace cuatro años, se sintió afortunado de que ella lo hubiera elegido para tal voto de confianza, por eso pensó en presumir ante sus amigos que era el preferido de la artista ecuatoriana más valiosa en la actualidad, pero enseguida descartó la idea: se callará y será feliz. En la bodega, Tamia le señaló varias planchas de madera apoyadas en la pared y las herramientas. Sonrió. Jorge era hábil con esas cosas: armó la cama que usaba en el departamento y la reemplazó por la de la infancia. La *pièce de résistance* fue colocar la figura de Voltron en la habitación, sobre la mesa de noche. Ahora todo se ve más propio, pensó.

El resto del fin de semana vieron arder, en el patio, la cama de madera de la abuela y de su infancia. Tamia quiso quemar también la ropa, pero Jorge se ofreció a llevarla a un asilo. Mientras se calentaban con la fogata, envalentonado el fuego por el viento nocturno de Quito, Tamia pensó que esta forma de avanzar con la vida la plasmará en *Con la huida de la gacela* y en su proyecto literario total, que todavía pasa desapercibido a los ojos lectores, pero que, a su debido tiempo, llorarán de emoción.

Se iba quedando dormida en la hamaca del patio. Jorge estaba sentado a su lado, con una cerveza en la mano. La duermevela le trajo a la mente la línea del tiempo que vio en un museo, que iba desde el inicio de la historia humana hasta el principio del siglo XX. La línea, que más bien era una violenta flecha disparada a la derecha, había sido elaborada en un convento jesuita en 1901, por eso al inicio aparece la Nada, luego Dios, el diluvio, etcétera, seguidos de la misma historia: la Guerra de Troya, la caída del Imperio romano, las batallas napoleónicas... Misticismo e historia trenzados para siempre en una flecha que explica cada acontecimiento usando el tiempo: solo así, pensó Tamia ya casi dormida, nos aseguramos de permanecer en la Historia.

Y para permanecer en la Historia debe tomarse al conjunto de estas oraciones como una biografía, no, mejor aún, un libro de historia, uno mejor que los textos escolares que resumen la Guerra de los Cien Años en dos páginas con ilustraciones, o las guerras de independencia de Latinoamérica del XIX en una serie de tablas cronológicas que apenas especifican el país, los gestores y el año. Se trata de un libro de historia más cálido y completo que los reduccionistas de bachillerato y universidad, un libro que no explica qué o cuándo, sino por qué y cómo, para que el lector, por sí solo, pueda inferir la vida: cómo sus ansias de mujer se mezclan con el cáliz de la literatura hasta desleírse en una laguna de agua cristalina. Un libro superior a los que apelmazan cientos de vidas ilustres en doscientas páginas, como si el papel aguantara semejante tonelaje de pasión. Un libro que dé cuenta de la historia de una vida desde todos sus ángulos, incluyendo el prisma del tiempo y del espacio, como una novela cuya trama no es una serie de acontecimientos, sino la esencia y los recovecos de una personalidad: la persona como literatura. Un libro que no solo te encandila con la aventura, sino con los movimientos de la mano que lo ha escrito, que habla de dos vidas superpuestas en el tiempo: la primera que vivió y merece conservarse, y la segunda que es la que transcribe esa existencia para que no se diluya en el olvido. Un libro que se una con todos los libros de historia y literatura, como si todos los humanos que han existido, existen y existirán decidieran darse la mano. Y a esta fila de lomos y hojas se unen también todos los libros de política, economía, filosofía, matemática, astrofísica, antropología... ¿Es posible? Solo así tendríamos un breve y modesto boceto de la historia humana, pero ¿y si mejor se toma a un representante que hable por ella? ¿Esto no es lo que hace el disco de oro de la sonda Viajero? Un libro armado de muchos libros para que cuando hayamos desaparecido de la faz de la Tierra, dé cuenta de himnos hermosos y batallas perdidas, y que, después de eones, muestre con benevolencia y cariño nuestros vanos esfuerzos por ser eternos. Solo así se tendría una modesta idea de lo que fuimos.

Aída es la sinécdoque de la humanidad. O eso es lo que Tamia intenta.

Tamia escribe estas ideas, semiconsciente, cuando el sueño muerde como lobo hambriento, en la madrugada. Sale a medias del sueño en el que los monstruos del cine le han susurrado las oraciones. Se levanta de la cama con la vejiga hinchada, va al baño y escribe mientras está sentada en el retrete, casi a oscuras, en una libreta que vive sobre el tanque de agua. Quien la viera creería que está desfalleciendo, que ahí morirá, sentada como su abuela, porque se apaga mientras escribe, pero cuando salga el sol y haya logrado decodificar las letras oníricas, usará la idea en *Con la huida de la gacela*.

Con la huida de la gacela estuvo lista a finales de 2018. Envió por correo electrónico una versión no definitiva a Gloria Fuertes, que imprimió y leyó el manuscrito mientras en Quito se celebraban sus fiestas y en Bogotá se preparaban para las de fin de año. Leyó con avidez, aprovechando la inmovilidad de una torcedura de tobillo. Al terminar le envió la novela y un informe de lectura a su jefe en España, el temible Diego Echeverría, representante para Iberoamérica de Daxhund Booxs.

Si bien la filial de Bogotá tenía potestad sobre la publicación de la novela y su consecuente circulación en Hispanoamérica, para bien o para mal —pues los libros de Colombia no circulaban tan bien en los polos, Argentina y México, de ahí que *Mujer con jardín en la cabeza* aún no entrara por la puerta grande en los mercados más importantes del continente—, Gloria envió el texto a Echeverría para que juzgara por su cuenta el talento que ella admiraba en Tamia, así la literatura de la ecuatoriana podría extenderse a España. A la novela añadió el mensaje: «Por nuestra parte pondremos la novela en el mercado en febrero o marzo del próximo año, con mayor tiraje que la novela anterior, así tratamos de llegar a Buenos Aires y Cuidad de México». Tamia recibió con beneplácito la noticia: iniciaría 2019 con publicación, pero, enseguida, le incomodó la idea de tener que promocionar la novela durante fechas que, suponía, estaría entregada por completo a una nueva fase del proyecto al que dedicaría toda su vida.

Antes de empezar a publicar (2013), Tamia tenía en el cajón del escritorio cuatro manuscritos inéditos y varios rechazos de editoriales. Nada le dijo el director de Parapermiso Editores del original de *Acacias*. Con *Ada desfigurada*, en Editorial Esqueleto pasó lo mismo. ¿La copia de *Sinfonía silbada* en Quinto Editorial? Nada de nada. Con el paso de los años, al ver que las editoriales continuaban publicando regularmente, entendió que sus obras se estaban empolvando por la indiferencia. El rechazo, sin duda, era mejor que el silencio. En 2012 una editorial independiente, Naranjilla Pálida, se interesó en el manuscrito de *Acacias* y lo publicó al año siguiente. El ochenta por ciento del tiraje, dos modestas cajas de cartón con trescientos ejemplares, se vendieron. Naranjilla le propuso la publicación de las siguientes dos novelas en 2014 y 2015, que se hicieron conocidas, sobre todo, por el boca-oreja de las librerías independientes. Mientras el milagro editorial se sucedía, Tamia continuaba escribiendo con frenesí, pues se había prometido a sí misma escribir una novela al año.

Qué ambiciosa, dijo Jorge la Nochebuena de 2018, mientras llenaba la copa de Tamia, una novela al año, y yo a veces no puedo acabar un ensayo en todo un año.

Pero cuando Tamia entendió cuál sería el sentido final de su obra total, se dijo que la gestación de cada novela duraría lo que deba durar, nada más ni nada menos. Por eso *Con la huida de la gacela* resultó ser una obra más reflexiva e intimista, hecha de los olores tenues de las tardes de Quito y de los colores sutiles que no existen o que escapan al ojo deficiente.

Son mis ojos deficientes de viejo, dijo Vicente Preciado tratando de que Tamia se detuviera, pero como no lo consiguió, tuvo que acompañarla hasta la clase, tengo que operarme para no quedarme ciego, voy a tomar una licencia de dos meses y quiero que te quedes a cargo de la facultad, se te pagará como decano y podrás tomar ciertas decisiones sin necesidad de consultar a la mesa directiva, ¿qué dices?

—Acepto, acepto, sí, eso —respondió Tamia—. Pero también tendré que ausentarme del trabajo, ya sabes, por lo de la novela. ¿Algún problema?

Ninguno, dijo Preciado cada vez más pequeño. Tamia desapareció adentro del aula como si lo de Preciado fuese una enfermedad contagiosa.

Los estudiantes de tercer semestre, del seminario de Hispanoamericana II, la esperaban sentados y en silencio, cosa que solo hacían con Tamia. Sabían que su nueva novela estaba a pocas semanas de aparecer en las librerías, lo habían publicado los periódicos en Internet. Después de dejar el bloque de libros sobre la mesa, Tamia se plantó frente a los alumnos, respiró hondo y dijo:

—Algunas cosas van a cambiar aquí. —Dio un par de vueltas en silencio y se apoyó contra la pizarra—. Sobre nuestro proyecto de creación literaria, pues bien, esfuércense, que ahora será calificado oficialmente porque voy a ser la decana durante dos meses y durante esos sesenta días ustedes van a crear el germen de mi próxima novela. Esto es lo que quiero que hagan: quiero que imaginen cómo sería el *curriculum vitae* de, por ejemplo, Ernesto Sábato, a quien leímos hace dos semanas. Quiero que imaginen el *curriculum* de Pedro Sorela, de Victoria Ocampo, José Carlos Somoza, el CV de Joaquín Reyes... ¿Me explico? —Tamia los alentaba como a soldados que están por salir a morir en la guerra de la literatura—. Bueno, ahora quiero que redacten los CV pero de escritores inventados, en las dos horas que tenemos de clase. Detallen sus vidas en ese formato tan serio y escueto. Quiero que vean la literatura como un *curriculum vitae*, como si vivieran en un universo que solo sabe de esa forma para escribir novelas. ¿Me entienden? Este experimento ya lo hice con los alumnos del año pasado y hasta el momento no he encontrado el CV que necesito..., aunque quizá los use a todos, quién sabe —se encogió de hombros—. ¿Qué esperan? Tienen dos horas para convertirse en el departamento de recursos humanos de la literatura.

Los estudiantes bajaron la cabeza y se concentraron en el universo blanco de la página de papel. Alejandra se divirtió dibujando fotos tamaño carné en las esquinas de sus CV, sus escritores eran siempre guapos. Martín hizo uno que solo tenía doctorados *honoris causa*, por lo que la obra del escritor se contaba a través de méritos no solicitados. Todos los escritores de Iván eran variaciones de un único escritor, el único que valía realmente la pena para él: Alan Moore, quien juraba era la reencarnación de Shakespeare. Doménica redactó el CV de un gremio de escritores que tuvo que huir de Estados Unidos después de que el Gobierno diera por fracasado el Plan Nevado, en 1959. Edwin creó el CV menos imaginativo pero más efectivo por su simpleza: la exitosa carrera literaria de un escritor colombiano en la década de los 60. Este fue el CV que más le llamó la atención a Tamia: lo examinó con detenimiento, volvió a releerlo en el estudio, se lo llevó a la cama, lo leyó después de contemplar la alfombra que no tenía ni gato ni perro. Se quedó dormida pero despertó dos horas después, pensando que un escritor trabajando es una actividad por demás aburrida para el ojo común, pero emocionante para los que saben leer las pistas. Emocionada, salió de la casa para cenar en el restorán de la esquina, pero estaba cerrado. Vio el reloj: pasaban las diez de la noche.

A las diez de la noche, Tamia y Jorge se encontraron en un restorán italiano del norte de Quito, en la avenida República de El Salvador, que de 1962 a 1979 se llamó avenida Juan Martín Silva. Fue Silva quien le puso su nombre y después, de 1980 a 1987, la renombró avenida Juan Benito Contreras en honor al dictador de El Salvador, su amigo y compadre, sobre todo de juergas. Pero a partir de su distanciamiento —un lío de faldas en una orgía en Cartagena— y el consecuente asesinato de Contreras en 1988, cuando los socialismos estaban ya heridos de muerte, Silva volvió a rebautizar la avenida con su nombre, y al final, en 1992, volvió a llamarse República de El Salvador para honrar al reciente y bienvenido capitalismo. Si bien casi siempre la avenida ha estado colmada de restoranes, muchos de ellos lujosos, donde iban a comer los políticos durante la dictadura, también había puestos de comida rápida. Se dice que en uno de estos puestos, el escritor Pablo Palacio se contagió de salmonela con un sándwich de pernil. Se dice que en su lecho de muerte, volando por el cielo de la fiebre y la locura, como última voluntad pidió que lo enterraran con un sándwich para comer en el más allá. Se dice que le preguntaron qué hacer con su obra, a lo que el escritor respondió: «Qué arda esa mierda».

En esa avenida hecha de historia, mientras esperaba a Jorge, Tamia tejía un saco, bebía agua y comía crutones de cortesía. Jorge apareció con dos libros: el primero era un regalo, *Locus Solus* (1914) de Raymond Roussel, el segundo era su copia de *Con la huida de la gacela* para que lo autografiara. Tamia admiró la portada, como si no la conociera de sobra: la ilustración de una manada de gacelas sumergidas en el agua de un río africano, cruzándolo como parte de su migración veraniega, con la amenaza cercana de cocodrilos que sutilmente se insinúan en las esquinas.

—De gana compraste —dijo Tamia devolviendo el libro—. Te lo iba a regalar.

Tamia sacó un bolígrafo y, cuando se disponía a escribir, se detuvo en seco. ¿Qué escribirle al hombre que estaba en su vida hace más de un año, al que antes conocía como colega de la facultad y ahora era parte de su vida sentimental? Debía ser precisa, pues nunca habían formalizado, aunque era claro que había exclusividad y cariño. La mano se movió sobre la hoja, cerró el volumen y se lo entregó. Jorge leyó la dedicatoria y sonrió.

Tamia y Jorge celebraron el éxito que estaba teniendo la novela en Ecuador, después de su presentación semanas atrás. A pesar de que Jorge todavía no había leído la novela, fue el tema de discusión durante la cena. Tamia le contó sobre la génesis de esa obra, sin ahondar en detalles. *Con la huida de la gacela* era la primera pieza ensamblada del gran rompecabezas, tras entender cuál era su misión en la vida, por ello había puesto especial énfasis en conectarla con las cuatro novelas anteriores y tender la alfombra para las que vendrían. La novela cuenta la historia de Germina Gómez, una ecuatoriana que, en la Checoslovaquia de los años 50, busca a su madre porque sabe que ella tiene la clave de su misterio: desde que era adolescente, Germina tiene «recuerdos» que se remontan a épocas anteriores a su vida, que incluso llegan a las batallas de independencia del siglo XIX, y el recuento de los «recuerdos» dan cuenta de la historia total del Ecuador, sin que ella, en toda su vida, haya leído un solo libro de historia. Cuando encara a la madre, que se llama Gertrudis, ella revela la verdad (al final de la novela): había sido parte de un plan científico del Gobierno del presidente José María Velasco Ibarra, que buscaba compendiar la historia del mundo dentro una persona, la enciclopedia definitiva. Como en primera instancia el experimento resultó fallido, Gertrudis se embarazó para probar su teoría: será su hija quien cargue, vía ADN, con todo el conocimiento que no pidió. No se equivoca. Durante el enfrentamiento final, tras el matricidio involuntario por haberla concebido como un ratón de laboratorio, Germina comprende, gracias al influjo de la historia que lleva en las venas, que sus acciones durante toda la vida han sido comandadas por su madre, aunque no la conociera y siempre estuviera lejos. La madre ausente es quien la ha conducido a ese momento específico para que la asesine y así eternizarla.

Tamia decidió ambientar la novela, en su mayoría, durante las revueltas políticas de 1957 de Checoslovaquia, en los sucesivos golpes de Estado que Estados Unidos patrocinó como parte del Plan Nevado. Los historiadores modernos no dudan en señalar que la ejecución y fracaso del Plan Nevado es lo que hizo que el país empezara a perder hegemonía durante la Guerra Fría, de ahí que la Unión Soviética lograra introducir su filosofía comunista en Latinoamérica, tras el espaldarazo que supuso la Revolución cubana. Tamia, por lo tanto, aprovechó la importancia de aquel momento histórico para dotar a la novela de intriga y aventuras, a pesar de que no era un *thriller* o una novela de aventuras al uso.

Hay un cierto nivel de seguridad al leer novelas de aventuras, de conformismo, pensaba Tamia, por eso lo suyo en *Con la huida de la gacela* fue más bien un coqueteo, uno sutil, con este género, pues del otro lado de las aventuras había un altísimo nivel de reflexión sobre el papel de la Historia en la vida del hombre común, el que no impacta en el conjunto de las historias oficiales. Una de estas reflexiones, la última antes del final, la que habla de la flecha del tiempo comandando el camino del hombre, está subrayada en el ejemplar de Edwin Pozo, su alumno: él no dudará de llamarla novelón.

«Novelón»: este era el lacónico título de la crítica que *El Comercio* le dedicó a *Con la huida de la gacela*, días después de presentarse en Quito, cuando iniciaba su periplo por el resto del continente. El periodista enumeraba las virtudes de la novela, dijo que era «una obra destinada a perdurar por siempre» y alabó la forma: como los escritores-arquitectos de la gran dictadura latinoamericana, Tamia había construido una novela-avenida en la que cada capítulo recreaba una calle con todos sus edificios y habitantes, hasta formar un gran corredor de concreto, la avenida en la que los checos protestaron en el 57, en el evento histórico que se llamó El Verano de los Infligidos.

Si bien la crítica era sesuda, al periodista se le habían escapado detalles del gran rompecabezas que Tamia había proyectado en su mente y que plasmó conscientemente en *Con la huida de la gacela*. Sin embargo, por suerte, la legión de lectores que empezaba a levantarse tras ella fue más suspicaz. Esos lectores pertenecen a una clase que descuella por su fidelidad y amor por los detalles, pueden olfatear el talento a kilómetros de distancia y le apuestan en sus inicios. Esos lectores leen segmentando los párrafos, repiten capítulos, entonan en voz alta, inventan y anotan teorías, y por último —esto es lo más importante— levantan la cabeza y, con los ojos entornados, miran a los lados, sospechando. Sospechar de los detalles más nimios en una novela es el primer paso para destriparla y entenderla. Luego bajan la mirada y siguen leyendo con los ojos entornados, pues ahora están a la caza de un secreto en el que se les va la vida. Esta clase de lector levanta más polvareda que el propio autor. Es el tipo de lector que se baña con una mano afuera de la ducha para sostener el libro que no le deja vivir en paz. Es la clase de lector que empieza a ver una presencia recurrente en *Con la huida de la gacela*, y como sospecha demasiado y no halla respuestas, se lanza, desesperado, a conseguir las novelas anteriores, que todavía son difíciles de hallar a mediados de 2019, por su naturaleza independiente.

Andrés, colombiano de veinte y cinco años, estudiante de Letras en la Universidad de los Andes, le rogó a su amigo ecuatoriano Rodrigo que le prestara su ejemplar de *Acacias*: «Envíamelo por correo, yo pago, te lo devuelvo, es que no quiero leerla en la computadora». Por lo visto, las obras de Tamia ya estaban pirateadas en la web.

Ana María, una argentina treintañera, estudiante de Filología en la UBA, logró conseguir un ejemplar maltrecho de *Ada desfigurada* en una de las tantas librerías de viejo de la avenida Corrientes. Ni siquiera el librero supo cómo llegó el ejemplar a su negocio: «Nunca he visto un ejemplar tan subrayado y ya tengo sesenta años».

Édgar, boliviano amante de la literatura, flamante concejal, consiguió *Sinfonía silbada* en un restorán vegetariano de La Paz, sobre una mesa olvidada en un rincón, que ofrecía libros y revistas a los que pedían para llevar. No pudo creer su suerte. Insistió en pagar el libro al dueño del restorán, pero este olió un buen negocio y se negó. Después de la entrega de la comida, Édgar se robó el libro.

Edwin, en Quito, recibió de su novia, como regalo de aniversario, fotocopias anilladas de *Ada desfigurada*, con corazoncitos hechos con marcadores de colores en la portada. «No pude conseguir el libro original, está agotado».

Situaciones similares se replicaban en Hispanoamérica, como un secreto a voces susurrado tan bajo que los lectores creen estar solos en el mundo, pero no lo están: tarde o temprano, se reconocían en autobuses, en aviones, en mercados, en la calle, y se sonreían con sinceridad, con los ojos entornados. Estos lectores empezaban a descubrir lo que a los críticos y académicos se les pasó por alto:

Andrés concluyó que el sufrimiento de la protagonista de *Acacias*, Ana Luisa, no podía ser inventado, pues ¿cómo se explica que fuera tan real y visceral para el lector? Ahí radica el talento del verdadero escritor, en hacer real lo ficticio: «Sí, pero en este caso me niego a creerlo: hay alguien detrás de Ana Luisa y la búsqueda de ese escritor misterioso». Su terquedad no estaba lejos de la verdad: es Aída que lamenta la desaparición de su hija Juana, pero Andrés no puede comprobarlo.

Ana María concluyó que las descripciones de El Tejar de *Ada desfigurada* eran demasiado meticulosas para la trama planteada: ¿por qué ser tan proustiano con la iglesia del barrio? Sí, en su altar es donde Carlos recibe por primera vez la eucaristía, donde se suicida María Elena, pero es innecesario tanto detalle. Pensó que sería el error de un escritor novel, bajó el libro, entornó los ojos, miró a los lados y dijo que no: Tamia Torres ha descrito el barrio como un paisajista, es un laberinto que no deja que nadie escape, ¿pero quién? No halló respuesta. Se consoló sabiendo que *Ada desfigurada* era una nueva versión de la novela-universo, en este caso, una novela-barrio.

Édgar leyó *Sinfonía silbada* durante las horas de trabajo y quedó maravillado. Luego investigó en la web sobre la vida del dictador ecuatoriano Juan Martín Silva, el protagonista, y un mundo nuevo se abrió a sus ojos. Leyó la novela por segunda vez, escuchando la tercera sinfonía de Beethoven, *Heroica*. El contexto le permitió acceder a una estética que durante la primera lectura le fue velada. Entendió también que Silva fue igual de patético que Germán Carrera Utes, el dictador boliviano, y apreció que la construcción de *Sinfonía silbada*, que recrea los cuatro movimientos de *Heroica*, tiene una finalidad irónica, pues Silva no fue un héroe, sino un gordo asesino que al final de su vida necesitó ayuda para salir de la cama. Observó con ojos entornados a un personaje, Luis el Frontera, al que el narrador le tiene un sospechoso cariño, sobre todo después de que su hijo desapareciera cuando salió a protestar contra Silva en los años 80. Entendió que los títulos de las novelas pueden ser proféticos o irónicos. Investigó sobre la novela-universo y comprendió que la de Tamia era una novela-sinfonía. Por último, se cuestionó si seguir siendo concejal: ¿no sería mejor estudiar Literatura o Historia?

Edwin, alumno de Tamia, tras leer *Ada desfigurada*, recorrió las calles de El Tejar, con la comodidad de la gentrificación. En otros tiempos, cuando ahí vivió Aída antes de casarse, habría sentido asco por el hedor a orina y excrementos, si antes no lo asaltaban a punta de cuchillo. Como Ana María, consideró que en la novela había un fantasma que recorría las oraciones y los párrafos, cuya presencia se infiere. No se atrevió a preguntarle a Tamia porque a él tampoco le gustaba revelar sus secretos de escritura.

—No voy a revelar mis secretos de escritura ni les voy a decir cómo terminará todo, confórmense sabiendo que va a acabar en un lugar que ninguno de ustedes conoce. Ahora, si me permiten… —Con las manos en el volante, Tamia se irguió en el asiento para ver mejor el camino, presionó el acelerador y el todoterreno de Jorge dejó el pavimento y se adentró en un chaquiñán desolado por el que condujo veinte minutos, entre brincos y mareos, hasta que llegaron a la finca.

Bueno, este será nuestro fin de semana, dijo Jorge subiéndose el cierre de la chaqueta hasta el cuello, achachay, cómo muerde el frío de la sierra.

Tamia también se abrigó. Le gustaba esa clase de frío, el de páramo desolado, de raíces petrificadas y de tiempo detenido, que nada tenía que ver con el frío del invierno soviético o noruego. Se enredó en el cuello la bufanda que le había tejido su abuela y se metió en la finca, sin esperar a nadie. Julia y su flamante esposo, Guillermo, sacaron las mochilas de la cajuela. Él era compañero de Jorge en la universidad, daba cátedra de Historia Ecuatoriana del XIX, eran mejores amigos. Julia era chef. Esta era la primera vez que salían con sus parejas. Guillermo le tenía un respeto distante por la fama que Tamia había cosechado fuera de los círculos literarios del Ecuador y la relevancia que estaba adquiriendo en el extranjero.

Tenían dos días por delante para realizar las actividades que promocionan las fincas serranas: paseos a caballo por la naturaleza, piscina e hidromasaje, sauna y turco, billar y karaoke, comer fritada y sus variaciones con ají, hamaca y chimenea, reflexionar viendo las montañas y el cielo lleno de estrellas. Pero leer fue a lo que Tamia se dedicó: descubrió que Raymond Roussel —autor de *Locus Solus*, el libro que Jorge le regaló— era el padre intelectual de Georges Perec y que tenía una visión similar de la literatura a la de los escritores de las dictaduras latinoamericanas: la exacerbación arquitectónica de la forma. Locus Solus es el nombre del museo-jardín de un excéntrico millonario que colecciona insólitos objetos, algo similar a la novela *Bienvenida la soledad de los guerreros*, de Joaquín Reyes, que apenas publicada en 1967 se convirtió en un éxito comercial y de crítica, el epítome de la novela-universo y de la novelística universal del siglo XX. Se hizo tan popular que incluso se vendía en supermercados del mundo, en versiones traducidas y en español, se promocionaba con las ofertas de la semana: salchichas a 30, bananas ecuatorianas a 20 el kilo, chocolate suizo a 12, edición de bolsillo de *Bienvenida la soledad de los guerreros* a solo 55. Tamia había leído la novela de Reyes, le gustaba porque era la única que se había atrevido a ser novela-planeta durante las dictaduras. Encontraba semejanzas con *Locus Solus*, y eso le fascinaba. Por ello estaba tan absorbida en la lectura en aquel octubre de 2019, que se olvidó de socializar. Jorge se lo recalcó y ella se molestó.

Como quieras, dijo Jorge saliendo de la sala comunal, en la que Tamia leía en una hamaca, junto a la chimenea encendida. No se movió de esa posición más que para ir al baño, comer y dormir. Finalizó la lectura el domingo por la tarde, después del almuerzo. Sintió como si despertara de una solitaria siesta de cien años. Fue a la cabaña a buscar a Jorge, luego en la sala de billar. Lo encontró durmiendo en una hamaca que tenía vista a las caballerizas y al Cayambe. Le dio un beso en la boca y el olor le reveló que Jorge dormía la borrachera. Guillermo también dormía en una hamaca, al lado de su amigo. Julia se acercó a su esposo y sonrió con fastidio.

¿Y ahora?, dijo Julia encogiéndose de hombros.

—Y ahora, nada —dijo Tamia—. Vamos a tener la cortesía de meterlos en el auto y vamos a manejar a Quito, pero antes vamos a parar en Cayambe y vamos a entrar a ese restorán y vamos a comer un montón de bizcochos con leche chocolatada y queso en hoja, incluso vamos a comprar bizcochos para llevar, y luego vamos a continuar el viaje. Quizá paremos en Atuntaqui para comer fritada. Eso es lo que haremos. Sí, eso.

¿Y si los metemos en la cajuela?, dijo Julia y ambas rieron.

El viaje de regreso fue más divertido de lo que Tamia hubiese imaginado: conversaron de profesiones y aspiraciones, de cómo la dictadura las había cambiado —Julia no era hija de desaparecidos, pero tenía el estigma de haber sido hija de un coronel de alto rango durante el Gobierno militar de Silva—. Tamia contó que estaba preparando una nueva novela, Julia dijo que estaba tratando de abrir un restorán. Pararon donde dijeron, comieron lo que quisieron, rieron de lo que insinuaron. Antes de llegar a la casa de Julia en La Mariscal, Tamia, avergonzada, se disculpó por haber sido tan antisocial y reveló que no esperaba, a poco de cumplir treinta y ocho años, que una persona nueva le simpatizara.

No te preocupes, dijo Julia, a veces una necesita desconectarse de todo, abandonar el mundo por completo, se nota que tienes talento para eso, yo te entiendo.

Mientras intercambiaban números, los hombres despertaron. Guillermo y Julia sacaron las mochilas de la cajuela y el vehículo partió hacia la casa de Tamia, donde se estacionó en el garaje, a pesar de que Jorge insistió en irse enseguida.

—No te vas —dijo Tamia—, no puedes manejar chuchaqui.

Aunque estaba molesto por la apatía de Tamia, Jorge no se resistió porque se sentía culpable y avergonzado de la borrachera y por haber dejado que las mujeres los cargaran para regresar a Quito. Consideró la situación un empate técnico de estupideces que se esfumó de noche cuando, después de sendos baños de agua caliente, metidos en la cama de sábanas limpias, oliendo a jabón e intimidad, Tamia dijo:

—Perdón. —Ostentaba una sonrisa enorme que mostraba unos dientes rectilíneos, que no daban señales de su época de fumadora. Jorge notó que a Tamia empezaban a brotarle unas tímidas canas en los costados de la cabeza. Se preguntó qué sería de Tamia cuando no hubiera nadie cerca para regresarla al mundo—. ¿Me disculpas?

¿Me disculpa, señora?, dijo el hombre de traje, yo lo vi primero.

—No —dijo Tamia sacando la chauchera del bolso universitario.

Señor, dijo la vendedora de periódicos, el libro es de la señorita, ella siempre deja reservando los libros, si quiere le puedo traer uno mañana.

Tamia sacó el libro del plástico protector y, mientras esperaba sentada en la parada de autobús, hojeó la edición de bajo costo que se vendía con el periódico. Era ávida compradora de libros en puestos de revistas y adoraba ese tipo de promociones. Los pequeños placeres burgueses de la vida, decía. Tenía en sus manos un ejemplar de la Biblioteca Joaquín Reyes, que celebraba la vida y obra del escritor guatemalteco, el latinoamericano más famoso durante la segunda mitad del XX, después de Fidel Castro y quizá Ernesto Guevara, quien tras la pelea con el cubano se fue a Argentina, donde fue ministro de Cultura en la dictadura de José Schiaffino, desde el 64 hasta su asesinato en 1970. Reyes habla del Che en su novela corta *Lo que dijo el policía bajo la lluvia*, que circulará la siguiente semana para tratar de levantar las ventas del periódico, bastante venidas a menos a finales de 2019. Hojeaba la abultada novela *El tirano* (1974), de casi 700 páginas, que, sospechosamente, no hablaba de ningún dictador, de hecho, no había política, desapariciones, nula libertad de expresión ni crímenes de lesa humanidad.

Cuando Tamia leyó la novela hace unos quince años, la hizo entornar los ojos y, como sus lectores, se dijo aquí pasa algo raro: miró en derredor pero no vio a nadie observándola. Aquí hay gato encerrado, se dijo, y continuó leyendo sin dejar de sospechar. Tomó notas, subrayó y conjeturó, hizo diagramas y elaboró teorías conspiratorias que la condujeron a la siguiente conclusión: *El tirano* era una novela-astillero cuya clásica historia de amor recreaba en su estructura a la construcción de un barco. Los jóvenes amantes se conocen en las gradas donde se construye el casco de la embarcación, tienen su primer encuentro sexual en un sueño en el taller donde se cortan las planchas laterales de la nave, conciben una vida juntos en la sala donde el capitán morirá, deciden perdonarse mientras desde un astillero ven zarpar a un flamante barco... Las acciones, es claro, recrean los pasos para construir un barco.

¿Por qué entonces se llama *El tirano*? Si bien los estudios sobre la novela se dispararon a finales de los 90, Tamia los ignoró para no influenciar su juicio y mejor optó por leer la historia de Guatemala: supo que el dictador Carlos Zarazúa asesinó, en 1961, al presidente Miguel Ydígoras Fuentes, el último mandatario elegido por votaciones democráticas en ese país hasta 1991: lo degolló atado de cabeza, junto a sus ministros y familias, en el astillero que Reyes reproduce en la novela. Joaquín Reyes no era apreciado por el régimen de Zarazúa, quien no lo asesinaba por su popularidad. La situación empeoró para el dictador cuando, en 1982, Reyes viajó a Estocolmo para recibir el Nobel de Literatura. Reyes decidió quedarse a vivir en Europa, saltando de un país a otro, y no regresó a Guatemala hasta 1990, cuando se concretó la instauración de la democracia capitalista, con la consecuente huida de Zarazúa a Suiza —con millones de dólares en las Islas Caimán—, donde vivió tranquilo hasta su muerte en 2001.

Tamia usó su conclusión en la tesina para graduarse de licenciada, en 2006. El trabajo hacía eco de los análisis que los académicos habían hecho desde que aparecieron los estudios narrativos, a finales de los 90, tras la revelación de las atrocidades cometidas por las dictaduras latinoamericanas. El momento en el que se estudian las novelas-universo coincide con la reescritura de la Historia, cuando han cesado las desapariciones.

Una vez en el autobús, Tamia siguió observando *El tirano*: la edición era más bonita que la heredada por su abuela, que usó para la tesina. Si Joaquín Reyes había logrado meterse en la tradición latinoamericana de la novela-universo del dictador, sin usar ni una sola vez las palabras *dictador* o *asesinato*, ella también podría transmitir una gran idea, la más sublime, sin nombrarla. Su cerebro se alimentaba de conexiones imposibles, de imágenes que residen más allá del universo observable. Recordó el *curriculum vitae* que su alumno escribió mientras fue decana temporal de la facultad. Y en ese asiento de autobús, que recorría de norte a sur las calles de Quito, evadiendo controles policiales y vendedores ambulantes, se unieron las dos ideas. Como un perro de caza, supo que su presa estaba cerca, era cuestión de olfatear bien. Un libro barato, un CV ficticio, una vida sin gatos ni perros descansando sobre la alfombra. Sintió la urgencia de dar rienda suelta a la idea, quiso entregarse a ella toda la noche como al mejor amante del mundo, incluso cuando estuviera en la oficina, revisando libros apilados que se había prometido llevar a casa al finalizar el semestre. En una de esas pilas encontró aforismos de Flaubert, que había usado en el estudio introductorio. A modo de suertes virgilianas abrió en la página 52 y, con estupor, leyó lo siguiente:

> Un buen tema de novela es el que aparece como una sola pieza, de golpe. Es una idea madre de la que se desprenden todas las demás. Nadie es del todo libre para escribir tal o cual cosa. Un tema no se escoge. El secreto de las obras maestras reside en esto: en la concordancia del tema con el temperamento del autor.

Sentía la urgencia de poner a prueba la concordancia que había desarrollado en solo unos segundos o quizá durante toda su vida. Necesitaba escribir para continuar dibujando el rompecabezas espacial, pero tenía un problema: Jorge.

Jorge tenía un problema con Tamia: la escritora se había convertido en una isla impenetrable. Después de las fiestas de fin de año, en las que se disfrazaron de Popeye y Oliva, y de celebrar con un espíritu ausente, no habían vuelto a verse a pesar de las insistencias de él. Era ya 25 de enero de 2020. En cuatro días Tamia cumpliría treinta y ocho años y Jorge, como cualquier novio considerado, quería celebrarla y estar a su lado.

Después de que Tamia lo dejó esperando afuera de la casa, sin responder al timbre ni a los golpes en la puerta, una vez por día, Jorge trató de interceptarla a la salida de clases, pero no tuvo éxito porque desconocía su horario de nuevo semestre, así que se dedicó a vagar por la plaza central de la universidad con la esperanza de que el azar la pusiera al frente. Esa actitud empezó en la finca o quizá siempre estuvo ahí y recién salía a flote. Tamia contestaba una que otra llamada telefónica, le decía que estaba ocupada, no podían verse, que entendiera. El correo electrónico no lo revisaba ni por error. Desesperado y furioso, preguntó en la secretaría de la facultad cuáles eran sus horarios. Una secretaria muy lenta le informó que Tamia había pedido licencia desde el 2 de enero hasta fin del semestre.

Entonces estará fuera todo el semestre, dijo Jorge, ¿es eso posible?

Hay un docente que la está reemplazando, dijo la secretaria, no sé si es legal, pero sí sé que son órdenes de Vicente Preciado, así que da lo mismo.

¿Cómo es posible que no le hubiera contado nada? ¿Es que pensaba desecharlo como a un pantalón roto, más allá de cualquier reparación? Salió como alma que lleva el diablo de la universidad. Ignoró al vagabundo de afuera, al que le había tomado cariño porque Tamia lo llamaba Timón de Quito. Condujo como loco por la avenida Seis de Diciembre —anteriormente llamada avenida Virginia Escalada, la esposa del dictador Silva—, llegó a El Batán Alto, se estacionó sobre la acera y timbró con frenesí. Esta vez no iba a dejarlo parado afuera. Se merecía una explicación: ¿por qué lo estaba apartando de su vida después de dos años? Tamia estaba echando todo por la borda con su actitud de mierda. Lo estaba abandonando porque ella estaba enamorada de otro y, de hecho, él estaría adentro de la casa, haciendo el amor con Tamia, por eso nunca abría. Se vio a sí mismo rompiendo la puerta, buscándola de habitación en habitación hasta encontrarla en la cama, tan poseída por el hombre que se había perdido dentro de sí misma…

—¿Quién? —dijo Tamia.

Soy yo, dijo Jorge recuperando el aliento, ¿estás bien?, quiero que hablemos.

—¿Ahorita?

Sí, ahora, dijo Jorge, me has estado evadiendo, necesitamos hablar.

Se hizo un silencio que a Jorge le pareció eterno. A través del intercomunicador se escuchaba la respiración entrecortada de Tamia. Un silencio punzante.

—Entra —dijo Tamia al tiempo que saltaba la puerta eléctrica.

Jorge no encontró a ningún hombre, pero sí una casa en penumbras. Sobre los platos sucios, apilados en el lavabo, volaban las moscas. Había recipientes vacíos de comida china sobre la mesa del comedor, pedazos de vidrio sobre el suelo del patio, junto a una pila de periódicos. Tamia hizo a un lado un montón de ropa sucia que estaba en el sofá de la antesala y se sentó, de brazos cruzados. Jorge se sentó frente a ella. Solo en ese instante pudo comprobar, por la nariz irritada y el herpes seco en la comisura de la boca, que Tamia estaba enferma. Le pareció que estaba más delgada. Se sonó la nariz con un papel que puso sobre la mesa, sin siquiera cerrarlo.

Podrías haberme dicho algo…, dijo Jorge, estaba preocupado…, quería verte, pero tú no te dejas…

La rabia, que lo abandonaba poco a poco, hacía que su discurso saliera atropellado. No pudo decir una palabra más porque la hombría se le había evaporado al verla así de vulnerable. Tamia, en cambio, lo escuchaba sin quitar la vista de un cangrejo ermitaño de juguete que tenía sobre una biblioteca.

—He estado un poco enferma —dijo Tamia—, pero eso no es lo que me obliga a encerrarme… Sí, eso… —Tamia señaló el estudio. Jorge vio, desde su posición, tres pilas de libros sobre el escritorio, papel higiénico usado, jarabes para la tos y la computadora encendida. Desde la ventana del estudio se tenía una hermosa vista del volcán Cotopaxi, gracias al cielo despejado de esa mañana quiteña.

Entiendo, dijo Jorge resignado, y la voz se le cayó por la garganta, supongo que no hay nada que pueda hacer…

—Esperarme —dijo Tamia—, no sé cuánto me demore, pero aquí estoy, estaré…

Súbito, un pensamiento lo golpeó. Se sintió atraído por Tamia al ver la forma en que manejó el incidente con Adolfo Mora, dos años atrás. Cuando la sociedad intelectual del Ecuador le pedía una réplica por desacralizar a una de las eminencias literarias del país, por cometer los dos pecados más grandes: ser mujer y ser exitosa, su respuesta fue el silencio. La atacaron porque no se puede refutar la fama, pero sí el ser mujer. Pero Tamia no dijo nada: se convirtió en la estalactita que duerme en la cueva durante millones de años e ignorar a todos resultó ser la mejor salida. Jorge entendió que durante el periodo de silencio, Tamia se había volcado a la escritura de una novela como si en ello se le fuera la vida, para responder con un ataque, el más mortal: una obra maestra salida de una mujer, una que ganaría en cualquier contienda a *La señora Mora* u otra obra literaria salida de los fanáticos de Bukowski que se arrastraban por el país. Gran réplica, pensó Jorge, pero quizás ella simplemente había hecho a un lado el problema porque lo que le interesaba era escribir, escribir de la forma más sincera posible. Por eso lo abandonaba sin dar la cara. Tamia se había aislado porque le gobernaba la incomodidad del artista, el mal de la medianoche, como lo llama Michael Chabon. Lo suyo era huir y escribir hasta que el universo desapareciera porque, precisamente, había reinterpretado al universo y ahora estaba presa en sus soles. Como el telescopio Hubble, su literatura permitía acceder a rincones inhóspitos del espacio, y Jorge no tenía turno para usar el ocular.

La puerta eléctrica se cerró. Jorge vio por última vez esa hermosa casa de cuarenta años, cuya fachada era una cascada de helechos. Una grúa se había llevado su automóvil. Tamia, por su parte, empezó a llorar en la misma posición en que él la dejó, sintiéndose cada vez más lejos del género humano. Se secaba las lágrimas a medida que salían y luego, como lo suyo era la confirmación del destino más doloroso, se dejó ir: lloró descontrolada, como una niña que se ha fracturado la pierna. Caminó despacio, como una momia, hasta el estudio. Se sentó frente a la computadora, sollozando, temerosa de que la sorprendieran escribiendo, aunque fuera por un instante, con el corazón caliente.

«El corazón caliente de nuestros muertos nos impide escribir la Historia», leyó Freddy antes de levantarse del asiento del autobús. Mientras esquivaba a la gente para llegar a la puerta, la reflexión de Germina en el Verano de los Infligidos giraba en su cabeza y le sobrecogía por su belleza. Ya en la calle, leyó la oración otra vez. Como le fastidiaba tener que ir a la Universidad Nacional de Asunción en lugar de hacer lo que quería, se sentó en la parada de autobús para terminar el capítulo 13 de *Con la huida de la gacela*:

> Germina corre por las calles rotas de Praga, con los agentes estadounidenses pisándole los talones. Van armados de metralletas que han visto mejores días y tres perros enormes que en un universo paralelo son amigables. Sabe que si la atrapan será el final del camino para ella y para el presidente Antonín Novotný, a quien los soldados enemigos han cercado en la casa de gobierno. Germina corre porque siente el fluir de la historia en sus venas, *sabe que el proyecto la lleva y ella lleva al proyecto*, que lo que le han heredado bajo la piel la matará, pero antes busca la verdad. Busca a su madre y si ella se pone de su lado, detendrá el golpe de Estado en Checoslovaquia. Germina corre. Súbito, se detiene frente a un negocio, uno de los escasos locales que no han sido saqueados por los golpistas y los infligidos. Admira con ternura lo que hay dentro: las lanas, las agujas, los sacos, las bufadas, una costurera sobre la hamaca. Admira todo y recobra el aliento. Continúa la carrera. Dobla por un callejón y un agente le roza la chaqueta que le dio su abuela, pero Germina es más rápida, así que se escabulle por detrás de un contenedor de basura y sale del otro lado de la calle, donde la espera...

¿Qué fue eso?, se preguntó Freddy entornando los ojos, ¿por qué Germina se detuvo afuera de ese local?, ¿por qué había una costurera de lo más tranquila en el Verano de los Infligidos?, ¿leí bien? Freddy releyó. Sí, leí bien. ¿Es una escritora surrealista?, ¿por qué hizo eso?, ¿se explica más tarde en la novela? El desfase le devolvió a la realidad, así que cerró el libro y corrió a la Facultad de Biología, donde estaba a punto de reprobar por faltas. Si reprueba, su mamá le hará dejar Asunción para regresar al campo.

Poco le duró a Freddy *Con la huida de la gacela*. Releyó los capítulos de la huida y no pudo responder a las preguntas que lo acosaron en la parada de autobús. No solo es un misterio que Germina se haya detenido frente al local de las lanas, sino que toda la huida es un misterio, que es la parte fundamental de la novela. En cierto momento, Germina ya no huye porque quiere saber la verdad o quiere conocer a su madre o busca detener el golpe de Estado, huye a sabiendas de que «había en su carrera algo tan primitivo y vital como rescatar a una hija de las garras de un villano, que es omnipotente». Es una metáfora muy extraña, pensó Freddy, que acababa de comprar *Mujer con jardín en la cabeza*. Lo mismo pensó Rosa, ama de casa mexicana que para no caer en la tentación de engañar de nuevo a su esposo, se inscribió en un club de lectura que siempre lee las novelas salidas de la mesa de novedades. Son ocho mujeres en el club, cada una, a razón de una vez por mes, propone la lectura de un libro. Cuando fue el turno de Rosa, se las ingenió para hacerles creer que *Con la huida de la gacela*, por la ilustración de la portada, era una historia de amor ambientada en África.

Después de leer las 289 páginas, la odiaron por el engaño y se lo dijeron en la reunión que tuvieron en el departamento de Ciudad de México de la más adinerada de las ocho. Sofía dijo que no sabía que existía un país llamado Checoslovaquia. Ana dijo que la novela era aburrida porque no había amor. Viviana no dijo nada de la novela y habló de los nuevos dolores que había tenido esa semana. Elisa dijo que la novela no estaba mal, de hecho, la había entretenido, pero no le daban ganas de leer más obras de esa Tamia Torres. Ana Lucía dijo que a la novela le faltaban escenas de amor. Raquel, la dueña de la casa, dijo que la novela era muy entretenida aunque no fuera su estilo de literatura. Manuela dijo que no había leído la novela pero había leído algunos resúmenes en Internet y, al parecer, era muy famosa en Latinoamérica, se iba a editar en España y, por lo visto, estaba nominada al Premio Rogelio Enríquez de Venezuela. Rosa, al final, cuando casi todas estaban ebrias, dijo que era lo mejor que había leído en, por lo menos, diez años y que su vida era tan aburrida que la novela era lo mejor que le había pasado.

No, sí, no..., dijo Rosa, la novela es muy buena, me encanta la forma en que la escritora hace que Germina sea un personaje tan real, tan humano, Torres es muy hábil para transmitir lo que se sentiría al perder una hija...

¿Perder un hija?, dijo Raquel, ¿de qué hablas?

El hijo que Germina pierde, dijo Rosa, por eso huye, huye de todos.

No, ella huye para salvarse, para detener la revuelta, ¿no?, dijo Ana Lucía.

Sí, también, dijo Rosa, pero también huye por haber perdido a su hija... ¿No?

Yo creo que no, dijo Elisa, no leí tan atenta, pero estoy segura de que Germina no perdió a ninguna hija.

A mí también me dio la sensación de que había perdido a una hija, dijo Sofía.

Germina no tenía hija ni perdió a nadie, dijo Viviana, bueno, solo a su mamá al final de la novela, cuando la ve de lejos, esa escena es muy conmovedora.

¡Nooo!, dijo Manuela, me arruinaste el final.

¡Eso te pasa por venir a un club de lectura sin leer el libro, Manolita!, dijo Viviana.

Rosita, dijo Raquel, más bien con más margaritas tal vez te des cuenta de que Germina nunca tuvo una hija.

¿Seguras?, preguntó Rosa, les juro que tengo la sensación de que Germina tenía una hija que perdió..., no sé, quizá hay muchas metáforas sobre la pérdida..., no sé...

Lo que a ti te falta son margaritas, dijo Raquel apurándole una copa que Rosa bebió de un solo trago. Las amigas celebraron la forma de embutirse el alcohol. Armaron un círculo, con Rosa en el centro, como si fuera la reina de la fiesta. Mientras saltaba, sintió la idea más fresca que nunca, no la abandonó ni cuando estuvo completamente borracha: en la huida de Germina y su supuesta hija perdida había algo muy sospechoso. Vio la novela sobre el mesón de la cocina y entornó los ojos. Hipó y, para respirar aire puro afuera del círculo, salió del encierro.

Cuando salió del encierro, Tamia no solo descubrió, con dolor, que estaba sola, sino que se había perdido del notición literario de 2020: un reciclador llamado Francisco Vizcaíno, mientras rebuscaba en unas bolsas plásticas en la colonia Mixcoac en Cuidad de México, había encontrado una cantidad ingente de cuadernos escritos a mano, sospechosos: casi treinta kilogramos de caligrafía regular y limpia. No quedó claro cómo terminaron en la mesa de Genaro Cóltzul Figueroa, el editor jefe de Daxhund Booxs México, pero lo cierto es que gracias a ellos se salvó de ser despedido por la central de Daxhund de Nueva York, la cual lo veía como un incompetente y oportunista. Y era el oportunista más afortunado: había dado, por pura suerte, con la obra de un escritor mexicano inédito hasta ese momento, llamado Octavio Paz Lozano.

Poco se sabía de él. Los estudiosos de Daxhund, durante dos años, escarbaron en su vida antes de publicarlo en 2020: había sido un docente, sin esposa ni descendencia, que cierto día de 1984 se pegó un tiro en su departamento de la colonia Tlatelolco. No se pudo determinar dónde habían permanecido los escritos durante treinta y seis años y cómo llegaron a la basura de Mixcoac. Al menos se consiguió la suficiente biografía para llenar una solapa y una fotografía en blanco y negro, en la que Paz tiene un aire melancólico. Cóztul anunció que la obra literaria era tan buena que desde un inicio se publicaría en Daxhund dentro de la Biblioteca Octavio Paz y la primera novela se presentaría en la Feria del Libro de Guadalajara. Para afianzar el proyecto, Cótzul tuvo la brillante idea, demasiado brillante para su conformismo, de publicar cada libro con un prólogo de escritores latinoamericanos de renombre.

Por ello cuando Tamia salió del encierro, Gloria Fuertes la esperaba afuera de la cueva milenaria con la propuesta del prólogo de este escritor fallecido a los setenta años. Para olvidarse de la soledad, aceptó. Su trabajo fue prologar *Libertad bajo palabra*, de 1965: una novela policial ambientada en la dictadura de Marcos Sinel, en México.

Tendría, además, que viajar a la Feria de Guadalajara para presentar la novela y, de paso, *Con la huida de la gacela* al pueblo mexicano, más de un año después de su aparición en Ecuador y en ferias del libro de Bogotá, Lima y Santiago.

Libertad bajo palabra era una novela tradicional, de estructura cronológica. Conan Doyle en Ciudad de México, comiendo tortas y bebiendo pulque. Usaba con maestría las técnicas del género policial, al tiempo que se burlaba de estereotipos mexicanos. Una narración cautivante. Tamia disfrutó la novela, hasta le dio un poco de envidia. Después de redactar el prólogo, lo reescribió dos veces y revisó una treintena. El título, que Gloria y Cótzul amaron, fue: «¿Dónde estuvo Paz mientras Rulfo se convertía en un villano? Un acercamiento a *Libertad bajo palabra* y la literatura mexicana». En él, Tamia dejaba claro que Paz era una anomalía para su época: «Si la novela hubiera visto la luz durante la dictadura de Sinel, habría sido la última: lo habrían fusilado en la plaza del Zócalo, en el punto más alto de su fama. Tal vez el suicidio fue parte del plan más grande: optó por ser el Kafka que desaparece un instante para reaparecer más tarde y quedarse por siempre, vivo en los libros, en lugar de ser el Kennedy Toole de una novela anual, todas malas excepto *La conjura de los bastardos*. Lo de Octavio Paz, el anti-Rulfo, fue un plan ejecutado con precisión, pensando en la posteridad».

Tamia sabía de planes, de ver la posteridad a lo lejos. Se había encerrado durante meses para ejecutar uno, el más ambicioso para ella a sus treinta y ocho años.

A sus treinta y ocho años, Aída Suárez vivió la tragedia más grande de su vida. Corría 1983. Tamia era una niña rosada, de cabello castaño claro que fue oscureciendo con el tiempo, hasta llegar al castaño oscuro actual, que se va salpicando de canas por arriba y a los lados. A los treinta y ocho años, en cambio, Aída no tenía ni un ápice de canas, al igual que su esposo, Julio Ordóñez, el abuelo de Tamia, que murió a los cincuenta y cinco años, en 1996.

La mañana del 24 de junio de 1983 Juana, hija de Aída y madre de Tamia, de diecinueve años, salió a protestar a las calles del centro de Quito. Desde El Ejido la masa caminaría hasta el Palacio de Carondelet para gritarle a Juan Martín Silva que era un asesino, corrupto y violador. Ese viernes, epicentro del año, fue la fecha escogida por los movimientos de izquierda de Latinoamérica y por sectores interesados de vivir en libertad para salir a luchar en contra del régimen opresor. Nunca se había realizado una marcha en contra de las dictaduras que comenzaron a inicios de los 60, por ello no se sabía qué esperar. Todos estaban seguros de que habría «bajas», pero nadie sospechó la magnitud.

La masa quiteña, que algunos historiadores dicen tenía diez mil almas, atravesó el parque La Alameda y subió al centro histórico, donde las barricadas de contención aparecieron a la altura de la Plaza del Teatro. Los historiadores también señalan que la tenacidad de la masa era notable para empujar a los militares que, cosa rara, se resistían a desenfundar las armas. Dos calles más arriba, la masa, al verse recibida por porrazos y gas lacrimógeno, se dividió en varios pedazos que corrieron despavoridos a La Marín, a San Juan, a San Blas. Entre los que continuaron adelante, que según los historiadores serían unos mil corazones, estaban Juana y Tomás Torres, su esposo, el padre de Tamia, el archivador de un hospital público. Ascendieron por las calles empedradas del centro, se asieron de los edificios de roca para resistir, gritaron sobre los militares caídos que no lograron hacerse a un lado. De golpe, ingresaron a la Plaza de la Independencia porque, cosa rara, no había barricadas. La primera y segunda filas de protestantes cayeron abatidas sin entender que varias docenas de metralletas en ristre les disparaban, agazapadas en las esquinas de la plaza. La orden de disparar vino del propio Juan Martín Silva, que ni siquiera estaba en el Palacio de Carondelet, sino en el Fuerte Militar Eplicachima, al sur de Quito. A la mierda con la opinión internacional: todo el mundo sabía lo que pasaba en Latinoamérica, pero nadie decía ni hacía nada, ni siquiera los papas de turno, que visitaban la región y se marchaban cargados de regalos variopintos. Los dictadores, ese 24 de junio de 1983, pusieron en práctica lo que habían acordado en reuniones previas: no habría concesión con los manifestantes, actuarían todos igual, «unidos los quince, como un puño». La única diferencia fue el método: Schiaffino, en Argentina, aparte de metralletas, usó francotiradores y reprimió la masa antes de que empezara a marchar hacia la Casa Rosada. Viviano

García, de Nicaragua, tuvo la audacia de adelantarse al plan y asesinó a los cabecillas la noche anterior, en sus camas, así al día siguiente los protestantes se miraron los unos a los otros sin saber a quién responder. En Perú, Carlos Hayashi se apegó al plan y disparó cuando pudo verlos cerca. Y un larguísimo y sangriento etcétera.

Los historiadores ecuatorianos no han podido precisar cuántos manifestantes cayeron en las ráfagas, calculan entre ocho y cinco mil, otros dicen entre dos y cuatro mil en tres ráfagas, otros mil. Cifras elevadísimas. Lo cierto es que las cifras también cuentan las bajas que vinieron después: los militares pasaron por encima de los muertos y salieron a la caza de los protestantes que huían despavoridos y se hallaban atrapados por las barricadas que habían sido levantadas de nuevo cerca en el Teatro Sucre. Los masacraron. Los sobrevivientes fueron sometidos con violencia y arrastrados a centros de detención clandestinos, donde se los torturó. Entre ellos estaba Juana. Tomás se salvó pero siempre se sintió culpable, por eso se suicidó. Entonces, como si fuera poco, vino lo peor: las dictaduras, en pocas semanas, levantaron una red de los más buscados. Así empezaron a caer presos los familiares y amigos de los asesinados y desaparecidos, por el simple hecho de estar emparentados. El efecto dominó de muerte.

Cuando los militares entraron en la casa de Aída, después de romperle la frente de un culetazo, le preguntaron dónde estaba su yerno Tomás. Ella dijo que se había disparado en la cabeza porque no quería vivir sin su esposa. No le creyeron y le pegaron otra vez. Pobre Aída: treinta y ocho años y tan golpeada, como si no fuera suficiente castigo la desaparición de su hija. Ella jugaba a provocarlos para que, con algo de suerte, la mataran, así no tendría que jugar a inventarse una vida más allá de Juana y engañarse al rezar a un campo santo que nunca abrazaría el cadáver de su hija. Estaba destruida y derrotada. Los militares la empujaban cada vez que intentaba levantarse, así evitaban que los viera a los ojos. Ahí, en el suelo, deseando morirse, la verdad la golpeó como una epifanía: si la mataban, su nieta Tamia se quedaría a cargo de su abuelo Julio, pero nada garantizaba que eso sucediera, después de todo, él había salido por la mañana a conseguir comida y estaba retrasado, quizá ya lo habrían matado. Era cuestión de tiempo para que los militares encontraran a Tamia: se la llevarían y la regalarían a un militar impotente, como se rumoraba que estaban haciendo las dictaduras.

«¡No! Una mujer se ha levantado: ¡teman!», escribirá años después Tamia. No podía dejarse morir. Los insultos cesaron y comenzaron las súplicas. Se cuidó de no mencionar a Tamia, que dormía en la habitación que será su estudio. Tenía un año y seis meses de edad. Los militares que entraron a la habitación buscando a Tomás no dijeron ni pío de Tamia, lo más probable es que no la vieran. Ni para buscar bien servían los militares ecuatorianos de la dictadura, todos eran tontos y vagos, dirá Aída a Tamia muchos años después, cuando le relate los trágicos acontecimientos de ese día de julio de 1983. Entonces sucedió lo más atroz: Tamia empezó a llorar. Los militares se miraron entre sí, sorprendidos. Aída se levantó de golpe y quiso correr a la habitación, pero un nuevo culetazo la dejó sin aire, sacudiéndose en el suelo. Un militar dijo: Sí, mi capitán, es una niña que está llorando. El capitán miró a Aída tratando de pescar algo de oxígeno para sus pulmones colapsados. Su mirada viajó de ella a la puerta desde donde provenía el llanto, una y otra vez. Al final dijo: Agarren a la vieja. Dos militares la arrojaron dentro de una camioneta, encapuchada, y el vehículo se perdió por las calles lodosas de El Batán Alto, escoltado, desde la cuna, por el llanto de Tamia.

El llanto de Tamia responde a la edad. Cuando niña, gritaba a pulmón abierto cuando se lastimaba o necesitaba que su abuela la mimara. En cambio, en su habitación de hotel en Guadalajara, el llanto era un lamento silencioso, lágrimas que bajaban imperceptibles mientras tejía. No pudo precisar cuándo había empezado a llorar ni cuándo había empezado el golpeteo insistente en la puerta.

Abre, Tamia, sé que estás ahí, dijo la voz de Gloria Fuertes con acento bogotano, estoy aquí con Genaro que quiere conocerte, abre.

—Voy —dijo Tamia. Trató de limpiarse el rostro con la bata que llevaba puesta, pero como temía ensuciarla, se limpió con el saco que estaba tejiendo. De pie, aplanó las arrugas de la bata. No había forma de verse presentable, así que abrió la puerta.

Tamia, hola, dijo Gloria, te presento a Genaro Cótzul Figueroa, con quien ya has trabajado, él es el responsable de tu prólogo en la novela de Octavio Paz, de que *Con la huida* se haya editado en México, de que vayamos a publicar aquí también *Mujer con jardín* y de que en 2021 aparezca aquí tu nueva novela, que espero me la entregues en este viaje, no te olvides, Tamia, me lo prometiste.

—Qué informe tan completo, Gloria. Sí, eso —dijo Tamia—. Voy a darle una última lectura y te la mando. —Hizo el ademán inconsciente de limpiarse las manos en la bata y saludó al editor mexicano—. Al fin nos conocemos, señor Figueroa. Encantada.

El gusto es mío, querida, dijo Cótzul extendiéndole la mano. El teléfono celular vibró dentro de la levita, lo sacó y vio quién llamaba, disculpen, tengo que contestar. Se alejó por el pasillo del hotel.

Gloria, para variar, estaba apurada, con la prisa de una vida que siempre debe estar en otra parte. Antes de marcharse, la urgió para que se arreglara, pues en el vestíbulo la esperaba un periodista. Veinte minutos después, Tamia estaba sentada en un sofá beige, con un mexicano llamado también Genaro que, sin titubeos, le preguntó: Señorita Torres, mucho gusto, ¿por qué el lector sale de la huida de Germina con la sensación de haber perdido un hijo? Y le acercó la grabadora a unos centímetros de la boca.

No supo qué responder. Era la primera vez que alguien se lo preguntaba. Una parte pequeña de la obra-universo estaba titilando con luz propia y empezaban a notarlo. No dejaba de ser una alegría en medio de los hechos de su vida reciente: una mezcla de escritura, tejido de punto y lágrimas que conmemoraban el día que Tamia zarpó del puerto donde vio seres humanos por última vez. Sentía la desolación del texto corregido, cuando el escritor vuelve a la casa vacía.

—¿Qué quieres que te diga, Genaro? —dijo Tamia—. No es que me compare con él, pero lo mismo le preguntaron a James Joyce por el *Ulises*. Él dijo que si respondía, los críticos y académicos no tendrían trabajo en los próximos cien años.

Es claro que Germina no ha perdido ningún hijo, ¡no tiene hijos!, dijo el periodista, pero uno sale devastado de la huida, como si hubiese perdido a alguien, ¿cómo lo consiguió?, ¿cuál es su truco?

Tamia, para no ser cortante, se encogió de hombros.

Está bien, dijo el periodista, hablemos de un aspecto que no se ha tocado demasiado: *Con la huida de la gacela* es una narración cronológica, de pocos *flashbacks*, con una estructura que recrea la novela-palacio de las dictaduras, los palacios presidenciales, quiero decir, ¿por qué eligió esta forma?, ¿es porque Germina está tratando de llegar al palacio de gobierno checo?, ¿es por eso?, déjeme decirle que ni la novela-palacio de Arreola se compara con la suya, la suya es mejor, por eso respóndame, ¿por qué tiene esa estructura?

—...

...

¿Es porque están yendo al palacio, verdad?

—...

...

—Sí, es por eso.

¡Lo sabía!, lo sabía, dijo el periodista, ¡gané la apuesta!

Ella no lo sabía, pero le fascinaba cómo el periodista perdía el profesionalismo por abrazar algo más visceral: sin saberlo sostenía una pieza del rompecabezas.

¿Una pieza del rompecabezas?, dijo Gloria, ¿es parte de un rompecabezas?, dime que es parte del rompecabezas, por favor, ¿o estoy leyendo mal?

Hizo la súplica como quien necesita saber un chisme. Tamia no supo qué responder, así que estiró la respuesta durante los metros que hay desde la entrada de la Feria del Libro de Guadalajara hasta la parte trasera del pabellón de Daxhund, donde apenas tuvieron tiempo para ultimar algunos detalles de la presentación de la novela. Del otro lado, ante un salón lleno, donde era difícil respirar, una voz mexicana anunciaba a la escritora ecuatoriana y a los comentadores: Genaro Cótzul Figueroa y Guadalupe Nettel.

—Te respondería —dijo Tamia—, pero debo salir al escenario.

Te espero aquí con la respuesta, dijo Gloria mientras la escritora la abandonaba. A pesar de las infinitas tareas que coordinaba en la feria para los escritores de la Región Andina, había leído en menos de tres días el borrador de la nueva novela de Tamia. Le había fascinado.

Con la huida de la gacela fue bien recibida por el pueblo mexicano, desde que apareció en librerías en realidad, dos meses atrás. La lectura de Nettel fue acertada: la escritora mexicana supo deducir que era una novela-palacio, dijo también que la de Tamia era una «prosa ambiciosa, digna de una artista que, si los del gremio no nos cuidamos, nos va a dejar sin chamba a todos, nadie nos va a pelar nada si Tamia Torres mejora con cada novela. Es la obra maestra que cierra la década».

Cótzul, por su parte, destacó el lugar privilegiado en el mundo latino que ocupaba Tamia, luego destacó la belleza de las dos mujeres del panel —más tarde, Tamia y Nettel se preguntaron si Cótzul habría destacado la belleza de los panelistas si estos hubieran sido hombres—, después enumeró las virtudes de las novelas, enfatizando en *Con la huida de la gacela*, y animó a los presentes a conseguir las novelas anteriores que, ¡albricias, albricias!, se editarán próximamente en Daxhund Booxs México, «así que muy pronto se acabará eso de pedir prestado, buscar en librerías de viejo, pedidos por correo, como está pasando con Tamia en Latinoamérica».

Cótzul mencionó, al final del discurso, algo que a Tamia dejó boquiabierta: «Su novela nos enseña que las mejores cosas de la vida están hechas de melancolía». La frase, lo sabía, era suya, le había venido en un sueño, esperaba desarrollar la idea en el futuro y, estaba segura, no la había usado aún. La curiosidad fue tan grande que, acercándose al micrófono, se vio obligada a interrumpir.

—Genaro, Genaro, disculpa, ¿de dónde sacas eso?

¿Qué cosa?

—Lo de que las mejores cosas de la vida están hechas de melancolía. ¿De dónde?

Eso, querida Tamia, dijo poniendo la mano en el corazón y cerrando los ojos, es la valiosa lección que me ha dejado tu novela. Exhaló un suspiro que fue secundado por aplausos. ¿Era posible que Tamia hubiese proyectado la sensación en *Con la huida de la gacela*, en contra de su voluntad?

El acto se completó con preguntas del público que Tamia respondió de la forma más directa posible, gracias a sus años de entrenamiento como docente. Firmó autógrafos y más tarde, después de recorrer la ciudad con Nettel y otros escritores, se fue a su habitación a descansar, pero la llamada de Gloria le arrancó de un sueño plácido. Gloria le sacó el juramento de que entregaría pronto la versión final de la novela, así, si se ajustaban en las centrales de Bogotá, México y Buenos Aires, se editaría a finales de enero, es decir, en menos de dos meses.

2021 será tu gran año, dijo Gloria, a mediados se editará en Barcelona, nos iremos para allá a presentarla, claro, si antes te apuras un poco.

Para sacársela de encima, Tamia, consciente de que faltaban por lo menos dos revisiones, le dijo que sí a todo. Colgó el teléfono y se durmió unas horas, despertó casi a medianoche, ordenó una porción de arroz que se comió en la bañera, con una toalla caliente atada en la frente y las trenzas tapándole los pezones. Al día siguiente, como no tenía nada programado más que recorrer la feria con Nettel, se entregó a la corrección de la novela que, según su calendario personal, estaría lista a mediados de diciembre, así podría pasar las fiestas de fin de año sin prisas, como si tuviera alguien con quien celebrar. Sabía que se le venían encima las Navidades más tristes desde la muerte de su abuela. Pensó en unirse a alguna fiesta de la universidad. Quizá la compañía de Jorge había sido el placebo que le había permitido salir adelante, pero ahora sin él en el horizonte, y mientras lo seguía extrañando, el panorama se veía desolador. No obstante, sucedió algo que nadie podía haber previsto: un día, en lo profundo de diciembre, Tamia salía de la universidad, deprimida. Iba a su casa a terminar la última revisión de la novela. Puso unas monedas en la gorra del vagabundo de la universidad, lo miró directo a los ojos por primera vez y, mientras se dirigía a la parada de autobuses, la imagen del poeta le golpeó en medio de la frente. Se detuvo en seco, impasible. Giró el cuerpo y caminó hasta el vagabundo. Él, que creyó que le iba a quitar las monedas, guardó la gorra dentro de la levita derruida como si fuera un secreto. Se miraron a los ojos durante unos segundos, como buscándose la mentira. ¿Cómo es posible que después de tantos años pasando a su lado jamás lo hubiera identificado? Él, en cambio, solo sabía que ella era la señorita generosa que siempre le daba monedas y que se portaba mejor que muchos otros, aunque nunca lo viera a los ojos. Tamia lo reconoció y le tendió la mano.

—Vamos.

Gabo, el universo
(2021-2026)

De la exaltación que produjo la publicación de *Gabo, el universo*, nadie fue más entusiasta que Gloria Fuertes: «Pronto te mandaremos las galeradas», «En dos minutos recibirás las galeradas, querida», «¿Qué tonalidad preferirías en la portada?», «¿no preferirías un tono más oscuro?». Por eso Tamia inició 2021 alérgica a todo proceso editorial. Como era pragmática, no tenía tiempo que perder en las cosas del mundo porque, como en toda buena historia de héroes y villanos, ella estaba cazando al olvido, del que se valía para poder continuar escribiendo, como mencionó en la primera entrevista que dio días antes de que *Gabo, el universo* llegara a las librerías:

—Para la escritura no hay nada mejor que el olvido: olvidar lo que has escrito, desterrarlo. Eso te permite concentrarte en tu próximo proyecto. Me preguntas sobre *Gabo, el universo*, que es una novedad para ustedes, pero para mí es agua bajo el puente. Imagina a un escritor que se ha quedado emocionado con una obra que acaba de terminar: ¡no podría avanzar! Esta es la única ocasión en que el olvido es sano. Sí, eso.

Para escribir *Gabo, el universo* partió de una idea esencial: ¿cómo construyen los escritores sus obras? La pregunta abarca el ámbito general de la creación, la perfecta metáfora del arte. Cuando se lo preguntaron, Tamia no supo precisar cuándo vio por primera vez al protagonista de su novela, el escritor colombiano Gabriel Martínez, Gabo para los amigos, pero sabía que era un hombre de mediana edad, de cabellos rizados y arrugas moderadas, de brazos peludos y una panza prominente, gafas como las suyas y un bigote tan copioso como el de Stalin. Gabo siempre está sonriendo, quizá por esa felicidad inherente de los latinoamericanos bautizados con agua caribeña, capaces de sonreír aunque su casa esté en llamas. Y tan claro como lo vio a él, Tamia vio su obra. Lo más llamativo de su literatura, pues pocas veces se había visto un escritor latinoamericano tan popular en el mundo, es que había creado un estilo propio: a los cuarenta años, en 1967, había publicado ya su obra capital, una novela tan buena y popular que se vendía en los supermercados al lado de las salchichas y las gaseosas, como le sucedió a Joaquín Reyes. El estilo literario del Gabo era producto del ambiente y Tamia lo explicaba así:

—Todas las historias del Gabo se ambientan en los pueblos pobres de la costa colombiana, de la selva al mar y de ahí al desierto, donde se respira un aire de subtrópico.

¿Aire subtropical en el desierto?, dijo el periodista.

—Cuando leas las novelas del Gabo entenderás que sí es posible.

Y tras leer las novelas del Gabo, dentro de la novela de Tamia, al periodista se le hacía verosímil el aire del subtrópico en el desierto, como un acto de magia. Poseía la fantasía de los primeros cuentos de Julio Cortázar, pero sin revelación final: no había un cambio súbito de realidad, pues la fantasía del Gabo se asimilaba sin cuestionar, ahí radicaban su esplendor y belleza. Su literatura era un cuento de hadas, un mito milenario, una Crónica de Indias, que el Gabo había leído a granel. La magia fluía como el agua y el lector de *Gabo, el universo* la bebía gustoso.

En la novela, Tamia también había inventado críticos, académicos y, más importante, lectores que explicaban cómo el ficticio Gabo conseguía tal efecto estético: su prosa era una metralleta de hipérboles y personificaciones, las más elocuentes y exageradas: «Los vientos del desierto eran tan fuertes que las madres vivían con la zozobra de ver a sus hijos volando por el cielo como cometas» o «Sentían que el muerto tenía tanta belleza que había ordenado a las corrientes marinas que lo depositaran con delicadeza en la playa donde lo hallaron». Y los ficticios lectores no se cuestionaban, se maravillaban. Gracias a su novela *Las soledades*, de 1967, que es la que se vendía hasta en los supermercados, le dieron el Nobel de Literatura en 1982. Tamia estaba jugando con la Historia, en la que el Gabo era el polo magnético opuesto de Joaquín Reyes.

Gabo nació como producto de su tiempo, de una Guerra Fría diferente. Para esto, Tamia escarbó en la historia de Latinoamérica, buscó un acontecimiento decisivo que permitiera su nacimiento y lo halló en un giro de la historia: sabemos que durante el Plan Nevado de los años 50, Estados Unidos trató de contener la ideología comunista de la Unión Soviética en los países de Europa del Este, tratando de meter a la fuerza la suya, la capitalista, a base de sedición política y golpes de Estado. Estados Unidos fracasó en grande porque no solo no lo logró, sino que en el otro lado del tablero de ajedrez, la Unión Soviética se metió en Latinoamérica, primero por Cuba y de ahí a casi todos los países. Por ello, para que Gabo pudiera nacer, Tamia tuvo que responder una pregunta: ¿qué habría pasado si Estados Unidos lograba esparcir su ideología capitalista en Latinoamérica, como intentó hacerlo en Europa del Este? En *Gabo, el universo*, el Plan Cóndor que Estados Unidos aplicó en Costa Rica y República Dominicana se extendió a toda la región y, a la larga, propició la aparición de dictaduras de extrema derecha a lo largo del continente, pero no con ideología socialista como pasó en la realidad, sino capitalista. «La misma mierda pero al revés», concluye Gabo Martínez en el capítulo dos. Huyendo de la dictadura en 1961, Gabo sale de Colombia y se refugia en Barcelona, «foco artístico para los latinos», donde se hace buen amigo de Cortázar (en esta realidad, él muere tarde, en 1984) y del ficticio escritor panameño Carlos Fuentes: «Los tres formaron una tríada tan poderosa como el tridente de Poseidón, que con su literatura levantó la moral de los latinoamericanos, quienes a su vez se levantaban en contra de las dictaduras de derecha, aunque los tres vivieran en una, la de Franco, que siempre existirá en todos los universos, pues la Historia necesita bufones».

Así se habría podido interpretar *Gabo, el universo* si la novela de Tamia no usara una forma peculiar de las dictaduras socialistas: la novela-pueblo. ¿Por qué tenía esa estructura? ¿No sería más acertado que tuviera la forma de la misma novela ficticia de Gabo, *Las soledades*? Los críticos, que consideraban que Tamia estaba ya consolidada en el panorama literario de América Latina, señalaron este detalle como un error o un exceso, pero los lectores, en cambio, entornaron los ojos.

Entornó los ojos al salir a la calle. Era uno de esos días que la luz del día es tan blanca que se debe ver el mundo a medias. Era la primera vez que salía de la casa desde que ella lo trajo casi a rastras. Vestía un calentador deportivo, marca Esparta, uno de los cinco que Tamia compró cuando supo su talla. Caminó al parque que estaba a dos calles, atrás de la iglesia, e hizo ejercicios de estiramiento, dio trotecitos en un metro cuadrado y terminó la jornada en los columpios, admirando los árboles gigantes. Quiero que muevas el cuerpo, le había dicho Tamia. Regresó a la casa, abrió con su juego de llaves y se sentó en la mesa del patio frontal, donde Tamia y su abuela desayunaban los sábados, según le había contado. Quiso beber un café soviético, pero temía arruinar la cafetera de la «señorita gentil de cabello largo y cara bonita».

Era una casa muy bonita y acogedora, sobre todo por el ramaje de los árboles de la calle que caía adentro, en el patio, y creaba la ilusión de vivir en un jardín cubierto. La casa era hotel y lugar de paso de gorriones, palomas, mirlos y picaflores, que Tamia alimentaba a diario con migas de pan y arroz remojado. Él la había visto alimentar a las aves, procurarse su compañía para sentarse a leer o tejer. En su momento él había tenido una casa tan linda como esa, producto del endeudamiento, de su trabajo como electricista y de la poesía, que después perdió por orgullo al regalársela a su exesposa en el divorcio, a pesar de que ella había sido la infiel. Ahí empezó su peregrinaje por sofás de amigos y hoteles de mala muerte hasta que no tuvo otro camino más que la calle.

Sentado en el jardín, admiró la chaqueta del calentador, jugó a subir y bajar el cierre lo más rápido posible. Se levantó y admiró el patio como lo vio la primera vez. Cruzó el garaje que siempre estaba vacío y levantó la manguera negra que Tamia usaba para regar las plantas. Se preguntó si él sería tan negro como la manguera: puso su brazo al lado del plástico delgado y dijo sí. Fue hasta el patio trasero y trató de husmear en una mediagua que hacía de bodega, pero no logró abrir la puerta, la cual, como estaba atascada, crujió tanto que el vagabundo regresó a ver en derredor como si lo hubieran atrapado robando pan. Caminó por el patio. En los alambres admiró, como si se tratara de piezas de museo, la ropa de Tamia que se secaba al sol: al ver la ropa interior sintió una vergüenza que no supo identificar su origen. Sacudió la cabeza y entró a la casa.

Se dejó guiar por los contornos de las bibliotecas que, para un extraño como él, era evidente que mezclaban dos eras: por una parte estaban las bibliotecas de caoba y roble, talladas en los bordes, y por el otro, las más simples de cartón prensado, de fácil ensamblaje y livianas. Aunque él ya lo había adivinado, Tamia, más tarde, le contaría que las primeras eran de su abuela y las segundas suyas. El conjunto creaba un laberinto antiguo y moderno por el que el exvagabundo disfrutaba perderse. Tocaba con los dedos los lomos de los libros, hacía un barrido sobre ellos, leía los autores y los títulos, muchos de los cuales recordaba. ¿Hace cuánto había abandonado la literatura? Una o dos vidas atrás, cuando menos. La señorita gentil tenía más libros de los que él alguna vez tuvo.

Recorrió la antesala, la sala, las habitaciones y el comedor, todas bañadas de esa luz extraña, y en todas encontró libros sobre estanterías y mesas, abiertos en determinadas páginas, abiertos boca abajo, con marcadores de páginas o papeles sobresaliendo. Con sigilo empezó a recorrer el mapa de las lecturas desordenadas para tratar de entender el objetivo de la señorita gentil. Comprendió que el de ella era un destino más ambicioso de lo que él alguna vez se propuso encarar, aun en sus años más productivos. La respetó por ello. En las bibliotecas es posible reconocer senderos y finales, pedazos del alma, y en una de esas bibliotecas, una de las más alejadas, casi escondida, halló enfilados los libros que había publicado: *Acacias* dormía la siesta, *Ada desfigurada* apoyada sobre esta, *Sinfonía silbada* apuntando hacia el cielo, *Mujer con jardín en la cabeza* y su invisible necedad de ser más alto que *Con la huida de la gacela*. En las solapas de los dos últimos libros se repetía la misma fotografía sobre la misma biografía: la señorita gentil, que lo había dejado solo ese día por primera vez, pertenecía a su gremio. Sabía que era escritora, pero no que ostentara semejante perfil. Había asumido que su lado fuerte era la docencia, pero, por lo visto, lo suyo era la escritura. Entonces, pensó el exvagabundo, es valiente: se necesitan agallas para morir solo. La señorita gentil, a la que todavía no podía llamar Tamia, de seguro tenía muchos amigos, así que a él en Navidad le tocaría hacer de mayordomo como agradecimiento por haberlo sacado de la calle o quizá durante el tiempo que durara el rescate, pues nadie mantiene a un desconocido por puro altruismo. Nadie. Después de muchos años, volvió a sentirse agradecido, afortunado.

La puerta de la calle se abrió y la vio a través del vidrio. Se saludaron. A él le pareció que la sonrisa de Tamia era la más sincera que había visto en mucho, mucho tiempo. Le abrió la puerta de la casa y ella lo saludó con verídico entusiasmo.

87

—Perdón, tuve que salir —dijo Tamia colgando el bolso y el abrigo en el perchero de la entrada, en la sala—. Necesitaba un libro que sabía que solo podría hallar en las librerías de viejo del centro de Quito.

¿Qué libro es ese, mi niña?, dijo el exvagabundo.

Tamia le extendió una edición maltrecha de *Yo el supremo* de Roa Bastos.

Ah, uno de los mejores ejemplos de la novela del dictador, dijo.

—Tengo sed. Acompáñame a la cocina.

Tamia vertió un vaso agua de una garrafa.

—El sol de Quito —dijo al tiempo que se apuraba dos vasos de agua—, ya sabes...

Asintió temeroso, como un animal recién rescatado. Luego vio la cafetera de ciencia ficción que estaba sobre un mesón. Tamia notó su curiosidad.

—¿Quieres café, Guillermo?

Él asintió.

—¿Cómo lo prefieres?

Un soviético, bien cargado, mi niña, dijo Guillermo.

—Un café soviético bien cargado será —dijo ella. Puso a hervir agua en una olla pequeña, de un anaquel superior sacó una prensa francesa y un paquete de café—. Espero que te guste el café así. La cafetera que tanto ves no sirve.

Guillermo aspiró hondamente el aroma del café pasado. No lo había olido en unos diez años. Sorbió y, aunque se quemó la lengua, le pareció el elixir más delicioso que había probado jamás, mejor incluso que el encocado de camarón y pescado que sirvieron el día de su boda en las playas de Sua, en Esmeraldas.

—Quiero que descanses, que te habitúes, Guillermo —dijo Tamia sirviéndose el resto del café que quedaba en la prensa francesa—. Cuando te sientas listo, y esto es muy importante, quiero que vuelvas a escribir.

Quiero que vuelvas a escribir
con tus manos rotas
con la pluma que heredaste del Zeus negro que vivió con los indígenas,

antes de que ellos llegaran.
Quiero que escribas lo que te pasó, negro,
que me digas dónde te duele y me señales
qué te hicieron:
si con un ferrocarril te abrieron las venas,
si con un tajo de carne te quitaron la carne.
Quiero que escribas porque es lo único que queda
cuando la esperanza agoniza junto a tu esposa,
al lado de los hijos que te arrebataron,
tus hijos se fueron en ese ferrocarril asesino
y ahora te viajan por dentro.

Sentada en el sofá del estudio, Tamia releyó el poema «Triunfante», una, dos, siete veces, y en cada lectura descubrió un elemento diferente, una nueva musicalidad que brillaba con más intensidad, a medida que recorría el terreno de los versos para adentrarse en sus secretos. Cuando fue estudiante de Literatura, Tamia le dedicó un ensayo a este poema, en el Seminario de Literatura Ecuatoriana II. El tema: «Lo que representa el poema "Triunfante", de Guillermo Bass, en la lírica de la negritud ecuatoriana». En trece páginas Tamia expuso los orígenes de la negritud en el país, su importancia y por qué al poema se le podía considerar «desestabilizador» en la época en la que apareció (1970), como certificaron los historiadores de la literatura ecuatoriana.

Tras cada relectura levantó la vista para comprobar que el hombre que tenía al frente, que a su vez la miraba, era inventor de la negritud ecuatoriana y que ahora estaba viviendo en su casa. ¿Cómo era posible que semejante dignidad de las letras hubiera terminado en la calle? ¿Cómo hace el mejor poeta ecuatoriano para desaparecer a la vista de todos? De esa historia, Bass no soltaba más que atisbos, permanecía oculta para Tamia y la literatura nacional. A veces se le escapaban retazos, como aquello de ceder su casa a la exesposa o que dejó de interesarle la escritura cuando vio que la situación de los negros seguía siendo la misma que cuando empezó, que durante una época vivió de las apuestas que ganaba jugando fútbol en las playas de Manabí, que sus trofeos y diplomas deben estar en los basureros de Esmeraldas, que ya no conservaba ni un solo libro suyo. Huyó de su pasado. Tamia no quería presionarlo, aunque se moría de la curiosidad.

—Quiero que hagas nuevos poemas. No nos puedes privar así de tu talento.

¿Privar al mundo de su talento? ¿Es posible que alguien creyera semejante disparate? Tamia sonaba convencida, así que quizás también era un poco ingenua. El mundo no traga todo lo que mastica, a algunos los escupe, y Bass se sabía uno de los expulsados de la boca de Dios, tal como lo expone en su bello poema «Los incinerados, los expulsados», a él lo había expulsado junto con la eternidad.

Empezaron a conversar sobre la eternidad, con la naturalidad que habían adquirido tras vivir juntos un mes. Tamia pensaba que la única eternidad destinada al ser humano viajaba en el disco de oro de la sonda Viajero, que en 2021 estaba a más de veinticinco mil millones de kilómetros de la Tierra. Le explicó que su intento de eternidad sería construir una sonda Viajero pero hecha de literatura, que refregaría en la cara de la humanidad sin que esta se diera cuenta. A medida que explicaba el proyecto, usando la mayor cantidad de ambigüedades, Tamia sentía latir la eternidad en las venas del cuello y de la frente, como si hubiera subido corriendo por las gradas, quería asirla, pero aquello era labor de titanes. Bass no pudo sonsacarle más sobre el proyecto, así que explicó que como subproducto de la sociedad, sabía que no existía una categoría llamada eternidad. Sus poemas, por ejemplo, habían alcanzado amplio reconocimiento, incluso ganó el prestigioso Premio Casa de La Habana, y se lo condecoró en varias latitudes de Iberoamérica, pero sus poemas viajaron tan lejos que alcanzaron el horizonte de no retorno y, asomados a ese abismo del tiempo, fueron succionados junto con la luz y las ideas. Su obra cayó girando en espirales, sin quejas ni sonidos, y cuando tocó fondo ya nadie recordaba, nadie decía qué poemazos los de Bass, esos poemas levantaron la frente de los negros latinoamericanos, ya nadie decía su nombre en las calles, las velas se apagaron en las tertulias y el eco de los versos se hizo hueco y áspero.

La insolencia de creer que la eternidad es algo que les compete a los escritores, pensó Bass al terminar de leer *Gabo, el universo*: o eres cobarde o eres insolente. Tamia le había pedido una opinión y él, a modo de agradecimiento, se la dio. Para aquel entonces ya llevaba dos meses viviendo con Tamia y se movía por la casa como si fuera un viejo amigo de Aída. Bass le dijo que aunque era entretenida, no había entendido la novela: ¿cuál era el punto de seguir de cerca la vida de un escritor ficticio y ucrónico, que temía afeitarse el bigote so pena de perder su talento literario? Cuando vio a Tamia fruncir el ceño, agregó: Claro, ojo, mi opinión es la de un hombre fuera del tiempo, mi niña, dijo Bass sentado en la antesala, con el manuscrito impreso en las manos, yo no he leído nada en años, yo no sé qué se escribe hoy ni cómo se escribe, quizá lo suyo es una obra maestra y yo aquí echando pestes.

La oxidada opinión de Bass diferirá de la de los lectores de Tamia, los de ojos entornados, dentro de pocos meses, cuando se desate la ola de buenas críticas a *Gabo, el universo*. Bass le dijo que la aspiración de eternidad por parte de los artistas era tan peligrosa como Ícaro volando con alas de cera cerca del sol. Para Bass, aspirar a la eternidad, es decir, luchar contra el olvido, se castigaba de la peor forma.

No hay que pedirle peras al olmo, mi niña, dijo Bass con su acento costeño, yo me eduqué en una escuela diferente a la suya, una en la que no me enseñaron a ser ambicioso como a usté, y eso está mal, quizás por eso yo pasé diez años en las calles, olvidado, y usté está tan famosa en el país y en el mundo, no me haga caso: quizá mientras más grande sea la ambición, más tiempo a la gente le tome olvidarse de uno.

Olvidarse de uno mismo es una de las ventajas de la escritura, lo que es paradójico: al escribir, lo de adentro se asienta sobre papel de forma metafórica, pero llega un punto en el que aunque se escriba copiándose a uno mismo, tras centenares de errores y aciertos, se deja de hacerlo porque la redacción, que es mecánica, ha revelado procesos en los que la vida se disuelve en una corriente de palabras, y eso es incómodo. Es como pasar de un automóvil automático a uno manual. Tamia, por ejemplo: la escritura se le da de forma explosiva, pero a medida que va perfeccionando la técnica, que coincidió con el interés del mundo por su literatura, los resultados le empezaron a desagradar.

Con *Mujer con jardín en la cabeza* se había probado a sí misma que era capaz de mantener la tensión de un misterio hasta el final de la trama, pero cuando su abuela le dijo que la novela era reduccionista, dejó de agradarle, como un prospecto romántico que, de un día para el otro, revela defectos irreconciliables. Si la mujer que atraviesa toda la obra, como el hombre que atraviesa una inundación para salvar a su hijo, te señala un punto es porque ahí hay algo que puede herirte. Tamia bajó las expectativas con *Mujer con jardín en la cabeza*, a pesar de que crítica, lectores y estudiosos todavía confiaban en ella.

¿Quedó Tamia conforme con *Con la huida de la gacela*? No, lo cual sacó a flote una pregunta más importante: ¿los artistas quedan satisfechos con sus obras? A medida que los escritores se han afianzado, me atrevo a decir que no: la inconformidad es inherente al arte y a la creación, es ella la que permite lanzarse a la edificación de una nueva obra, que siempre será más transcendental. En el momento de la creación, los artistas están obligados a ver, con el rabillo del ojo, la obra siguiente.

Por eso en *Gabo, el universo*, Bass señaló algo incorpóreo pero latente, una falla fantasmal. No era la clase de error que subrayan los periódicos y revistas, con la que los críticos se relamen porque hace más fácil despedazar a la obra. Bass podía detectar al fantasma porque, en su tiempo, también fue creador. El Gabo Martínez, el personaje principal, era un extraordinario escritor colombiano, con una vida pletórica de avatares y una obra llena de altibajos, que eran una metáfora de la creación misma, el tema central de la novela. Nada muy llamativo en principio. Tamia supuso que la falla que Bass aludía era la constante inconformidad de artista del Gabo, el querer hacer más, llegar más lejos, pero no poder. Gabo vivía en la caverna de Platón: el escritor proyecta una novela en su mente, la escribe con dificultad y se da cuenta de que el resultado final no es más que la sombra de la obra que realmente se propuso, que está afuera de la cueva disfrutando del sol, esperándolo. Pero no por ello el resultado es malo, todo lo contrario, puede ser soberbio o maravilloso, aunque no sea real, aunque no sea la novela prototípica, la de la mente, aquella capaz de proyectar sombras en las paredes de la caverna de los tiempos. Pero esto, claro, no lo saben los lectores de Gabo, ni siquiera los de Tamia, porque es imposible ver la llaga que yace en lo profundo del creador, la herida que escuece y se niega a sanar, y que si se mezcla con una ambición desmedida, forma un poderoso elixir que, contrario a sus propiedades, mata lentamente, un día a la vez. La degradación del cuerpo y la mente es paulatina e imperceptible: solo se nota en las instancias finales, cuando se está a punto de concluir la obra total, es decir, cuando la escritura se ha vuelto un acto masoquista por la incapacidad de reflejar en el papel lo que se vio en el corazón, y eso quema, arde porque no se podría estar más lejos del género humano.

A pesar de la incomodidad del creador, a finales de enero de 2021, Tamia envió a Gloria la versión final de *Gabo, el universo*. La mandó como el que regresa sobre sus pasos para recordar para qué entró en la habitación. A Gloria Fuertes le encantó la versión final —que según ella no difería mucho de lo leído en Guadalajara— y predijo que al público colombiano le iba a encantar.

De hecho, linda, toda Latinoamérica va a amar tu libro, escribió Gloria vía correo electrónico, veremos qué pasa en España a mediados de año. Nos ponemos manos a la obra para que *Gabo, el universo* esté en librerías a finales de marzo, según lo planeado, que es, Dios mío, ¡en solo dos meses!, tenemos que apurarnos.

Tenemos que apurarnos, me dijo mi hermano, dijo Bass sentado en la mesa de la cocina, con una taza de agua de manzanilla, ¡apúrate!, que las ratas se van a comer todo, y nosotros seguíamos dándoles de palazos y patadas a las ratas que nos pasaban por los lados, mi niña, imagínate un río desbordado que se mete en tu casa, pero en lugar de agua ¡son ratas!, fue en ese momento cuando me dije: Guillo, tienes que salir de esta pocilga.

Resultaba inverosímil pensar que la invasión de las ratas a su casa de Esmeraldas sucediera en la época de mayor apogeo de su literatura: por un lado, Guillermo Bass vestía modestos trajes comprados con lo que le habían pagado en congresos de literatura en Quito, Guayaquil y el extranjero, y, por el otro, se arremangaba para entrar a la casa y combatir a las ratas. Su casa estaba cerca de un botadero de basura, en una de las zonas más pobres de Esmeraldas, donde hedía a río estancado y cadáver en descomposición. Había prometido jamás abandonar la casa: su padre la había construido en una invasión, con el escaso dinero que ganaba como recolector de basura, en los años 50.

Bass necesitaba el contacto constante con lo real para escribir versos que hablaban de la humildad y de la miseria, de la negritud y de la necesidad, por eso se había negado a dejar la casa hasta que sucedió lo de las ratas. Aquella experiencia quedó plasmada en el poemario *Los ciclos migratorios de las ratas*, por el que recibió el Premio Municipal de Esmeraldas de Literatura en 1982. Tuvo que regresar a su ciudad a recoger la medalla, pues se había mudado, con su esposa, hija y hermano, a Manta. Nunca vendieron la casa, simplemente la abandonaron.

—¿Por qué Manta? —dijo Tamia. Bebió el café y continuó—. Digo, la provincia de Manabí es la más hermosa del Ecuador, pero habrás tenido una razón especial, ¿no?

Manta, mi niña, dijo Bass, bien dices que es hermosa, por eso nos fuimos allá, además de que en Manta tenía unos amigos que en algo me podían ayudar, aunque fuera a cargar los trastos, pagué la entrada de una casa con los ahorros que tenía de mis trabajos como vendedor de seguros y de electricista, y de lo que me pagaban por recitar en eventos y leer ponencias en congresos.

—¿Te pagaban? —dijo Tamia—. O sea, se debe pagar por ponencias, pero tú estás hablando de los años 80, ¿no?, de la dictadura, cuando la gente menos lee pero más escribe, ¿no? O sea que no solo eras un gran poeta, sino que te hacías respetar.

Así es, mi niña, dijo Bass, yo me hacía pagar, y a veces salían cosas tan simples como declamar en escuelas y colegios, en fiestas de pueblo al son de la guitarra, o a veces cosas tan grandes como dar ponencias en ferias de libros y congresos, me querían, me pagaban, así de fácil era la cosa, también tenía un poco de dinero de un par de concursos que gané y de lo que me pagaban por publicarme en Ecuador, que era más bien poco, lo mejor fue cuando me gané la Bienal de Poesía de Montevideo, ese sí fue un pastón.

—¿Entonces levantaste tu casa a base de literatura?

Pues claro, mi niña, ¡mis dos casas!, dijo Bass, porque lo de vender seguros no era nada provechoso, mírame: negro, feo y pobre que va de puerta a puerta, ¡vos crees que me abrían!, fieros tiempos para los negros fueron los años de Silva.

—Comprar una casa con plata salida de la literatura... Es una bonita idea, muy romántica. Esta casa yo la heredé. El departamento en el que vivía antes lo pagaba con mi sueldo de docente. En ese aspecto, mi vida no ha sido tan complicada, nada romántica. No fui rica, pero tuve lo necesario para poder sentarme a escribir.

Para escribir, mi niña, dijo Bass, no es cosa de esperar que los planetas se alineen o que todos hagan perfecto silencio en la casa, la literatura es de hacerla y punto, no hay nada de medios intentos, se hace y punto, aunque al lado tengas un bebé llorándote del hambre o tengas cientos de ratas corriéndote por los pies, en esos años di mi mejor poesía, ¿te acuerdas?, ah, tan lindos esos poemas: «El año de la rata», «La niña negra y el niño indígena», «Los amores del sur»…

—Son los amores del sur —recitó Tamia— que vienen por ti / tienen en la mente / un ajuste de cuentas / una paliza / una verbena / te quieren oír decir su nombre / escúchalos, que vienen por ti. —Se puso de pie y colocó las dos manos sobre el mesón de la cocina—. Son los amores del sur…

Son los amores del sur, continuó Bass, que vienen por ti, a algunos les gusta bailar, a otros no los ves, son los amores del sur que viajan por la piel, te observan en cárcel y no te saludan sino hasta entrada la noche, cuando tú ya querías dormir…

—Son los amigos del sur… —Tamia sonrió tratando de recordar lo que seguía. Bass rio y Tamia se sentó—. No sé si podría escribir en extrema necesidad…

No te creas, mi niña, dijo Bass, en esos momentos, al menos para mí, lo principal era escribir, era una necesidad, como el sexo, se necesita nomás, a veces no tenía ni un solo puto tabaco para fumar, pero sí tenía un lapicito y una hoja y me mandaba unos versos como quien desayuna, y al parecer escribía bien porque me llamaban de todos lados de Latinoamérica para recitar, incluso de España, fui a Madrid, a Sevilla, a Barcelona, casi no regreso, pero acá estaban mi esposa y mi hija, y mi hermano también, ese careverga.

—Guillermo…

¿Mi niña?, interrumpió Bass.

—No sabes cuánto me entretiene oírte, pero me estoy cayendo del sueño y mañana tengo clases temprano, además, tengo proyectado escribir.

Mi niña, no se preocupe, dijo Bass, que para contarnos literaturas tenemos toda la vida, aunque a mí la muerte ya mismo me jale las patas.

«Me jale de las patas»: una de las frases favoritas del Gabo Martínez. Según él, en algún momento de la vida, todo te jala de las patas: los fantasmas de los abuelos, el hijo no nacido, la diabetes, la presión alta, las amantes, la soledad. Tamia le había concedido la frase, que usaba seguido, para dotarlo de una personalidad latinoamericana, además de que como todo buen escritor de esta región, estaba repleto de anacronismos y palabras extrañas que coleccionaba para usar en sus cuentos y novelas. Por ejemplo, en el relato «La niña de los caracoles» decía *fondear* y *angarillas*. En «Una situación para Gabriel Osiris» usaba *estoperol* y *ablución*. En la novela corta *Los siete mensajeros de Dios* mencionaba *trinquetes* y *caldereta*. En *La soledad* —trasunto de la famosa novela de Joaquín Reyes *Bienvenida la soledad de los soldados*, de 1967—, el protagonista, el bonachón Florencio Morel, no lleva billetera sino una *faltriquera de jareta* y su casa estaba repleta de *chécheres* que hallaba en el río, donde trabajaba en su *chinchorro*.

Los primeros lectores de *Gabo, el universo* —se podía hablar ya de una modesta horda que acudió a las librerías el primer día de venta— hicieron una lectura dispersa: se dejaron obnubilar por las palabras raras y antiguas, de manera que cuando regresaban de la excursión al diccionario, se les había pasado un detalle trascendental: más allá de caracterizar a un personaje, ¿por qué Tamia había utilizado estas palabras? ¿Acaso no iluminaban un deseo más profundo y oculto? Por ejemplo, la primera lectura de Melanie —estudiante de Comunicación y Literatura, que será alumna de Tamia— se quedó al nivel del mar, pero en la segunda lectura ondeó las ideas que yacían atrapadas dentro de ostras, en lo profundo de los párrafos y los capítulos, sin distraerse por los anacronismos. Entonces entornó los ojos y siguió leyendo: en *Gabo, el universo*, era latente el peso que el hijo no nacido de Gabo tiene en su obra literaria, quien murió en el parto en 1945. 1945, un año para entornar los ojos. Olfateó algo, el rastro de un símbolo que no estaba lejos, oculto en lo profundo de una pirámide inca. Como Melanie no tenía las novelas anteriores de Tamia, llamó a Camila y Emiliano para que cotejaran lo que ella sospechaba. Las respuestas empezaron a llover en las semanas siguientes. Camila mencionó que en *Acacias*, Gertrude, personaje sobre el cual recaen los pecados del protagonista, nació en 1945. En *Sinfonía Silbada*, el hijo muerto de Silva nació en 1945. Emiliano, más espabilado que las dos, dijo que en *Ada desfigurada* la matriarca de la familia y dueña simbólica del barrio El Tejar nació en 1945. En *Mujer con jardín en la cabeza*, el padre imaginario que no ve nadie más que Jorge, uno de los personajes principales, había nacido en el mismo año. Faltaba saber qué pasaba en *Con la huida de la gacela*: Melanie la halló en una librería independiente, después de que se agotara en las grandes cadenas. La leyó en el feriado de Semana Santa y descubrió que la madre de Germina nació en 1945.

Melanie, Camila y Emiliano, almorzando en la cafetería de la universidad, concluyeron que el número se repetía demasiadas veces como para ser algo casual. Quizá podrían preguntarle a Tamia cuando la vieran en la facultad o, mejor aún, esperar a que les diera cátedra para ganarse su confianza y asaltarla en honor a la verdad y la intriga, pues sabían que la escritora era renuente a hablar de su obra.

Más tímido que intrigado, el trío decidió interpretar el año por su cuenta: sin duda era un año crucial en la vida de Tamia porque…, bueno…, algo había pasado. No tenían una respuesta fija y les avergonzaba su desamparo. Iban a tener que recurrir a las preguntas directas a la escritora, que, se decía, ahora vivía con un poeta negro que otrora había sido famoso y que estaban esperando un bebé, pero que nadie estaba seguro de que fuera a salir negrito porque había otros escritores pretendiéndola, al igual que sus propios colegas, pero ella no se dejaba confundir por el amor porque estaba casada con la literatura. Eso decían. El tiempo pasó y nunca le creció el vientre. Qué bien le habría hecho al trío hablar con José Mosquera, doctor en Filología de Ciudad de Panamá, quien, al igual que ellos, había olido algo extraño y veía conspiraciones en 1945 que se repetían con impaciencia en toda la obra de Tamia. A diferencia de ellos, Mosquera tenía la suerte de haber leído una entrevista que el diario panameño *El Dominical* le hizo a Tamia, vía correo electrónico, en el que mencionaba, sin darle importancia, que su abuela «nació cuando el gran conflicto bélico terminó». Mosquera, entornando los ojos, sabía que la Segunda Guerra Mundial había terminado en 1945, pero por si acaso lo consultó en una enciclopedia que nunca usaba, cada vez más empolvada por el auge de las enciclopedias en línea. Menos mal, se dijo Mosquera, siempre estuve en lo cierto.

Siempre estuve en lo cierto, mi niña, dijo Bass sentado frente a la computadora, hice bien en dejarlo, esto ya es cosa del pasado, agua bajo el río, igual, nunca me gustaron estas máquinas.

—Tienes que intentarlo, Guillermo —dijo Tamia a su lado—. Yo sé que todavía está dentro de ti, todavía lo tienes. Se lo debes al mundo.

Mi niña, antes de vagar en las calles, dijo Bass apoyándose en el espaldar, dejé de escribir a mediados de los 90, o sea que hasta la fecha no he escrito ni publicado nada en veinticinco años, y yo, la verdad, no he visto que el mundo se haya preguntado qué fue de Guillermo Bass, por qué dejó de escribir, por qué desapareció, nadie, ni siquiera los críticos se preguntaron si estaba vivo, la única persona que se preocupó por mí, ¡que me reconoció!, fue usted, mi niña, pero yo al mundo no le debo nada.

Sabía que tenía razón, pero no estaba dispuesta a acatar. Presentía que el poeta, si insistía, tarde o temprano se lanzaría a escribir para recuperar el tiempo perdido y vengarse de la sociedad que lo había arrinconado. Tamia estaba enfrentando, a la brava, dos estilos distintos de escritura, que son dos formas de ver la vida: la explosiva de ella y la pausada de él. Bass, para empezar, nunca usó una computadora para escribir. Lo hacía a mano, en libretas de la aseguradora, con cualquier bolígrafo, generalmente Bic, o lápiz. Se sentaba en la acera de la casa, a veces en el parterre, y mientras veía a la gente pasar dejaba fluir los versos. Escribía con el bolígrafo y la libreta bien sujetos, como si se le fueran a caer. Para Bass el acto creativo consistía en encontrarse con la voluntad: no tenía una disciplina férrea como Tamia, lo suyo era salir a pasear y hallar a las musas, que para él eran negras esmeraldeñas de senos turgentes y caderas amplísimas, que seguían los compases de la marimba. No es casual que uno de sus sonetos más famosos sea «Rumbera esmeraldeña», cuya musicalidad recreaba las fiestas en las playas de Atacames, alrededor del fuego, donde los negros bailan y se ríen mientras el sol se muere.

Tamia, por el contrario, aprovechaba cada intersticio de su imaginación para crear: lo hacía desde las historias que inventó desde niña, cuando jugaba con muñecas de pésima calidad, las únicas permitidas durante el Gobierno de Silva. Exprimía cada recuerdo y cada juego, y si no podía ubicarlos en una novela, los dejaba pendientes para la siguiente. Sabía que en algún momento iba a utilizarlo todo, *todo el universo*, por eso su obra —como empezaban a entender los lectores de ojos entornados, incluso los no tan suspicaces— tenía hambre de vida eterna, de totalidad.

Pronto surgió la duda de dónde ubicar a Tamia en la historia de la literatura ecuatoriana: ahora que ya sabemos que llegó para quedarse, ¿la ponemos bajo la literatura de Pablo Palacio? No: él se convirtió en villano. ¿Bajo Jorge Icaza? No: ella no escribe realismo social ni indigenismo. Quizá se la pueda ubicar al lado de Humberto Salvador, en una butaca, precisaron los estudiosos, pues sus novelas tienen mucho más de *En la ciudad he perdido una novela* que de *El chulla Romero y Flores*, tienen la ambición estructural de todo buen escritor-arquitecto de las dictaduras, después de todo, *Gabo, el universo* era también una novela-océano, una repleta de arrecifes de coral tan hermosos como los de las Islas Fiyi. En algún punto, un estudioso propuso ubicar a Tamia debajo de la transgresión provocadora del desaparecido Guillermo Bass. No importa que él sea poesía y ella sea prosa, dijo, lo que interesa es la ambición porque, quizá sin proponérselo, en la poesía de Bass sí había ambición: por ejemplo, su poemario *Sollozo y llanto por el hijo no nacido* (1978) se compone de un poema tan largo que recorre casi doscientas páginas. Cada estrofa consta de diez versos y cada uno está enumerado del 1 al 10, de manera que cada verso es perfectamente intercambiable por uno que tenga el mismo número en cualquiera de sus cien estrofas. Se dijo que el poema estaba demasiado influenciado por *Rayuela* de Cortázar o por *Fluyan las trampas, dijo el sacerdote* (1971), la novela-basílica del peruano Pedro Remigio Normal. Ambas novelas, al igual que el poema de Bass, fueron bien recibidas por la crítica, no en vano el poemario del ecuatoriano ganó el Premio Casa de La Habana y el Premio de Poesía de la Colección Babor de Madrid (1979), la editorial de poesía más respetada de Iberoamérica, en la que se reimprimió ese año. Bass fue en persona a recoger el premio a España, caminó por Madrid con la emoción de un hombre que creció cerca de un botadero de basura, caminó hasta que le salieron ampollas en los pies y compró libros prohibidos en Ecuador.

Después de un mes visitando varias ciudades de España, Bass se reencontró con su país miserable y desastroso pero que, de alguna forma, era diferente, pues su nombre —ese apellido onomatopéyico, producto del golpe en el cuero del tambor— se reconocía en cada universidad y en cada anfiteatro donde se organizaban veladas poéticas, a pesar de la celosa vigilancia de la dictadura, que no veía con buenos ojos la poesía ni las aglomeraciones, se conocía en cada clase donde se estudiaba poesía contemporánea e historia de la literatura, y a Bass se lo invocaba como al dios de la lluvia y él se materializaba con su sonrisa de oreja a oreja, dispuesto a enamorar a las multitudes.

Tamia no enamora de esa forma, pero sí cautiva, sobre todo por su imagen frágil que se puede confundir con excentricidad: provoca ganas de protegerla de la lluvia, que no se caiga del nido hasta que aprenda a volar. Tamia Torres tiene treinta y nueve años, sigue igual de pálida pero con más canas. Las historias que construye, y que lucha por sacar en forma de prosa, llevan reposadas adentro miles de años: su ficción nace de las historias contadas por hombres de piedra, alrededor de una fogata, para olvidar a los depredadores que acechan en la oscuridad, son mentiras inventadas por niños para salvarse el pellejo, son los susurros de su abuela Aída... Esta es, en resumen, la historia de la influencia. Como dijo Nabokov, las mejores historias son cuentos de hadas.

Un cuento de hadas leyó Sarahí hasta que su sobrina Sarita se quedó dormida, luego se fue a dormir a su habitación. Al siguiente día, después del desayuno, por teléfono, le contó a una amiga de su viaje a Rusia, ahí estudiaría Medicina. Estaba emocionada, tenía veinte años. Natalia, desde la cocina, seguía la conversación: escuchaba a su hermana decir que la Rusia de hoy estaba muy lejos del comunismo del XX.

¡Por Dios, dijo Sarahí, ya mismo se acaba 2021 y ese es un mundo nuevo!

El pasado no se va así de fácil, pensó Natalia, pero no se lo dijo para no arruinarle la emoción, después de todo, iba a despertar a una nueva vida en un nuevo país, con un nuevo paisaje y nuevas amistades, lejos de la ciudad donde había nacido y crecido, donde había intentado suicidarse el año anterior. Sarahí sufría de depresión crónica, por eso a Natalia le alegraba verla tan emocionada.

Después de dejar a su hija en el autobús de la escuela, Natalia entró a la casa y escuchó el golpe seco, como una puerta que se cierra por el viento. Continuó haciendo sus tareas hasta que reparó en que no oía a su hermana. Fue a verla. La encontró boca abajo en la habitación, agonizando. Había contemplado la posibilidad, pero siempre se le hizo irreal, y ahí estaba ella ahora, presenciando cómo la vida se le escapaba por los poros. Para cuando llamó a emergencias, que fue enseguida, ya había muerto, aunque trataba de convencerse de lo contrario. Los paramédicos confirmaron el deceso. Luego vino la engorrosa sucesión de trámites burocráticos para que le practicaran una autopsia, solo así el cuerpo podría salir de la morgue de Quito para ir al velatorio. Natalia lloraba desconsoladamente en la sala de espera de la fiscalía. Entonces recordó a su hija, cómo se sentiría al saber que su tía había muerto horas después de haberle leído un cuento de hadas. Se dio cuenta de que no habría nadie en casa para recibir a su hija y lloró más. Nublada su razón por el dolor, llamó a la única persona que le vino a la mente:

¿Aló?, ¿aló?

—¿Sí? Aló.

Aló, hola, Tamia, soy yo, Natalia, sé que no nos hablamos nunca, pero...

Dos horas después, siguiendo las instrucciones de Natalia, Tamia y Bass estaban esperando afuera de la escuela de Sarita. Natalia tuvo que hablar por teléfono con la niña para que aceptara irse con los dos desconocidos. De camino a su casa en El Batán Alto, Tamia le explicó a la niña que Natalia era media hermana de su padre, Tomás Torres, por lo tanto, ella era su media prima.

Pero los primos son pequeños, dijo Sarita, tú eres grande, eres como mi mamá, ¿no eres media prima de mi mamá?, ¿segura?

—No —dijo Tamia—. Es un poco complicado, pero así es: ni tu mamá ni yo conocimos a mi papá, tu tío. Y bueno..., nunca hemos sido cercanas a pesar de ser como familia. Tú mamá está muy trist... —Cortó súbito el discurso cuando se dio cuenta de que la pequeña no debía saber nada de la muerte de su tía.

¿Y este señor negro no es tu papá?, dijo Sarita intrigada, ¿segura?

—No —respondió Tamia riéndose. Incluso el taxista se rio.

Mi niña, dijo Bass endulzando la voz, yo soy un amigo de tu tía Tamia, estoy aquí para que juguemos toda la tarde, para divertirnos hasta que tu madre venga a verte.

Sarita y Bass, en el patio de la casa, jugaron fútbol con una pelota hecha de papel y cinta adhesiva. Luego jugaron a perseguirse para quitarse la pelota. Tres veces Sarita se cayó de cara sobre el césped y solo una vez lloró, también jugaron con unas muñecas de plástico que había comprado afuera de la escuela, jugaron a hacer poesía en el patio, a risotadas. Por la noche, cuando la niña se quedó dormida en el sofá, con el muslo de Bass como almohada, Natalia llamó para ver cómo estaba su hija. Aunque estaba más calmada, su tono estaba hecho de devastación. Dijo que su hermana había fallecido de un edema pulmonar, muerte fulminante, no sufrió. Bass despertó a Sarita para que hablara con su madre, le preguntó por su día y le explicó que esa noche dormiría en la casa de Tamia y que al siguiente día no habría escuela, sino que se verían pronto.

Al ver cómo Bass acostaba a la niña y le contaba un cuento de hadas esmeraldeñas, Tamia pensó que el poeta fue un buen padre. Se preguntó dónde estaría la hija que, según colegía, debería tener una edad similar a la suya. También le picaba la curiosidad por saber qué había sido de su exesposa y cómo es que el laureado poeta había terminado pidiendo caridad en las calles. Bass soltaba su historia a cuentagotas, aunque sentía que había vivido con él toda la vida, no solo porque su compañía era perfecta para la mujer más solitaria del mundo y la artista más ambiciosa del Ecuador, sino porque él la ayudaba con las cosas de la casa como agradecimiento. Bass nunca había sido un mantenido, no estaba acostumbrado, incluso se sentía mal cuando pedía en la mesa que le pasara la sal o la mayonesa, por eso, desde hacía algunos meses, reparaba sistemas eléctricos —cambiaba tomacorrientes, instalaba boquillas y enroscaba focos—, limpiaba y barría, hacía plomería. El poeta multiusos. Ojalá yo fuera así, se dijo Tamia al ver cómo la niña se dormía tranquila con ese hombre al que no conocía ni veinticuatro horas. Ojalá yo pudiera ser así con los niños, pensó Tamia, ojalá pudiera ser así con otros seres humanos.

El siguiente día, a primera hora, Tamia y Bass fueron al centro comercial a comprar ropa negra para Sarita. Natalia les había pedido que llevaran a su hija a la sala de velación, lo más temprano posible, donde le comunicaría la triste noticia. Tamia y Natalia no se veían desde... Ninguna de las dos podía recordarlo. Tamia quiso reconocer en el rostro de esa mujer a su padre y se culpó por no poder hacerlo. Estoy aquí gracias a él, el suicida, y ni siquiera me sé una de sus historias. Natalia insistió en pagar por la ropa negra, el cepillo dental y demás, pero Tamia no aceptó. Preguntó cuánto tiempo llevaba casada con Bass, a lo que ambos respondieron con risotadas. En Quito las mujeres no pueden tener amigos hombres sin que los demás piensen que hay amor de por medio.

Natalia se fue a un apartado con Sarita, donde le explicó que la tía Sarahí no volvería más. Tamia y Bass esperaron verla estallar en lágrimas, pataleos y berrinches mientras su madre la cargaba para que pudiera verla del otro lado del vidrio del ataúd, pero no sucedió así: la niña lo asimiló armónicamente, de la misma forma en que durmió con Bass. Tamia y Bass observaron durante largo rato, en silencio, desde el fondo de la sala de velación, a Natalia y Sarita hablando con el cadáver. Ninguna de las dos lloraba.

—Pobrecita —dijo Tamia en voz baja—, no entiende que su tía ha muerto.

Al contrario, mi niña, dijo Bass, lo entiende mejor que nadie, los niños están más conectados con la muerte que nosotros los viejos, los niños pueden ver a la Parca directo a los ojos y reírsele por lo ridícula que se ve con la hoz y la capucha, a los niños les importa una mierda la posteridad, les importa una mierda mantener viva la memoria de los que se fueron, y por eso, como diría Jesús, mi niña, suyo es el reino de los cielos.

Tamia pensó en su abuela, en su posteridad. Pensó en lo que escribía, pensó en la sonda Viajero: ¿dónde estará?, ¿qué estará viendo?

La vida, mi niña, continuó Bass, es una simple sucesión de episodios cortos sin clímax, nada de aventuras ni finales impactantes como pasa en tus novelas, no hay nada más plano que la vida, y quien no entienda que así es como funcionamos no puede entender tampoco la literatura, cada episodio de la vida se abre y se cierra con pena o con tragedia o con risa, nada más, mira cómo Sarita ve a su tía: no la asusta la muerte, sino que celebra la vida, mi niña, la vida no tiene tu narrativa, pero a veces sí tiene mi poesía.

Tamia se vio a sí misma llorando en soledad por la muerte de Aída, se vio a sí misma escribiendo sobre ella en su literatura. ¿Lo estaba haciendo bien?

—Guillermo —dijo Tamia—, por eso es que yo soy prosista y tú eres poeta.

—Tú eres poeta, ¿no, Fabián? —dijo Tamia—. ¿Qué es lo que te parece a ti?

No sé, dijo Fabián con timidez, me evoca varias cosas el epígrafe…

—Es mi experiencia de docente la que está hablando ahora, por eso te lanzo la pregunta que me hiciste. Veamos qué sale de esto. —Tamia tomó uno de los ejemplares de *Gabo, el universo* que yacían sobre la mesa, abrió el libro en las primeras páginas y leyó—: «No soy más que una lagartija literaria que se pasa el día calentándose al pleno sol de lo bello». Gustave Flaubert. ¿Qué te evoca esta frase de Flaubert, Fabián?

Me transmite paz, dijo Fabián, no sé, como que la lagartija es el escritor…

—Muy bien. Y…

Y como escritor, continuó Fabián, le gusta pasar bonito, no sé, como rodearse de buenos amigos y estar en bibliotecas, ¿así está bien?

—Bien, Fabián —dijo Tamia. Había casa llena en una de las librerías más importantes de Bogotá, incluso había gente de pie al fondo del salón. Querían saber por qué el Gabo era colombiano. Se lo preguntaron varias veces y Tamia, como en este ejemplo, les rebotaba la pregunta—. Ya ves, Fabián, la literatura no es de quien la escribe sino de quien la lee. Estoy segura de que Flaubert no solo habría hecho contigo lo mismo que yo acabo de hacer, sino que lo habría hecho, digamos, de forma grosera.

La concurrencia rio, la colombiana Margarita García Robayo, contemporánea de Tamia, hizo lo propio. Tamia se llevó al hotel la sensación de que estaba en una feria y no en una presentación en una librería. Mejor así. Pocas veces antes había tenido esa sensación de carnaval en un evento que, cuando es serio, es aburrido. Gloria Fuertes, tan emocionada como siempre, puso las manos sobre los hombros de Margarita: las dos mujeres se llevaban bastante bien, tenían una relación que iba más allá de lo profesional, a pesar de que la escritora vivía en Buenos Aires. Gloria guardaba la esperanza de entablar una relación así con Tamia, una en la que la ecuatoriana viajara a Bogotá, a su famosa cena de Navidad, llevando una botella de pájaro azul y cuyes listos para el asador, luego Gloria se veía saboreando la carne y comparando cómo se dice tal cosa en Ecuador y en Colombia. Así de elaborada era su fantasía. Pero para su pesar, Gloria no había podido hacer buenas migas con Tamia. No es que se llevaran mal, de parte de Gloria no había faltado nada, era Tamia la que no podía entregarse del todo, sin importar la clase de relación. Ella sufría una condición que la hacía salirse de las reuniones aunque estuviera pasando bien, en gran compañía. Adolecía de un susurro inexplicable que le decía «Bueno, ya es suficiente, estarás mejor en tu casa». Y cuando iba a casa se sentía, en efecto, bien pero sola. Nadie en su sano juicio podría interpretar, ni siquiera entender, una condición de esta calaña sin haberla experimentado, pero ahí radica el quid del asunto: pocos la experimentan y es misteriosa incluso para ellos. Lo cierto es que en un punto de la vida, aunque vivas con un poeta salido de las calles, siempre estarás sola, y eso, a pesar de lo que pueda parecer, no esta tan mal.

Gloria no se atrevió a poner las manos sobre los hombros de Tamia, así que se consoló sabiendo que parte de la popularidad de ella en Colombia se debía a su trabajo. Cuando acabó el acto, después de que Tamia firmó ejemplares con el usual sello y una pluma fuente que le regalaron en la misma librería, Gloria se le acercó, le sonrió y le dio uno de esos abrazos ladeados de un solo brazo, que no permiten que se peguen los cuerpos. Al terminar le volvió a sonreír y repitió el abrazo.

—Alguien está emotiva hoy —dijo Tamia.

Así es, querida, dijo Gloria, así es, pero bueno, todavía nos queda lo de mañana, al menos conmigo, tú tendrás más cosas planeadas.

—Aparte de lo de la universidad, poco la verdad: la entrevista en la radio y la otra presentación. El fin de semana estaré en Quito metida en mi camita.

Qué bueno, querida, de todas formas, ya sabes, si necesitas algo más, me avisas, Jairo te va a llevar adonde necesites.

Cuando se separaron, una mujer en sus treintas, que había estado parada cerca de ellas, con timidez, se acercó a la escritora. Tamia supuso que le pediría un autógrafo —en efecto, así fue—, pero lo principal fue la propuesta que le tenía: se llamaba Luz Marina y acababa de montar una librería independiente, llamada La Venganza de Tólstoi.

—Qué nombre tan bueno.

Tan bueno no es, el nombre, quiero decir, dijo el escritor Daniel Ferreira sosteniendo el ensayo de Tamia, quizá haya que acortarlo un poco.

—¿Y no habrá problema si ya lo suscribí con ese nombre? Digo, hace varios meses que lo envié a la Universidad de los Andes y no me dijeron nada.

No te preocupes, dijo Ferreira, lo importante es el contenido.

Quince minutos después, frente a un público conformado mayormente por académicos, docentes y estudiantes de la universidad bogotana, Tamia leyó su ensayo escrito para el «VII Congreso de Literaturas Latinoamericanas y Caribeñas: Los retos de la narrativa de la región en el siglo XXI», organizado por la Facultad de Artes y Humanidades, que estaba muy complacida de que Tamia hubiese podido asistir, de hecho, su lectura —junto con la de Ferreira— era el clímax de la jornada. Antes de confirmar la asistencia, Tamia consultó su cuenta bancaria —casi no gastaba en nada que no fuera libros, alimentación y en Bass, aunque el poeta cada vez utilizaba menos su dinero— y constató que estaba más abultada que nunca, así que decidió costearse el viaje. Incluso sintió la obligación de gastar *algo* de dinero, pues no era posible que nunca hiciera nada, que no saliera con gente a comer en restoranes de comida exótica, que no visitara a nadie con una botella de buen vino y un ramo de flores, no era posible que no tuviera un novio para ir al cine y comprar comida chatarra y atragantarse mientras veían una película de terror, como en la adolescencia. Era imposible creer que al borde de los cuarenta años, en lo único que gastaba dinero fuera en libros, que no tendrá tiempo de leer, y en bibliotecas, y que después de ubicarlos se quedara viendo la alfombra que no tiene gato ni perro. Por eso estaba en Bogotá: cumpliendo una aventura que la alejara de la quietud.

Al finalizar la jornada, bebiendo cerveza, confirmaron una teoría que cada uno tenía por separado: cuando un bogotano, un quiteño, un bonaerense, un paceño, etcétera, está fuera de Latinoamérica, en Estados Unidos o Europa, adopta tácitamente una identidad común, la latinoamericana, y si no lo hace con orgullo, al menos es con gusto. En cambio, un español, un francés, un alemán, etcétera, en cualquier rincón del mundo, siempre será de su país, nunca dirá soy europeo. Según Tamia y Ferreira, todos los habitantes de la región que habían conocido se latinoamericanizaban en el extranjero, excepto, por misteriosa razón, los chilenos.

—Mi teoría es que se debe a su español. Sí, eso —dijo Tamia—. Ellos hablan un español que solo entienden ellos. Entre el resto nos podemos entender, incluso el español apurado de los caribeños.

A riesgo de sonar malo, dijo Ferreira, los chilenos no suelen ser receptivos a adaptarse: no les interesa modificar su habla para que el resto los entendamos, y sí, son muy buenas gentes, amigo mío es Alejandro Zambra, pero tienen la tendencia a aislarse.

—O quizá solo nosotros dos nos hemos encontrado con una porción de chilenos que hacen eso, que no quieren incluirse.

O quizá nosotros dos somos el problema, dijo Ferreira, quizás somos un par de desadaptados a los que nadie tolera…

—Y estamos aquí inventándonos una ciudadanía latinoamericana universal para justificar que nadie nos aguanta.

Habría que preguntarle a Alejandro qué opina, dijo Ferreira, le voy a escribir, de paso le voy a mencionar tu ponencia, él ya te ha leído y le gustan tus libros.

La ponencia de Tamia se tituló «La novela-universo para *dummies*», en la que hacía un repaso de los escasos escritores latinoamericanos contemporáneos que, desde el nuevo milenio, como ella, habían retomado la vieja tradición literaria de las dictaduras y la estaban estirando hasta las últimas consecuencias, es decir, hacían de una vieja vanguardia la nueva vanguardia. En el repaso, por obvias razones, no se incluía a sí misma, pero sí nombraba a Alejandro Zambra gracias a su novela-facsímil llamada, pues, *Facsímil* (2014). También hablaba de la reciente novela-parlamento de Daniel Ferreira, *Sangre que viaja al más allá* (2020). La reimaginación de la novela-capilla de Joaquín Reyes, *La primavera del sargento*, a través de la narración de la venezolana Anita Méndez Guédez en *Avanzamos, Calceta* (2011). La novela-continente *La familia Fortuna* (2004) del argentino Tulio Stella. La multipremiada

Ofelia (2015), la novela-castillo del guatemalteco Rodrigo Rey Rosa. Hubo aplausos cuando Tamia nombró la novela-cabaré de Rafaela Chaparro Madiedo, *Sexo vericueto* (2021), publicada póstumamente: a veintiséis años de la muerte de la escritora bogotana, seguía teniendo su fanaticada. A su pesar, Tamia se dio el tiempo para contar del intento de novela-universo de Adolfo Mora: *La guía* (2020), que era una novela-guía telefónica. Tamia se limitó a mencionar su existencia, no dijo nada valorativo, pues no quería echar más leña al fuego, ya que la novela de Mora era mala desde su misma concepción: esconder una trama policial en un listado alfabético de nombres, direcciones y teléfonos era algo que requería mucha pericia narrativa, cosa que Mora ya no tenía y, claro, ninguno de sus amigos escritores tuvo el valor de decírselo de frente. Tamia leyó *La guía*, alguien se la regaló. Concluyó que era el intento desesperado de Mora por no desaparecer completamente, apegarse a un producto literario que podría reportarle alguna publicidad y, más importante, atacar a Tamia: cerca del final de la novela, cuando se enumeraban los apellidos con T, aparecía:

Torres, Tania. Sector de la Plaza 24 de Mayo, 1800-967787.

Un lector de ojos entornados entendería el cambio de la eme por la ene en el nombre, sabría que el sector de la 24 de Mayo es zona de prostitución en Quito y que al marcar el número telefónico estaría deletreando en el teclado 1800-ZORRAS. Nadie, ni los críticos ni los estudiosos de Mora, dijo nada. Tamia se encogió de hombros y sonrió. Eran los exabruptos de un macho senil sin talento. Uno de los asistentes a la ponencia, un hombre barbado, se puso de pie y le preguntó si había notado la posible alusión que Mora le hacía.

—Sí.

El barbado preguntó si no se había sentido mal por tener que hacer un listado de escritores-universo actuales y no haber podido incluirse.

—No. De lejos me veo mejor.

Después de las risas del paraninfo, el barbado preguntó: ¿Y alguna vez vas a escribir una novela que no sea novela-universo?, creo que te saldría muy bien.

—Lo he hecho, pero los lectores no se dan cuenta, espero que lo hagan. Mis obras son parte de un gran todo que aún no pueden ver: con que solo una persona me entienda, suspendida en el espacio, me sabré triunfante. Lo voy a hacer de nuevo, muchas veces, y, sinceramente, espero que no se den cuenta.

Espero que no se den cuenta, dijo Luz Marina, la propietaria de La Venganza de Tólstoi, tratando de ocultar la rotura de la mesa de plástico, que era evidente. Reforzó el hueco con mucha cinta adhesiva para evitar que la mesa se desfondara, tapó el arreglo con un mantel floreado y colocó ejemplares de *Gabo, el universo*. Tamia sacó dos bufandas que traía en su bolsa de coser y las puso al lado de las pilas de libros. La mesa adquirió vida por las telas de colores que imitaban formas de caracoles y lechuzas.

Luz Marina estaba nerviosa por el evento: no solo se estaba jugando su reciente reputación como librera independiente, sino el dinero invertido en la adquisición de cincuenta ejemplares de *Gabo, el universo, Con la huida de la gacela* y *Mujer con jardín en la cabeza*. Y lo más arriesgado es que los había comprado antes de acercarse a Tamia para proponerle que le echara una mano. Luz Marina expuso el plan de forma atropellada, sintió vergüenza al confesar que ya había hecho la inversión. Tamia no tuvo corazón para negarse, aunque eso significara llamar a la aerolínea para cambiar la fecha del pasaje de regreso a Quito, con el consecuente recargo. Iba a regresar el jueves 16 de diciembre, pero la presentación había sido publicitada para el viernes 17. Se encogió de hombros y aceptó, después de todo, su cuenta bancaria seguía creciendo por las ventas de sus libros, además, así dilataba el regreso a su casa con alfombra sin gato ni perro.

La librería, una tienda de abarrotes en los bajos de un edificio de unos treinta años, era bastante acogedora. Tamia paseó por las estanterías de mimbre, admirando los libros, cuya mayoría era de editoriales independientes. Afuera había un breve patio de cemento, con una cisterna cerrada que emitía chirridos de vez en cuando. A las siete y cuarto de la noche, el patio y la librería estaban llenos de gente. Solo en ese momento, Luz Marina se sosegó, pero estaría completamente calmada cuando terminara el acto, la mesa no desfondara y los libros se agotaran.

La presentación estuvo a cargo de la misma Luz Marina y de su novio, un nuevo poeta que se estaba dando a conocer en Bogotá a pesar de no haber publicado: Salvador Quijano, quien también había invertido dinero para comprar los libros. Dos breves discursos después sobre las virtudes de las novelas de Tamia, el público aplaudió —los aplausos en las librerías independientes siempre son más cálidos— e inició la ronda de preguntas que Tamia respondió con bromas. Una pregunta dio pie a que hablara de la forma en que la novela ha moldeado la mentalidad del hombre moderno y, en concreto, cómo la novela-universo formó a la generación de latinoamericanos nacidos en los 70 y 80. Tamia instó a los presentes, gente que iba de los dieciocho a los sesenta años, a que imaginaran un universo paralelo en el que las dictaduras de Latinoamérica no hubiesen sido socialistas, sino neoliberales con el apoyo de Estados Unidos.

Es el mundo alterno de *Gabo, el universo*, dijo un hombre barbado.

—Y si hubiese existido ese mundo —dijo Tamia—, ¿dónde estarías ahora?

El hombre barbado cerró los ojos y dijo: Yo creo que sería un estudioso de la literatura, es más, sería tu personaje, el panameño Carlos Fuentes.

—¿Y por qué Carlos Fuentes? —dijo Tamia, genuinamente interesada.

Me gusta la idea de que Fuentes sea amigo de Gabo y Cortázar en Barcelona, dijo el hombre barbado, que juntos hagan esa literatura vanguardista que es muy popular en los 60 y 70, pero además me gusta que Fuentes sea el único que escribe ensayos críticos sobre la literatura ficticia de ese tiempo, me gusta su estilo, así, todo erudito pero al mismo tiempo muy payaso, me gustó sobre todo ese ensayo que hace sobre la novela ficticia, la de Cortázar, *Pedro y las servidoras*, la de las prostitutas en lo profundo de la selva peruana. Algún día quiero escribir un volumen de cuentos similar al ensayo de tu Fuentes.

—Yo también tengo esa idea —dijo Tamia—, de hecho, es un volumen de cuentos que lo he trabajado durante años. El narrador de los cuentos es Fuentes.

No me digas, dijo el barbado.

—Pues sí... —dijo Tamia entornando los ojos—. Yo te conozco de algún lado, ¿no? ¿Cómo te llamas?

Ángel Herrera, dijo el barbado.

—Tú estuviste hace tres días en mi ponencia en la Universidad de los Andes, ¿no? ahí me preguntaste si algún día escribiría una novela que no fuera novela-universo, ¿no?

El mismo, dijo Ángel.

Después de los autógrafos —se vendió lo suficiente para obtener ganancia—, Luz Marina, Salvador, Tamia y Ángel se fueron a cenar a una panadería Hornitos, donde Tamia ordenó un plato de arroz con dos huevos fritos porque un comensal contiguo comía uno con tanta pasión que la escritora no quería quedarse atrás.

Como no quería quedarse atrás, muchos meses después, Luz Marina dijo: A mí me parece que hay algo muy raro en el Gabo Martínez, ¿lo notaron?

Les gustaba llamarse la Liga de los Libreros Independientes de Latinoamérica, que sesionaba en videollamada, en un chat donde intercambiaban comentarios. La página oficial de la liga redirigía a las webs de las librerías, las cuales aprovechaban las redes sociales para vender. En las sesiones mensuales participaban un promedio de quince integrantes de los casi cien. Intercambiaban consejos del negocio, hablaban de las listas de los más vendidos y comentaban un libro propuesto, como un club de lectura. En aquel mayo de 2022 se discutió *Gabo, el universo*, que cumplía un año en las librerías y celebraba con una flamante segunda edición.

¿Notar qué?, dijo Juan de Ex Libris, de Managua.

¿Notaron que el hijo de Gabo habría nacido en 1945, verdad?, dijo Luz Marina, pues bien, su nombre habría sido Gabriel Martínez Jr. y su profesión, como soñaba el escritor, sería carpintero, ¿verdad?, ¿todos de acuerdo?, bien, recién tuve la oportunidad de leer *Mujer con jardín en la cabeza* y en la novela hay un personaje que se llama Martínez Jr., que es carpintero y que nació en 1945, sospechoso, ¿no?

¿En serio?, dijo Lucía de Usterbooks, de Ciudad de México, entornando los ojos, emocionada, yo también leí *Mujer* y lo noté, pero lo más curioso es que eso no se nota a menos que primero leas *Gabo, el universo*, que se publicó después, y luego *Mujer*, hace falta una relectura de las obras completas de Torres para captar ese efecto, es misterioso.

Hasta da un poco de miedo, dijo Andrés de El Perro Espiritual, de Quito, porque leí las novelas en ese orden y me di cuenta de ese detalle, pero la cosa no se queda ahí, como soy de Ecuador, se me ha hecho más fácil conseguir las primeras novelas de Torres, leí después *Acacias*, y en esa novela hay un personaje, los que la hayan leído lo recordarán por lo pintoresco, que no tiene nombre, solo se dice que es un carpintero colombiano nacido en 1945, es decir, el hijo del Gabo sería colombiano, carpintero y del 45.

¿Y qué pasa con el carpintero de *Acacias*?, dijo Valeria, la bonaerense de Librería Bermúdez, ¿hace algo relevante?

Poco se sabe de su futuro, dijo Andrés, pero en un momento se menciona que su padre fue parte del equipo que llevó a cabo el experimento histórico de *Con la huida de la gacela*, ¿me entienden?

Me gusta, dijo asintiendo Galo, de Libros Invisibles del Cuzco, ¿pero qué quiere decir?, ¿qué está haciendo?

O sea, y esto es solo una teoría, dijo Andrés, si se dan cuenta de los adjetivos que Torres usa para describir a todos estos personajes, todos son adjetivos de vejez, por ejemplo, vetusto, longevo, añoso, senil, decrépito, decadente, veterano, gastado...

Dios mío, Andrés, dijo Galo Tene, a ti sí que te deben llover las mujeres...

Todos, en sus respectivas ventanas de video, rieron.

Soy un poco obsesivo, dijo Andrés, estoy seguro de que hay muchos como yo...

¿De esos que buscan el significado de la vida en los libros?, dijo Nicolás de Onettilibros, de Montevideo, a todos nos ha pasado, ¿verdá?

Bueno, sí, un poco, dijo Andrés, pero no me van a decir que no es raro ese uso de adjetivos, en unos personajes que solo pueden ser relacionados de adelante para atrás.

Está formando una idea global de algo, dijo Luz Marina, yo la tuve en mi librería el año pasado, qué bruta, por qué no leí antes su obra, hubiese podido preguntarle.

Pierdes el tiempo, dijo Juan Sebastián Velasco, de Espabílate, Libro, de Guanacaste, igual ella no te lo habría respondido, es famosa por eso, no suelta secretos de sus obras, porque está haciendo algo que nos va a sobrepasar, ojalá lo veamos en vida.

¿En vida?, dijo Lucía.

Sí, en vida, dijo Juan Sebastián, un amigo que da clases en la Universidad Nacional de Costa Rica, que usa *Mujer con jardín en la cabeza* para estudiar por qué Costa Rica no fue parte de las dictaduras socialistas de la segunda mitad del XX, me dijo que lo que ella está haciendo va a durar todas las vidas, no sé si me entienden, eso me dijo, o sea, va a ser un proyecto que no se va a acabar con su muerte, va a seguir porque le está apuntando al espacio, sea lo que eso signifique.

Bueno, pero si algo grande está tramando la ecuatoriana, dijo Nicolás de Librería Ventura, de Tegucigalpa, ahora será más fácil seguirle la pista porque desde este año… ¿sí, no?… vamos a tener reediciones anuales de sus primeros tres libros en Daxhund Booxs, si no me equivoco, en un par meses sale *Acacias*.

Bueno, ¿y qué libro leemos para el próximo mes?, ¿otro de Tamia Torres?, dijo Valeria con los ojos entornados.

No, por favor, no, dijo Carla de Librería Colombiana, de Medellín, otro autor, por favor, ¿qué les parece ahora un poco de Nabokov?, ¿¡*Mira los arlequines!*?, es una de sus obras menos conocidas, su última novela, ¿qué dicen?, Nabokov siempre cae bien.

—Nabokov siempre cae bien —dijo Tamia. Bebió un trago de cerveza y continuó—: me gusta todo lo que escribió, todo, incluso las novelas malas, de todas se aprende algo.

¿Se puede decir que él es uno de tus padres literarios?, dijo Ángel Herrera después de oler el Amaretto que le había traído la mesera.

—Sí —respondió Tamia—, y como a todo buen padre, hay que matarlo.

¿Lo has matado?

—Más o menos. Espero matarlo aún más en el futuro —dijo Tamia haciéndole señas a la mesera, a lo lejos, para que le trajera otra cerveza—. ¿Lo has leído?

Solo *Lolita*, dijo Ángel, pero ¡qué novela!

—Brindo por *Lolita* —dijo Tamia.

Amén, dijo Ángel.

—Es la injusticia más grande del mundo que no le dieran el Nobel —dijo Tamia agitando los brazos en el aire como un histrión: hace tanto que no bebía alcohol, por eso, después de tres cervezas en Bogotá, en las vísperas de fin de año, ya no tiene control de sus miembros... y le gusta—, sobre todo si *esa* historia es cierta.

¿Qué historia?, dijo Ángel.

—Gracias —dijo Tamia agarrando con sus huesudas manos la pinta de cerveza artesanal que le había traído la mesera—. Se dice que a la Academia sueca que concede el Nobel no le gustó para nada que Vladimir Nabokov hubiera aceptado la condecoración que le dio el Gobierno chileno de Homero Irtiague, me parece que en el 72, con medalla, cena y todo. No les gustó a los suecos la reunión de Nabokov con el dictador y que no dijera ni pío de la situación de los chilenos, de los latinoamericanos en esas épocas. Dijo que había ido a Chile para acercarse a sus lectores chilenos, lo cual está bien, ¿no? Asumo que si hubiese asistido a un acto organizado por los lectores habría estado mejor, ¿no?

Nabokov, dijo Ángel, se me hace tan raro verlo acá, por estas regiones tan olvidadas del mundo, sobre todo en esas épocas.

—No te creas —dijo Tamia tras un sorbo de cerveza—. Don Vladi fue muy querido por estas regiones y nos visitó bastante, estuvo incluso en Quito, también fue a Lima y se paseó por Machu Picchu. Forjamos un cariño mutuo por su *Pálido fuego*.

No he leído esa novela, dijo Ángel sonriendo para ocultar la vergüenza.

—*Pálido fuego* es una novela-estudio crítico de un poema. ¿Qué tal eso, eh? Asumo que por eso nos sentimos hermanados con él y a Nabokov le gustó nuestra receptibilidad. Por eso se paseó de lo lindo por Latinoamérica. Son famosos los cursos de literatura rusa y europea que dictó en la UNAM. —Apuró el vaso de cerveza y continuó con un tono más íntimo—. ¿Quieres que te diga una cosa? Y mira que a mí me encanta Nabokov, te juro, fue un escritor fabuloso. Yo creo que él se aprovechó del amor que le teníamos para venir a pavonearse a cada rato a Latinoamérica. Sí, venía a pavonearse y nada más, por eso es que, creo yo, nunca dijo ni pío de nada de acá, a diferencia de, por ejemplo, Georges Perec que, en cambio, hasta tenía una columna semanal en *Le Monde* en la que se la pasaba haciendo difusión de lo que se escribía acá. —Tamia comprobó que su vaso ya estaba vacío—. Bueno, ¿y pedimos más o nos vamos de aquí?

Ángel Herrera le dijo que la noche recién empezaba. Los dos, aunque no se lo habían confesado, ansiaban el momento en que Luz Marina y Salvador se marcharan después de comer en Hornitos. Los libreros estaban muertos del cansancio, apenas podían mantener los ojos abiertos después de la presentación del libro. Cuando se separaron en la calle, esperando no sonar muy atrevido, Ángel le dijo a Tamia que esa noche le haría conocer la Bogotá de Andrés Caicedo y de Rafaela Chaparro Madiedo.

—Bueno —dijo—, querrás decir la Cali de Caicedo, la de *¡Que viva la música!*, ¿no? Tranquilo, entendí lo que quieres decir. Sí, eso.

Solo esperaba que se refiriera a las salsotecas, no a las drogas que se usan en la novela. Tamia no se había drogado desde sus años universitarios y no quería volver a hacerlo. Eso fue hace ¿cuánto?, ¿veinte, veinticinco años? Dios mío, qué vieja estoy, con razón me están saliendo tantas canas. Sospechaba que si se drogaba, no haría más que quedarse dormida. Ángel no se drogaba, pero sí amaba salir a rumbear, como decían los colombianos a la farra ecuatoriana. Bailaron salsa toda la noche, bueno, en realidad Ángel bailó y Tamia trató de seguirle el paso, al principio con la soltura del habitante de páramos andinos que desciende al mar por primera vez, y luego, ya con algunos tragos de más, como una experta bailarina, como lo había sido en algún momento en su juventud.

Nunca había conocido a una escritora que bailara tan bien, dijo Ángel.

—En Quito también se baila —dijo Tamia bailando—, así que no presumas.

A las seis de la mañana, ambos optaron por darse una tregua. Subieron a un taxi que los llevó a la avenida Caracas, donde conocía un puesto de comidas muy concurrido.

Para evitar el guayabo, dijo Ángel, vas a comer un caldo de costilla.

—¿Caldo de costilla?

Es el mejor remedio para el guayabo, dijo Ángel, es un caldo hecho con costilla de res, papas y cilantro, hervido durante más de cuatro horas, por eso la carne es suavísima, cae muy bien al estómago e hidrata.

—Caldo de costilla de res para el guayabo —dijo Tamia sorbiendo el caldo, que estaba hirviendo, sentada en un taburete, en una improvisada mesa—. Cuando vengas a Quito vamos a hacer lo mismo, pero para evitar el chuchaqui, mejor dicho, para aplacar el chuchaqui, vas a pegarte un encebollado, que es una sopa de pescado sabrosísima.

Acepto la invitación, dijo Ángel sonriendo.

Después del caldo, se fueron en un taxi al departamento de Ángel, ubicado en un edificio en Antiguo Country. La decisión fue armónica y tácita, tomada más por la presión del sueño y del cansancio que la del deseo. Apenas cruzaron la puerta principal, Ángel se disculpó por el desorden, pero a Tamia poco le importaba, de hecho, apenas podía distinguir las cosas con las cortinas cerradas. Como empezaba a ponerse nerviosa, dijo:

—Bonito departamento. Parece bastante grande.

Sí, dijo Ángel, lo mejor son las penumbras, deja que abra las cortinas.

—No, déjalas así —dijo Tamia—. ¿Dónde está tu cama?

Por aquí, dijo Ángel tomándola de la mano.

La guio por la sala, pasó al lado de un sofá rojo, recién comprado, en el que Tamia, muchos años después, tratará de recomponer los pedazos de su vida, con sangre en la cara. Luego, en el corredor, contó dos bibliotecas llenas de libros. Menos mal, se dijo. Ángel también estaba nervioso. Se sentó en la cama, se sacó los zapatos y se acostó, con la mirada en los ojos de Tamia. El viaje en taxi había eliminado los restos de borrachera.

—Acuéstate —dijo Tamia—. Acuéstate bien.

Él obedeció. Ella se sentó en la cama, se sacó las botas montañeras Esparta que se había comprado hacía dos días en un centro comercial bogotano. Se acostó al lado de ese hombre que durante la conferencia en la universidad era un extraño y que lo siguió siendo en la presentación en La Venganza de Tólstoi, pero que poco después, en escasas horas, adquirió una forma familiar: era docente universitario de Historia, doctorado en Barcelona, amante de la literatura —escribía críticas literarias en revistas académicas y en un blog personal— y, como había dicho, fanático colombiano número uno de la literatura de Tamia Torres.

Usó el brazo de Ángel como almohada. Estuvieron acostados en silencio, expectantes, escuchándose la respiración, durante unos minutos.

Ninguno se atrevía a dar el primer paso, como si fueran adolescentes. No tardaron en quedarse dormidos. Despertaron pasado el mediodía, con la mente en el mismo territorio, así que se dedicaron con genuino deseo a recuperar el tiempo perdido.

...Recuperar el tiempo perdido es posible, mi niña, pero solo en papel. En la vida práctica no se aplica porque podemos ver en un solo sentido, como un caballo con guías en la cabeza. Pero por eso no vayas a creer que lo que te propones es posible, tranquila, no te me aceleres: yo te deseo todo lo mejor del mundo, pero creo que lo que te propones, esa ambición que llevas dentro y que a veces explota en forma de ira, a veces como soledad, a veces como rechazo, yo creo que lo que te propones, a la larga, a la bien larga, terminará en el mismo lugar donde descansan mis poesías, en el mismo lugar donde yo estaba para la gente cuando desaparecí. Y está muy bien que no des detalles, mi niña, está muy bien que no les pongas fácil a los lectores desde el inicio, ¡porque eso no es arte, mi niña! Las cosas más grandes son las que mejor se conservan y más fácil se esconden, pero, como ves, la gente empieza a sospechar, y eso también está muy bien. No se puede vivir de promesas. Pero ándate con cuidado, que la muerte y la soledad son mejores amigas, y para lograr lo que quieres necesitas una de las dos, y esa te va a llevar a la otra, así que pilas, no te desesperes que, como bien tú dices, los resultados se verán en el último suspiro. Pero, desde ya, déjame decirte que lo tuyo no tiene nombre, mi niña, es tan grande que no me cabe en la cabeza ni en el corazón: me dan ganas de abrazarte y desearte lo mejor, de ayudarte a viajar al futuro para que veas los resultados y no te mueras como los demás escritores que no pueden ver adónde se dirige su obra, si podrá abrir caminos o cerrarlos, lo cual no está ni bien ni mal sino todo lo contrario. Mi niña, ten en cuenta que las ambiciones más grandes son las más caras, las que más cuesta pagar, por eso, como un buen ajedrecista, debes saber qué estás dispuesta a sacrificar y cuándo: qué día dejar a tu reina atacar como mercenario vietnamita y qué día lanzar un peón a las patas de un caballo como buena carne de cañón. Vas a pagar, mi niña, eso lo sé, y espero que para ese momento tu chequera sea gorda, rechoncha como las novelas que te gusta leer aunque sean la cosa más pesada e impráctica para viajar o llevar a la cama. Te digo una cosa que me guardé en su momento: hay que tener muchas agallas para llamar a una obra con un nombre propio. Eso pensé cuando leí *Gabo, el universo* hace... no sé, siento que la leí hace tantos años, así de viejo me siento, así de antigua te siento... Hay que tener agallas, hay que ser valiente y descarado, hay que saber de coraje para llamar a una obra con nombre propio: hay que ser atrevido para llamarte Cervantes y llamar a tu novela *Don Quijote de la Mancha*. Hay que ser el más egoísta para llamarte Homero y componer la *Odisea*, que significa *lo que trata de Odiseo*. Hay que tener corazón de fuego para ser el maestro William Shakespeare y llamar a tus tragedias *Otelo, Macbeth, Hamlet, Coriolano, Romeo y Julieta, Timón de Atenas, Tito Andrónico, Julio César, El rey Lear, Antonio y Cleopatra*, hay que ser como él, apuesto que hay un Maestro que ya le robó las tragedias y las hizo pasar por suyas. Hay que ser un genio aniñado como Nabokov para nombrar simplemente *Lolita* a la confesión de un monstruo. Hay que ser una Brontë y conjurar a *Jane Eyre*. Hay que ser la señorita Shelley y crear a *Frankenstein*. Tienes que haber muerto y revivido para contar una historia de muertos y tener el corazón de hielo para llamar simplemente *Pedro Páramo* a esa historia. Piensa en el *Orlando* de Woolf y conduélete. Piensa en el *Zama* de Di Benedetto, que espera por siempre. Ponte de rodillas y entiende a *Ana Karenina*, a *Moby Dick*, a *Madame Bovary*. El *Ulises* de Joyce, por Dios, no puede haber nombre más totalitario. Estos hombres y mujeres son los más codiciosos porque esconden tras un nombre propio todo un universo, un universo grandísimo que es tan basto que no se lo puede medir, apenas se lo puede nombrar con ese simple nombre. En esos espíritus hay un afán totalitario porque quiere abarcar la realidad y la fantasía, este universo y los universos paralelos, la vida y la muerte y nuevamente la vida, pues se habla de una vida desde sus múltiples aristas y puntos de vista y también de los satélites alrededor. Esa es la forma más simple de conquista, la más efectiva también: piensa en los españoles que llegaron hace más de cuatrocientos años a estas tierras y solo señalaron con su dedo a una inmensa región y la bautizaron con un solo nombre, uno que fue capaz de borrar con solo un susurro cientos y cientos de años de historia no escrita. Conquista y asentamiento. Llamar a la cosa por su nombre equivale a enumerar todas las cosas de este universo y de los demás. Ponle un adjetivo a ese nombre solo para despistar, como quien quiere negar el gran proyecto, pero céntrate en el nombre: es lo que hiciste en *Gabo, el universo* al invertir la Historia tal como la conocemos. A mí no me engañas, ni niña, yo sé por dónde va lo tuyo, y quizá se me esté yendo la boca en tu clase, quizá les estoy dando demasiadas claves a estos muchachos que, bueno, solo querían saber de la poesía latinoamericana y de mi proceso creativo, ¿verdá? Bueno, mil disculpas, discúlpenme, muchachos y muchachas: no sé en qué momento esta clase que Tamia me invitó a dar se convirtió en un discurso sobre Tamia y su literatura. Se supone que debíamos hablar de Darío y Pacheco y Vallejo y Rojas y Guillén, ¿verdá? Bueno, ya les hablé de ellos, ya saben, ya les dije cómo me influyeron. No puedo recordar los nombres de sus poemarios, no me acuerdo si alguno nombró a su libro con nombre propio, pero si lo hicieron ¡ténganles miedo!, tengan miedo y desconfíen de los poetas y los escritores que usen las palabras *historia* y *tiempo* y usen nombres propios para llamar a sus ficciones porque ahí hay alguien que tiene la misma ambición del aleph de Borges: a la larga, tarde o temprano, será capaz de recrear tooodo un universo con el chasquido de los dedos... Bueno, y eso es todo, muchachos, quisiera hablarles más, pero creo que ya se acabó esta clase. Ya ven, su profesora Tamia ya me está viendo con cara de exijo una explicación, la pobre no ha entendido nada de nada de lo que he dicho, pero ustedes sí, ¿verdá? Es verdá lo que dicen: hay gente a la que no se le escapa nada.

Hay gente a la que no se le escapa nada: Tamia era una de ellas. Observadora como pocas, uno de los requerimientos del novelista. Había heredado la cualidad de su abuela, quien durante un tiempo fue famosa en su círculo social por identificar qué objeto faltaba de su casa o cuál había sido movido de puesto, así probaban la memoria de Aída y, de paso, alivianaban el ambiente caldeado cuando planeaban las actividades de las Abuelas de la Dictadura, el movimiento de protesta que surgió en Latinoamérica a finales de 1989, cuando los gobiernos estaban dando los últimos coletazos fuera del agua. El movimiento exigía una sola cosa: justicia para los desaparecidos. En el caso del Ecuador, se reunían afuera del Palacio de Carondelet para exigir a Silva que diera la cara por las desapariciones y muertes durante treinta años. Silva, incapaz de moverse por la obesidad, los ignoraba mientras llenaba las maletas de dinero y planeaba la huida.

Una generación creció creyendo que las votaciones eran una leyenda para asustar a los niños. El proceso de transición de la dictadura a la democracia fue cosa de ciencia ficción. El Gobierno del presidente Rodrigo Borja (1990-1994) fue el primero elegido por votación democrática desde 1960. Borja tuvo la ardua tarea, apoyado en los demás presidentes del continente que buscaban lo mismo, de purgar al Estado de los esbirros de Silva que no huyeron y crear comisiones que verificasen los crímenes de lesa humanidad y la corrupción durante la dictadura, además de poner en movimiento un agónico sistema de justicia que acelerase los procesos sin miedo a represalias. Hubo asesinatos sin resolver e informes mutilados, pero también creció la confianza en la democracia. Latinoamérica, paulatinamente durante los 90, dio a luz a desgarradores informes que reconocían los crímenes de Estado. Se estaba haciendo justicia. Se dice que este proceso de «desenterrar a los muertos para contarlos y honrarlos» inspiró a España a hacer lo propio: el país europeo elaboró un informe que daba cuenta de los crímenes cometidos desde la Guerra Civil española y hasta la dictadura de Francisco Franco. Dicho informe, presentado en 1996 en las Naciones Unidas, aceleró la disolución de la Corona.

Aída leyó en el informe ecuatoriano, en 1995, el nombre de su hija: Juana Ordóñez. Juanita querida. Lloró de felicidad aunque no habría nada que pudiera devolvérsela viva. Se consoló imaginando que había una realidad paralela en la que Juana no había desaparecido, sino que había sido feliz con Tomás, su esposo, y su hija Tamia, quien, probablemente, se había aficionado a cualquier otra tarea excepto la escritura.

A los informes, que eran un pavoroso catálogo de torturas, pero al mismo tiempo fuente de cierre y confianza en el futuro, se les apodó «medievalitos», haciendo referencia a las prácticas del medioevo de la Iglesia. El apodo fue *vox populi*, se hablaba de ellos como si fuera algo natural: ¿viste que el medievalito de Argentina habla de monjas arrojadas desde aviones al Río de La Plata? Dios mío, el medievalito de Guatemala dice que a los desaparecidos más revoltosos les metían granadas en el ano.

Qué asco: según el mediavalito de Colombia, se descuartizaban prisioneros de la dictadura usando la vieja técnica de los cuatro caballos.

Era pan de todos los días. Por eso Tamia tuvo una infancia en la que hablar de muerte era algo normal: «¿Me puedes pasar la sal? Gracias. ¿Sabías que en Ecuador castraban con químicos a todo el que ingresaba en la cárcel del SIC? ¿Me pasas una servilleta?». El riesgo de vivir de cara a la muerte, a la larga, te hace insensible y tal vez no sea del todo malo. Tamia oía hablar de tortura, pero Aída la vivió: fue secuestrada y torturada, y después tuvo que enfrentar la desaparición de su hija Juana mientras sacaba fuerzas para criar a su nieta que se parecía, cada vez más, a su bisabuela: la delgadez del cuerpo, el andar decidido, el cuello de cisne que sobresale de los hombros, la belleza del rostro, el cabello abundante, castaño y largo, la piel pálida de la bisabuela Tesia, quien en cambio huyó de los nazis desde Polonia.

Pero Tamia también se parecía a Juana, y cuando el parecido era más evidente, Aída sentía que vivía dos vidas paralelas, que se imitaban y se superponían la una a la otra, un *déjà vu* eterno. Tamia repetía los patrones de Juana, los manierismos. Y Aída lo notaba durante las reuniones de las Abuelas de la Dictadura, en su casa de El Batán Alto, cuando Tamia, de siete años, aparecía en la sala con un cuaderno para escribir su primera novela, que no pasaba de dos oraciones. Aída recordaba que Juana también escribió su primera novela a la misma edad. Si no la hubieran desaparecido, pensaría Aída muchos años después, Juana tendría el prestigio y el talento literario de Tamia: Juana sería Tamia y Tamia sería astronauta o estaría estudiando para ir a la NASA. Eso imaginaba. Le aterraba semejante variación del destino, que tenía un aire de burla, se asustaba tanto que era necesaria la intervención de sus amigas abuelas, que para distraerla le pedían que saliera de la sala, así un abuelo escondía un adorno y al regresar Aída se tardaba lo que demora un vistazo en descubrir qué objeto había sido movido de lugar.

Tamia tenía la astucia visual de su abuela, aun cuando necesitara gafas para ver bien. Por eso cuando regresó de Bogotá el 2 de enero de 2022, mucho después de lo planeado —Tamia y Ángel unieron intensamente sus vidas, al punto de que él inventó una excusa para no pasar las fiestas de Navidad y Año Nuevo con su familia sino con ella—, Tamia notó que durante todo ese tiempo nadie había vivido en su casa: los objetos estaban en el mismo lugar donde los había dejado, no se había tocado la comida de la refrigeradora, una fina capa de polvo y piel muerta cubría todo lo visible. Incluso, como Ricitos de Oro, tocó la cama de Bass y la sintió fría, la imaginó sin usar. Como sus lectores, entornó los ojos y miró en derredor, a la espera de que las sombras respondieran, pero nadie dijo nada durante las horas que pasó sola el primer domingo de 2022. Por la noche, cerca de las diez, la puerta de entrada retumbó su panza metálica, luego la madera de la puerta del porche y el sonido de las llaves sobre el plato del recibidor.

¡Mi niña, mi niña, volviste!, dijo Bass desde la entrada al ver luz en el estudio y la cocina, ven a darme un abrazo de feliz año, carajo.

—Guillermo, estoy aquí —dijo Tamia desde la cocina, donde apuraba los últimos granos de arroz del chaulafán que había ordenado por teléfono—. Te extrañé, ¿sabes?

Luego del abrazo, mientras Tamia hacía un par de sándwiches de mortadela con queso y mayonesa, Bass dijo: Y, bueno, mi niña, cuéntame cómo es él, en qué lugar se enamoró de ti, de dónde es, a qué dedica el tiempo libre…, Dios mío, qué hombre debe ser para que hayas alargado un viaje de pocos días a casi un mes.

—Te lo cuento —dijo Tamia extendiéndole el sándwich sobre un plato— si antes me cuentas dónde estuviste viviendo estas semanas. Sí, eso.

Bass respiró hondo. No estaba en aprietos, pero, se notaba por su semblante, era algo de lo que no tenía planeado hablar. Hizo una mueca y mascó el sándwich.

Bueno, dijo Bass, era algo que eventualmente te iba a contar.

—Dime —dijo Tamia masticando el sándwich. A pesar del cansancio del viaje se veía radiante. Llevaba puesto uno de los sacos tejidos por su abuela, un moño alto le recogía todo el cabello y le descubría la cara. Bass pensó que esa era la primera vez, en todo el tiempo que llevaban viviendo juntos, que podía verle la cara sin interrupciones ni estorbos, que podía ver su cuello elevarse como el de un cisne—. Soy toda oídos. Sí, eso.

Como usté sabe, mi niña, dijo Bass, yo estoy eternamente agradecido con usté, siempre lo estaré, sin usté estaría todavía botado afuera de la universidad, pidiendo caridad a los jesuitas, mi niña, usté me ayudó a levantarme, pero ya me siento grande y fuerte, por eso empecé a trabajar de lo que fuera: electricista, fontanero, limpiador, con eso ya pude ahorrar un poquito y por eso, desde hace algún tiempo, pude recuperar mi cualquiercosita en el centro de Quito, mi cuartito en La Tola que tengo hace mucho pero que me lo quitaron, ya ahí estoy viviendo desde que te fuiste a Bogotá: tiene un cuarto, un baño y un balcón, qué más puede necesitar un poeta, ahí me siento bien porque ahora sí siento que es mío, al fin, como lo fue en algún momento esa casa que compré con plata de la literatura, endeudándome, claro, pero literatura al fin, te agradezco pero ya puedo seguir por mi camino, ya no vivo aquí, pero siempre voy a estar contigo, mi niña.

—Me alegra, me alegra oírlo, en serio —dijo Tamia—. Al parecer la literatura sí tiene usos prácticos.

Y te agradará saber que he vuelto a escribir, dijo Bass atorándose con el pan, recuperó la respiración y continuó: algún día lo leerás, no creo que sea un día muy lejano.

—¡Qué bien! Ya quiero leer —dijo Tamia—. ¿Algún adelanto?

No, por el momento prefiero callar, así será sorpresa cuando te llegue de la forma más inesperada.

—Que así sea —dijo Tamia tras un sorbo de agua mineral—. ¿Y qué has estado haciendo estos días, además de escribir?

He estado recogiendo los pasos, mi niña, dijo Bass, como un muerto he estado pensando en el pasado, averiguando, conjeturando, sufriendo un poco también, seré sincero, hay cosas que todavía tengo adentro que me cuesta sacarlas, quizá por eso me gusta escribir poemas, tú me entiendes mejor que nadie, y bueno, esas cosas sí quisiera que se queden así, como un secreto, algún día te las contaré bien, mi niña, no son fáciles, será lo más trágico que de mí saldrá hacia ti, pero la verdad será a fin de cuentas.

—Cuánto misterio. Te oiré feliz, nunca me has contado toda tu historia —dijo Tamia limpiando el mesón.

Mi historia está en mis poemas, mi niña.

Tamia sonrió.

—Te quiero pedir un favor —dijo Tamia colocando los platos limpios en la alacena—. Voy a agendar una clase contigo para fin de semestre, aún falta para eso, pero quiero comprometerte desde ya, quiero que des cátedra a mis alumnos, una hora, que les hables de la creación poética, cómo es el mundo a través de los ojos de un poeta, que les hables cómo fue ser poeta durante la gran dictadura latinoamericana. ¿Podrías?

Mi niña, ¡sí!, nadie mejor que yo para hablar de poesía sin desviarse del tema.

Sin desviarse del tema, por favor, dijo el periodista, ¿está casada?, ¿tiene novio?, ¿hijos?, ¿cómo está su corazón?

Tamia ya era experta en desviarse del tema cuando le preguntaban sobre los secretos de su obra, pero esta era la primera vez que la acosaban con dudas que nada tenían que ver con el quehacer literario. Le pareció estúpido. ¿Es necesario conocer las intimidades para entender la mentalidad de una persona que, por voluntad propia, ha pasado quinientas horas en soledad, sentada, escribiendo y corrigiendo, en lugar de salir al fresco, tomar el sol, conversar con los amigos, beberse un vino mientras se ríe de chistes bobos, tener una familia con gato y perro sobre una alfombra, pagar un préstamo y liquidar una hipoteca? Se incomodó: no porque estuviera adquiriendo aires de celebridad ante la demanda de sus libros y de su palabra en entrevistas. No. Hay caminos mucho más cortos y sencillos para lograr eso, nadie en su sano juicio usa la literatura como vehículo al estrellato, no porque no se pueda alcanzar, cosa rara, sino porque al lograrlo el espíritu ya estará doblegado. Se incomodaba porque sabía que si fuera hombre, no le harían ese tipo de preguntas. Por ello la entrevista, si bien apenas comenzaba, para Tamia, tenía ya el aire viciado.

Sin embargo, por un segundo sintió una vergüenza subterránea, que no dejaría salir a flote, al reconocer que, después de todo, estaba tan feliz que le habría gustado responder que sí, que llevaba medio año saliendo con un colombiano, con el que podía hablar de libros, de escritores y de las cosas de la vida. La atracción para Tamia empezaba en los libros, era la puerta de entrada al deseo. A veces, durante unos segundos, se enamoraba en los autobuses de las personas que viajaban con la cabeza abajo, con un libro entre ceja y ceja, ausentes del mundo real porque hallaban más interesante y estético el ficcional. Conversaban a diario por la computadora o con mensajes de texto. Pero lo mejor de la relación era que Ángel le daba la sensación de que ella no iba a morir como una vieja que se ha ahorcado en su casa, sin que nadie descubra su cadáver sino tres meses después. Antes de salir a la facultad, se demoraba un poco más en arreglarse, se veía más tiempo en el espejo: le costaba creer que durante tantos años no vio su reflejo. Uno que otro día se pasaba un lápiz de labios rosado, muy tenue, pero lo suficientemente intenso como para que le marcara la piel. Otros días se sentía más osada y se delineaba los ojos con un lápiz negro, que la hacía ver más saludable por el contraste con su piel. Y a veces sus colegas lo notaban: el filósofo Armando Albán, acostumbrado a convertir en novias a sus alumnas y dar ebrio sus clases, la invitó a una cerveza en el mismo bar donde Tamia, hace cinco años, tomó la pésima decisión de ir a la presentación del libro de Adolfo Mora, que en paz descanse. El poeta César Cisneros, que daba clases de Lírica, le dijo sin empacho estás muy bonita hoy. No había coqueteo en el comentario —a diferencia de Albán—, era el reconocimiento de un colega que nunca le hacía cumplidos. Por último, el decano Vicente Preciado le preguntó si se encontraba bien y si no quería ir a descansar, pues tenía los labios hinchados y se veía más pálida de lo usual.

Como la suya era una relación a distancia, Tamia y Ángel, la mayor parte del tiempo, estaban separados, lo cual le convenía a su escritura. Balzac y Flaubert eran de los escritores que huían de las relaciones porque creían que iban en desmedro de la calidad artística. Balzac salía de los prostíbulos lamentándose por la novela que acababa de perder en la eyaculación y Flaubert, en cambio, era misógino y misántropo. Hay otros escritores que, en cambio, se entregan con deleite a una sola pareja, como el ficticio Gabo Martínez, el real Joaquín Reyes y el prolífico Stephen King, a quien Tamia leyó de niña, en los 90, cuando sus libros entraron en Ecuador y el resto de Latinoamérica como parte de su apertura al mundo, tras la caída estrepitosa del socialismo. King, Coca-Cola, McDonald's, Mickey Mouse y la pornografía de mujeres con senos como sandías fueron algunos de los sesudos símbolos del capitalismo en la naciente etapa democrática.

Claro que miles de lectores de *Gabo, el universo* podrían refutar aquello de que Gabo se entregaba a su esposa con fidelidad. Ellos saben que lo hace sin pretensiones románticas, porque es egoísta y eso le conviene a su ambición. A los escritores con ambición, a pesar de lo poco atractivo que se vea para los emuladores de Bukowski, les conviene la monogamia porque permite enfocarse con atención en el plan maestro. Una persona regular en sus vidas, una que no dé guerra, es efectiva, y esto, al final, quizá sea más vil que la infidelidad.

Como Gabo, Balzac sabía de grandes proyectos, quizá fue el primero en imaginar el gran panorama de una sociedad, su tiempo y espacio, plasmado en letras, la gran comedia humana a la que Flaubert no impresionó: «¡Qué grande sería Balzac si hubiera sabido escribir!», dijo. ¿Qué habría pasado con la historia de la literatura si Flaubert hubiese heredado el proyecto universal de Balzac? La comedia humana de Flaubert: ¿es posible imaginar semejante pirámide? Flaubert era de la clase de escritores que se reía en la cara de la posteridad, como si de todas las clases de humanos que existen, los escritores estuvieran destinados a alcanzarla. En cambio, un escritor más cercano, Adolfo Bioy Casares, creía que la eternidad era una de las raras virtudes de la literatura. ¿A quién creer? ¿Cómo saber que se le ha apostado al caballo ganador antes de que finalice la carrera? Imposible, no obstante, si a un poeta ciego no se le hubiese ocurrido cantar sobre la ira de un hermoso soldado y sobre la nostalgia de un rey soberbio, hoy, doce mil años después de esos acontecimientos, nada se sabría de ellos: grandes hombres cuya memoria sin duda se hubiese diluido en la piel de sus contemporáneos.

Diluido en la piel de los contemporáneos, la ópera prima de Jesús Cáceres (La Paz, 1985), fue la primera razón por la que Gloria Fuertes no pudo introducir a *Gabo, el universo* en el mercado español. La segunda fue el éxito que Octavio Paz estaba teniendo en Iberoamérica: *Libertad bajo palabra* se convirtió en la novela del verano español de 2022, era común ver a la gente leyéndola en las playas, donde compartía espacio con la novela de Cáceres.

El humilde escritor de origen campesino había editado su novela en una editorial independiente, Ediciones Buitre, en 2020, sin esperar mayor éxito, aunque Cáceres era de los románticos que pensaba en los libros como hijos. Tras una buena reseña en un diario paceño, se dispararon las alabanzas para el boliviano que estaba llamado a revolucionar la literatura a tres mil metros sobre el nivel del mar. La segunda edición, de un respetabilísimo tiraje de mil ejemplares, salió de las fronteras de Bolivia y desembarcó en las mesas de novedades de las librerías independientes, como La Venganza de Tólstoi, donde Gloria Fuertes acostumbraba a ir de cacería. Después de leer la novela, se puso en contacto con la editorial y con Cáceres. No tardó en firmar contrato con Daxhund de la Región Andina. El editor de Daxhund España, Diego Echeverría, leyó a un mismo tiempo las novelas de Paz, Cáceres y Tamia. Su visión de negocios siempre ha sido más alabada que su visión artística, por eso tiene más de quince años en el puesto, hace lo que quiere y solo responde a sus jefes en Nueva York, quienes estuvieron complacidos con él al ver el éxito de Paz y Cáceres en España. Después de las felicitaciones de rigor, Daxhund USA empezó a preparar la traducción y estrategia comercial para introducir a Octavio Paz en el mercado estadounidense y, de ahí, por lo tanto, al francés, alemán, ruso y mandarín, lenguas que siempre prestan más atención a lo que sucede en el inglés que en el español. Cáceres no se traduciría al inglés todavía, pero se alzó con el Premio de la Asociación de Libreros de Barcelona al mejor libro de ficción del año. No había dinero de por medio sino algo mejor: la decisión unánime de los libreros de recomendar la novela.

Tamia compró la novela de Cáceres por recomendación de un librero barcelonés, durante su visita a España en 2022. Había viajado por pedido de Gloria Fuertes para conocer personalmente a Echeverría, así ultimarían detalles de la aparición de *Gabo, el universo* en ese país. No había necesidad, pero Gloria insistió tanto. Finalmente, el Gabo Martínez se editaría en el Mediterráneo en su punto más caluroso. Tamia viajó, sobre todo, porque se encontraría con Ángel en la ciudad donde transcurría parte de la trama de *Gabo, el universo*: en Barcelona, Gabo, Cortázar y Fuentes se amistan durante los años 60 y crean el laboratorio renovador de la novela hispanoamericana. Esas serían sus vacaciones, una estupenda forma de pasar juntos en un contexto que no tuviera que ver con las visitas veloces que se hacían una vez al mes de Quito a Bogotá y de Bogotá a Quito, durante los fines de semana.

Ni Tamia ni Ángel habían estado antes en España, y la compañía mutua hizo más dulce el descubrimiento de Barcelona. Si bien las actividades programadas de Tamia con Daxhund no sobrepasaron dos días —conocer las instalaciones, aprobar la edición de la novela, firmar un contrato de explotación de derechos, almorzar con Echeverría (que resultó ser un sujeto acromegálico e intimidador)—, vivieron como pareja más de un mes, en un hotel tres estrellas en la Barceloneta. Despertaban bien entrada la mañana, preparaban un desayuno condenado al fracaso porque en Barcelona no había frutas como en Ecuador o Colombia. Caminaban por la playa repleta de turistas hasta encontrar un lugar para sentarse y leer hasta el almuerzo, que casi siempre consistía en atragantarse de mariscos en el Paseo Joan de Borbó, en una mesa en la calle, rodeados de turistas que hacían lo mismo. Luego caminaban por la ciudad, deteniéndose en librerías y puestos de revistas, que Tamia adoraba: quioscos atiborrados de periódicos, libros y dulces, donde siempre había apilados volúmenes de promociones pasadas que se vendían barato. Tamia regresaba por las noches al hotel con una o dos bolsas llenas de libros, y eso para ella era una forma genuina de felicidad.

Las librerías de barrio la emocionaban. Todos los barrios tenían por lo menos una, aunque fuera un minúsculo cuarto, medianamente decorado, que daba a la calle. También pasearon por algunas ciudades de la Costa Brava, donde, según ellos, no había mucho que hacer. Amaron Malgrat del Mar y conocieron las partes más turísticas de Girona donde, en el barrio judío, Tamia imaginó que en cualquier momento el Golem le saldría al paso. Visitaron el museo de Salvador Dalí en Figueres, y al salir, mientras caminaban en una plaza donde unos niños jugaban fútbol, cerca de unas mesas al aire libre donde los extranjeros tomaban cerveza, hallaron una librería independiente llamada La Garba, en cuyo modesto vitral relucía un anaquel de cartón con la leyenda «La nueva ola de la literatura latinoamericana», donde aparecían cuatro libros con sus respectivas leyendas:

- *Libertad bajo palabra*: «El del detective Xochipilli Vergara Ruiz comanda la flamante novela policial de Octavio Paz».
- *Diluido en la piel de los contemporáneos*: «La novela del despertar campesino: ¿vale más una sociedad modernizada o el humano frente a la naturaleza?».
- *Los escritores que ponen nombres muy largos a sus obras*: «El argentino Patricio Pron se vuelca al ensayo literario con gran contundencia».

- *Gabo, el universo:* «Una nueva forma de contar la historia de la literatura: negándola. La sensación de Colombia: Tamia Torres».

—Bueno, iba a pasar tarde o temprano: oficialmente soy colombiana. Lo que me consuela es que por esa brevísima reseña, parece que el librero sí me leyó.

Siempre quise preguntarte, dijo Ángel, ¿por qué decidiste contar la historia de Gabo Martínez desde otra historia?, ¿por qué no usar la nuestra?

—Te voy a conceder un favor, Ángel —dijo Tamia—: te voy a dejar que escojas cómo prefieres que evada esa pregunta. Como si no la hubiera oído, como si no me ofendiera, como si no supiera que me preguntas por compromiso porque lo que en realidad quieres es besarme.

Después del beso, Tamia se acuclilló frente al vitral para observar de cerca la edición de su novela. Si bien no había quedado del todo satisfecha, le gustaba lo florido de la portada, como la selva tropical que, de una u otra forma, siempre aparecía en las ediciones de *Bienvenida la soledad de los soldados,* de Joaquín Reyes. Así, Daxhund quería tácitamente relacionar la novela de Tamia con la de Reyes, ya que, después de todo, los dos escritores, el ficticio y el real, eran una misma persona, pero vista desde diferentes ángulos de la Historia.

—Prefiero más la edición colombiana de *Gabo, el universo* —dijo Tamia—, con la silueta del escritor frente a la máquina de escribir, con un gran castillo de puertas cerradas de fondo. Siempre sentí que se relacionaba más con la trama de la novela.

Que yo recuerde no hay castillos en la novela, dijo Ángel.

—De alguna forma el castillo es la Historia: impenetrable a menos que la demuelas desde la base, a menos que hagas una revolución que la modifique.

¿Y eso es lo que hiciste?, dijo Ángel, ¿por eso inventaste una nueva historia oficial, para poder demolerla?

—No, lo hice para tenerte ocupado pensando tonterías mientras yo te robo la billetera y pago la cena en ese restorán.

Ángel se palpó los bolsillos y no sintió la billetera. Tamia se la entregó.

¿Cuándo me robaste la billetera, ladrona?, dijo Ángel, sabía que los ecuatorianos eran ladrones, pero no sabía que tenían esas habilidades ocultas.

—Si te quedas conmigo, te puedo enseñar un truco o dos.

«Un truco o dos es lo que vamos a necesitar para despistar al director del hospital»: la oración pertenecía a la nueva novela de Tamia. Una semana después de regresar de Barcelona, estaba ya sumergida en el abismo de la escritura. A medida que acometía la nueva ficción, recordaba las épocas cuando la abuela Aída le dejaba vasos de limonada en el escritorio, en silencio, para que no perdiera la concentración. Si amó a Aída por algo más que por haberla criado fue porque se tomaba en serio su oficio. Para la abuela, la escritura de Tamia no era algo que hacía para entretenerse o matar el tiempo, cuando no trabajaba de periodista, donde le pagaban una miseria. Aída tenía la misma visión que Tamia de la escritura: un combate a muerte en el que se jugaba su identidad y permanencia en el planeta. En cada historia, sin importar lo minúscula que fuera, se concentraba una tormenta que arrasaba una isla perdida del Pacífico, donde el único sobreviviente se aferraba a un tronco y, tragando agua salada y con miedo de morir y desaparecer de la memoria de los hombres, resistía los ataques de ese dios marítimo que lo odiaba.

¿Soy digna de seguir?, se preguntaba Tamia antes de acometer un nuevo proyecto literario, y su respuesta aparecía un año después, cuando la obra estaba terminada. ¿Era digna? Quizás no, pero lo cierto es que mientras escribía, el dios que juzgaba quién vivía y quién moría no podía alcanzarla con su tridente mortífero, porque Tamia se movía con espasmos más allá de lo divino, y de tanto burlar a ese dios un día descubrió que tenía mucho material en los cajones y en la computadora, más del que podía recordar.

«Primero, poner un mástil que atraviese todo el hospital», escribió Tamia una tarde de enero de 2023, sintiéndose segura porque en la novela era el único territorio donde era verdaderamente libre, porque ahí nadie la juzgaba, porque de ella bebía el antídoto contra el síndrome «mientras esté escribiendo, no se darán cuenta de que no valgo nada, mientras escriba no sabrán que no soy suficiente, mientras escriba no podré ser destruida». En la novela, sus alas se desplegaban hacia el sol, las plumas se robustecían con el calor y del arrecife se lanzaba para planear sobre el océano agitado en el que se perdió su abuela, y desde arriba se burlaba de las olas.

Mientras planeaba, viendo el sol ponerse en el horizonte, sonó el teléfono. Lo ignoró para no perder la intensidad de la narración. Los dedos siguieron moviéndose sobre las teclas. Sonó de nuevo el teléfono y volvió a ignorarlo. Cuando vio una isla donde su prosa podría reposar, rodeada de piqueros de patas azules, grabó el avance y se levantó para contestar en la cocina. La voz del otro lado del teléfono —un hombre de la costa que parecía aburrido— le preguntó si era Tamia Torres, si vivía en Quito y si conocía a Guillermo Alberto Bass Moreno. Sí, sí y sí. Qué bueno que la ubicamos, señora, porque necesitamos que venga a Manta a reconocer su cadáver.

Reconocer un cadáver: así se sintió Tamia al ver la edición de *Acacias* de Daxhund Booxs, que llegaría a las librerías de la Región Andina en junio de 2023, al resto de Latinoamérica al mes siguiente y próximamente a España. Acercó el libro a los ojos para analizar la calidad del encolado, abrió las páginas para comprobar la resistencia del cosido, sopesó el grosor de la portada y contraportada con el peso y material de las páginas interiores. Era una edición que había ido directamente a rústica: Daxhund Colombia creía que la edición de bolsillo A5, la más económica, le convendría a una escritora como Tamia, quien, según Gloria, ya estaba consagrada como una de las voces más importantes de América Latina. A Tamia le gustaba mucho más la edición de *Acacias* de Naranjilla Pálida, tenía un aire de vida, mientras que la nueva era más estática, le hedía a muerte, de ahí que sintiera que debía reconocer el cadáver de un ahogado. De un libro de 285 páginas se pasó a uno de 312: sin duda había tragado mucha agua. Le mostró la nueva edición a Ángel, que saltó de alegría. Tamia le dijo que el libro, para ella, era como un muerto.

—Quizá fue un error haber aceptado que se reimprimieran mis primeras novelas.

Ángel atravesó la sala para abrazarla. Ella no tuvo fuerzas para corresponder el gesto que, en serio, la ayudaba muchísimo. El olor de muerto no salía de las páginas, sino de los seis meses que llevaba tratando de entender los últimos pasos de Bass antes de suicidarse. Al siguiente día de la llamada telefónica, tomó un vuelo a Manta, donde se reunió con el médico legista. Identificó el cadáver: lo vio como una idea que se escapa por el rabillo del ojo. Se había disparado en la sien. El médico sabía otros datos, pero no estaba autorizado para dárselos. En la estación de policía, después de una larga espera, la interrogaron con hostilidad. Los policías creían que Tamia tenía detalles sobre el crimen; pero ella no sabía de qué crimen hablaban y ellos no le creían. Al final la liberaron, cinco horas más tarde, con la idea fija de que ella, en algún momento, fue amante de Bass, ya que por qué razón una persona saca de la calle a un vagabundo.

—Solo somos humanos —dijo Tamia sentenciosa, antes de marcharse.

La mañana siguiente compró todos los periódicos: solo en uno se había publicado el obituario de Carlos Bass, quien sería velado por la tarde junto con su esposa, Rogelia Quiñónez. Menos mal el apellido Bass era fácil de rastrear. Tamia estaba teniendo un tiempo muy duro tratando de asimilar lo que le habían dicho los policías, por eso investigaba por su cuenta, de forma muy doméstica, para hallar un consuelo y una explicación. En la sala de velación servían vasitos de aguardiente: Tamia bebió tres para armarse de valor y constatar que, en efecto, la cara de Carlos Bass era igual a la de su hermano Guillermo pero rejuvenecida. Se sentó al fondo de la humilde sala, en una silla de plástico, pero igual llamaba la atención: si bien no era la única mestiza en un velorio de afrodescendientes, sí era la más pálida, de hecho, la señora que brindaba el aguardiente le dijo «Sírvase, gringuita». Paseó por la sala tratando de escuchar las conversaciones, una de ellas decía una teoría similar a la de los policías: hace dos días Guillermo Bass llegó a Manta, consiguió un revólver en un mercado, irrumpió en la casa de su hermano y le pegó dos tiros en el pecho, luego buscó a su cuñada y le disparó en la cara y en el cuello, y después (no se sabe cuánto tiempo transcurrió), sentado en un sillón de la sala, con los cadáveres desangrándose a pocos metros de sus pies, se disparó en la cabeza. Tamia empezaba a desvariar.

Días después encontró una fuente de información con la que nunca estuvo cómoda: la prensa roja. Explotaron el caso hasta las últimas consecuencias. No sin asco, compró todos los periódicos sensacionalistas y los leyó en la habitación del hotel. Incluso llamó por teléfono a los periodistas, quienes no tuvieron empacho en ofrecerle información nueva a cambio del testimonio de cómo fue Guillermo Bass en sus últimos años. Tamia, por supuesto, les colgaba y dejaba que el teléfono timbrara y timbrara.

No estaba cien por ciento segura, pero empezaba a entender: Rogelia Quiñónez fue esposa de Guillermo Bass, con quien tuvo una hija a la que se había tragado la tierra. Por ahí iba el asunto. Tamia recordó que en una de sus conversaciones, Bass le dijo que le había regalado su casa a su esposa, construida a base de literatura, con tal de no verla más. También recordó que, en cierto momento, llamó careverga a su hermano.

¿Era Bass un hombre derrotado y destruido? ¿Cómo es posible que Tamia no se hubiese dado cuenta? La prensa roja continuaba exponiendo datos que Tamia, impactada por el dolor, aceptaba sin cuestionar, como que la hija, Anita Bass, había muerto en 1999, atropellada por un autobús. Como esos periódicos no circulaban en Quito, tuvo que cambiar varias veces el vuelo de regreso. Pero a medida que se seguía enterando de más detalles de la vida y los últimos momentos de su amigo, lo que más le jodía era que sin importar cuántos trapos sucios de Bass sacaran a la luz, nadie, nunca, en ningún momento, dijo que Guillermo Bass había sido un excelso poeta.

Tres semanas se quedó en Manta, días que ella recuerda a través de una bruma espesa. Antes de regresar a Quito, uno de los policías que la interrogó al empezar el descenso al infierno la llamó para preguntarle si estaba interesada en llevarse el cadáver congelado de Bass, pues nadie lo había reclamado en todo ese tiempo.

El único que podría reclamarlo es a quien él mató, jajaja, dijo el policía (a Tamia no le hizo ni una pizca de gracia), pero le voy a pedir una ayudita para hacerle el favor de sacar el cuerpo a su nombre, que es un papeleo terrible, si no, se va a la universidad.

Tamia aceptó sobornarlo porque le entristecía la imagen del cuerpo de Bass en la congeladora o en una clase universitaria de Anatomía, que seguramente es lo que el poeta hubiera preferido. Lo cremó y depositó sus cenizas en Quito, en un nicho que compró en uno de los nuevos cementerios vía Cumbayá. Lo despidió con Ángel a su lado, quien había pedido licencia en el trabajo para apoyar a Tamia. Ahí reposaban las cenizas de unos de los mayores poetas del Ecuador, sin que nadie las llore ni vele más que una amistad reciente y su pareja, a quien nunca había conocido. No había nadie más: ni lectores, ni la prensa, nadie que reviviera sus versos al son de la guitarra y el aguardiente. Nadie. El olvido era una broma cruel.

—Tal vez lo mismo me pase a mí —dijo Tamia—, a mi abuela…

No digas eso, Tamia, dijo Ángel, me tienes a mí.

—Te tengo a ti ahora, pero no eres eterno, hoy estás a mi lado y mañana puede que no —dijo Tamia sollozando, aferrándose al pecho protector de Ángel—. Yo tampoco tengo a nadie, como Bass: ni ascendencia ni descendencia, y mis novelas no me van a llorar ni enterrar. Tal vez la verdadera eternidad está en la reproducción, no en el arte.

No digas eso, ya basta, dijo Ángel, hoy me tienes a mí, que eso te sea suficiente, también tienes a tus miles de lectores, y créeme una cosa: aunque nos separáramos, yo velaría por ti en tus últimos instantes.

—Lo peor de todo, Ángel, ¿sabes que es lo peor de todo? —dijo Tamia sonándose la nariz. Ángel nunca la había visto tan demacrada: los rostros pálidos son los que peor se descomponen—. Siento que si Guillermo viera que lo puse en un bonito jarrón dentro de un hermoso nicho, me diría con su voz de mono: Mi niña, ¡mucha hueá!, yo soy poeta: era que me bote nomás al río Machángara.

El río Machángara serpentea a través de Quito, a veces visible como en La Recoleta, otras oculto como en Guápulo. El turista despistado podría creer que es un atractivo turístico, cuando en realidad transporta las aguas servidas de los quiteños. En épocas de la abuela Aída, cuando Tamia era pequeña, apestaba a kilómetros de distancia. Poco antes de que iniciara el nuevo milenio, se lo trató con químicos que lo dejaron igual de contaminado pero menos apestoso —la estética de la ignorancia—, luego todos continuaron sus vidas tan felices como siempre.

Paralelo a las calles empedradas y estrechas de Guápulo, el Machángara delineaba el trayecto del taxi que ascendía a Quito, con Tamia y Ángel sentados en el asiento trasero. Ya en La Vicentina, el vehículo tomó la avenida Oriental —antes llamada avenida José Ortega en honor a la mano derecha de Silva— e ingresó en La Tola Baja, donde estaba el pequeño departamento de Bass. Tamia había estado una vez ahí, por eso sabía que el de Bass no era una departamento, sino un cuarto. Esperaba que la memoria no le fallara para atinar a la puerta correcta, pues nunca anotó la dirección. La llave era una de las pocas pertenencias que el legista corrupto le entregó, junto con una chaqueta Esparta y una vetusta billetera de cuero que contenía la cédula de ciudadanía y dos recortes de periódico, doblados y bastante deteriorados: uno daba cuenta del premio de poesía que ganó en Madrid, en 1979, y el otro hablaba de la muerte de su hija, en 1999. El artículo señalaba que el accidente se había producido por descuido de los padres (indicaba que el padre era el hermano de Guillermo) y la impericia del conductor.

La Tola Baja, otrora refugio de mendigos y criminales, era, gracias a la gentrificación, el sector donde extranjeros, artistas y bohemios alquilaban departamentos y casas a precios razonables. Bass llegó en la primera época, cuando vino a mendigar a Quito, por lo que pasó de tener vecinos que le robaban lo poco que tenía, a ver por las mañanas cómo los artistas se instalaban en los porches para pintar los paisajes de Quito.

Se bajaron del taxi y ascendieron por una escalinata que les comunicó con una puerta metálica que daba a la calle. Tamia metió la llave y el seguro cedió. Adentro olía a encierro. Tamia y Ángel se dedicaron a revisar las pertenencias de Bass con la puerta abierta. No había mucho: un colchón pequeño junto a la pared, libros viejos, cuadernos y papeles, la ropa que Tamia le había comprado cuando lo sacó de la calle. Cuando el arrendador que vivía en el departamento aledaño apareció, Tamia le explicó quiénes eran y le informó del triste final de Bass, pero omitió el doble asesinato. El arrendador tuvo que sentarse en las escaleras para recuperar el aliento, era notorio que le tenía simpatía a Bass. Como último tributo, los ayudó a empacar.

—Cómo cambia la percepción de los objetos cuando uno sabe que está escarbando en las pertenencias de un muerto —dijo Tamia sosteniendo un cráneo de peluche—. Miren esta cabeza: si Bass estuviera vivo, este sería un muñeco más, un muñeco cualquiera que no llamaría la atención, pero como sé que es de un muerto, me parece que ahora es un tesoro, ahora tiene algo especial, único. Si la veía antes sin saber de su muerte, habría podido botarla a la basura sin remordimiento, pero ahora no, me dolería.

El arrendador se enjugó las lágrimas y Ángel le puso una mano en el hombro. Media hora después, toda la vida de Guillermo Bass, apelmazada en dos costales y una caja de cartón, descansaba en la batea de una camioneta de alquiler. El arrendador prometió deshacerse del colchón cuando pasara el camión de la basura. Tamia tuvo la astucia de escarbar en el colchón, donde halló un bolsillo secreto con dinero, una cantidad insignificante con la que pagó el flete y por cargar las cosas hasta la sala de su casa.

La catalogación de las pertenencias de Bass, por desgracia, no fue esclarecedora, al contrario, Tamia salió con más preguntas que respuestas. Halló anotaciones en el envés de recibos y volantes de llantas y comida. Después de estudiarlas con detenimiento, Tamia concluyó que databan de la época en la que se fue a Bogotá a presentar *Gabo, el universo*, durante el cual, según el arrendador, Bass no se dejó ver en su cuarto. Los escritos de Bass hablaban de su regreso a Manta, después de casi veinte años, para buscar su casa, que no halló porque —y esta fue una suposición de Tamia— fue una de las tantas casas que se vino abajo en el terremoto del 16 de abril de 2016. Bass también se dedicó a rastrear a su exesposa y a su hermano —esto también era una suposición—, hasta que los halló en la misma ciudad. Regresó a Quito y, tiempo después, algo hizo clic en su interior y viajó a Manta, los asesinó y se suicidó, quizá cargado de inseguridades. O quizás no: sabía perfectamente lo que iba a hacer y nunca le tembló la mano, y el tiempo entre hallarlos y matarlos lo invirtió en darle cierre a su vida: tal vez escribir el poemario póstumo, uno tan soberbio que el mundo se rendiría a sus pies. O quizás las anotaciones no eran reales, sino una ficción que empezaba a esbozar, por lo tanto, todo lo que ahí estaba escrito era falso y Tamia estaba tomando como verdad las mentiras que ella, paradójicamente, usaba a diario para vivir. En cierto punto fue incapaz de discernir nada, al extremo que Ángel tuvo que llevarla a la cama, acostarla y hacerle caricias en la frente hasta que el llanto se apaciguara y el sueño la venciera. Así se durmió varias noches. En la mañana, Tamia despertaba y le agradecía por ayudarla, hasta que él tuvo que regresar a Colombia.

Los muertos son un misterio. Aunque se escarbe en los registros más verídicos, como un detective o un historiador, nunca se podrá reconstruir la versión oficial, una digna de la memoria y la verdad, por eso Tamia operaba con la sensación de estar profanando una tumba. Lo de Bass fue repentino y trágico, como un drama de Shakespeare. Para eso no hay forma de prepararse porque lo súbito te golpea en la cara y te deja más interrogantes que certezas.

Si así te pones con la muerte de Guillermo, dijo Ángel, no quiero pensar cómo te habrás puesto cuando murió tu abuela.

¿Cómo se había puesto cuando murió Aída? Tamia lloró donde sea y cuando fuera, con ese llanto que ahoga, eco que lucha por salir de la garganta y cuando sale es el aullido de un fantasma. Pero en algo la consoló el hecho de que la abuela muriera tranquila en casa, a los setenta y tres años. Después Tamia se abocó a dos cruzadas: la primera era su trabajo artístico, que solo alcanzaría su cénit tras su propia muerte, así lo había previsto y esperaba que funcionara, de lo contrario, habría desperdiciado toda vida y la de su abuela. La segunda cruzada era inconsciente y era la que Tamia hacía cuando no estaba leyendo: tejer. Un día tuvo la brillante idea de comprar un atril (Dios mío, por qué no se me ocurrió antes) para leer y tejer al mismo tiempo, y ese día, por fin, lloró de resignación.

La forma en que Tamia se entregaba a la memoria de su abuela, como quien se arroja al interior de un volcán activo, empezaba a notarse: eran los lectores de ojos entornados los receptores del secreto. Pero la forma de entregarse a la memoria de Bass fue diferente, pero no menos sentida: al catalogar sus pertenencias, le sorprendió saber que él sí tenía una primera edición de cada uno de sus poemarios, muchos en mal estado, a pesar de haber dicho que no. Ahora Tamia era la orgullosa dueña de las obras completas de Guillermo Bass en primeras ediciones. También tenía algunos muñecos de peluche, entre esos la calavera, que suponía habían pertenecido a la hija fallecida. Tenía una serie de cuadernos en los que apenas halló un puñado de poemas inéditos, sin fecha, el resto eran anotaciones sin sentido, garabatos, palabras inconexas. Si Bass había vuelto a escribir, Tamia no tenía esos poemas, por lo que era probable que le hubiera mentido para que ella dejara de insistir. Después de perder su casa y su familia a manos de su hermano, después de enterrar a su hija, lo suyo fue el silencio: desaparecer completamente. Tal vez esa fue la razón de rechazar la literatura para lanzarse a vivir en las calles y ser olvidado. A medida que Tamia seguía levantando la biografía oficial de Bass, que jamás podría comprobarse, sentía que seguía escribiendo sus novelas, como un rumor lejano, sentía que seguía jugando a las mentiras.

En esta biografía falaz resaltaba una pregunta: si lo había perdido todo, ¿por qué no se suicidó antes? Así el olvido sería mucho más implacable. Quizás estuvo esperando el momento oportuno para la venganza, o quizás simplemente al final se volvió loco y antes de irse decidió cargarse a dos inocentes, o quizá siempre estuvo demente y Tamia tuvo suerte de que no le disparara.

Dios mío, pensó Tamia, los caminos de la historia son infinitos. Y sentía otra vez el mareo, la fiebre y el sudor frío, pero Ángel ya no estaba ahí para llevarla a la cama, así que se obligaba a mantenerse cuerda. Si hay que fechar el instante cuando Tamia dejó de darle vueltas a la reconstrucción de la vida de Bass, fue cuando encontró la anotación al otro lado de un volante de cursos de computación, que decía:

Quito, 2022. Yo, Guillermo Bass, el poeta olvidado de la negritud, certifico que todo lo que tengo, que es más bien poco, para bien o para mal, se lo dejo a Tamia Torres, el único ser que a estas alturas de la vida merece mi cariño y respeto. Y para dar autenticidad al documento, firmo.

Cuántas noches Tamia lloró con el testamento en mano, viéndolo como quien espera que le hable y revele lo que nunca se sabrá porque la ignorancia es atrevida y el olvido es voraz. Afectada, Tamia solicitó su año sabático en la universidad, que se les concedía a los docentes cada siete años de trabajo ininterrumpido. Con todo el tiempo en sus manos, como si tal cosa fuera posible, Tamia se arrojó dentro de una catarata de escritura de la que no salió viva ni cuerda, y que Ángel, al otro lado de la computadora, no entendía del todo. ¿Le estaba haciendo a un lado? ¿Mandaba al garete todo lo vivido durante estos años juntos? Ángel no podía precisarlo a ciencia cierta, pero colegía que Tamia estaba escribiendo como una posesa: escribía ensayos críticos sobre la obra de Bass para darle un lugar dentro de la historia de la literatura ecuatoriana.

Cuánto le duró ese estado, nadie podría precisarlo, pero Ángel tuvo una visión más apropiada del asunto. Como Tamia lo estaba confinando a un agujero en lo profundo del año sabático, Ángel se mudó a Quito después de conseguir trabajo como docente en la Facultad de Ciencias Humanas de la misma universidad. Y como ella lo seguía relegando, Ángel no se dejó y se mudó a la casa de Tamia, donde ella lo recibió con frialdad. No es que ella detestara la idea de vivir juntos, al contrario, al fin se sentía cerca de otro ser humano, lo que pasaba —y que Ángel no podía comprender— era que Tamia no estaba presente porque estaba vibrando a una resonancia más veloz que la del amor.

¡Pero qué puede ser más importante que empezar una vida juntos!, decía Ángel en las peleas que tenían, por lo general, en las noches, yo dejé mi vida en Bogotá por ti y tú no eres capaz de arreglarte un poco para salir aunque sea una noche a la semana.

Entonces Tamia fruncía el ceño y se iba de la habitación, lo que enfurecía más a Ángel, quien tuvo que forzarla a regresar a la universidad, cuando ella amenazó con renunciar, al cumplirse el año sabático. Volvió de mala gana y lo notaron sus alumnos, quienes dejaron de leer los cuentos propuestos porque Tamia había dejado de tomar controles de lectura. Vicente Preciado, que sabía la importancia de Tamia para la facultad, ahora más que nunca tras el éxito de la primera edición de *Ada desfigurada* en Daxhund Booxs, no tuvo el valor para reclamárselo y en su lugar se dedicó a buscar en el reglamento de la universidad un pretexto para tenerla lejos de las aulas, pero trabajando para la facultad. Halló una cláusula que permitía a un docente tomar un año sabático por problemas de salud o en virtud de sus méritos académicos y profesionales. No había nadie más famoso que ella trabajando ahí, incluso el rector se moría de ganas de conocerla para pedirle un autógrafo, cosa que hizo cuando la llamó a su despacho para conversar sobre el nuevo año sabático. Dejó la reunión tras un aguado apretón de manos. Emocionado, el rector revisó su flamante ejemplar de *Ada desfigurada* de Daxhund y descubrió que en la primera página Tamia solo había escrito «Hola, rector».

El tiempo libre volvió a arrojarla en la catarata, donde se dejó arrastrar por las corrientes, de las que a veces sacaba la cabeza para comprobar, frente al espejo, que su cabello tenía más canas y que Ángel era más complaciente de lo que debía ser con una mujer así. Le agradaba su compañía, le recordaba un poco al calor de su abuela, pero nada podía hacerla salir de su cabeza gacha frente al computador. Hacia el final del segundo año sabático, Tamia vio la luz al final del túnel: la luz alumbraba una edición crítica de las obras completas de Guillermo Bass, con estudios de Tamia Torres y su colega el poeta César Cisneros —consolidado ya como la voz lírica más importante del país. La edición, además, incluía los cinco poemas inéditos que encontró en las pertenencias de Bass. Tamia no podía estar más orgullosa de su trabajo, ni siquiera de sus ficciones había presumido, por eso se sorprendió cuando Gloria Fuertes le dijo que no a la publicación.

—¿¡No!? Pero de qué hablas: son las obras completas de Guillermo Bass, el poeta más importante del Ecuador —dijo Tamia.

Escúchame, querida, dijo Gloria del otro lado de la computadora, Bass puede ser el poeta más importante del Ecuador, pero Daxhund no publica poesía porque, tú sabes, no vende, solo publica poemarios pequeños, la colección Instantes, ya sabes, los libritos de diez por diez para leer en el autobús, pero de eso se encarga directamente Echeverría en Barcelona, quizá podría proponerle que revise los poemas de Bass y que se publiquen en Instantes, sin los ensayos, pero no garantizo nada.

—No, así no —dijo Tamia—, tienen que editarse las obras completas, solo así Guillermo Bass podrá tener el lugar que se merece.

Querida mía, no sé qué más decirte, dijo Gloria, si te sirve de consuelo, *Acacias* y *Ada* se van a segundas ediciones, y dentro de poco tendremos ya la edición de Daxhund de *Sinfonía silbada*, así que en este punto, con las reediciones de las novelas que empezaste publicando con nosotros, no hay duda de que eres una de las mejores y más prolíficas del continente, ya eres muy leída en España, ahora yo misma me voy a poner a trabajar en algo que te debía desde hace rato, y por esto te pido disculpas, en traducir tus novelas al inglés o al francés, veamos qué editorial se interesa por ti en esos países.

—¡A quién le importa eso! Daxhund tiene Criticidad, el sello de ensayos —dijo Tamia—, ahí se puede publicar lo de Bass, es una edición estudiada y crítica.

Sí, querida, pero Criticidad es solo para ensayos, no para poesía con ensayo, ¿me entiendes?, no se podría publicar ahí, lo siento, dijo Gloria, como te decía, estate atenta al correo, que voy a necesitar que apruebes la versión final de *Sinfonía*, portadas, lo de siempre, y, por Dios, querida, no te vayas a descuidar: después de *Sinfonía*, el próximo año vamos a publicar tu novela nueva, que la última nueva se publicó hace miles de años y la gente quiere más después de *Gabo, el universo*, ¿sí?, sí estás escribiendo, ¿verdad?

¿Verdad?, ¿me estás diciendo la verdad?, preguntó Alejandra, la editora de Naranjilla Pálida, al otro lado del teléfono, es que no me lo creo

—Claro que sí —dijo Tamia—. Bass me lo dejó todo a mí. Tengo total potestad sobre sus obras. —Tamia releyó el testamento de Bass sabiendo que no tenía ninguna validez legal, no obstante, nada la iba a detener, después de todo (y esto era lo que más le entristecía) sabía que nadie reclamaría los derechos de la poesía de Bass.

El libro va a ser fabuloso, dijo Alejandra, es un *gran* compendio de poesía, el apartado crítico es muy bueno, creo que será una gran adición a la familia de Naranjilla Pálida, he pensado en una edición de bolsillo...

—No —interrumpió Tamia—, quiero una edición mejor que *Más tarde que temprano* de José Emilio Pacheco: pasta dura, páginas tipo biblia, con un hermoso cordón como marcador de páginas. Nuestra edición de Bass tiene que ser mejor que la de Pachequito. Se llamará *Contra el olvido. Obra completa de Guillermo Bass.*

Ya extrañaba esto, trabajar juntas de nuevo, dijo Alejandra, no lo hacíamos desde que editamos *Acacias y Ada*, hace tantos años, y ahora tú tan...

A finales de 2026 se presentó *Contra el olvido* (edición costeada por Tamia), con éxito en el medio ecuatoriano, teniendo en cuenta que se trataba de un poemario crítico, libro de difícil lectura, venta y recepción. La prensa ecuatoriana saludó a Bass como un talento póstumo, que en vida fue ignorado. Se estaba hablando otra vez de él. Solo entonces Tamia pudo salir de la catarata en la que llevaba años ahogándose, pero fue en vano porque apenas unos meses después del nuevo año, Bass volvió a caer en el olvido al que él, por voluntad propia, se había entregado. El alma del poeta era más fuerte y rechazaba la posteridad. Trató de revertir el silencio dando cátedra sobre Bass en los seminarios de Hispanoamericana, pero el olvido era corrosivo y Bass no era Homero. Incapaz de soportar a la idea —le temía porque vaticinaba el fracaso de su proyecto literario—, Tamia metió de nuevo la cabeza en el agua torrentosa de la catarata, con la esperanza de ahogarse, pero se descubrió a sí misma escribiendo bajo el agua, donde había construido un capullo oscuro y cálido, donde respiraba oxígeno bien filtrado. Levantó la cabeza unos segundos ante la insistencia de Gloria: quería la nueva novela. Se la envió y volvió a descender a las profundidades, ahora en un batiscafo, donde no hacía otra cosa que teclear. En estado larvario, violó su arte y elevó su conciencia más allá de lo que había imaginado. Sacó de nuevo la cabeza para decirle a Ángel «Te perdono», tras su confesión de infidelidad con una colega de la universidad, que luego se mudó a Lima.

No sé..., dijo Ángel llorando, es que tú y yo nos hemos alejado tanto, tú estás en otra dimensión, en una en la que yo no puedo entrar, y como me sentía solo..., yo sé que no es justificación, yo sé, pero fui débil, perdón...

Después del desliz, Ángel redobló las dosis de cariño y ya no la increpaba cuando Tamia volvía a sumergirse en el agua: dentro del capullo, vistiendo una escafandra, no se podía distinguir si Tamia estaba en el fondo del océano o flotando en la estación espacial. Ella, en cambio, redobló su pasión en la cama, no porque tuviera miedo de que él volviera a ser infiel, sino porque así Ángel la dejaba en paz durante varios días seguidos y podía sumergirse más profundo todavía. Él disfrutaba como al inicio de la relación, ella era una autómata que, por fuera, daba la impresión de normalidad. La escafandra le sentaba de maravilla: vistiéndola intentó descender al fondo del océano para tocar el suelo y construir un capullo más grande y cómodo, enraizado, del que no saldría nunca, y para asegurarse de ello, destrozaría la escafandra, así no podría salir a la superficie so pena de muerte. Imaginaba el capullo con paredes translúcidas, sobre las que se proyectaría el gran mapa literario de su vida, idéntico al mapa de las constelaciones. Tal vez sí era posible vivir en ausencia. Aunque nadó hacia abajo durante meses y meses, que ella percibió como eones, no logró alcanzar la profundidad total y tuvo que regresar a tierra porque el calor la estaba matando: sacó la cabeza del agua para respirar el aire de la menopausia.

—¿Cómo me ves, Ángel? Dime la verdad —dijo Tamia contemplándose en el espejo de cuerpo entero, con él admirándola desde la cama—. Voy a morir sin descendencia. Nunca quise tener hijos, pero ahora que ya no puedo lo veo todo desde una nueva perspectiva, una conformista y triste. Es raro cuando se te cierra una oportunidad, aunque sabías que no ibas a aprovecharla. Saber que la oportunidad está ahí, aunque no te importe, consuela, te hace sentir menos solo. —Ángel comprendió que aquello era un monólogo, así que evitó hacer cualquier movimiento brusco o decir algo—. Mírame, Ángel: tengo cuarenta y cinco años y soy menopáusica. Nunca podré tener hijos. Nunca me gustó ese refrán de que una persona en la vida debe plantar un árbol, escribir un libro y tener un hijo. Nunca me gustó. Ninguna de esas tres cosas es igual. ¿Me ves, Ángel? Tengo cuarenta y cinco años y no podré tener hijos… ¿Sigo siendo bonita? Yo creería que sí. Es deprimente cuando sabes que nunca podrás hacer algo que nunca quisiste hacer.

Visitó a la ginecóloga, que le pidió que regresara, en dos días, con exámenes de sangre. Esa tarde volvió a plantarse frente al espejo de la habitación, pero ahora ya no se observaba, sino a Ángel que estaba sentado a su lado, en la cama.

—Ángel —dijo viéndolo directo a los ojos, a través del espejo—, la doctora dice que no soy menopáusica. Tengo cuarenta y cinco años y estoy embarazada.

Moby y Bela
(2027-2030)

En mayo de 2028, un año después de su publicación, *Moby y Bela* recibió el Premio Ernesto Artilles a la mejor novela de los dos últimos años en Iberoamérica. El jurado, encabezado por Enrique Vila-Matas, le concedió la distinción por unanimidad por tratarse de una ficción que «teoriza sobre el valor del arte en la sociedad y en la vida espiritual del ser humano común y sin importancia, además de ser una humorística y melancólica novela de aventuras a la vieja usanza». La distinción concedida por el Gobierno mexicano, aparte del incentivo pecuniario, suficiente para adquirir una casa antigua o un departamento pequeño en Quito, es una de las más importantes en la literatura en español, además de que dispara las ventas y reimpresiones, y en los libros ya existentes la editorial coloca una cintilla que indica al lector que en sus manos tiene al ganador de un Ernesto Artilles. Por último, los triunfantes pasan a engrosar una selecta lista de escritores que se consagran en la historia de la literatura iberoamericana.

Enrique Vila-Matas, ganador en 2001, se alegró de que la ganadora fuese la novela de Tamia, cuya carrera había seguido con entusiasmo desde que leyó *Gabo, el universo*, pero tuvo que quedarse con las ganas de conocerla y contarle las teorías que albergaba sobre su obra porque Tamia no pudo volar a México debido a su avanzado y peligroso embarazo, que no le permitía hacer nada que no fuera reposar, leer o tejer. Ya habrá otra oportunidad, se dijo, pero para desgracia de la historia de la literatura iberoamericana, Tamia y Enrique nunca se conocerán, pues el catalán fallecerá el mismo día que Tamia ingrese a la sala de partos: el 3 de junio de 2028, así que mientras el Nobel de Literatura de 2024 agonice en Barcelona, Tamia también se jugará la vida en la maternidad.

En *Moby y Bela*, una de las novelas que Tamia escribió dentro del capullo, hay un parto: el de la hermana de Bela, que da a luz en la misma maternidad en la que entraron Tamia y Ángel, sin saber cuántos saldrían. Ahí nace Hugo, que pronto se convierte en la motivación de Bela. La motivación de Moby —Tomás Torres es su nombre real— es alejarse de la tristeza: todos los días se despierta melancólico y así se queda hasta irse a la cama. Es el hombre más solitario del mundo hasta que descubre que no es tan miserable cuando lee *Moby Dick*, así que en lugar de dedicarse a leer por siempre la obra capital de Herman Melville, decide que reconstruirá el barco Pequod dentro del hospital en el que trabaja. Se convierte en un terrorista del arte, que disfraza su identidad verdadera bajo la falsa de Moby. Luego de ser descubierto por Abelardo «Bela» Díaz, el jefe de Recursos Humanos, juntan esfuerzos e instalan un mástil real que atraviesa todos los pisos del hospital, colocan un timón gigantesco en la proa del edificio, adecúan veinte botes balleneros afuera de las ventanas, clavan el ataúd de Queequeg en la recepción, izan las velas que ondean con el viento de la terraza..., y todo lo hacen en total misterio, sin dejar que nadie los descubra, menos aún el antagonista, el director del hospital, ni los personajes secundarios: los movimientos sindicales, el presidente de la república, el Ministerio de Salud...

La crítica saludó con entusiasmo a *Moby y Bela*, se consideró merecido el Ernesto Artilles, premio que durante la dictadura de Marcos Sinel en México se usó para premiar a las novelas que mejor destacaran las virtudes y avances del Gobierno. El primer premio, de 1975, fue para la lisonjera *La niebla de los muertos*, de Juan Rulfo. Aunque las reglas del premio establecían que un mismo autor no podía ganar dos veces, Rulfo volvió a ganar en 1983, dos años antes de morir, con la novela *Marcos, México*, la biografía novelada del dictador Sinel. Otro caso que confirmó la ideología del premio fue la victoria, en 1987, del volumen de cuentos *Hasta la victoria siempre*, del peruano Rodrigo Morrea: una verborrea laudatoria y mal escrita sobre el progreso durante la dictadura de Carlos Hayashi, en Perú. Cada cuento representaba un campo particular: agricultura, economía, política, cultura y un halagüeño etcétera. Dos años después, en 1989, no se concedió premio porque el Gobierno mexicano estaba más preocupado en su autodestrucción: a diferencia de otros dictadores que sí pudieron huir a países neutrales, Marcos Sinel, en 1991, fue apresado por una turba que pedía democracia a palos y, cual Mussolini, fue arrastrado por la Plaza del Zócalo.

Una vez instalado el régimen democrático en los 90, con la venia de Estados Unidos, se quiso revivir el Premio Artilles como símbolo del arte más puro y significado de excelencia, pero en el aire todavía flotaba el peso de la literatura propagandista y de los doce años de premios corrompidos. Entonces, se tuvo una brillante idea: se reformuló el currículo mexicano de Lengua y Literatura de secundaria para que la lectura de la Biblioteca Artilles no fuera obligatoria. Esto permitió que una década después apareciera un remozado Ernesto Artilles y se le concediera a un escritor consolidado en el mundo: Enrique Vila-Matas por *Visiones de un tiempo paralelo*, novela que, en su momento, influyó en Tamia cuando empezaba a estudiar Literatura en la universidad, en 2000, porque le confirmó la idea de que se podía hacer ficción sobre el arte. Pocos años después, mientras leía como si no hubiera un mañana, la joven Tamia descubrió, entre otros, a Balzac, y entendió que reflexionar sobre artistas, sobre creadores en sí, era también una forma de jugarse la vida.

Jugarse la vida: así se podría titular el embarazo de Tamia si este episodio debiera asentarse en las actas de la historia de la literatura hispanoamericana. Apenas confirmó su estado, la ginecóloga le aconsejó abortar porque por su edad era un embarazo de alto riesgo: el bebé podría nacer con malformaciones o morir en el parto.

Como sabes, dijo la ginecóloga, rodeada de portarretratos de al menos siete niños diferentes, ya es legal el aborto en Ecuador, así que no habría problema por ese lado.

A Ángel le fastidiaba escuchar la palabra aborto, por ende, odiaba a la doctora. Tamia, por su parte, veía en el embarazo la oportunidad de entregarse a la corriente marina donde había construido el capullo, es decir, la razón por la que no había abortado era porque el riesgo era más alto para ella que para el bebé: podría desangrarse tras el parto y morir, o podría sufrir preclamsia, después de todo, Tamia tenía la presión alta desde la muerte de Bass. Al cuarto mes de embarazo, Tamia sintió que el bebé iba a nacer. Atacada por contracciones irregulares, fue internada de urgencia, con mal pronóstico, pero pronto se descartó un aborto natural a favor de una severa infección en las vías urinarias. Después del susto, en la habitación del hospital, la ginecóloga le dijo: Tamia, tienes cuarenta y seis, a tu edad ya deberías estar pensando en otras cosas, como estar bien con tu esposo, las cosas de la casa, lo que te guste hacer, piensa en esto: ya no vas a tener fuerzas para jugar a su ritmo, vas a tener casi sesenta años cuando tu hijo entre a la adolescencia, ¿te imaginas cómo te sentirás en las reuniones de padres de familia?, tú y tu esposo van a ser unos ancianos cuando tu hijo se gradúe de la universidad, eso no se va a ver bien.

Tamia no supo qué era más triste: estar a las puertas de la muerte o recibir semejantes sermones de la doctora. Esa fue la última vez que la vio: Ángel fue a su consultorio a despedirla. Pero la situación no cambió con la nueva ginecóloga: tuvo dos tentativas de aborto. Tamia, deprimida en la cama del hospital, pensaba que el hijo que llevaba dentro sabía la clase de madre que sería y trataba, por todos los medios, de retirarse antes de tiempo. No tenía fuerzas para escribir, apenas podía tejer. La ginecóloga le exigió a Ángel que, por cualquier medio, tratara de animarla, era vital que recuperara las ganas de vivir. Ángel le conversaba sobre su día, pero a Tamia no le podía importar menos. Aunque no dejó que ella se enterara, él también se deprimió. Le aterraba la idea, planteada por la doctora, de tener que decidir quién vivía y quién moría en caso de ser necesario. Se sintió tan desamparado que su madre voló a Quito para darle apoyo moral.

Las noches en el hospital, que fueron muchas, Tamia pensaba que si no tuviera pareja y su hijo la asesinaba al nacer, nadie reclamaría su cuerpo. La Historia, o sea Silva, le había quitado la oportunidad de tener una familia feliz, un padre cariñoso y una madre que le limpiara las heridas. No desmerecía los cuidados de Aída, a ella nadie podría destronarla, pero no había día que no pensara en sus padres, en cómo ellos celebrarían sus victorias y la consolarían de la soledad. De no ser por la Historia quizá tendría un hermano y una hermana, sobrinos, gatos y perros sobre la alfombra. Si bien la familia no se escoge, ¿qué había hecho para cultivar una amistad que se quedara a dormir en el futón? Mientras la monitoreaban, rastreaba el origen de la soledad: no se trataba de que no conociera a nadie, sino que alcanzado un punto fatídico en el que después de pasar un agradable momento con una persona, sentía la urgencia de encerrarse en su casa. Veía correr por las venas la forma de su abuela de aceptar la soledad: un atavismo secreto que encerraba la clave de una vida feliz en otra realidad, porque nunca se tiene lo que se desea. Una vez vio una entrevista a Julio Cortázar en la que explicaba lo que él llamaba el síndrome de Jekyll y Hyde: contaba que le gustaba socializar en reuniones, disfrutando de buena compañía y música, como Jekyll, entonces una vocecita en lo profundo de la cabeza le susurraba lo bien que estaría en casa, solo, una voz chillona como la de Hyde. Cortázar terminaba cediendo a la pulsión del mal y se iba a casa.

En la oscuridad de la habitación pensaba en Ángel: si el hombre la amaba con todas sus fuerzas, ¿por qué se sentía sola? Sentía que lo amaba más cuando su relación tenía más distancia, cuando él vivía en Bogotá. ¿Acaso Tamia no había construido el capullo cuando él se mudó a Quito, a su casa, a su vida? Nunca lo habían discutido porque ella tenía encima el suicidio de Bass. ¿Qué hay de malo conmigo?, pensaba, soy un pedazo de mierda. Entonces recordaba que todavía le quedaba mucho por escribir para completar la meta, crear la imagen en el espacio, y una relativa paz la adormecía. Ya en el cine de los monstruos, sentía que la acurrucaban como lo hacía el capullo, el mismo lugar donde, encerrada y bañada en un líquido amniótico, escribió varias novelas de un tirón y en trance.

Tras dos meses sin peligro de aborto, Ángel la instó a que aceptara saber el género del bebé. Aceptó por su fastidiosa insistencia. Tamia no quería saberlo porque de saber el género a nombrarla habría un solo paso. Estaría perdida. Ya no podría sacarse de la mente el nombre del ser humano que iba a desgarrarla por dentro. Sería como reconocer al asesino en el pelotón de fusilamiento. Tamia lloró cuando Ángel le dijo que era niña, la abrazó creyendo que la noticia la había conmovido. Ella lloraba porque ahora su asesino tenía género y alma. Se horrorizaba al pensar en estos términos tan crueles de su hija, se daba asco y lástima, y lloraba el doble, postrada en la cama de su casa, no obstante, inconscientemente, pasó de tejer bufandas y sacos a tejer chambritas y saquitos.

Cerca de las treinta y seis semanas, las ecografías y otras pruebas daban cuenta de una niña sana, con ansias de vivir, lo que no descartaba el fatídico diagnóstico inicial. Al fin una tregua. Ángel, por la felicidad, la nombró Helena Herrera y Tamia se vio obligada a acotar Helena Aída Herrera Torres. Dentro de poco, los periódicos darían cuenta del trágico asesinato de Tamia Torres a manos de Helena Herrera, y nadie sería capaz de culpar a la recién nacida, tan linda ella, todo era culpa de Tamia, ella se lo buscó. Dentro de su cuerpo, la niña crecía con el aroma y los recuerdos de la muerte. Tamia, por fuera, sentía esfumarse su mortalidad. Antes del parto, sintió un frío helado en la frente cuando pensó: si muero ahora, no habrá nadie que termine mi obra. ¿Se puede ser más egoísta, pedazo de mierda? No puedo morir. No. Así que ese 3 de junio de 2028, Tamia luchó por su vida y, por añadidura, la de su hija. Helena Aída nació por cesárea: una niña rosada con cara de perro mojado, calva, de poco más de dos mil ochocientos gramos. Después de limpiarla y vestirla, la enfermera se la llevó a Tamia, pero ella, golpeada por la anestesia, no quiso cargarla, incluso intentó darle la espalda, pero no pudo moverse y se quedó dormida en esa posición, frente a la enfermera, el padre y la madre de este.

Ya la cargará cuando despierte, dijo Ángel sollozando, viendo de cerca a Helena en la cuna. Quería creer que los químicos provocaron el primer rechazo.

El primer rechazo de Emiliano vino con *Moby y Bela*. Tenía las novelas de Tamia ordenadas por gusto, y *Moby y Bela* aparecía al final. La mejor era *Con la huida de la gacela*, a la que apodaba *Germina, el universo*. Después venía de cerca *Sinfonía silbada* por su ambición, a pesar de que para él, como chileno, no estaba del todo clara la reconstrucción del dictador Juan Martín Silva usando la sinfonía de Beethoven, además de que desconocía mucho de ese periodo en Ecuador. Los latinoamericanos tienden a desconocer las historias de sus vecinos, quizá porque sienten que el peso de la dictadura fue similar en todos los países y, por lo tanto, las historias deben de ser un eco infinito, lo que no es una teoría descabellada, pues ¿la Historia no equivale al ser humano buscando poder? Este es el hito base, las variaciones son las que determinan si lo consiguió o no, y lo que hizo con el poder. El mismo reduccionismo se puede aplicar en la literatura: todas las historias son una sola, hijas de un gran poema cantado en las cavernas.

Emiliano, diseñador, sintió la necesidad de conversar con alguien de la novela para comprobar si su opinión era correcta, así que prestó *Moby y Bela* a un colega, Luis, otro gran lector. Una semana después, se fueron a un café. Entusiasmado, creyendo que estaba en sintonía con su colega, Luis dijo que le había encantado la novela:

Es la primera vez que leo una novela de ella, dijo Luis, había oído de ella, pero no la había leído, ¿tienes sus otras novelas?, ¿me las prestas?

Sintiendo que había algo defectuoso en su interior, Emiliano empezó una larga perorata sobre los puntos flacos de la novela, encabezados por la inverosimilitud que suponía que el personaje principal fuera archivador en un hospital público.

No te diste cuenta, ¿no?, dijo Luis, después de leer la novela investigué en Internet: el papá de Tamia Torres se llamaba Tomás Torres y fue archivador en un hospital, ¿no sabías?, y te dices fanático… Si te pones a pensar fríamente, el papá de Tamia vivió hasta 1983, cuando se suicidó por el secuestro de su esposa, pero el papá de Tamia de la novela no solo no se casó con la mamá de Tamia, Juana, a la que sí se nombra, sino que se convierte en un gran artista, casi por accidente, y termina siendo reconocido, ya en el capítulo ocho te das cuenta de que ambos espíritus están conectados por algo más fuerte y extraño, no sé cómo explicar, es como un fantasma, uno lee y lo siente, como si lo estuvieran hipnotizando, que se está describiendo a una persona que no se nombra.

¿Persona?, dijo Emiliano, ¿no será más bien un hospital?

Sí, dijo Luis, un hospital, esta es una novela-hospital, pero no sé si te diste cuenta de que cada ala médica del hospital representa a una parte de un cuerpo humano, el cuerpo de… no sé… el cuerpo de una aparición…

¿Cómo te diste cuenta de eso?, dijo Emiliano, yo…

Emiliano se sintió como un niño que pide ayuda en una tarea escolar, que no entiende porque no prestó atención en clase. Cómo se le podía haber pasado si ya estaba alerta por las otras novelas. Avergonzado, emprendió la relectura de las obras completas de Tamia. Tardó poco más de un mes. Emergió de la lectura revitalizado. Dos meses más tarde, cuando Luis también concluyó la lectura de las novelas, coincidieron en que bajo el torrente narrativo de Tamia se movían fuerzas invisibles y oscuras que remitían a otros sectores de la historia y a un lugar particular de la memoria, pero no podían precisar porque para ello, creían, faltaba mucho.

Semanas después, Emiliano, en un logo que dibujaba como parte del trabajo en la agencia de publicidad, escondió un hospital al que por el techo le crecía un mástil y unas velas. Nadie lo notó. El logo fue imagen de una campaña que abogaba por la despenalización del aborto en caso de violación, en Chile. A través de una web de noticias literarias, Emiliano supo que Tamia se había convertido en la «feliz madre de una saludable niña que, con suerte, seguirá la senda de la literatura de su progenitora». Emiliano esperaba que esta nueva faceta no medrara el impulso creativo de Tamia, en la carrera de resistencia que es toda ambición literaria.

Ambición literaria le sobra al Gabo Martínez, la pone en práctica en su obra aunque pierda lectores y su editorial amenace con abandonarlo. Tamia, en *Gabo, el universo*, pone en boca del ficticio Carlos Fuentes esta idea: «Se puede escribir bien, pero la obra se anula si no hay ambición. Se puede escribir mal, pero con ambición: es lo único que nos separa del infierno tan temido». Se trata de una paráfrasis de una frase dicha en la vida real por Joaquín Reyes: «Que se nos acuse a los latinoamericanos de todo y se nos decapite, no me importa. De lo único que nunca se nos podrá acusar es de falta de ambición». La oración forma parte del discurso de aceptación del Premio Nobel de Literatura de 1982, el que dio pie a la creencia de que si te aman en Suecia, te odian en tu país, ya que Reyes no pudo regresar a Guatemala sino hasta el inicio de la democracia, en 1991.

Al iniciar la democracia, la tendencia artística y editorial se volcó hacia la narración más tradicional y liviana, la novela que va de A a B sin atajos ni sorpresas. Este fenómeno podría interpretarse como tomar un respiro después de tres décadas de represión. Era justo y necesario. Al dejar atrás el totalitarismo en la sociedad, atrás quedó la totalidad en la novela, desde inicios de los 90 hasta que Tamia empezó a darse a conocer en Latinoamérica. La ecuatoriana, solitaria como una isla, había empezado a homenajear a las novelas-universo y sus autores de una forma nunca vista, pero cuando se empezó a entender la dimensión de *Moby y Bela,* los críticos, académicos y lectores desecharon la hipótesis inicial y aceptaron una más visceral: lo que Tamia estaba haciendo era meter a todos los escritores en un costal que luego lanzaba a un río. Empezaba a ser obvio que al escribir una novela-hospital, Tamia estaba anulando la novela-clínica de Julio Ramón Ribeyro *Cambio de guardia por la noche.* Al erigir una novela-barrio, trituraba la novela-casa *Residencia tomada* de Julio Cortázar, de aparición póstuma. Incluso Tamia se había atrevido a ver el futuro y anular la novela-celda de Octavio Paz *El mono gramático* (2026, escrita en 1965), con su novela-cárcel *Con la huida de la gacela.*

Las historias de la literatura se regocijan cuando aparece un asesino que elimina a sus predecesores, un escritor cuya obra está escrita con tinta imborrable, que percude las manos del que sostiene el libro. Tamia estaba anclada en la vieja tradición, pero la amasaba, la estiraba, la potenciaba. Esta certeza suscitó una pregunta más enigmática, inequívoca: ¿el final del proyecto literario será una gran explosión o una gran implosión, como se dejaba percibir por fugaces momentos? «¿Se puede hablar de novela-*big bang* o novela-*big crunch*? ¿Es posible recrear el origen del universo, el origen de *todo,* en una obra literaria? Dios tenga piedad del alma que lo intente», escribió la periodista Lucía Tenedor en el suplemento cultural *Babelia,* en su reseña de *Moby y Bela.* «La novela-universo que tanta envidia nos dio en su tiempo a los españoles —con Franco, tuvimos otro tipo de necesidades— está presente en esta novela-hospital. Pero hay una gran trampa para el lector: es preciso atender a los acápites del final de los capítulos, en cursiva, en ellos se alude a una arquitectura enorme y sabia, una imposible de desentrañar hoy, pero, como he señalado, quiero creer en un *big bang.* Es lo que me mantiene en vilo». El equipo de *Babelia* seleccionó a *Moby y Bela* como la novela de la semana, y al final de 2027, mientras Tamia se enfrentaba a la primera amenaza de aborto, apareció en su lista de lo mejor del año en español.

Suspicaz como Lucía, el chileno Emiliano, tras una nueva relectura, creía entrever un brazo enorme si se unían ciertos pasajes de *Mujer con jardín en la cabeza* y *Ada desfigurada.* Por su parte Valeria, panameña que estudiaba en Nueva York, al pensar en lo que le gustaba de *Acacias, Sinfonía silbada* y *Moby y Bela,* entendió que las imágenes repetitivas de huida, soledad y arte moldeaban los contornos de un coliseo, como el de Roma, o las costillas de un cuerpo amado. En la universidad, aún excitada, le contó a Josh, un compañero estadounidense de Literatura, de la escritora ecuatoriana y del proyecto que estaba erigiendo, a lo que él respondió, intrigado, que ojalá la tradujeran pronto al inglés. Valeria también le dio una breve lección de historia de América Latina para que entendiera cómo los latinoamericanos eran los lectores más arriesgados del planeta. A Valeria le entusiasmó darse cuenta de esta cualidad, en un ambiente y una literatura que no eran los suyos, en una historia que se le antojaba paralela, donde los acontecimientos se dieron de otra forma. Virgencita, no, dijo Valeria persignándose y pensando en la Virgen del Calvario, líbrame de esa realidad.

Líbrame de esta realidad, habría dicho Tamia porque las editoriales no aceptaban sus manuscritos. En esa realidad era 2028, tenía cuarenta y seis años y para consolarse que nunca entraría en la historia de la literatura ecuatoriana, leía los poemas de Octavio Paz. Pero en la realidad verdadera, Paz era prosista y Tamia acababa de regresar a casa después del parto. Ángel había decorado el lugar para que se sintiera bienvenida, después de todo, cuando salió hacia el hospital, nadie sabía si regresaría. A pesar de los globos y las flores, Tamia se sitió rechazada al comprobar que Ángel había instalado la habitación de Helena en el estudio: una cuna gigantesca, afiches de animales y árboles en las paredes. Sus libros, computadora, escritorio y demás artículos de batalla ahora ocupaban la antesala.

—No entiendo, Ángel —dijo Tamia sentándose en el sofá—, ¿por qué no la instalaste en la habitación de huéspedes, la que era de Guillermo?

Esa habitación no tiene paisaje, dijo Ángel, a Helenita le va a gustar ver el Cotopaxi en los días despejados, la otra habitación solo tiene vista al patio.

—Ángel —dijo Tamia sobándose el mentón—, la guagua ni siquiera puede ver, creo que no va a poder ver bien hasta dentro de unos años, y cuando pueda ver, le va a importar un carajo la actividad volcánica del Cotopaxi, ¿me entiendes? —Tamia vio a un mirlo que perseguía a un gorrión, afuera—. Yo sí necesitaba el paisaje para escribir, ella no porque las guaguas no escriben, no sé si te diste cuenta.

Ya no hagas tanta alharaca, dijo Ángel, si quieres meto tu escritorio y tus cosas al cuarto de huéspedes, yo te lo ordeno, va a quedar más bonito.

—Déjalo así —dijo Tamia. Caminó con pies de plomo hasta la habitación. Después del portazo, se acostó en la cama. Viendo el techo, se dio cuenta de que al salir de la casa creyó que jamás volvería a estar en esa posición, acostada, como los últimos nueve meses. No tardó en quedarse dormida. Soñó con el cine de los monstruos: ahora no había película, nada se proyectaba en el lienzo sucio, pero los monstruos actuaban como si estuvieran viendo la comedia más divertida del mundo. Tamia era la única que no podía ver nada. ¿De qué me estoy perdiendo?, le preguntó al monstruo de al lado. Este le explicó lo que sucedía como si fuera ciega, haciendo presión con sus dedos largos y uñas sucias sobre la palma de la mano humana. Pero si no estoy ciega, dijo Tamia. Es que el espectáculo, dijo el monstruo, pasa en una realidad que no puedes percibir.

Despertó cerca de las seis y media de la tarde. Su sueño había sido tan profundo que había babeado la almohada y tenía la garganta y los labios secos. La ventana estaba abierta. Se filtraba un aroma a eucalipto y tierra, aunque no hubiera llovido desde mayo. El sol se extinguía: a esa hora todavía le doraba el cabello castaño y resaltaba las canas. Anochecería poco después de las siete, como sucede en verano en la mitad del mundo. A lo lejos, se escuchaba el claxon ocasional de un auto ignoto. Eso es lo que le gustaba de Quito: todavía se podían encontrar momentos y lugares en los que no se escuchaba nada, cosa impensable en las capitales. Ni siquiera la ampliación del metro bajo El Batán Alto había causado contaminación sonora ni tráfico. ¿Qué estaba pasando? ¿Acaso después de dar a luz el mundo se paralizó? Yo no quiero que se detenga: quiero sacudirme, quiero golpearme, quiero sangrar.

Aguzó el oído para saber si Helenita lloraba. Nada. La casa estaba muerta. No quiso tentar a la suerte, así que aparentó que continuaba durmiendo. Sentía que no había estado en la habitación en unos cien años. Se desnudó. Se contempló en el espejo de cuerpo entero y vio, para su desgracia, a una mujer diferente: qué forma tan nefasta de crecerle los senos, ahora será imposible esconderlos. Estaba frente a la evolución final de un proceso que ni siquiera tuvo el coraje de asesinarla. La ginecóloga le dijo que volverían a su tamaño normal cuando la bebé destetara, que sería dentro de ¿un año?, ¿dos?, ¿cuánto tiempo lactan los bebés: cinco años? Seguro Ángel sabía la respuesta. Mejor no saberlo, así Tamia se podría enfocar en lo importante. ¿Podría escribir con esos senos tan grandes y puntiagudos? Quizá eso era lo que provocaba el dolor de espalda. Le iban a estorbar frente al computador si antes no le jodían la columna vertebral. ¿No hay una forma de exprimírselos hasta que se desinflen? Una idea salvaje le cruzó la mente: con lo delgada que estaba y lo alta que era, los senos iban a resaltar bastante, así que si usaba la ropa correcta, atraparía la atención masculina por doquier, pero luego imaginó que un amante de turno la veía desnuda y se marchaba decepcionado porque las areolas eran inmensas. ¿De dónde había venido la idea de pavonearse ante los hombres? Ella no era así. Pocas veces la había atacado esa clase de imágenes, de ella como carne. Se sacudió la cabeza para sacarse esa idea y se concentró en lo que estaba más abajo: el espacio que la bebé había ocupado en su cuerpo ahora estaba vacío. El hueco era un progreso si se lo comparaba con la Tamia de los últimos seis meses, deprimida y al filo del arrecife. Ahora tenía una cicatriz horizontal y un pliegue de piel arrugada bajo el ombligo. Qué método tan invasivo es el embarazo y qué monstruosos son los bebés. ¿De dónde venían esas ideas e imágenes que la hacían sentir culpable? Cerró los ojos e imaginó que se las dictaba una Tamia de otra realidad, una que nunca tuvo hijos, pero no logró cultivar una obra literaria como la suya y que también era un pedazo de mierda. Se sintió lejos de todo.

Después de aplicarse una crema para la cicatriz y seguir los consejos que sí oyó de la doctora para deshacerse del pliegue, salió de la habitación y fue a la cocina, se preparó un sándwich de mortadela, queso, huevo revuelto y salsa de tomate. Con los codos apoyados en el mesón, lo devoró con parsimonia, acompañada de una copa de vino tinto. Todo estaba limpio y en su lugar, en mejor estado de lo que vio antes de salir al hospital. Se preguntó si Ángel haría la limpieza, contrataría a alguien o si su madre tenía talentos ocultos. Continuó con el sándwich mientras hacía un repaso mental de las tres novelas que escribió en el ca-

pullo —sin contar con *Moby y Bela*, la primera que vio la luz de esa etapa—, que todavía esperaban correcciones, relecturas y reescrituras.
Trazó un mapa mental de cómo las trabajaría a partir del siguiente día.
Reparó en el reflejo de su cuerpo en la ventana de la cocina: su cuello
se le antojó larguísimo, creyó estar convirtiéndose en un cisne, como
si protagonizara un relato de Kafka pero que, al final, en lugar de terminar muerta por la indiferencia de la familia y sociedad, terminaría
devorando a Ángel y Helena. «A mi suegra también me la comeré», se
dijo en voz baja cuando la oyó hablar en alguna de las habitaciones.
No tardaron en entrar en la cocina.

¡Miren quién está aquí!, así es, así es, mi vida, dijo Ángel con Helenita
en brazos, mira, sí, es tu mamá Tamia, se durmió toda la tarde, ya se despertó, mírala, está guapísima.

¿Cuándo y dónde Ángel había aprendido a hacer esa cara de idiota
al hablar a un bebé? Se parecía más al perro Goofy que al colombiano
que la enamoró hace tantos años. ¿Se podría dar cuenta de esta metamorfosis con la literatura? ¿Valdría la pena?

Querida, dijo la suegra besándole la mejilla, te ves hermosa, te hizo
bien dormir.

—Gracias —dijo Tamia sirviéndose otra copa de vino tinto.

Tamia, no deberías tomar vino mientras estás en lactancia, dijo
Ángel.

Sí, querida mía, la leche puede cortarse, dijo la suegra.

Tamia escanció el vino en el lavamanos, apretó el corcho y regresó
la botella a la refrigeradora. Lo hizo con tal desdén que la suegra se excusó y salió de la cocina.

¿Estás bien?, dijo Ángel, te ves, no sé…

—Estoy bien.

¿Quieres cargarla?

—Mejor no, así se duerme más rápido.

No importa, durmió toda la tarde, así le puedes presentar la casa.

—No creo que le interese conocer la casa, Ángel.

Sí le interesa, dijo Ángel, los bebés entienden todo, si le dices que
esta es su casa y que nosotros somos sus padres, lo va a entender, ella
sabe que eres su madre, te reconoce por tu olor, por tu voz, lo curioso
es que ella te oía la voz desde adentro.

—¿Cómo sabes todo eso?

He estado leyendo.

—¿Cuándo cambiaste la literatura y la historia por la maternidad? Creo que a Helenita le habría ido mejor si la hubieras llevado tú en el vientre.

Ja, no creo, pero hay que estar informados, igual, cualquier duda podemos llamar a la ginecóloga a cualquier hora.

—Hurra.

Toma, cárgala, preséntale la casa.

Cargó a la bebé. Temía, por sobre todas las cosas, que se le rompiera el cuello en sus brazos. Luego se imaginó que se le caía al suelo y se quebraba como una muñeca de porcelana. Caminó rígida, midiendo cada paso.

—Mira, este es el sillón, esta es la columna que sostiene la casa, esta es una maceta con un cactus muerto, esta es una alfombra que sería una buena cama para un perro o un gato. Esa es una ventana, sirve para ver afuera de las cosas, por ejemplo, ahora estamos aquí, adentro, y podemos ver esto, pero si queremos ver afuera sin salir, usamos la ventana, ¿ves? Ya está oscuro pero se pueden ver… ¿de dónde salieron esas nubes?, están cargadas… Se supone que estamos en verano, ¡no debería llover!… ¿Sientes eso? Es el calor que viaja con la lluvia, es una humedad que a veces resulta rica, pero otras veces jode. Helena, aquí en Quito, como estamos en la mitad del mundo, solo tenemos dos estaciones, cada una dura seis meses: invierno y verano. En invierno llueve mucho, muchísimo, así como ahorita, cae agua del cielo y hace frío, ya te empaparás algún día. En verano en cambio hace mucho calor y todo está muy seco, por eso hay muchos incendios y se disparan las alergias. Sí, eso. Yo no tengo alergias, pero Ángel sí. Ojalá tú no tengas alergias porque el clima, frío o caliente, solo te hará peor, creo que es peor la época de lluvias porque ahí te enfermas de la garganta, ojalá nunca te pase, ojalá seas feliz… Qué bueno que te llamas Helena, es nombre de reina, una mujer hermosa por la que dos mundos se fueron a la guerra. También te llamas Aída, como tu bisabuela. No la conociste, yo sí, era la mejor mujer del mundo, ya no está con nosotros, pero ya vas a ver que sí sigue aquí, y no hablo de metafísica, no, yo no creo en nada de eso, en la vida después de la muerte, no, te hablo de otras formas más reales… ¡Viste eso! ¡Dios mío! Se llama relámpago, es electricidad que cae del cielo, te puede matar si te cae en la cabeza.

Tamia, ella no entiende eso, dijo Ángel, metafísica, vida después de la muerte, relámpago…, y por Dios, no le digas que se va a morir si le cae un rayo en la cabeza.

—¿No que los bebés entendían todo?

Por primera vez en la historia de su nuevo hogar, Helenita hizo pucheros y empezó a llorar.

Está con hambre, no ha comido nada desde que llegó, dijo Ángel, dale leche.

—¿Cómo?

Como te enseñó la ginecóloga.

—¿Cómo era?

Ángel se fastidió. Tamia se sacó el enorme seno del sujetador y puso el pezón en la boca de Helenita, quien, con los ojos cerrados y el ceño fruncido por el llanto desesperado, no supo cómo agarrarlo.

—Dios mío, no coge la teta, ¡y no se calla! Dios mío. —Después de varios intentos, se dio por vencida.

Dámela, dijo Ángel, quizá no es hambre, quizá se aburrió de ver por la ventana.

Ángel se la llevó al antiguo estudio, donde estaba la suegra. Tamia se quedó sola y más aliviada en la sala, junto a la ventana. Unos minutos después, la bebé dejó de llorar. Tamia admiró de nuevo su largo cuello en el reflejo de la ventana, con la lluvia de fondo. Se llevó a la bebé justo cuando le iba a explicar que *tamya* en quechua significa *lluvia*, y que la lluvia, en esta realidad, suele ser triste y melancólica.

Solía ser triste y melancólica en secundaria. Respondía solo si los profesores le preguntaban: hablar por iniciativa propia era una cruzada. En la universidad, en la carrera de Periodismo, se distinguió en calificaciones y actividades extracurriculares. Luego trabajó como periodista en un diario de Bogotá, donde su habilidad lectora hizo que le dieran la sección de crítica literaria. Entonces se hizo locuaz y amiguera. Después dio el salto a la televisión: fue reportera de noticias, de las que siempre están afuera, en las transmisiones en vivo, con el miedo de reportar la verdad en la dictadura de Ramón Garmendia. Nunca dejó de ser el receptáculo de los manuscritos de amigos y conocidos, incluso de desconocidos: todos querían su opinión porque era experta en señalar errores narrativos y criticarlos con el tono dulce de quien da una lección de vida.

Deberías cobrar por tus consejos, Gloria, le dijo un amigo escritor.

Gloria Fuertes se tomó en serio el consejo, así que mientras continuaba su labor periodística, consiguió trabajo parcial, sin relación de dependencia, en una editorial que se estaba levantando en aquellos años: la hoy legendaria Cuadernos Borrosos, donde le ofrecían cuantos manuscritos pidiera. Dos años después, la editorial tuvo la posibilidad de contratarla a tiempo completo, pero por menos de lo que ganaba en la televisión. Gloria aceptó sin chistar: se convirtió en la reina de la editorial no solo por su habilidad para juzgar la literatura y descubrir nuevos talentos, sino por su don de gentes y porque era bonita, lo que a sus compañeros hombres les parecía importante.

Leyó buena literatura, ese es el mejor recuerdo de esa época. ¿*Domingos oscuros*, de Piero Miranda, la novela sobre la pesada transición de la dictadura a la democracia en Colombia? Gloria aconsejó su publicación. ¿*Los vinilos que me marcaron*, de Juan Valdemar? Si no fuera por Gloria, Valdemar seguiría siendo periodista y la historia de la literatura colombiana se habría perdido de un grande. Estos son solo apenas dos sonados casos de todos los talentos que Gloria descubrió en Cuadernos Borrosos. También hay que mencionar el redescubrimiento que propició de las obras olvidadas del inmortal Hugo Malfatti. Por supuesto, como todo editor, también tuvo un historial de manuscritos desestimados que en otras editoriales se convirtieron en éxitos de venta y crítica. Pero incluso con la mayoría de los escritores que rechazó, hizo buenas migas. Por ello, en Cuadernos Borrosos se rasgaron las vestiduras cuando Gloria anunció que se iba a la flamante oficina de Daxhund Booxs Colombia. La trasnacional quería entrar con fuerza en las regiones de Latinoamérica que no eran Argentina, México y Brasil, donde hace mucho que estaba consolidada. La central de Bogotá sería estratégica para descubrir talentos y distribuir los libros de la Región Andina, Sudamérica y el Caribe. Inició como jefa del Departamento de Lectura, donde tenía a su cargo a dos personas. La reputación de su talento la precedió, así que no tardó en hacerse popular en los pasillos de Daxhund de habla española, además de que tenía buena relación con la central de Nueva York. Cuando se convirtió en la editora en jefe de Daxhund Colombia, todos la vieron como la matrona de la literatura latinoamericana. Aunque a su trabajo se le agregaron reuniones, informes, presupuestos y compras, nunca dejó de leer manuscritos originales, así compensaba con nueva literatura el peso de la burocracia. Descubrir nuevos talentos le permitía dormir tranquila por la noche, la mantenía honesta. Con el tiempo consolidó muchos escritores en la historia de la literatura hispanoamericana y un puñado en la historia de la literatura universal, que es de lenta digestión. Casi todos esos talentos se reunieron el sábado 23 de septiembre de 2028, en su casa a las afueras de Bogotá, para agradecerle y decirle adiós por haberlos ayudado en sus respectivas misiones de escribir una historia nueva. Entre ellos estaba Tamia, que por primera vez aceptaba una invitación de Gloria: a la editora la consolaba que, por lo menos en su fiesta de retiro, podría compartir la mesa con la ecuatoriana.

La casa de campo, corazón de la Finca Fuertes de una hectárea, rebosaba de invitados que estaban en constante circulación de la sala a la antesala, de las escaleras a la cocina, del estudio al patio, del porche a las instalaciones traseras, donde paseaban alrededor de la piscina iluminada y daban caminatas por los senderos hasta la caballeriza, ahí alimentaban a los animales y luego, al llegar a un umbral oscuro, daban media vuelta para reabastecer las copas con los meseros. Los invitados, en su mayoría, eran escritores, editores y periodistas: estaba Diego Echeverría, quien dijo que no asistiría porque no soportaba el *jet lag*, estaba Genaro Cótzul Figueroa hablando de los próximos libros de Octavio Paz, estaba Marcelo Lugo, la cabeza de Daxhund en el Cono Sur.

Tamia, con copa en mano, daba vueltas a la piscina con determinación, así los que la vieran pensarían que estaba ocupada y no trabarían conversación con ella. De poco sirvió la estrategia porque a la vigésima vuelta un hombre, en un español afrancesado, le preguntó qué hacía. Tamia lo reconoció y se puso nerviosa: nunca había conocido antes a un premio nobel, pero Patrick Mondiano resultó ser mucho más agradable de lo que aparentaba. Tamia se sinceró: apenas había leído una novela suya. El nobel, en cambio, le confesó que no había leído nada de la ecuatoriana porque no había sido traducida al francés, y aunque hablaba español, no le gustaba leer en un idioma que no fuera el suyo. La conversación fue breve y, de alguna forma, provechosa.

Después de vagar por los salones, una mujer abordó a Tamia en el límite de la piscina y la sala. Era una española de unos sesenta años que se declaró fanática de su obra, la había leído completa y esperaba con ansias las próximas novelas del proyecto novelístico imposible que erigía desde la mitad del mundo, dijo. Tamia se mostró muy agradecida, aunque no le gustó el adjetivo *imposible*. Bebió la copa de vino para armarse de valor para preguntarle quién era. La mujer no se ofendió: le dijo que era Marta Sanz.

—Marta, ¡claro que te he leído! —dijo Tamia tomando una copa de un mesero que se movía con rapidez—. Me gustó mucho *El retorno triunfal de Arturo Zarco*.

Sí, sí, a todos les gusta ese libro, dijo Marta después de beber vino blanco.

—Esa fue la novela que ganó el Ernesto Artilles, ¿no? Gran novela. Gracias, dijo Marta.

La conversación, por demás amena, pasó del lugar común (lo difícil de la escritura) a la felicitación por ser madre primeriza desde hace tres meses. La felicitó de nuevo, especificando que la maternidad no era lo suyo.

Sí, así como me ves, tengo sesenta y un años y nunca tuve hijos, dijo Marta acomodándose las gafas en la nariz, y así me siento bien, ¿eh?

—¿Por qué nunca tuviste hijos? —dijo Tamia acomodándoselas también.

Por puro trauma, dijo Marta, mi madre, desde que yo era pequeña, me contó lo difícil y traumático que fue mi parto, y yo, claro, me asusté y juré nunca tener hijos.

—Ya veo.

¿Cómo te sientes de nueva mamá?, ¿cómo se llama?

—Se llama Helena —dijo Tamia—, y sí... ella está bien..., o sea, está en la casa, con su padre, él la cuida más que yo, él dejó de trabajar, yo no, yo sigo dando clases de Literatura, tengo mis libros y ahorros... Sí, eso.

¿Y cómo hacéis con...?, dijo Marta señalándole la zona del pecho: era evidente lo que Tamia ocultaba bajo el pesado abrigo, impropio para el fresco de esa noche de verano.

—Ah, la leche... Sí, eso —dijo Tamia—. Bueno, me la saco y se la dejo en botellas en la refrigeradora, luego la ponen en biberones y se la dan. También toma fórmula. Da igual: a Helena no le gustan mucho mis senos.

Qué raro se me hace, como muy de ciencia ficción, ¿eh?, dijo Marta apurando la copa de vino, como que se me hace muy de ordeñar a una vaca... Bueno, no quiero decir que seas una... por Dios, disculpa... solo mírate, qué figurón, y tienes...

—Cuarenta y seis años.

Cuarenta y seis años, dijo Marta, ¡madre mía!, ni se te nota, creí que tendrías unos treinta y cinco, además, ¿no te ha pasado que al leer un libro puedes sentir la edad del escritor?, por tu literatura, no sé, creí que serías más joven.

—Eres la tercera persona que esta noche me dice que parezco menor. Es bueno, ¿no? Igual, no me importa envejecer, mientras mi prosa sea joven en espíritu. Sí, eso.

Ya me pareció que lo era, no te digo, dijo Marta.

Conversaron media hora sobre temas más literarios y menos maternales —menos mal para Tamia, que estuvo a punto de dejarla—. Intercambiaron correos electrónicos cuando la conversación decaía. Se separaron con la sincera promesa de verse de nuevo en otro contexto: era probable que Tamia viajara a España en 2029, aunque Marta quería conocer Ecuador, pues había escuchado cosas maravillosas: que era un paraíso natural, potencia turística, además de que quería comprar un sombrero de paja toquilla para sus padres. Tamia prometió llevarla a probar el mejor yahuarlocro de la ciudad:

—No existe una sopa más rica en el mundo, créeme, sé de lo que hablo: soy catadora profesional de yahuarlocro.

Mientras daba caza al mesero, se encontró con Jesús Cáceres, el escritor boliviano también impulsado por Gloria. Acababa de publicar la novela *La noche encerrada*: la mitad de los que habían navegado en sus más de mil páginas decían que era una obra maestra, la otra mitad se quedaba perpleja sin proferir palabra. Como ya se tenían algo de confianza tras haberse conocido en la Feria del Libro de Santiago en 2023, decidieron tácitamente no separarse, así no tendrían que fingir haber leído libros de escritores que no conocían. Conversaron de sus respectivas impresiones de la literatura del otro: Tamia esperaba leer pronto *La noche encerrada*, que se la había enviado la editorial. Jesús tenía *Moby y Bela* en su mesita de noche, sobre una pila de libros que no aminoraba. Después teorizaron sobre cómo había hecho Gloria para comprar semejante finca, pues la literatura, en cualquier realidad, no costea lugares así. Quizá la había heredado, tal vez la decoración sí salió de la literatura.

Hablando del diablo, dijo Jesús cuando vio a Gloria acercándoseles. Les dio un abrazo sentido, exacerbado por el alcohol. La borrachera le sentaba bien: no aparentaba sesenta y ocho años. Tamia, igual de borracha, respondió con el doble de efusividad.

Ustedes son mis hijos favoritos de mis cientos de hijos favoritos, dijo Gloria, pero no se lo digan a nadie porque lo negaré, ¿me oyeron?

Tú también eres nuestra editora favorita, dijo Jesús, pero no se lo digas a nadie.

Jesusito, perdón por no haber podido verte en La Paz, me sobrepasó el trabajo, balbuceó Gloria, gracias por venir a mi fiesta de Navidad del año pasado, y tú, Tamia, Tamita hermosa, ojalá hubieras venido a alguna de mis fiestas, nada me habría encantado más, esas fiestas no son nada elegantes ni frías como esta, así que no te asustes, tienes que venir y vivir la vida, si no te vas a hacer chiquita y débil, y no crean, queridos, que esto es el adiós, nooo…, de aquí seguimos trabajando, yo me habré retirado de Daxhund pero seguiré como editora externa, opinando sobre sus manuscritos, yo encantada de leerlos siempre, y sin compromisos, ¿eh?, ¡ah!, y estaré en la lucha para sus traducciones, ¿qué tal suena *Woman with garden on her head*, ah?, o *Whispered symphony*, ¿qué tal, eh?

Después de un beso en la mejilla a cada uno, desapareció tan rápido como había entrado en sus vidas. Tamia y Jesús sonrieron. Empezaron a caminar para ver si encontraban, bromearon, los cadáveres de los verdaderos dueños de la finca. Caminaron por los senderos marcados. A medida que se adentraban en la naturaleza, la luz artificial, la música, las conversaciones y el chinchín de las copas se iba extinguiendo. La única guía era la luna llena en aquellas regiones que se les antojaron selváticas. Tamia entró en una cabina de madera que estaba a unos diez metros de la caballeriza. Ahí encontraron herramientas colgadas de las paredes, y cascos, sombreros y regaderas en una mesa. Jesús, tanteando las paredes, buscó un interruptor para encender el foco del techo, pero no halló.

—Jesús —dijo Tamia—, acuéstate aquí.

¿Que me acueste?, dijo Jesús sin entender.

—Obedece.

Jesús Cáceres, escritor boliviano que un día ganará el Ernesto Artilles, obedeció sin razonar, incómodo, pero cuando sintió el calor de Tamia sobre su cuerpo, se relajó. Ella se quitó con urgencia el abrigo, la blusa y el sujetador, y se abalanzó a besarlo, presionándolo contra su cuerpo. El placer de Tamia provino de saber que en la oscuridad Jesús no podía ver las titánicas areolas de sus senos de madre. Sacudiéndose, indiferente al hombre entre sus piernas, intentaba convencerse de que tenía en el pecho dos extraordinarios eclipses de sol: en contra de su voluntad, había sido marcada con símbolos del universo.

—Ser marcada por el universo es inevitable en las tragedias griegas. Los dioses griegos eran rencorosos, los tipos de peor calaña del barrio. Si eras héroe y les hacías un desplante, aunque fuera uno insignificante, te arruinaban toda la vida. No importa que te hayas conducido bien la mayor parte del tiempo: si demostraste egoísmo o soberbia en un momento de tu vida, los dioses te aniquilaban de la peor de las formas. Y para eso eran bastante ingeniosos, hay que reconocerlo. Ya ven lo que le hicieron al pobre Edipo, que se quedó sin ojos y sin madre-esposa, además está el parricidio y el incesto. También está el otro lado, el que después de la soberbia y mil penurias, llega la calma, la paz, como Odiseo triunfante al final de la *Odisea*, pero después, en otro texto griego, no recuerdo la tragedia ni al autor, se cuenta que lo asesinó un hijo perdido que tuvo con Circe. Esto es lo que le pasa a Diego, el héroe de *La invención de Quintana*, la novela de Bioy Casares de 1968, que apareció en época de dictaduras. Es, sin duda, una de las mejores novelas de Bioy. A Diego Quintana le va bien en la vida: es un científico exitoso que está desarrollando un portal para comunicarse con universos paralelos, tiene una linda familia que lo ama y venera, pero un día, sabiéndose inconforme y arrogante, decide que no quiere esa vida y lo abandona todo, incluyendo su familia, no se despide de nadie y se da de baja de la Tierra. Se dedica a estudiar el comportamiento de la vida sin él y, para su desgracia, entiende que todo marcha de maravilla. Se come mierda, perdón la expresión, al ver que todo sigue igual, al ver que nadie se adolece por su partida. El tiempo pasa. Su esposa se une con un idiota que él no quiere ni ver, sus hijos se han graduado, tienen profesiones y son exitosos como su desaparecido padre. Rabioso, incapaz de entender cómo es que los dioses han imbuido el brebaje del olvido en aquellos que otrora lo amaron, se obsesiona con la idea de averiguar por qué un ser humano como él pudo generar tan poco impacto en la vida de los demás. Empieza a hacer excursiones a su antigua casa cuando está vacía, rebusca en los cajones y archivadores. Comprende que su vida se ha convertido en la perfecta metáfora del ser humano que viaja por el universo, subido en una roca que se mueve en la galaxia a doscientos veinte kilómetros por segundo. Comprende que dejar inacabado el portal interdimensional y amar a su familia, sus dos tareas más importantes, no han tenido ninguna importancia ni ningún impacto en el universo. El universo no solo no le mira, sino que toda nuestra raza le da la espalda. Entiende que somos pasajeros dentro de un universo que un día se congelará y perecerá: nuestra raza, nuestra memoria, la posibilidad de vida en otras galaxias, nadie recibirá con brazos abiertos nuestra sonda Viajero. ¿Qué estamos haciendo? ¿Qué hemos logrado? Todo esto piensa Quintana mientras prepara la horca en la sala de su antigua casa, la muerte lo librará del dolor, porque para combatir al absurdo de sabernos desechables para el universo, como dijo Camus, hay solo tres caminos posibles: continuar con la cotidianidad y nunca más pensar en ello, el suicidio y la rebelión. Solo esos tres caminos tenemos. Eso lo sabe Diego, ha escogido el segundo camino, pero justo cuando está perdiendo el conocimiento, sin fuerzas para luchar contra la soga que le cercena el cuello, irrumpe la sorpresa: la puerta de la casa se abre y entra su esposa con él mismo: gracias a su portal, el Diego Quintana de otra realidad tomó su lugar cuando él desapareció. Y entonces finaliza la narración: no sabemos si la pareja lo salvará, si el clon de otra historia dará explicaciones, si la esposa entrará en *shock* o si lo dejarán que muera. Nada sabemos. Es un final tan bueno como el de *El extraño caso de Dr. Jekyll y Mr. Hyde*. Qué novela la de Bioy, me habría encantado escribirla, a veces me dan ganas de copiarla y decir que es mía. Lo mejor para mí es que nunca sabremos la teoría de Bioy, nos deja tarea a los lectores, nos deja solos y desamparados para que saquemos nuestras propias conclusiones: ¿en serio somos tan fútiles en el universo y seremos olvidados sin importar qué, o en el fondo hay una esperanza, una posible solamente si se juntan las realidades, cosa nada fácil? Supongo que por lo de juntar realidades, Bioy hace una metáfora que quiere decir *pensar en lo imposible, combatirlo, emprender lo más grande*. No he sido capaz de responder el final de esta novela.

A mí no me pareció tan trágica, dijo Giovanni, yo me divertí mucho.

Yo también me reí, dijo Mateo, yo más bien lo veo por el lado de la parodia, si hasta un rato dice el narrador, cuando está preparando la horca, que se había vuelto tan inútil por dejarlo todo que ni siquiera podía hacer un nudo decente y al final termina haciendo un nudo Windsor para la horca, Quintana es tonto por dejarlo todo, tiene que recibir un castigo, como usted dice, profe, de los dioses griegos, dejó el paraíso por bruto.

—Pero eso no lo hace menos trágico.

A mí me parece loquísimo cómo Quintana piensa ese montón de cosas filosóficas en solo pocos segundos antes de morir, dijo Fátima, esa parte sí me dejó quieta, no me lo esperaba, como que al final le da una sazón diferente a toda la novela, sí, un poco más trágica, como dice la profe.

—Todas las novelas —dijo Tamia—, por lo menos las buenas novelas, son filosóficas en el fondo.

Sí, pero no me lo esperaba, dijo Fátima, porque esta novela, que es una novela-laboratorio y también es una novela-casa abandonada, como que a ratos era también una novela-universo-*universo*, no sé si me entiende, profe.

—Te entiendo. A mí también me da la impresión de que esta novela de Bioy tiene la ambición de ser una de las más grandes, de recrear lo más grande, pero no lo logra.

Al terminar la clase, Tamia cerró la sesión en la computadora, borró la pizarra y se volvió a sentar en uno de los pupitres. Ahora estaba sola. Desde ahí observó los rastros de marcador que no habían desaparecido y, con redoblados esfuerzos, se levantó para eliminarlos. Regresó al pupitre y trató de oír la voz conocida de alguno de sus alumnos, en el pasillo. Nada. Por la ventana vio, tres pisos abajo, a dos jóvenes sentados en una silla de la plaza: él, fachoso y con rastas, trataba de pasarle el brazo por detrás a ella, que tenía un estilo opuesto: zapatos de taco, maquillada en exceso, ropa de marca. Pensó que era una pareja destinada al fracaso. Vio a cuatro jóvenes turnarse una botella de agua con tal entusiasmo que supo que eso no era agua. Una pareja dormía sobre el pasto. Un guardia trataba de cazar a un perro callejero. Más allá, en círculo, un grupo leía un mismo libro. Regresó al pupitre. Habían terminado sus clases del día, eran las cuatro de la tarde y afuera hacía un sol espléndido. Era hora de regresar a casa para estar con Helena y Ángel. Mientras bajaba por las escaleras de la facultad, pensó en que no le caería mal un *capuccino* de la máquina del vestíbulo, pero una hoja de papel con letra garrapatosa le indicó que estaba dañada. ¿Dónde había otra de esas máquinas? En la Facultad de Biología. Cuando emprendió la caminata hacia el lado sur de la universidad, recibió la llamada de Ángel: que se apresurara porque Helenita estaba llorando de hambre y, por alguna razón, a pesar de que ya estaba habituada, no quería biberón.

Quizá quiere ver a la mami, dijo Ángel.

—Listo —dijo Tamia nivelando en su hombro la correa del bolso, que estaba cada vez más acabado—. Dios, cómo llora, aléjala del teléfono. Acabo esto que estoy haciendo y voy. Trataré de no demorarme.

En la Facultad de Biología, la máquina de café advertía, también con un papel, que no tenía vasos desechables. Qué fastidio. Se ajustó otra vez la correa sobre el hombro y caminó hasta la Facultad de Química, donde, para su sorpresa, descubrió que no tenía máquina de café pero sí una dispensadora de comida. Atravesó la sala de cómputo, tomó un ascensor, ingresó en el edificio B, subió nueve pisos en ascensor, pensando en las novelas que en ese instante no estaba corrigiendo, y descubrió que la máquina de café de la Facultad de Psicología había desaparecido. Cinco pisos abajo, la máquina de Administración estaba dañada. Se rindió. Fue a la planta baja e ingresó en la cafetería del edificio A, donde pidió un *capuccino*, pero como no tenían pidió un café soviético bien negro, sin azúcar. Cuando se lo sirvieron, ella leía, por milésima vez, la parte final de la novela de Bioy Casares, tratando de desentrañar un final más feliz del que había interpretado desde la primera lectura. Luego sacó del bolso los libros de Marta Sanz y Jesús Carrasco que estaba leyendo desde hacía meses. Revolvió el café a pesar de que no había puesto azúcar. Lo probó y se quemó la lengua. A pesar de esto, lo terminó muy rápido y se deprimió.

Vagó por algunos callejones de la universidad en los que nunca había estado, salió por la puerta principal y enfiló hacia el norte de Quito por la avenida 12 de Octubre —antes llamada avenida Socialismo Ecuatoriano—. Regresaba la vista de vez en cuando para tomar el autobús que la dejara en su parada de las avenidas Eloy Alfaro y Portugal —antes Gran Revolución Comunista y Iósif Stalin, respectivamente—. Varios autobuses pasaron sin que ella encontrara el valor para estirar el brazo. Hizo el cálculo: en quince meses sería el año 2030 y en Ecuador todavía se tenía que levantar la mano para que los autobuses pararan. Qué estupidez. En diciembre de ese año Helenita cumpliría seis meses: ¿qué regalo de Navidad se merece un humanito de un semestre de edad? Lo mejor sería buscar un regalo en el centro comercial. Recordó la historia de ese terrorista que hace muchísimos años hizo explotar un centro comercial en Año Viejo, no recordaba si eso sucedió en Ecuador o en otro país de Latinoamérica, o si realmente sucedió. Se encogió de hombros. Estaba en la Plaza Churchill, al final de la avenida González Suárez —antes Plaza Stalin y avenida General Lenin Quénedi, el dictador panameño—. Como ya estaba a la mitad del largo trayecto hacia su casa, decidió continuar. Llegó pasadas las ocho de la noche, cuando Helenita dormía en su cuna y Ángel le reclamaba por no haber respondido a ninguna de sus llamadas. Después de pedirle disculpas y prometer ser más cuidadosa, Tamia se acomodó en su estudio de trabajo, que seguía siendo la antesala. Empezó a corregir una novela que todavía no tenía nombre. Sonrió. Lo único que lamentó del día es que el estudio no tuviera paredes.

Sin paredes se acostumbró a trabajar porque sentía que si mudaba el estudio de la antesala a la habitación de huéspedes se perdería del todo, caería en el pozo más profundo. Las paredes de la cocina y algunas de la sala habían sido derribadas, lo mismo en la habitación de Helenita, desde donde se tenía una vista privilegiada de las fumarolas del Cotopaxi, cada vez con menos nieve en la cima. Las reparaciones de la vieja casa empezaron en enero de 2029. Pero antes de emprenderlas, el microclima provocó a Helenita su primer catarro y a Ángel dos amigdalitis. Tamia apenas pasaba en la casa.

Aunque prometieron rapidez, los albañiles y plomeros se estaban tomando más de los tres meses proyectados en encontrar las fugas internas que estaban causando la humedad. Por ello, Tamia, Ángel y Helenita se habían visto forzados a pasar semanas en hoteles, así evitaban el polvo, las rocas, el aire empozado de las cañerías, amén del ruido constante de las almádenas impactando el concreto. Y cuando podían regresar, Tamia se entregaba a escribir sin paredes, pero el exilio involuntario también le había enseñado a escribir y corregir en cafeterías de la avenida Amazonas —antes avenida Lenin—, aunque le incomodaba sentirse el cliché de la escritora que trabajaba en cafés, donde a veces la reconocían y le pedían un autógrafo.

Al salir de clases, Vicente Preciado le daba caza en los corredores para sonsacarle la promesa de que asistiría a las reuniones (Es importante que asistas, yo estoy por jubilarme, quién sabe si tú seas la próxima decana), Tamia bajaba a la Amazonas echando un vistazo en las librerías de viejo, hasta que encontraba una cafetería. Durante aquel periodo, musicalizado por las lluvias de mayo, se sentaba adentro, ordenaba un café soviético bien cargado y se dedicaba a corregir las novelas del capullo. Aunque ya tenía lista la obra que se publicaría el próximo año, según lo firmado con la editorial, tenía prisa por dejar listas las otras novelas porque al llegar a casa le asaltaban pensamientos suicidas cuya procedencia desconocía, y lo que más le aterraba era la idea de dejar obras inconclusas. Quién sabe qué harían los editores, cómo mutilarían sus ficciones por no entenderlas. Era una idea abominable. Por eso prefería mutilar ella misma sus obras, con un bolígrafo de tinta roja, que dejaba un rastro de sangre. Escribía en computadora, pero las correcciones las hacía en papel, pues consideraba esencial salir de la región virtual para adentrarse en la selva textual. La corrección requiere incomodidad. Tamia necesitaba sentir el peso del manuscrito en el bolso y cargarlo como una roca gigante, transportarla como Sísifo, solo así el penitente encontrará el camino hacia la perfección artística, la vía para ser el asceta de las letras.

Como Ángel era un excelente niñero, Tamia se quedaba en las cafeterías, sin remordimiento, hasta nueve o diez de la noche. Trabajó como poseída hasta que un día, al regresar a casa, cuyas paredes estaban enluciendo, descubrió que Helenita podía caminar. Anotó el hallazgo en una libreta y se fue a leer a la cama de huéspedes. Ángel entró a la habitación y le achacó de todo, los reclamos le impactaron como piedras. Tamia no tenía ganas de discutir, así que le dijo sí a todo, prometió cambiar, estar más presente y un largo y fastidioso etcétera. A regañadientes, dejó el libro sobre la cama y salió a jugar con Helenita que, apoyada en una columna, trataba de llegar a la mesa del comedor. Salieron al patio para que caminara por la hierba, descalza. Helenita detestó el contacto de su piel con el pasto y se echó a llorar. Tamia trató de consolarla, pero ella era inmune a sus atenciones. Ángel apareció en el patio y cargó a la bebé, le dio mimos que a Tamia le parecieron ridículos y la bebé dejó de llorar. Regresaron adentro y dejaron a la escritora sola. Para aplacar esa sensación sin nombre, sentada en la hamaca, se quedó viendo un punto infinito en el espacio. Luego entró decidida a la habitación, sacó la maleta de la parte superior del clóset y empezó a llenarla de ropa, de libros…

¿Tan pronto te vas?, dijo Ángel con la bebé en brazos.

—No, para nada —dijo Tamia como si la hubieran descubierto in fraganti—. Ya sabes que viajo el fin de semana. No me pareció mala idea hacer las maletas antes. Ojalá no explote el Cotopaxi en mi ausencia… Sí, eso.

El domingo, mientras el avión ascendía por el cielo sin nubes, en dirección hacia la Feria del Libro de Buenos Aires, se preguntó si vería a Jesús Cáceres. Pensó en su abuela, a quien no veía hace once años: ya no podía recordar su cara y se sintió injusta. Se preguntó cuánto tiempo le tomaría olvidar la cara de Helenita si decidiera no regresar de Argentina: cuando halló la respuesta, se tapó la cara con las manos y lloró en silencio. La persona de al lado, que veía una película, ni siquiera lo notó. Se secó las lágrimas, se limpió el escaso maquillaje que le había bajado por las mejillas como ríos de lava.

Nunca se había acostumbrado tan rápido a un lugar que no conocía, nunca había visitado tantas librerías de viejo en un solo día, por eso las dos semanas pasaron volando. Era poco tiempo, pero ella le había sacado al máximo el jugo. Presentó en la feria *Moby y Bela*, aunque ya tenía dos años en el mercado. Participó en una charla, junto con Jorge Onetti y Patricio Pron, sobre los desafíos de los escritores latinoamericanos frente al arte y la historia. Comió siete rebanadas de pizza en Guerrín. Le sacó el dedo del medio a una placa conmemorativa que los militares habían colocado en una plaza para recordar los logros alcanzados por el general José Schiaffino, durante su dictadura. Como un fantasma, recogió los pasos de Borges, Bioy y Sábato, hizo una venia al recordarlos. Concedió varias entrevistas a diarios, revistas y portales web, que la celebraban como una de las lecturas necesarias para entender a Latinoamérica. Y al final, cuando las dos semanas se le escurrieron, llamó a la aerolínea y se compró dos semanas más, que usó para cruzar el Río de la Plata y conocer Uruguay: en Montevideo hizo honores en la tumba de Juan Carlos Onetti, cuya carrera quedó trunca cuando lo asesinó el dictador Mario Durán, en 1963. Bien dicen que Jorge Onetti heredó la melancolía y escribió la obra que el padre anheló, sobre este atavismo literario filosofa en su magnífica novela *El infierno tan temido*, de 1981. Colonia había perdido su encanto porque el casco colonial fue destrozado por Durán y sus secuaces cuando huían, treinta y ocho años atrás. Comió vacío y morcilla en el mercado del puerto, preguntándose por qué Ángel no le había escrito para contar una nueva hazaña de Helenita. Ella tampoco se molestó en reenviarle la fotografía que recibió por correo: *Woman with garden in her head* (One Planet Editions, Nueva York, 2029).

Regresó a Quito con una sensación de libertad que no había tenido en mucho tiempo. Era muy raro que le sucediera ahora, cuando había estado viajando seguido al extranjero desde los treinta y seis años. Abrazó la idea de volver a Buenos Aires, no descartó mudarse a Montevideo. Le empezaba a agradar la idea de vivir, leer, escribir y corregir en habitaciones de hotel, donde nadie supiera dónde hallarla. Ángel la recibió con un frío beso y con la noticia de que a Helenita ya le gustaba la carne. Tamia le arremolinó los rizos castaños que había heredado de su padre, la besó en la mejilla y pensó por un segundo que escribir con la bebé en un hotel no estaría del todo mal.

Un mes después, Tamia aterrizaba en Caracas para recibir el Premio de la Fundación Andrés Bello a la Mejor Novela Latinoamericana de los dos últimos años. En el trimestre final de 2029 viajó a la Feria de Libro de Lima y luego a la de Guadalajara, donde la saludaron como a un paisano más. Se sintió como en casa, a pesar de las amenazas al recinto de la feria por parte de los narcotraficantes. Cuando aterrizó en Quito, supuso que Ángel no estaría ahí, que se habría marchado con la bebé. Lloró en la aduana: la oficial que la atendió creyó que era un señuelo, pero luego se convenció de la sinceridad. Nunca había visto a una mujer de esa edad, a tres años de la cincuentena, llorar como una niña perdida en la calle. Afuera, en efecto, no estaban Ángel ni Helenita para recibirla. Tamia abrió la puerta de la casa, la sintió tan pesada como la primera vez que entró tras la muerte de Aída. Adentro, Ángel jugaba con Helenita, que se alegró de ver a su madre. Por la noche, Tamia sacó de la maleta un modelo giratorio del sistema solar, que compró en el aeropuerto. Lo colgó sobre la cama de Helenita: la niña se emocionó cuando los planetas empezaron a girar sobre ella, trató de tocarlos pero estaban todavía muy lejos.

—¿Ves este planeta? —dijo Tamia señalando la roca azul—. Se llama Tierra, esto es aquí, esto es el hogar, aquí vivimos nosotros, tú y yo, tu papá, los vivos y los muertos. Algún día, Helenita, recuérdalo bien, tú estarás aquí —dijo señalando un punto en el espacio, a un centímetro de la Tierra, de camino a la Luna.

Helenita se durmió viendo los planetas. En la cocina, Tamia y Ángel intercambiaron algunos comentarios de lo que habían hecho durante sus respectivas ausencias. Ángel le pidió que le mostrara el Premio Andrés Bello.

—Es solo un diploma. Nada llamativo. Sí, eso.

Después de unos segundos de silencio:

Creo que esto ya está de más, ¿verdad?, dijo Ángel y se echó a llorar como un niño perdido en la playa. Tamia quiso acariciar su cabello, que ya tenía canas, abrazarlo como cuando se conocieron, hace tantos años en Bogotá, pero se sentía lejos de él, lejos de todo. Se quedó mirando cómo se desahogaba. Lo dejó en paz porque así ella estaba mejor. Solo atinó a decir:

—Tranquilo, todo va a estar bien.

No, no va a estar bien, dijo Ángel sin dejar de llorar, tú sabes lo que va a pasar: nos vamos a separar y yo me voy a regresar a Bogotá, tú te vas a quedar aquí, y yo tendré que viajar seguido para verla… ¡NO! No voy a estar bien, me voy a morir, no voy a poder vivir lejos de ella… Pero es lo mejor para ella: los niños deben crecer junto a sus mamás, mírame a mí, si lo sabré yo… Ay, Dios, pero es que la amo tanto… No voy a poder… no voy a poder estar lejos de ella… Quizá lo mejor sea que me quede en Quito, así la visito a diario, pero no voy a saber qué hacer con mi vida, no sé qué hacer, por eso quiero volver a Bogotá… Pero ella tiene que quedarse… Dios mío, qué mierda… Helenita…

Tamia dejó que el llanto se apaciguara, le tomó unos cinco minutos.

—Ángel, tranquilo —dijo Tamia tomándolo del mentón para verlo directo a los ojos. Hace tanto que no se veían. Tamia empezó a llorar. La voz se le quebró cuando dijo—: Ella siempre va a estar mejor contigo. Quiero que te la lleves a Bogotá.

La edad del tiempo
(2031-2033)

La edad del tiempo tiene lo que encanta y jode: es de imposible catalogación. Tómese como ejemplo el problema que *La edad del tiempo* suscitó cuando la obra de Tamia se empezó a estudiar en las universidades iberoamericanas: los académicos debieron responder dónde se la ponía, cómo se la analizaba y si era pertinente estudiarla en los primeros semestres, de hecho, ¿no sería mejor tocarla solo en posgrado? Las preguntas fueron acalladas por los mismos lectores, y lo que es mejor, por los lectores jóvenes, quienes se arrojaron al análisis desde los primeros semestres y también como tesinas para obtener la licenciatura. Lectores y tesistas de ojos entornados.

Para entenderla es preciso recurrir al ensayo de Paulina Caza y George Benjamin, «El deseo de la memoria», que se publicó en junio de 2031 en la revista académica de Buenos Aires *El dictador perfecto*, y que luego dio pie al nacimiento de una guía para entender las obras inclasificables de la literatura en general —parte del ensayo se reprodujo en los diarios y revistas, a modo de crítica literaria de las novedades de la semana, del mes, lo mejor del año, etcétera—. El ensayo comienza citando el inicio de *La edad del tiempo*: «A la imaginación se le atribuye el poder del deseo: lo es porque con la imaginación deseamos algo. A la memoria se le atribuye el poder del recuerdo: lo es porque con la memoria recordamos algo», y luego menciona que lo que Tamia hace, en realidad, es revertir esta creencia: ella «usa la memoria para desear y la imaginación para recordar». Así, todo es posible y, por lo tanto, inclasificable. El ensayo continúa enumerando los puntos de atención para facilitar la compresión de la novela:

1) Tamia Torres es una escritora ecuatoriana, producto (in)directo de tres décadas de la dictadura latinoamericana, que se dio cuando la ideología comunista triunfó sobre la capitalista en el continente,

tras la Segunda Guerra Mundial (victoria de la Unión Soviética), en plena Guerra Fría, es decir, el plano de la realidad que todos conocemos.

2) Tamia escribe una novela llamada *Gabo, el universo* (2021), que se centra en la ambición artística de un escritor ficticio llamado Gabriel «el Gabo» Martínez, que se convierte en el escritor más famoso de Latinoamérica y del mundo, desde los años 60 hasta finales del siglo XX. Este Gabo (que es un trasunto del real Joaquín Reyes) vivió en una Latinoamérica en la que, al contrario de lo que pasó en la realidad, Estados Unidos dominó la Guerra Fría y conquistó con su ideología política a los países de la región, con dictaduras capitalistas que trataban de liquidar con violencia toda huella de comunismo.

Aquí empieza el descenso vertiginoso. Dentro de *Gabo, el universo*, el Gabo es amigo de otros dos escritores tan ambiciosos y casi tan famosos como él: el argentino Julio Cortázar (que sabemos es real) y el panameño Carlos Fuentes (que es ficticio). Pues bien, aquí empieza la trama de *La edad del tiempo*: 3) la novela retoma a ese Fuentes y lo hace protagonista, ya que «era un personaje que nunca me dejó en paz cuando terminé de escribir *Gabo*. Siempre supe que iba a volver porque su ambición literaria es más grande que la mía», en palabras de la propia Tamia, en una de las múltiples entrevistas que le hicieron tras la publicación. Fuentes vive en la Latinoamérica en la que la Unión Soviética no ganó la Guerra Fría, sino Estados Unidos, la misma del Gabo. En esta realidad —y esta es una de las tantas tramas de *La edad del tiempo*— debe compaginar su labor de escritor con la carrera de diplomático, que a él le resultan opuestas, pues en las reuniones de las Naciones Unidas a las que asiste, defiende los derechos de los trabajadores panameños, mal pagados por las grandes transnacionales, es decir, plantea estrategias de izquierda en reuniones de derecha. El lector asiste así a una nueva forma de ver la Historia cuando sabe que Fuentes está redactando su *magnum opus*. ¿De qué se trata esta obra? Se sigue cavando: 4) está escribiendo una novela protagonizada por un escritor que él conoció (en el mundo de la ficción de *Gabo, el universo*): el peruano Mario Vargas Llosa, que en la realidad murió en un accidente de tránsito en 1963.

En la novela de Fuentes, llamada *Ciudad sin perros*, Vargas Llosa, además de ser amigo de Andrés Cortázar (trasunto de Julio Cortázar) y

Gabriel García (trasunto del falso Gabo Martínez), es un escritor comprometido con las causas políticas, preocupado por la situación del Perú, país que atraviesa, como el resto de Latinoamérica, una gran dictadura socialista, pues Vargas Llosa vive en una realidad en la que la Guerra Fría la ganó la Unión Soviética, es decir, nuestra realidad. En la infrarrealidad de *Ciudad sin perros*, Vargas Llosa concentra poder político y se lanza a la presidencia del Perú, en 1989, y cuando se da cuenta de que está a punto de perder las elecciones —en esta realidad, la dictadura peruana terminó en 1983— efectúa un golpe de Estado y se declara dictador en 1990. Mientras comete crímenes de lesa humanidad, 5) Vargas Llosa redacta sus memorias, *Los peces en el agua peruana*: una autobiografía novelada en cinco volúmenes que, poco a poco, se le va de las manos porque en lugar de contar lo que pasó, narra deseos irresueltos: lo que podría haber sucedido en América Latina si Estados Unidos hubiese ganado la Guerra Fría y, en concreto, qué sería del Perú si él hubiese ganado la presidencia por la vía democrática, además de, por supuesto, elucubrar cómo habría sido su vida personal si nunca hubiera roto amistad con Cortázar, García y Torres.

¿Torres? Aquí es necesario recapitular: los lectores de las memorias *Los peces en el agua peruana*, de Vargas Llosa, que son los lectores de la novela de Fuentes *Ciudad sin perros*, que son los lectores de *La edad del tiempo* y *Gabo, el universo*, 6) entienden, hacia el final de cada novela, que en un punto de la Historia universal Vargas Llosa y Tamia Torres —una Tamia Torres ficticia creada por la verdadera Tamia, cuatro o cinco niveles más abajo— fueron parientes, 7) y que la ecuatoriana está escribiendo una novela cuyo narrador es la mismísima Historia de la Literatura Hispanoamericana, ser informe como el tiempo, 8) que habla de las múltiples posibilidades de la literatura que no fue, es decir, reconstruye las vidas de los personajes ya propuestos por la Tamia real, pero abocados a las realidades históricas que tomaron otros rumbos a los ya conocidos en las novelas mencionadas y en la misma realidad *real*, sea cual sea.

En *La edad del tiempo*, por primera vez Tamia Torres se incluye como personaje dentro de su obra, tres o cuatro capas adentro de la metaficción, enmascarada tras la *mentira* de decir que ella no lo hizo, sino Vargas Llosa en sus memorias embusteras, a través de la inventiva de

Carlos Fuentes en su obra máxima, gracias a los consejos del Gabo Martínez, personaje creado por la real Tamia Torres dentro de realidades que se contraponen y ceden su posición de hegemonía: de la supremacía en Latinoamérica de Estados Unidos a la de la Unión Soviética, luego más abajo regresa Estados Unidos y más adentro la Unión Soviética y así hasta alcanzar el centro de la Tierra o el ombligo de la Historia, lo que primero llegue.

Después de leer *La edad del tiempo*, Gloria Fuertes supo dos cosas: estaba frente a una obra maestra y que sería difícil venderla. De hecho, fue la novela de Tamia que más lento se vendió, las reimpresiones solo se dispararon años después. Lectores, críticos y estudiosos se rascaron la cabeza y se encogieron de hombros tratando de no perderse en tanta espiral que desciende hacia lo profundo del alma humana, impregnada de los retazos de la Historia que fue y no fue. Pero cuando comprendieron la melodía del tiempo, oh, se maravillaron de formas indescriptibles y salieron lastimados de la lectura porque lo que hiere, las rasgaduras en el tiempo, es lo que perdura en la Historia.

¿Qué perdura en la Historia? Tamia se planteó la pregunta y la respuesta que obtuvo es lo que trata de combatir con su obra: ¿cuánto impacto puede tener un simple ser humano en la Historia? ¿Puede un ser humano común cambiar la dirección de la flecha del tiempo? Valga de ejemplo el caso de un hombre que, sin proponérselo, cambió el panorama de Latinoamérica: Richard Nixon, el vicepresidente de Dwight D. Eisenhower, desde enero de 1953. Nixon, apodado desde antes de entrar en la Casa Blanca como el Inútil, asumió, en contra de todo deseo, la presidencia de Estados Unidos cuando Eisenhower fue baleado por un francotirador en el desfile de Acción de Gracias, en Washington, en 1955. Eisenhower, al igual que su antecesor Harry S. Truman, consideraba estratégico y primordial detener la expansión de la ideología comunista en el mundo, por lo que se concentraron en regiones que la Unión Soviética podría ganar, como Latinoamérica, de manera que desde el fin de la Segunda Guerra Mundial hasta mediados de los 50, en esta región se levantaron cruentas dictaduras militares que censuraban el comunismo.

Pero Nixon, beligerante en época de falsa compostura, consideró que no habría mejor defensa que el ataque, así que cambió de objetivo: la Unión Soviética no podría alcanzar Latinoamérica si antes no conquistaba los países de Europa del Este, si no se expandía siguiendo el curso normal de la conquista. Dejar arrinconada a la Unión Soviética en el tablero mundial fue el famoso Plan Nevado, el cual absorbió los recursos geopolíticos y económicos destinados al Plan Cóndor, prioridad de Eisenhower. Pero como sucedió con las tropas de Napoleón y Hitler, los soviéticos demostraron su poderío y, en tres años, fue evidente que Estados Unidos no lograría contener el avance del comunismo por las constantes revueltas en Rumanía, Checoslovaquia y los demás países del Este. Y mientras Estados Unidos planeaba una retirada discreta (aquella fue su primera pérdida en el siglo XX), los soviéticos, con Fidel Castro a la cabeza, conquistaron Cuba en 1959 y de ahí saltaron a la descuidada Latinoamérica, el patio trasero, que recibió con brazos abiertos el apoyo que reclamaban los partidos comunistas dentro de sus propias esferas: estos pasaron de ser perseguidos para consolidarse, poco después, en sucesivos golpes de Estado, hasta crear una sábana roja desde México hasta Argentina.

Así el inútil de Nixon, en seis años, no solo no conquistó nada, sino que perdió lo que Estados Unidos había ganado. Cuando se iba a iniciar el proceso de destitución de la presidencia en 1961, faltaba muy poco para iniciar las elecciones generales, que ganó John F. Kennedy. Esto no impidió que Nixon fuera juzgado y hallado culpable de traición a la patria y no pudiera ejercer un cargo público hasta el día de su muerte, en 1982. Desde un rincón en Suiza, con un creciente alcoholismo, Nixon fue testigo de la discreta remontada de Kennedy en el mapa mundial: para 1963 ya había recuperado Costa Rica y República Dominicana como parte del moribundo Plan Cóndor. Como no fue sencillo continuar dinamitando los cimientos en el resto de Latinoamérica, se lanzó a la cruzada de conquistar los países del sur de Asia: con los años, guardaría en su botín de guerra a Corea del Sur, Vietnam y un antichino etcétera. Este fue el premio de consuelo a la metida de pata de Nixon. Todos los presidentes después de Kennedy, excepto Jimmy Carter, trataron de recuperar Latinoamérica, hasta que la caída de la Unión Soviética y la unificación de Alemania occidental y la República Estalinista Alemana facilitaron el panorama, lo volvieron orgánico aun para los mismos latinoamericanos.

El asesinato de Eisenhower y los seis años de Nixon en la presidencia son el caldo de cultivo favorito de los historiadores contrafactuales, quienes elaboran teorías con base en la pregunta: ¿cómo sería la Historia y el mapa mundial hoy si Estados Unidos no hubiese perdido a Latinoamérica? Tamia no es historiadora, pero con la misma determinación y validez se hizo la pregunta para escribir *Gabo, el universo* y *La edad del tiempo*: son su forma de responder a la interrogante. Obtuvo como conclusión que no existiría la novela-universo o, por lo menos, no de la forma en que la conocemos. En su lugar se tendría, como lo relata en sus novelas, un puñado de escritores famosos por su ambición, capaces de hacer que el mundo repare en los problemas latinoamericanos provocados por ser la mezcla perfecta de civilización y barbarie, lo que incluye fantasía dentro del realismo.

La literatura de Tamia tampoco existiría, quizá ella sería otra: ¿sería escritora si la hubiesen criado sus padres y no su abuela? Las espirales del tiempo se mueven infinitamente en todas las direcciones para tratar de responder. También está la posibilidad de que la madre de Tamia desapareciera a causa de una dictadura militar auspiciada por Estados Unidos, como pasaba en Latinoamérica antes del comunismo. Aquí devienen dos posibilidades que no se excluyen: 1) quizá Juana estaba destinada a desaparecer y Tamia a escribir, y 2) Latinoamérica, en cualquier caso, nunca ha sido la artífice de su destino: siempre ha vivido uno impuesto por el más alto y fuerte de turno, lo cual es triste. Y si así de triste es la realidad, todas las realidades latinoamericanas, ¿cómo se refleja esta miseria en su literatura? ¿Es posible que existan infinitas historias de la literatura latinoamericana que bullen por salir del encierro? Tamia usa estas preguntas en *La edad del tiempo*: es una novela-planeta, novela-posibilidad de la Historia, novela-matrioshka *ad infinitum*, que recrea a la clásica muñeca rusa y amenaza con sacudir el universo en el que vivimos. Y por eso lastima.

—¡Me lastimas! ¡Suéltame! —dijo Tamia—. ¡Déjame! ¡Fuera! ¡Largo!

El hombre se fastidió. Se vistió con rapidez y salió de la casa dando un portazo. Ridículo, pensó Tamia al ver que estaba atrapado en el porche, entre la puerta de casa y la de calle. Desde la cocina, Tamia timbró el portero eléctrico y el hombre desapareció, tras un segundo portazo. Respiró profundo, bebió un vaso de agua mineral, abrió la llave de agua y, con los brazos en el lavamanos, lloró. Aquel hubiese sido su primer encuentro sexual después de la partida de Ángel, a quien extrañaba pero, en el fondo, no quería cerca. Estaba mejor sola: el resumen de su vida. No lo necesitaba. Tampoco necesitaba desconocidos que le exigieran cosas raras en la cama. Estoy mejor sola: se repetía las tres palabras desde que Ángel y Helenita salieron de la casa, se repetía las mañanas al cepillarse los dientes, se repetía al salir de clases y vagar por los rincones desconocidos de la universidad, se repetía por las tardes, cuando se sentaba a comer papas hervidas con sal, mientras observaba las fumarolas del Cotopaxi. El volcán, que se había reactivado en 2015, se volvió una amenaza seria en 2030. Tamia lo veía como un augurio. El Instituto Geofísico de Quito calculaba que la explosión ocurriría en un lapso de cinco años. A pesar de que los planes de contingencia estaban listos desde 2016, Latacunga y el Valle de los Chillos desaparecerían de forma apocalíptica. Quito, que está a cincuenta kilómetros del volcán desde la salida sur, se convertiría en el epicentro del caos: recibiría a miles de damnificados y se quedaría sin flujo de agua potable. Tamia despertaría un día para ver el Cotopaxi desatando la ira contenida durante ciento cincuenta y cuatro años. Imaginaba una lluvia de rocas incandescentes cayendo sobre su casa, y ella ni siquiera se movería.

Desnuda, entró al estudio —la habitación de la bebé había vuelto a su estado original—, se sentó en el escritorio y empezó a trasponer los cambios anotados en el manuscrito a la versión digital. Trabajó hasta la salida del sol. En lugar de desayunar, se metió a la cama pensando en que no había cenado sus ya tradicionales papas cocinadas, que era una costumbre adquirida cuando se descubrió sola, al iniciar 2030. Antes, con la bebé y Ángel en la casa, la cena era un ritual que, muchas veces, se resumía en ordenar comida. Hervir papas era la forma más simple de deshacerse de una preocupación del ser humano moderno, era su forma de sabotear el presente para concentrarse en la escritura. Cuando entendió que no había estado sola desde que Bass vino a vivir a su casa, se acostumbró al sabor casi neutro de las papas. Ellas la acompañaban cuando se inventaba una gripe para no ir a trabajar. Fue lo que la alimentó mientras reescribía *La edad del tiempo*, cuando todavía le parecía una obra fallida: la sensación eterna de que algo podría estar mejor, pero no saber cómo hacerlo.

¿Hacerlo mejor, querida?, dijo Gloria por teléfono, pero si te pasaste con *La edad del tiempo*, te superaste a ti misma, yo no sé cómo lograste inventar todos esos mundos que se devoran a sí mismos.

—Será porque tiene más de ochocientas páginas —dijo Tamia—. Cuando puedes escribir una novela tan larga, y publicarla, que es lo más difícil en estos tiempos de literatura fragmentada, se vuelve más fácil.

Querida, no se trata del volumen, dijo Gloria, que sí hay escritores que publican mamotretos de mil páginas, de las que a lo mucho valdrán tres o cuatro, no te restes mérito, más bien entrégate a esa sensación de victoria, no te castigues a ti misma.

—A Daxhund no le va a gustar porque no se va a vender como las novelas anteriores —dijo Tamia—. Con *La edad del tiempo* no van a sacar ni para las colas. Por lo menos me van a dejar de recordar a cada rato que estoy atrasada con la publicación. A este paso, si les entrego en los próximos meses, esta novela se publicará en 2031.

Querida, te soy sincera, dijo Gloria, yo tampoco creo que se venda mucho, pero no importa, esto va más allá: esto es uno de esos bloques que golpean, que marcan, y eso aparece cada vez con menos frecuencia.

La edad del tiempo, en un principio, se convirtió en una de esas novelas laureadas que pocos leen y muchos presumen haber leído, las novelas que engrosan las tropas de un ejército llamado «Algún día la leeré, primero debo coger valor». Pero las ventas, que le importaban mucho a Daxhund, se dispararon a finales de 2031, cuando la novela apareció en casi todas las listas de lo mejor del año en Iberoamérica. Cuando no estaba en primer puesto, estaba segundo, quinto, octavo, pero siempre estaba. *La edad del tiempo*, para la Navidad de ese año, fue la constante que aunó el pasado de las novelas-universo con lo que podría haber sucedido, y a la gente, a los lectores de ojos entornados, les consoló saber que la Historia es también el recuento de lo que no sucedió.

Lo que no sucedió: Tamia muriendo en un incendio. Lo que sí sucedió: la cena de Navidad de 2031 arruinada. Había comprado un pollo que daba la impresión de ser pavo, lo adobó con una pasta hecha a base de ajo y jengibre, sal, comino, nuez moscada, perejil y un poco de aceite. Lo metió en el horno y se fue a la sala, a tejer. Se sentía hinchada por el vino del almuerzo navideño que había tenido con los colegas del trabajo, quienes ahora mismo estarían poniendo la mesa en sus respectivas casas. El poeta César Cisneros estaría entreteniendo a su esposa e hija con versos de su nueva cosecha. Vicente Preciado estaría siendo acosado por sus nietos, quienes, so pena de hacer un motín, le exigirían los regalos.

Tamia habló, a eso de seis de la tarde, con Ángel: Helenita (que ya tenía tres años y medio y no había visto a Tamia hace dos) cenaría donde su abuela, acompañada por una fila infinita de tíos para colmarla de regalos. Tamia no habló con su hija porque la pequeña no sabía quién era la mujer en la computadora. Ángel le dijo que era su madre, ella dijo «¿Mamá?» y se fue a jugar a otra habitación. Ángel notó la decepción en el rostro de Tamia, así que se apuró a contarle que a Helenita le gustaba lamer la comida grasosa, pero no comérsela, se orinaba en los pantalones a pesar de que ya sabía avisar para ir al baño, tenía una amiga en el departamento contiguo.

Desde la separación, Tamia no podía hablar con Ángel sin sentirse incómoda. No veía el día en que Helenita fuera más fluida e interesada para dejar de lidiar con él, aunque siempre deberían lidiar por temas económicos. Se sintió más incómoda cuando en la videoconferencia, atrás de Ángel, apareció una mujer de similar edad de la de Tamia, recogiendo a Helenita que se había caído de cara sobre el sofá rojo. La forma maternal de consolar el llanto de la niña le susurró a Tamia que esa mujer no era parte de la familia de Ángel, sino alguien más importante. Ángel comprendió lo que Tamia pensaba, así que sintió la urgencia de justificarse. Dijo que se llamaba Sonia y que vivían juntos hacía un año.

—Así que, eventualmente —dijo Tamia—, ella será la madre de Helenita.

Tamia sabía que no había mala intención, pero no pudo evitar sentirse desplazada. En silencio, Tamia observó a Sonia calmar el dolor de Helenita, con una ternura que rayaba en lo cursi. Buscó en su memoria si alguna vez la había consolado así durante el año y medio que vivieron juntas y sintió la desolación. La niña estaba en mejores manos.

¿Por qué la consumió la incapacidad de ser madre? ¿Qué habría sido de Tamia si la abuela Aída no hubiese querido cuidarla después de escapar de la celda en que la violaron y la acusaron de cómplice de su hija Juana? Una mezcla de olvido y alivio la sobrecogió. Tenía por dentro atravesado un pesar que, a veces, le permitía respirar más hondo y otras veces la avergonzaba. No pudo tejer, se quedó admirando el Cotopaxi desde la hamaca del porche. Navidad 2031, señoras y señores, pensó Tamia. Entonces percibió el olor a gas. Corrió a la cocina y abrió el horno: el gas se había estado escapando. Maldijo a la alcaldía de Quito porque tenía dos años de retraso la implementación de gas centralizado en el sector. Maldijo a la alcaldía porque por su culpa su miserable Navidad estaba medio arruinada. Abrió las ventanas de la cocina y de la sala, abrió la puerta del patio trasero. Cuando el olor a gas desapareció, prendió un fósforo y lo acercó al piloto del horno.

Y si la Historia también es el recuento de lo que no pasó, Tamia terminó de cocinar el pollo, media hora después llegaron los invitados y alabaron la decoración y el buen aroma, sentados en la mesa disfrutaron del pavo, no es pavo, es pollo, ¿en serio?, quién lo diría, está exquisito con las papas cocinadas, las arvejas y las zanahorias, riquísimo, ahora brindemos con este vino importado, brindemos por la anfitriona que nos ha reunido esta noche, brindemos por la unión, brindemos porque ella no es un pedazo de mierda. Ese es el recuento histórico de lo que no pasó.

Lo que sí sucedió fue que el fósforo creó una bola de fuego que desapareció tan rápido como se materializó, pero mientras duró fue lo suficientemente intensa para reventar las ventanas de la cocina, sacudir el suelo como un temblor y quemar los vellos de los brazos y las pestañas de Tamia. Con el corazón acelerado, imaginó que si hubiera muerto, habrían encontrado su cuerpo días, meses después, cuando el olor a cadáver fuera insoportable para los vecinos, que no estaban cerca. La imagen de su cuerpo calcinado la hizo salir corriendo de la cocina.

En el espejo del baño comprobó que no tenía quemaduras en la piel, solo en el cabello. Casi muere asesinada por la cocina. Al saberse viva se puso a llorar. Estoy llorando muy seguido, ¿no?, pensó y trató de recomponerse. Como tenía miedo de que el gas siguiera escapando, llamó a los bomberos. Llegaron en menos de diez minutos porque, según explicó uno de ellos, en Navidad doblaban el personal.

En Navidad hay muchas explosiones, dijo el bombero, descuidan el horno por beber vino mientras cocinan, usted tuvo suerte, pero debe ser más cuidadosa.

Coma muchos frutos secos, en grandes cantidades, dijo la bombera que le aplicaba una pomada en los antebrazos, maní, almendras y avellanas porque estimulan el crecimiento del cabello, para que le crezcan rápido las pestañas, no se notan a menos que uno se fije, supongo que los pelos del antebrazo no le importan, véalo por el lado amable: depilación gratis, hágase un buen corte de cabello, se notan las puntas chamuscadas.

Dese un buen baño, dijo otro bombero, que usted huele a fritada, y deje abiertas las ventanas toda la noche, que aquí huele a parrillada.

Lamentó la partida de los bomberos: si al menos se hubiera cocinado el pollo, los habría invitado a cenar. Aunque le aseguraron que no había peligro en usar la cocina, no se animó, por ello la cena de Navidad consistió en arroz y papas cocinadas con mayonesa, que devoró en menos de cinco minutos, parada en el mesón de la cocina. Al terminar la botella de vino, tomó el libro y rompió lentamente el papel regalo que lo envolvía: lo habían forrado por error en la librería. Los renos cursis y saltarines del papel le recordaban lo patético de haberse autorregalado algo forrado. Se dio lástima. Mareada, lanzó el libro contra la pared de la sala y se levantó enseguida a recogerlo. Era la reciente reimpresión de *Diccionario jázaro: novela léxico*, de Milorad Pavić. Era, obviamente, una novela-diccionario publicada en 1984, en Belgrado, aunque la primera traducción al español era de 1989. ¿Dónde había estado esta novela durante toda su vida y cómo había hecho para ocultarse así de bien? Mientras el vino continuaba corrompiéndola, acostada en el sofá de la sala, Tamia leyó las primeras páginas. Al llegar a la página 13, se detuvo para beber agua directamente de la llave de la cocina, regresó tambaleándose al sofá, respiró hondo, prometió ir a un psicólogo apenas empezara 2032, reanudó la lectura, llegó a la página 14 y se quedó dormida. Cualquiera que la observara de cerca diría que jamás despertaría.

Jamás despertaría de la misma forma. Como tenía la vida acomodada gracias a su padre, el argentino Nikolay, de veintidós años, se despertaba al mediodía en su piso de la Barceloneta, iba a almorzar y después se concentraba en la lectura de la obra de Joaquín Reyes y todo estudio académico de la contundente *Bienvenida la soledad de los guerreros*. Leía hasta que caía la noche, entonces salía a dar una vuelta por el barrio, a comprar cigarrillos de contrabando a los checos o rumanos. Regresaba a eso de las diez y continuaba con Reyes. Había adquirido esta rutina después de egresar en la carrera de Estudios Literarios, de la Universidad de Barcelona. Ahora solo tenía la tesina por delante, para eso leía a Reyes. Había muchísimo material sobre su obra literaria, en específico sobre su tema: «Del Génesis al Apocalipsis: *Bienvenida la soledad de los guerreros* vista como la moderna Biblia latinoamericana». Pero cuando se cansaba del autor guatemalteco, saltaba a otros autores, Faulkner y Cerduné, que estaban en la montaña de libros que había acumulado durante cuatro años en Barcelona. También tenía libros prestados de la Biblioteca La Fraternitat, entre ellos tres de Tamia, de quien había oído hablar pero no había encontrado tiempo para leer.

Un día de primavera, después de esperar en vano a un amigo en un café del Eixample, sacó de una bolsa la edición de Daxhund de *Ada desfigurada* y se puso a leer. Después de ocho cafés soviéticos, dos tartas de queso, un bocata de salami y un dolor agudo en las nalgas por estar sentado seis horas, abandonó el café con la sensación de haber leído algo trascendental. Ya en su piso, fumando, hojeó los dos libros de Tamia que lo esperaban. Como el plazo de entrega de *Con la huida de la gacela* vencía al siguiente día, mejor se puso a leer *Mujer con jardín en la cabeza*. Por la mañana fue a la biblioteca a renovar el préstamo, pero ya estaba apartado. Pidió otro de Tamia, pero todos estaban prestados, de hecho, tenía que devolver *Mujer con jardín en la cabeza* en dos días. En ese punto cambiaron sus hábitos de sueño: al siguiente día se despertó a las ocho de la mañana y, mientras desayunaba, inició la jornada maratónica de lectura, de la que salió victorioso un día después, con la coronación que simbolizaba devolver el libro en la biblioteca. La sensación de trascendencia se intensificó, y aunque trató de ubicarla, no pudo precisar el lugar dentro de las novelas. Después de comprar pan, fue a la librería del barrio y compró *La edad del tiempo* y *Moby y Bela*. Mientras leía las novelas, comprobando que había vida en las mañanas, aprovechó para comprar los libros de Tamia que le faltaban, en una librería de las grandes cadenas españolas y los leyó como si tuviera fecha de entrega. Tamia le obligaba a disfrutar las mañanas, a fumar en el balcón, a vivir. Comprendió que apenas se graduara, regresaría a Buenos Aires a estudiar una maestría en literatura. A medida que avanzaba en la lectura de las obras completas de Tamia, entendía los trucos que vaticinaban el advenimiento de algo más grande y complejo: la segunda venida de la literatura, lo llamó. Tenía claro que *La edad del tiempo* funcionaba como un planeta sobre el que las demás novelas circundaban como satélites. Esta era su teoría, la cual iba en contra de la interpretación del respetado Juan Iñaki, uno de los críticos más agudos de Cataluña, quien sostenía que el eje del tiempo en la obra de Tamia era *Mujer con jardín en la cabeza*. Nikolay, entusiasmado, se propuso demostrar que Iñaki estaba equivocado, por ello el director de su tesina lo encontró sentado afuera de su oficina, esperándolo sin cita. Le propuso lo indecible: cambiar el tema de investigación. Ante el obligatorio «¿Estás loco?» del director, el joven se apresuró a explicar lo que quería demostrar. El director lo escuchó con escepticismo y luego con creciente interés.

Nikolay, estás loco, dijo el director, no puedes cambiar el tema de investigación a estas alturas, si esta ya está casi terminada, mira, me parece muy buena la investigación que propones, pero este no es el momento, termina tu tesina sobre Reyes, gradúate, sé feliz, además, si cambias de Reyes a Torres, yo no te podría ayudar, no porque no sepa de ella, de su literatura, sino el tiempo…, no, Nikolay, es que es impensable…

Nikolay siguió el consejo y se graduó en junio de 2032, antes del periodo vacacional por un favor que le concedió la universidad, ya que él había advertido que regresaría a Buenos Aires a finales de julio. Pero Nikolay, desde que empezó a vivir en las mañanas, supo que no regresaría. Aunque sus padres amenazaron con cortarle el dinero si no volvía, en octubre él estaba ya cursando el Máster de Literatura Comparada de la Universidad Pompeu Fabra, donde, desde el inicio, especificó su tema de investigación. A regañadientes, sus padres lo apoyaron basados en su razonamiento, que más bien era un pretexto: la maestría en Buenos Aires le tomaría dos años, en Cataluña solo uno, así que si trabajaba con disciplina, en julio de 2033 estaría de regreso en casa.

Releyó la obra de Tamia, le impactó y le gustó más aún: en su literatura encontraba una forma de ver la vida más ambigua y consoladora. Nikolay creía que Tamia estaba viajando al secreto central de la existencia, armada con lanza y el escudo que le proveía la ficción. No había otro contemporáneo que estuviera haciendo lo mismo, al menos no con semejante envergadura. Tuvo la oportunidad de ver a Tamia en un conversatorio organizado por Daxhund Booxs, en la Biblioteca Jaume Fuster. Nikolay le preguntó, en la firma de autógrafos, si su obra iría al espacio sideral como sospechaba. Tamia se limitó a sonreír y en lugar de darle una dedicatoria con el sello, le regaló una firma exclusiva:

> *Nikolay:*
> *Te reto a que halles, antes que nadie, la verdad de mi obra.*
> *Qué gusto tener lectores tan atentos.*
> *Tamia T.*

Cuando en febrero de 2033 se anunció que aparecería un libro de Tamia, Nikolay quiso congelar la tesis hasta leer la novela e incorporarla en la investigación, pero como no se anunciaba el mes del lanzamiento, bien podría ser en diciembre, el director de tesis se lo prohibió so pena de abandonarlo. La investigación estaba muy avanzada como para modificarla con esa intensidad, sobre todo si su plan era graduarse en junio. Hizo de tripas corazón y tuvo que tragarse la ansiedad que le provocaba no poder disponer de toda la obra de Tamia, incluso las novelas que aún no había escrito ni imaginado. Se consoló convenciéndose de que lo haría en la tesis de doctorado o en un proyecto personal.

El 23 de junio de 2033, el jurado de la Pompeu Fabra escuchó con atención la teoría de Nikolay: en *La edad del tiempo* se podían insertar determinados capítulos completos de *Mujer con jardín en la cabeza*, *Moby y Bela* y *Acacias* —intercambiables entre sí—, en los pasajes donde aparecían las subnovelas ficticias de Fuentes y Vargas Llosa. Asimismo, antes de iniciar *La edad del tiempo* se podía colocar el capítulo siete de *Sinfonía silbada* y al final se podía ubicar el último capítulo de *Con la huida de la gacela*, de manera que todo el palimpsesto se podía leer y disfrutar como una novela nueva, de más de tres mil páginas, con sentido propio y una dimensión más profunda.

Los lectores trataron de recordar las obras de Tamia, las veían a través de una penumbra tan densa y sospechosa que tuvieron que entornar los ojos para aguzar la vista. Desgraciadamente para Nikolay, los lectores no habían repasado la obra de Tamia para entender mejor la tesis, sin embargo, no les pareció una teoría del todo descabellada, sobre todo porque venía certificada por el director de tesis, que era también el director del Área de Estudios Hispanoamericanos de la universidad. Solo uno de los lectores, que tenía más fresca la obra de Tamia y mejor pensamiento abstracto, fue capaz de desensamblar los capítulos y moverlos a voluntad, imaginándolos frente a sus ojos, hasta conformar el nuevo cuerpo hecho de retazos literarios, salido de la mente de Tamia, según Nikolay.

¿Qué significa este nuevo libro total en la obra de Tamia?, dijo el lector.

No me queda claro, dijo Nikolay, pero tengo una teoría: creo que este nuevo libro es la novela que el Gabo Martínez escribe en *Gabo, el universo*, la novela sin nombre que se publica póstumamente, una novela que apunta a algo que no entendemos o que entenderemos cuando tengamos disponibles todos los libros de Tamia, pero hasta que eso pase, que sus libros actuales se armen de esa forma es algo fantástico.

El jurado consideró que era osada la teoría, así que lo graduó con ocho sobre diez. Cinco días después, el 28 de junio de 2033, con seis maletas llenas de libros y ropa, después de vivir cinco años en Barcelona, Nikolay volaba de regreso a Argentina. Como tenía dinero ahorrado, había decidido pagarse un boleto en primera clase. A dos horas de vuelo, tras haber devorado el bife que le ofreció la azafata, sacó de la maleta de mano la última novela de Tamia, que salió a la venta hace tres días.

Tres días le tomó superar la impasibilidad y el miedo que le produjo la explosión. Desde que la bebé salió de su vida, había adquirido la costumbre de dormir hecha un ovillo, pero esos días durmió más replegada sobre sí misma, como si tal cosa fuese posible. No salió de la casa sino hasta la última noche de 2031, cuando se convirtió en una persona más de la marejada que atiborraba la avenida Amazonas para admirar los añosviejos que, en su mayoría, ese año estaban dedicados al volcán Cotopaxi.

A pesar de lo vaticinado por Santa Marianita de Jesús sobre que el Ecuador no se acabaría por los desastres naturales sino por los malos gobiernos, los monigotes enunciaban lo contrario, incluso había uno que representaba a la santa, agradeciendo de rodillas a Dios por haberle permitido vivir el último año completo, pues en 2032 al país se lo tragaría la tierra y sería expulsado a través del cráter del volcán. El único añoviejo medianamente optimista era uno en el que unos monigotes que representaban a Adán y Eva, con sombreros de paja toquilla cubriendo sus partes íntimas, salían de una cueva para encontrar al Ecuador convertido en el Edén, después del Apocalipsis. El optimismo del renacimiento es orgánico después de la destrucción, porque alcanzado lo más bajo, creer es la regla. La dualidad de la destrucción y del renacimiento era la idea que Tamia reforzaba al corregir una de las novelas del capullo, que Daxhund tenía programado publicar en 2033. Le estaba costando mucho porque mientras lo hacía, ponía atención en otra de las novelas de este periodo, una que ella llamó *La llave maestra* y que finalmente archivó al fondo de un armario diciéndole «Nos vemos en diez años».

A las ocho de la noche cenó sushi, compró un añoviejo pequeño y regresó a la casa, prometiéndose que se quedaría despierta para recibir el nuevo año, pero como no halló sentido en esperar hasta esa hora para no tener a nadie a quien abrazar, quemó el monigote a las diez y se metió a la cama, donde, hecha un ovillo, durmió hasta medianoche, cuando la despertaron los fuegos artificiales que explotaban en el cielo de Quito. Despertó a las seis de la mañana del nuevo año, se quedó una hora en blanco y se durmió de nuevo. Despertó definitivamente pasado el mediodía. Era un día hermoso. El cielo azul y despejado solo se interrumpía, a lo lejos, por las fumarolas del Cotopaxi. Después de barrer las cenizas del monigote, salió a caminar por el barrio. Quito, el 1 de enero, escenifica el posapocalipsis: apenas circulan autos, el transporte público es esporádico, nadie camina en las calles, los perros no ladran, todos los negocios están cerrados. Caminó hasta el centro comercial, el único cuyo patio de comidas atendía. Vio una larga fila de gente en la marisquería, intentando combatir al chuchaqui con encebollado y limonada. Mejor comió locro quiteño. En menos de quince minutos estaba caminando de regreso a casa.

Antes de concretarse en las correcciones, revisó el correo electrónico, que odiaba el doble desde que la bebé se marchó. Dos meses de mensajes atrasados. Abrió uno de Gloria en el que le recomendaba ciertos cambios en la novela y le señalaba errores tipográficos. En otro mensaje, Gloria le enviaba tres enlaces de revistas web de literatura, que habían hablado en buenos términos de la edición estadounidense de *Mujer con jardín en la cabeza* y de la «acertada» traducción de Kimberly Jones, con quien Tamia había hecho buenas migas durante los cinco meses que se comunicaron, vía correo electrónico, para la traducción. Aunque Tamia recordaba a Kim con cariño por lo detallado y respetuoso de su oficio, tenía lagunas mentales del trabajo conjunto, pues este se había realizado mientras Tamia vivía en el capullo. La crítica de Litpop era, además, una arenga a la industria editorial de Estados Unidos para que dejara de enfocarse en sus escritores, ya que la mejor literatura se estaba escribiendo en las periferias, en otros idiomas: Tamia, decía el artículo, era un ejemplo de ello. Al final instaba a que se la siguiera traduciendo, pues las noticias indicaban que su gran proyecto literario apenas se podía colegir con la lectura de una sola novela. Mientras leía las críticas, entró una llamada. Fastidiada al ver que se trataba de Diego Echeverría, de Daxhund España, colgó. Insistió, así que no tuvo otro remedio que atender la videoconferencia. El español estaba muy emocionado. Inició disculpándose por llamar el 1 de enero y deseándole lo mejor en 2032. Enseguida le sacó el juramento de que no debía decir a nadie lo que estaba a punto de oír, pues aún no era oficial: una fuente anónima le había informado que el Gobierno español le iba a otorgar el Premio Letra Libérrima a la mejor novela extranjera. El galardón, además, incluía un importante incentivo pecuniario. Era imperativo que viajara a Madrid para recibir el premio en el almuerzo que daba el presidente en honor a los premiados, en el que también estarían los homenajeados de otras artes, ciencia y deporte. Echeverría terminó la comunicación aconsejándole que pidiera permiso en su trabajo para febrero. Tamia no estaba familiarizada con el premio. Tras una breve búsqueda en Internet, se sintió halagada porque uno de los ganadores anteriores era su amado Louis Cerduné, en 2027, con la novela *Predestinación literaria*. Al parecer se empezaba a entender el menjurje textual que había hecho en *La edad del tiempo*.

El 5 de enero, al inicio de la semana laboral, después de un puente vacacional que aprovechó para las correcciones y acometer la escritura de una nueva novela (como si no tuviera otras que corregir), Tamia dio clases con energía renovada. Redobló los esfuerzos que le dedicaba a su literatura e intercambió dos o tres frases con Helenita vía videoconferencia. A mediados de mes se difundió oficialmente la noticia del Letra Libérrima y otra vez le empezaron a llover las solicitudes de entrevistas, las reseñas de sus obras anteriores, las teorías de cómo se interconectaban... Pasó su cumpleaños cincuenta en un café, leyendo una novela de Humberto Salvador. A mediados de febrero viajó a Madrid (tejió las nueve horas de vuelo) y lo primero que hizo en el hotel fue llenar la tina de agua caliente y meterse de golpe, como una roca lanzada por un niño que quiere ver las ondas. Bajo el agua jugó a hacerse la muerta.

Hacerse la muerta era la forma de Tamia, cuando niña, de terminar las peleas con su abuela. Se echaba en el suelo o en el sofá, boca arriba, con ojos bizcos y la lengua afuera, con los brazos bien extendidos como alas de ángel, y se paralizaba en esa posición, impasible, hasta que la abuela reparara en ella, lo que sucedía después de mucho. Si eso sucedía, era una victoria para Tamia, pero si ella se cansaba antes, la abuela ganaba. Casi siempre sucedía lo primero: Aída caminaba hasta su nieta y la miraba directo a los ojos desubicados, esperando que se le escaparan las carcajadas de la tregua. El juego se repetía cuando Tamia no quería sacar la basura o hacer silencio a las ocho de la noche, cuando pasaba por el barrio el camión-escucha, disfrazado de recolector de basura, infaltable en la dictadura de Silva.

Como su abuela, Marta Sanz pensó que se estaba haciendo la muerta. La urgió para que saliera de la cama, en su piso de Madrid, pero Tamia dijo que estaba enferma. Puso su mano sobre la frente: sí estaba caliente, pero no parecía grave, nada que el mismo hecho de vivir no aliviara. Tamia llevaba cinco semanas en Madrid: tres semanas además de las dos del Premio Letra Libérrima y las entrevistas y actividades programadas por Daxhund. Tres semanas en las que a Vicente Preciado, en sus constantes y desesperados correos electrónicos, se le estaban acabando las excusas: «Tamia, este es mi último semestre. Mi reemplazo, dado que tú rechazaste el decanato de la facultad, no será tan condescendiente contigo como yo, es más: no es ningún secreto que la nueva decana no te quiere. No me hagas quedar mal: vuelve rápido o da señales de vida».

Pero al otro lado del Atlántico, era mediodía y Tamia seguía acostada en la habitación de huéspedes del piso de Marta, a quien no había visto desde la fiesta de jubilación de Gloria Fuertes en Bogotá. Aunque a temprana edad Marta decidió no tener hijos, a veces no podía evitar sentirse sola, sensación que se convirtió en culpa a los sesenta y cinco años, tras la muerte de sus padres. Tamia, que era quince años menor, aliviaba la costra que se le había formado en el pecho de la madrileña, además de que disfrutaba de la compañía de la ecuatoriana, sobre todo la mañana en que Tamia se levantó temprano y cocinó tigrillo con café soviético para el desayuno, aprovechando que por un azar del destino había encontrado plátano verde en una frutería de Madrid.

Dios mío, qué cosa tan buena, dijo Marta probando el tigrillo.

—Y eso que falta el ají —dijo Tamia—. No quiero ni pensar cómo te pondrías al probar un tigrillo de verdad, uno de un mercado de Quito o de Guayaquil.

Pero esa mañana no hubo tigrillo a la madrileña ni planes para pasear por la ciudad. Tamia abrió los ojos temprano y se quedó acostada de lado, viendo la lámpara sobre la mesita, con Madrid como telón de fondo en la ventana, durante cuatro horas. Después de darle un paracetamol con agua, Marta le preguntó qué le pasaba.

—No sé —dijo Tamia—. Solo sé que ya no me acuerdo de la cara de mi abuela, por más que lo intento. Sí, eso.

¿Hace cuánto murió?

—Catorce años.

De alguna manera, dijo Marta, la conozco porque he leído tus novelas.

Tamia se arremolinaba el cabello, ahora más cano que nunca. Todavía era alta y delgada, aún tenía el cuello de un cisne. Marta pensó que cualquiera que la viera en la calle, pensaría que tendría diez, doce, quince años menos. Una auténtica comeaños.

—¿Te digo una cosa, Marta? Siento que no quiero regresar.

¿Y qué te ata a Quito?, dijo Marta.

Salieron a caminar por Madrid, en las calles que ya habían recorrido desde el día en que Tamia apareció en su puerta para pedir posada. Aquello fue después del final de los actos planificados por Daxhund, junto con la reserva del hotel y los servicios que cubría la editorial. Mientras se dirigía al aeropuerto, sintió el impulso: le dijo al taxista que la llevara al edificio de Marta. Si ella estaba ahí y aceptaba darle posada, se dejaría llevar. Si no estaba o no podía acogerla, regresaría a Quito.

Como una medida desesperada de Marta para animarla, recorrieron varios bares con la consigna de entrar, probar la caña más rara o exótica, pagar y repetir el proceso hasta que se aburrieran, se hartaran de la cebada o se embriagaran, lo que ocurriera primero. El hartazgo fue el ganador de la noche, así que después de tres cañas emprendieron el regreso al piso de Marta, donde bebieron té con la escritora Ana Carrasco, que estaba de visita en la ciudad. Conversaron de la nueva literatura de Hispanoamérica, de la creciente tendencia de los escritores catalanes por escribir en español, de lo espantosa que era la estatuilla del Letra Libérrima —una suerte de pluma junto a un tintero, de un vidrio corriente—, tuvieron el acalorado debate que Tamia propone cuando está de buen humor: ¿parpadear equivale a un doble guiño?, cada una señaló las obras preferidas de las demás —a Marta le gustaba *Mujer con jardín en la cabeza* y a Ana *La edad del tiempo*, decía que es una de las novelas más contundentes que se han escrito en lo que iba del nuevo milenio—, jugaron cartas y Scrabble y se fueron a acostar —Ana ocupó la segunda cama libre del piso de Marta—.

Antes de dormir, Tamia dedicó varias horas de la madrugada a esbozar los planes borrosos, luego consultó su cuenta bancaria e hizo números, calculó dos veces y los números le sonrieron de nuevo. Abrió el correo electrónico, evadió los dos mensajes de Ángel —titulados «Tu hija te necesita» y «¿Cuándo vas a asomar para conversar?»— y finalmente, después de semanas de ignorarlo, le escribió a Vicente Preciado una carta de renuncia a su cargo como docente. Se disculpaba por la informalidad, alegando una serie de compromisos a lo largo de 2032, todos relacionados con la literatura, y le pedía que atendiera por ella los trámites de liquidación, papeles y un burocrático etcétera. Entonces se sucedió una catarata de mensajes que trataban de disuadirla: ahí estaban las palabras cálidas de Vicente, diciéndole que la había querido como a una hija y que estaba seguro de que sin él, por todos los permisos que le solapó, ella pudo dedicarse un poquito mejor a su obra tan prodigiosa. César Cisneros le instaba a pensárselo dos veces antes de dar el salto al vacío, tú sabes, a nosotros, los escritores, no nos llueve la plata, aunque creo que ese no es tu caso. También tenía mensajes de colegas con los que, según ella, nunca había intercambiado palabra. Por último, tenía un mensaje de Rosa Inés Padilla, la docente que asumiría el decanato de la facultad a partir del próximo semestre. Le instaba a que pensara bien si eso era lo que quería, luego trataba de convencerla de lo contrario aduciendo que si renunciaba, la liquidación no sería tan buena como la que recibiría si se jubilara en la universidad, además, era un imán para atraer estudiantes y Rosa Inés quería trabajar con ella. «No me digas nada ahora, piénsalo unos días y escríbeme». Tres días después, al inicio de la primavera, Tamia ratificó su decisión sin saber a qué se dedicaría en España aparte de escribir. Si hay algo que no vale la pena registrar en la historia de la literatura hispanoamericana es la oleada de correos electrónicos y cartas físicas para efectivizar, a la distancia, la renuncia, el pago de honorarios y muchos otros ajustes burocráticos, así es mejor quedarse con el mensaje final que le dedicó Rosa Inés Padilla, secundada por el rector de la universidad: «Vuelve cuando quieras, siempre habrá trabajo para ti, aquí siempre tendrás una casa».

Tener una casa, y por casa quiero decir un diminuto piso en el centro de Madrid, arrendado por tres meses con posibilidad de extender el plazo si se avisa con tiempo, es lo mejor que le pasó a Tamia desde que tocó suelo español, hacía tres meses. Al inicio no se pudo dedicar a la corrección de su siguiente novela y al otro proyecto que le desvelaba más que esta, debido a las actividades programadas por Daxhund al enterarse de que se quedaría en Madrid por tiempo indefinido. Luego se entretuvo tanto con Marta Sanz, Ana Carrasco y otras escritoras que se dejaban ver en los bares del centro de Madrid, que por un momento olvidó su norte.

Marta le ayudó a conseguir el piso en el centro, donde se instaló con lo poco que trajo de Quito, que era ropa para dos semanas. Menos mal que había traído el kit completo para tejer, heredado de su abuela, y un puñado de libros vitales para continuar con su proyecto. El piso tenía todo lo necesario para el que huye: un balcón lleno de macetas con flores y plantas, ideal para fumar Camel como Cernudé o Gauloises como Cortázar, pero Tamia no lo haría, no había vuelto a fumar desde el 12 de julio de 2014. Tenía también una pequeña mesa plegable de comedor, una televisión dañada, un futón con quemaduras de cigarrillo, una cama *queen size*, un baño en el que la ducha y el retrete ocupaban el mismo espacio, una radio obsoleta desde que se habían extinguido las frecuencias AM y FM, y una cocina muy angosta, donde la puerta del horno se golpeaba contra la pared. Lamentó que la cocina no tuviera licuadora para hacer jugos, luego entendió que era lo más obvio, pues Madrid no tenía variedad de frutas como Ecuador. Esa fue una de las pocas nostalgias que sintió por el país, amén del yahuarlocro de Cumbayá.

En las mañanas, mientras preparaba el desayuno, ponía música en la computadora portátil. Después de comer, salía a caminar por el centro de Madrid hasta llegar a la biblioteca de la Academia de la Lengua Española (ALE), donde se dedicaba a leer, subrayar, atacar, destrozar, mutilar y deconstruir las obras completas del escritor guayaquileño Humberto Salvador, de quien apreciaba sobremanera la novela *En la ciudad he perdido una novela* (1930), porque era una novela-universo aparecida antes que iniciara la tendencia literaria durante la dictadura. Era una magnífica obra vanguardista que se publicó cuando en Ecuador la regla era el realismo social. La historia de la literatura ecuatoriana mencionaba a Salvador en su canon, destacaba las cualidades de su obra, que había caído en el más grande olvido. Quería hacer con Humberto Salvador lo mismo que hizo con Guillermo Bass, que había muerto hace nueve años: sacarlo del frío e injusto olvido. ¿Por qué se empecinaba en combatirlo? ¿Quién la había designado como contrincante del olvido? Sospechaba que fue su abuela.

Tamia sostenía la teoría de que *En la ciudad he perdido una novela* fue esencial para la conformación de las novelas-universo. Si bien podría creerse que el Ecuador es el mejor lugar para estudiar a Salvador, era falso: la dictadura de Francisco Franco, envidioso del auge de las novelas-universo de Hispanoamérica, en 1968, promovió la compra de manuscritos originales, cuadernos, libretas y cartas de escritores de América para conformar lo que en su momento se llamó Biblioteca-Universo. Tras cinco años de compras indiscriminadas, la jugada de Franco demostró ser un desperdicio, al menos como él lo había concebido, pues los escritores del momento se negaron a hacer negocios con la dictadura. Solo habían podido hacerse con toneladas de material de escritores olvidados u opacados. El material se embodegó sin que nadie lo notara ni reclamara. Recién en 1997, ya en democracia, a un burócrata, al descubrir el material, se le ocurrió la idea de construir un instituto anexo a la Academia de la Lengua Española, donde el material literario estaría disponible al público. Y es en la sala de consulta de la ALE donde Tamia pasó muchas mañanas, revisando los diarios y manuscritos de Humberto Salvador, contrastándolos con la lectura de *En la ciudad he perdido una novela* y *La novela infinita* (1950), en maltrechas ediciones de 1974 y 1961 respectivamente, que heredó de su abuela. Esta fue su rutina para rescatar la memoria del guayaquileño más quiteño de todos los escritores ecuatorianos. Cuando se cansaba, generalmente después del almuerzo, se refregaba la cara, salía de la biblioteca y emprendía el regreso. En el piso, después de una parada estratégica para tomar café y con galletas o un pastelillo, trabajaba en las correcciones y en la escritura de una nueva novela o quizá serían dos.

Una mañana de julio, con el calor veraniego en todos los rincones de Madrid, creyendo que se trataba de un error de escaneo en el archivo digitalizado, Tamia solicitó el diario original de Salvador que contenía la anotación del 13 de octubre de 1926, en la que hablaba de una de sus mayores influencias literarias, un tal Lewis Mencken. Tenía que ser un error: Tamia nunca había oído nada de él, y eso que era escritora y docente de literatura. No había error: Lewis Mencken. Regresando a casa, entró en una librería y pidió un libro de Mencken, cualquiera. La computadora señaló la existencia de un ejemplar de la novela *Juguetes quemados en el camino*, pero fue imposible encontrarla en el estante donde debería estar. Sería un error del sistema, iban a notificar que estaba descatalogado. Decidió pasar por el Parque del Retiro para preguntar en las librerías de viejo. Tuvo suerte: tenían la novela corta *Las ratas* pálidas (1923), en una edición maltrecha, repleta de subrayados y garabatos infantiles, de 1960. Por un precio exorbitante se llevó el libro a casa, donde empezó a leerlo acostada en el futón extendido, mientras hervía dos papas para la cena, y lo finalizó en la cama, siempre entornando los ojos, a las tres de la mañana del siguiente día. Estaba anonadada por lo que había leído: no porque fuera una obra maestra, sino porque era una protonovela-universo. Pero esta era la primera vez que no se enfrentaba a una novela arquitectónica, sino a una anatómica, pues *Las ratas pálidas* era una novela-rata, una novela-mamífero. Era la primera vez que leía una novela que no recreaba una estructura muerta, sino un ser vivo, y eso se sentía en la prosa que se movía sigilosa hasta esconderse, como una rata.

Presa de la excitación, abandonó la cama e investigó en Internet. No había mucha información sobre Mencken, apenas cinco párrafos en la enciclopedia en español y ocho en inglés. El espacio en una enciclopedia es directamente proporcional a la permanencia en la memoria de los seres humanos. Lo más destacado de Lewis Mencken (Illinois, 1895-Patagonia, 1982) es que fue parte de la Generación Perdida, asentada en París después de la Primera Guerra Mundial. La obra de Mencken, señalaba la enciclopedia, era experimental en grado sumo: aunaba el barroquismo vanguardista de William Faulkner y el simplismo tácito de Ernest Hemingway, con una valiosa conciencia de la forma como medio de expresión. Tamia desestimó lo leído porque consideraba que escribir como los dos estadounidenses al mismo tiempo era un oxímoron de proporciones épicas. ¿O acaso esa mezcla imposible era lo que la había anonadado? Apenas amaneció, se abocó a la investigación en bibliotecas y librerías de viejo de Madrid, incapaz de sospechar la escala desproporcionada que adquiriría su proyecto literario, incapaz de vislumbrar el pozo oscuro donde desembocaría su alma, porque la literatura es un descenso al infierno.

El infierno descendió de intensidad a inicios de octubre. Tamia ya había estado antes en el verano europeo, pero por breves lapsos, nunca la temporada completa. Fue una matanza: se recordará al verano de 2032 de Madrid como uno de los más calientes de la historia. En los tres meses de calor, hubo treinta y siete muertos, todos ancianos y niños, con la excepción de una mujer de veinticinco años que tenía problemas cardíacos.

Como habitante de la mitad del mundo, acostumbrada al clima más equilibrado del planeta, para Tamia fue un infierno que no solo la abrasó, sino que le indujo la locura de cuestionarse toda su existencia, su obra y su repentina permanencia en Europa. ¿Qué mierda hago aquí si en Quito se puede respirar aire temperado?, pensaba desnuda en la cama, bien entrada la madrugada, insomne, con el calor hirviendo en las sábanas, maldiciéndose por no haber arrendado un piso con aire acondicionado. Tres veces cometió el impulso de aparecer en la puerta de Marta Sanz, pasada la medianoche, a pedir posada y dormir, si era posible, abrazando el aire acondicionado.

Pobrecilla, Tamia, decía Marta recién levantada de la cama, pasa. Y para no abusar, otras noches iba adonde Ana Carrasco, que se había mudado a Madrid hacía poco.

Si bien iba a trabajar en cafés, durante el verano le fue imperativo visitarlos, pues ahí hallaba el ansiado frío que Madrid había olvidado. Bebía un café helado, disfrutando del microclima artificial, observando a la gente. A veces la reconocían y le preguntaban qué estaba escribiendo. Firmó algunos autógrafos en las cafeterías. Situaciones similares vivió en las bibliotecas de barrio.

Para mediados de agosto, estaba bastante acostumbrada al calor o quizá se había resignado. Como tenía un miedo irracional de volver a Quito, se dijo que ese sería el primer verano de muchos e hizo de tripas corazón. Y por si fuera poco, mientras Madrid se asaba, en Ecuador ocurría un fenómeno natural de mayor envergadura: la Historia de la Tierra registró la erupción del volcán Cotopaxi el miércoles 18 de agosto de 2032. Dado que se calculaba una erupción cada cien años, más o menos, y la última ocurrió en 1877, ya traía retraso, quizá por eso, como decían los ecuatorianos para reír en vez de llorar, reventó con la ira de suegra cabreada. Tamia siguió el acontecimiento en Internet: la lava al rojo vivo saliendo a borbotones del cráter, los temblores y terremotos que provocó, la evacuación atropellada de Latacunga y los pueblos aledaños, la desaparición del Valle de los Chillos, cerca de Quito. A pesar de las medidas preventivas, de los simulacros de evacuación, del dinero invertido en fortificación de estructuras y de que los geólogos fecharon la explosión con tres días de antelación, todo se volvió un caos y el Ecuador completo se fue al infierno. Murieron cerca de mil personas. Damnificadas: cerca de cien mil. Pérdidas económicas: mejor ni contar.

Las imágenes de destrucción le habían dado a Tamia una razón *real* para sufrir. Desde el otro lado del océano, deseaba lo mejor para sus compatriotas, aunque sabía que entre ellos no había ni una persona por la que diera la vida, un ser humano al que se sintiera irremediablemente atada. Estaba lejos de todos. Escribió a sus compañeros de trabajo, que le respondieron varios días después: todos bien, asustados nomás, hay escasez de agua, la energía se corta, se vaciaron los mercados y supermercados.

Con ayuda de los países latinoamericanos, el Gobierno de turno, recientemente reelegido para un segundo periodo, emprendió la reconstrucción de las zonas afectadas y la ayuda a los damnificados. Este Gobierno era el resultado de una creciente ola de nuevo socialismo que pretendía revertir los daños de varias décadas de capitalismo salvaje. A pesar del nombre, este socialismo se diferenciaba de la gran dictadura socialista del XX: para empezar, eran capitalistas de base y explotadores de recursos naturales, pero, decían los políticos, buscaban una repartición más justa de la riqueza y daban la espalda a Estados Unidos (aunque siguieran haciendo negocios). Este tipo de gobierno se replicaba, desde 2027, en Argentina, Bolivia, Venezuela, Nicaragua, Perú, Uruguay y Chile, y se esperaba que en pocos años recorriera toda Latinoamérica. De la misma forma en que en 1990 Latinoamérica huyó de la recién conformada Rusia y todo lo que representaba, la nueva Latinoamérica hacía lo propio con Estados Unidos y su geopolítica agresiva. En su lugar, volcaba sus ojos a China y prometía abrazar lo verdaderamente latinoamericano para vivir de nuestros recursos propios, como fue posible durante la dictadura.

En este contexto histórico, Tamia puso el punto final a las revisiones de la nueva novela. Con el clic sobre la tecla «Enviar» se deshizo, al menos por un instante, de esa parte que continuaba honrando a los muertos, el palacio de la memoria de Aída. Gloria, tras leer la nueva novela, le dio el visto bueno y la felicitó, y se ratificó la sensación de que Tamia estaba ya afianzada en la historia de la literatura hispanoamericana, con la esperanza de infiltrarse en la universal. Después de que la editorial leyera la novela, se concretó una reunión con Francisco Ródenas, el nuevo editor en jefe de Daxhund España tras el fallecimiento de Diego Echeverría, además de tres editores, dos directivos y Tamia. En la charla acordaron publicarla en febrero de 2033, pero por su carácter menos pesado que *La edad del tiempo*, se decidió correr la fecha a julio, así el departamento de márquetin y el boca-oreja tratarían de convertirla en el libro del verano.

Ródenas ratificó lo bien que le hacía a Daxhund y a la literatura iberoamericana que Tamia hubiese fijado su residencia en Madrid. Luego recalcó que Europa siempre ha sido el foco del pensamiento y progreso de la humanidad, mencionó lo bien que hacía que los artistas crearan y esparcieran sus ideas en el Viejo Continente, aquí todos eran bienvenidos, todos excepto los migrantes: ellos solo servían para robar el trabajo de los europeos honestos y propiciaban la aparición de generaciones mestizas que se dedicaban al crimen. Tamia supuso que aquello sería un chiste de mal gusto, pero los presentes aplaudieron las palabras del jefe. Tamia abandonó la reunión con la sensación de que se estaba perdiendo de algo. Antes de marcharse, pidió los datos de contacto de los escritores Daxhund radicados en España, a los que planeaba visitar los siguientes meses.

Por la noche, Marta descorchó un vino para celebrar la entrega del manuscrito a Daxhund. No sería la publicación ni el lanzamiento, pero deshacerse de él, entregarlo a alguien más para que se lo apropiara, era uno de los pasos más liberadores. Marta estaba agradecida de que Tamia le hubiese dejado leer la novela al mismo tiempo que Gloria, lo tomó como símbolo de confianza. Tamia acogió las sugerencias de las dos mujeres y así mejoró la novela. Tamia le contó que se iba de Madrid porque su proyecto lo requería. Mientras investigaba sobre la vida de Lewis Mencken, descubrió que el escritor había vivido en España, así que había registros de su paso por el país en muchos lugares, sobre todo en Barcelona. Humberto Salvador era solo la punta del iceberg en esta historia de la influencia: existía una caterva de escritores cuyos estilos se debían a la pluma de Mencken, y muchos de ellos también habían sido olvidados. Si estaba en lo correcto, merecía ocupar un lugar junto a Faulkner, Kafka, Sartre, Mann, Joyce y Proust en el frío mausoleo de la influencia literaria. ¿Por qué nadie estaba hablando de él?

Tamia anhelaba encontrar estudios de su obra literaria. Si estaba en lo correcto, ella era, sin saberlo, una discípula más de Mencken, el creador de las novelas-universo, mucho antes de que estas llamaran la atención de todo el mundo. Mencken sería un vanguardista adelantado a su tiempo, que no nació en la época correcta, quizá por eso sus obras no han sobrevivido al juicio de la Historia, ni siquiera al de la historia de la literatura estadounidense. Tamia quería probar que las historias no son infalibles, que se equivocan, que cometen errores. Y quería comprobarlo construyendo una obra literaria que escapara del control de estas.

Tamia y Marta bebieron más de la cuenta. Celebraron haberse conocido. La española deseó que regresara pronto a Madrid, aunque ambas sintieron aquello como una despedida. A la mañana siguiente, Tamia abordó un autobús a Barcelona. Durante el trayecto admiró el paisaje, siempre plano y en línea recta, todo lo contrario del paisaje de Latinoamérica, hecho de espirales que bajan y ascienden, que varían de región en región para vadear la naturaleza y llegar a un punto de equilibrio entre la civilización en medio de la barbarie.

Barbarie, ahí te ves, dijo Jesús Cáceres cuando abandonó Bolivia en 2027, para mudarse a un piso en Barcelona. Para mediados de octubre de 2032, Tamia vivía en la habitación de huéspedes, donde, por la contigüidad, la despertaba el llanto de Sol, la hija de Jesús de cuatro años. Con los ojos abiertos en la oscuridad, se quedaba escuchando el trajín de Jesús o su esposa, Mercedes, al levantarse, cambiar de habitación y cantar una canción de cuna hasta que la niña volviera a dormir. Sol era de la misma edad que Helenita, nació dos meses después. Tamia, viendo los contornos de las cosas, se preguntaba si al otro lado del océano Helenita se despertaba a esas horas y si lloraba con esa intensidad. Luego se hacía ovillo para esconder la cara, a veces hasta lloraba, cuando se decía que no le importaba la respuesta. Se levantaba con el ánimo devastado, sintiéndose egoísta e injusta, eres un pedazo de mierda, pensaba, y se ponía a escribir cualquier cosa para sacudirse la desolación. Desayunaba mientras los Cáceres salían corriendo a sus actividades diarias: Jesús a su trabajo como corrector de estilo en una editorial, Mercedes a una oficina de servicios de Internet y Sol a la guardería. A las nueve de la mañana, Tamia estaba sola en un piso extraño y frío, en una soledad tan absoluta que solo la interrumpían los gatos que aparecían en el balcón y uno que otro claxon en la calle. Después de escribir por la mañana, a la una de la tarde salía a buscar el almuerzo. Con la barriga llena, caminaba sin rumbo por las calles del extrarradio de Barcelona, tomaba el metro y se iba a una biblioteca y ahí leía o escribía o solo miraba a la gente caminar en la calle. A veces cambiaba las bibliotecas por las plazas, donde tejía mirando a las palomas, a las que alimentaba con mendrugos.

También alimentaba a los Cáceres, era una de las cortesías que tenía por el hospedaje —por el que pagaba, a pesar de que Jesús le dijo que no era necesario—: iba a la calle Llul y compraba pollo horneado, así cenaban todos juntos, también llevaba pan con leche chocolatada. Después de cenar, Jesús y Tamia continuaban la conservación en el balcón, él fumando, ella admirando las luces de la ciudad. Mercedes se les unía una vez que Sol se dormía: la pareja fumaba un porro para dormir mejor. Mercedes era una catalana tímida y reservada, le divertía mucho escuchar a su marido y a Tamia hablar de sus respectivos países que, según ellos, se parecían mucho. Jesús se jactaba de que, en general, podía resistir más castigo que ella porque en La Paz había vivido a tres mil seiscientos metros sobre el nivel del mar, mientras que Tamia *solo* a los dos mil ochocientos de Quito. Mercedes casi nunca hablaba con Tamia si Jesús no participaba también de la conversación. Tamia suponía que Mercedes estaba incómoda con ella en casa, quizá sabía lo que había pasado entre los dos en la fiesta de Gloria Fuertes o simplemente la quería fuera, pero una noche cercana a Navidad descubrió que Mercedes se comportaba así cuando fumaba marihuana.

También conversaban de sus países: a Mercedes le gustaba el tono nostálgico de Jesús al hablar de la comida y los paisajes de Bolivia. Tamia hacía lo propio con Ecuador, pero sin la nostalgia. Y de ahí pasaban a la política: Jesús desaprobaba la futura enmienda a la Constitución boliviana que le permitiría al Gobierno, que ya llevaba dos periodos en el poder, reelegirse indefinidamente. Tamia decía que en Ecuador seguramente pasaría lo mismo. De ahí pasaban a lo cultural: Jesús, de rasgos aindiados, consideraba que Tamia no era digna representante de la belleza femenina del Ecuador, no porque no fuera bella, sino porque para él era demasiado pálida y alta para ser hija de incas y españoles.

Eres mestiza, sí, pero careces del bello factor indio, dijo Jesús.

Tamia defendió la palidez de su piel como símbolo, precisamente, del mestizaje. Le recordó que tenía una bisabuela polaca que huyó de los nazis en el 39 y además acotó:

—Ojo, Jesusito: los incas estuvieron solo ochenta años en el territorio luego conocido como Ecuador, antes de que aparecieran los españoles. Seguro soy hija de indios que no fueron incas. Además, mira este color. —Levantó las mangas para mostrar los antebrazos tostados—. Ahora ve este. —Levantó el abrigo para mostrar la espalda blanquecina—. ¿Te das cuenta? Bronceado eterno por vivir bajo el sol de la mitad del mundo. Eso es algo que ni tú tienes y es algo que tampoco te lo deseo. Sí, eso.

Celebraron la Navidad como en Latinoamérica: en Nochebuena, con regalos y una buena comilona. Sol fue la más homenajeada: su padre le regaló una dotación de libros para colorear y su madre unos títeres. Cuando fue el turno de Tamia, les pidió que bajaran al garaje del edificio, donde develó un Jeep Hot Wheels, al que Sol se subió desesperada de la emoción. No le costó nada manejarlo, le encantaba chocarse con los autos estacionados de los vecinos.

¡Dios mío, Tamia, estás loca!, dijo Jesús.

—No hay nada de malo en que una niña reciba un auto de niño.

No es eso, dijo Jesús, esos autos cuestan un ojo de la cara.

—Ah, es por eso. Bah, no es nada.

Como Sol no quiso bajarse del Jeep, pasaron el resto de la Nochebuena bebiendo vino, de pie, en el garaje. La víspera del Año Nuevo, Tamia hizo un añoviejo de cartón y le enseñó a Sol la forma correcta de patearlo y maldecirlo, antes de prenderle fuego, para tener buena suerte durante el siguiente año. Ya en la cama, a las cuatro y media de la mañana del 1 de enero de 2033, Tamia lloró al pensar que a Helenita no le había comprado un Jeep, no le había comprado nada, de hecho, no había hablado con ella desde octubre. Era obvio que Ángel se estaba cansando de insistir para que Tamia interpretara el rol para el que no había nacido. Total, pensaba Ángel con pena, si Helenita la olvidaba, sería culpa de Tamia.

204

Fue culpa de Tamia el repentino interés de los españoles por la literatura de Lewis Mencken. Tamia lo mencionó en todos los eventos a los que fue invitada en Barcelona, Madrid, Valencia y Sevilla. Destacó su carácter vanguardista dentro de las vanguardias europeas y la vasta influencia que tuvo en la literatura de Hispanoamérica.

—No se asusten si les digo que —dijo Tamia en todos los conversatorios—Mencken fue tan influyente como Faulkner. Sí, eso.

Y los presentes abrían la boca como si hubiera dicho una grosería.

Además de la rutina que Tamia cumplía en Barcelona como si en ello se le fuera la vida, se había acostumbrado a visitar librerías de viejo que buscaba en Internet y que los libreros recomendaban. Debía adentrarse en lo profundo de la ciudad o salir a los extrarradios, e ir más allá del momento en el que se pierde la fe, entonces hallaba cuartuchos repletos de libros apilados hasta lo alto del techo, en los que no solo era difícil moverse sino entrar. Ahí se perdía o pedía a los libreros que se perdieran por ella, de manera que tras varios meses de caza, tiempo en el que se consolidó su amor por el aire del mar y por pedalear en bicicleta, Tamia pudo leer estropeadas ediciones de Mencken: *Juguetes quemados en el camino* (1931), *Niña hermosa* (1948), *Las risas absurdas* (1924) y *Las recámaras oscuras* (1926) —las dos últimas novelas forman parte de la trilogía de los momentos olvidados, iniciada con *Las ratas pálidas*, que leyó en Madrid—. Todos los libros habían sido traducidos por Pedro Pelayo y vieron segundas ediciones durante los años 50. La edición más vieja que encontró era de 1961: después de ese año, nada. Mencken había caído en el olvido absoluto.

—Me sorprende y hasta duele que se siga editando a Hemingway y no a Mencken.

Y los presentes cuchicheaban como si hubiera maldecido a Dios dentro de la iglesia, y de alguna forma lo hizo, porque al día siguiente Tamia recibió un correo electrónico de Francisco Ródenas pidiéndole que no hiciera de menos públicamente a Hemingway, ya que, después de todo, era otro de los escritores estrella de Daxhund, parte de la serie de clásicos. El pedido del racista de Ródenas la envalentonó: atacó con más fuerza a Hemingway. Más que darse por vencido, Ródenas dejó de insistir porque, a pesar de todo, las ventas de los libros de Tamia y Hemingway subieron en 2033, sobre todo las de ella, de quien se hacía una agresiva campaña publicitaria por la novela que aparecería en pocos meses, en España y Latinoamérica.

Pero Tamia no tenía tiempo para nimiedades porque en su investigación, al igual que en la literatura, se estaba jugando la vida. Su concentración se fijaba en la trilogía de los momentos olvidados: si *Las ratas pálidas* era una novela-mamífero —como ella consideraba, por sobre la idea de que era una novela-rata—, *Las risas absurdas* era una novela-cuerpo humano y *Las recámaras oscuras* era una novela-simio. ¿Qué es lo que había hecho Mencken? Se revelaba una trilogía-evolución humana que no captó la atención que se merecía en la década de los 20. De la trilogía se vaporizaba la figura de Charles Darwin ante los ojos del lector, quien dejaba los libros con la sensación de haber asimilado *El origen de las especies*. Pero si pocos repararon en ello, muchos menos se habían dado cuenta de que al leer las novelas en orden inverso, desde la última hasta las más antigua, se creaba una trilogía-antievolución en la que se criticaba a la sociedad por su incapacidad de entender de dónde viene y hacia a dónde va. Si en la primera lectura la humanidad camina por un sendero de progreso, en la segunda, la inversa, Mencken lanza la idea de que la humanidad desaparecerá de la Tierra y no dejará ni un solo rastro palpable de su existencia en el universo. Entonces Tamia experimentó lo que sus lectores sentían al cerrar sus novelas. Asombrada por el descubrimiento y la magnitud de la estratagema narrativa, Tamia obtuvo la prueba tangible de que lo que perseguía era posible, ahora era cuestión de continuar por ese sendero, cada vez más pedregoso.

En Barcelona, además, siguió los pasos de Mencken: cierto académico le dijo que había visto hace muchos años uno de los diarios de Mencken, correspondiente a su periodo en España durante la Guerra Civil, en la casa de un amigo suyo, un escritor, pero cuando fue a visitarlo, este ya había muerto y su hijo no sabía dónde lo había dejado. Ahí terminaba ese rastro. Un librero le dijo que un manuscrito de Mencken estaba en los archivos del Museo de Historia de Cataluña, donde, en cambio, le dijeron que las cajas donde podría haber estado ya no estaban más ahí y que quizá se hayan ido a la biblioteca de la ALE. Se maldijo por no haber ahondado la búsqueda en la biblioteca en la que había pasado tantas horas, ¿o sí lo había hecho?, después de todo, ahí lo conoció, es normal que lo hubiera hecho. Iría a la biblioteca apenas regresara a Madrid.

Lo buscó como se busca a Dios, pero Mencken le fue más esquivo. Tamia volvió a rozarlo, como quien toca al amante después de años de ausencia, un domingo en el que se había quedado en blanco después de que Sol la despertara a las cuatro de la mañana. A las siete salió del piso de Jesús en dirección al mercado de Sant Antoni, donde se perdió toda la mañana entre libros. Encontró los cuentos *Objetos pardos* —escritos y traducidos en Madrid, 1940—. Pagó un precio obsceno y el librero le permitió escoger un libro de una pila para llevárselo gratis. Eligió el volumen de ensayos titulado *La nueva novela hispanoamericana*, de 1982, el cual, de hecho, reproducía el archiconocido ensayo «La nueva novela-universo hispanoamericana», de 1968, del crítico y escritor uruguayo Emir Rodríguez-Monegal: este había sido el ensayo en el que, por primera vez, se acuñaba el término *novela-universo*. Al fin conseguía la primera edición del ensayo que tanto había utilizado en sus cátedras en la universidad, no obstante, como no estaba dedicada a la docencia, arrinconó el libro y solo por aburrimiento volvió a él una tarde, muchos meses después, cuando la primavera se terminaba. Releyó el ensayo y sintió nostalgia por sus clases en la universidad. Para sacudirse la pena, ojeó el resto: análisis de las novelas más populares, complicadas y ambiciosas, retrospecciones de sus autores, análisis de temas particulares en toda la obra y un sesudo etcétera. Lo usual. Pero sintió que los latidos del corazón se le aceleraban cuando se dio de cara con un segundo ensayo de Rodríguez-Monegal, inconvenientemente ubicado al final del libro, llamado «Los hijos de Mencken». No solo era una lista argumentada de los escritores hispanoamericanos que habían sido influidos por la prosa del escritor más perdido de la Generación Perdida, sino también un análisis de su obra y cómo esta era tan importante en la literatura del XX. En cierto punto decía: «La trágica muerte de William Faulkner, poco después de recibir el Nobel de Literatura, dejó un hoyo profundo en las letras universales, pero si él no se hubiese ido, estoy seguro de que la influencia de Lewis Mencken no habría sido tan trascendental para nosotros, los latinos, y la paradoja radica en que mientras redacto estas palabras (1967), ya nadie lo lee, nadie lo respeta. Es el deicidio una y otra vez».

¡Por qué no había ojeado antes el libro! Se maldijo. No podía creer que Rodríguez-Monegal —Emircito lindo, como Tamia empezó a llamarlo— le hubiese abierto una puerta tan grande, pues, además de lo mencionado, el recuento de los escritores no solo incluía a caras conocidas como Joaquín Reyes y Miguel Ángel Asturias, sino a pesos pluma como el peruano Enrique Acevedo, el argentino Miguel Cernuda, el nicaragüense Juan Enrique Soler y la paraguaya Nicola Aguirre, es decir, escritores olímpicamente olvidados, que no son mentados ni por error ni venganza en charlas casuales, ni en cátedras universitarias sobre novela latinoamericana. Y como si aquello fuera poco, Emir terminaba el ensayo con una semblanza de los últimos años de Lewis Mencken (¡habían sido amigos!), y además, en la sección «Para saber más», aconsejaba a los curiosos que consultaran el material que había dejado en cada uno de los institutos europeos y latinoamericanos en los que trabajó durante toda su vida. El primero de ellos, llamado Institut d'Études Littéraires, estaba en París, a solo una hora en avión desde Barcelona.

Excitada, el corazón le empezó a latir con más fuerza cuando recordó que le había prometido a Ángel que viajaría a Bogotá para asistir al quinto cumpleaños de Helenita, quien había pedido que no usaran más el diminutivo, pues ya era una mujer muy grande y bien fuerte. Se maldijo de nuevo por redescubrir el libro tan tarde. Se masajeó la frente con dureza. Se restregó la cara como si quisiera sacarse una máscara vil. Se paseó por la habitación, dando vueltas del sofá al balcón, del balcón al baño, del baño a la cocina, de la cocina a la cama, de la cama al sofá. Pensó en fumar un porro, recordó que nunca le había gustado y se sintió estúpida. Se preparó un sándwich de jamón con queso que dejó a medio comer. Bebió mucha agua que, en poco tiempo, orinó. Por la noche le contó sus descubrimientos a Jesús, este le recordó que ya había comprado el pasaje a Bogotá, ya podría ir a París después del cumpleaños.

Yo no podría pasar un solo día sin ver a mi Sol, dijo Jesús.

Al siguiente día, el boliviano halló una nota en la mesa del comedor en la que Tamia le pedía que embodegara sus pertenencias si se demoraba mucho tiempo en volver.

Lisboa 1992
(2033-2034)

Mantra, revista de literatura. Madrid, agosto de 2033. Extracto de la crítica de la novela *Lisboa 1992*, de Tamia Torres, titulada «Las olimpiadas que todos deberíamos querer», escrita por la teórica literaria Carla Falconí:

> ¿Qué es lo que está haciendo Tamia Torres? ¿Qué es lo que nos quiere decir en su nueva novela? Quien me ayude que tenga en cuenta que soy asidua lectora de su obra y, sin embargo, ahora no puedo más que sentirme desconcertada… ¡con la incertidumbre que apasiona! Hace tantos años que no he leído un inicio tan memorable: «Si el ser humano fuera inmortal, no sería el viajero sabelotodo que presume ser. La suma de las experiencias acumuladas durante milenios lo convertirían en un ser recluido y receloso del otro. Contrario a lo que se cree, la eternidad supondría la segunda sobrepoblación de las cavernas». Torres se vale de esta reflexión para instalar al lector en una realidad alterna en la que los Juegos Olímpicos no desaparecieron después del atentado terrorista de Múnich 1972, punto de partida de la novela: asistimos a la cacería de los asesinos de los once atletas del equipo israelí. La persecución se dilata en el tiempo a lo largo de los siguientes juegos olímpicos, posibles gracias a la imaginación desbordada de la escritora ecuatoriana (Tokio 1976, Río de Janeiro 1980, Ciudad de Panamá 1984 y Seúl 1988) y que tienen su epítome en el improbable escenario de Lisboa 1992, donde se desarrolla la mayor parte de la trama.

Me permito hacer una aclaración: el que quiera leer una novela con vuelta de tuerca al final, deje de leer esta crítica ahora mismo, pues me siento en la penosa obligación de revelar detalles de la trama para que se entienda la hipótesis que plantearé. Continúo: aunque sabemos que en la realidad los terroristas fueron abatidos en Múnich, en la ficción (¿ficción?) de Torres mutan de identidades hasta convertirse en asesinos sin bandera ni religión más que la que le profesan al Libro de los Elegidos, esa pieza de literatura apócrifa redactada por el falso mesías John. Cuando finalmente los villanos son apresados, entendemos que la huida de 20 años, que abarca seis ciudades y seis olimpíadas, tiene significados más siniestros: la literatura puede representar el mal, pero ¿puede engendrar maldad? ¿La existencia, sin que lo sospechemos, es un descenso al infierno?

Fue el docente Mauricio Montenegro, tras leer la reseña, quien se dio cuenta de que los seis países en los que se desarrolla la trama de la novela no eran casuales: Alemania, Japón, Brasil, Panamá, Corea del Sur y Portugal son los territorios a los que pertenecen los escritores ficticios que el imaginario Vargas Llosa utiliza en sus memorias alteradas *Los peces en el agua peruana*, que a su vez son parte de la novela del ficticio Carlos Fuentes *Ciudad sin perros*, la cual está dentro de la ficción de *La edad del tiempo*. Según Montenegro, si se relee *Gabo, el universo* y *La edad del tiempo* bajo la sombra de *Lisboa 1992*, la cantidad de permutaciones que permite la obra de Tamia roza la infinitud y, sobre todo, cambia la percepción de las ficciones anteriores. Por ejemplo, el ficticio Gabo Martínez de *Gabo, el universo*, absorbe la infancia del Niño Milagros, uno de los personajes principales de las novelas del ficticio Fuentes. Y esta es solo una de las permutaciones que los lectores de ojos entornados develarán con el paso del tiempo.

Montenegro, el reemplazo de Tamia en la facultad, quería exponer la tesis en un ensayo que enviaría a una revista académica, pero antes tuvo el acierto de contar la idea en clase. Uno de sus alumnos, William Jiménez, que también era lector fiel de Tamia, motivado por el entusiasmo del docente, se entregó a la relectura de las obras de la ecuatoriana. A medida que avanzaba, ante sus ojos se desplegó una idea fascinante: en *Acacias*, la primera novela de Tamia, en el tercer capítulo, el narrador enuncia: «Los seis estadios forman una figura específica». El narrador usa *estadio* como sinónimo de *periodo* o *fase*, y ahí habría quedado esa frase tan intrascendente de no ser porque en *Ada desfigu-*

rada —la novela donde los personajes no salen de El Tejar—, tras el cambio de nombres de las calles, la manzana donde se ubica la casa de la protagonista está formada por las calles Brasil, Japón, Corea del Sur y Portugal, con dos calles internas sin salida llamadas Alemania y Panamá, en las cuales, «en sus extremos, se proyectaban figuras específicas, como estadios de atletismo perdidos en la niebla». En este punto los ojos de William Jiménez estaban tan entornados que parecían cerrados, como si leyera dormido. La sospecha alcanzó su epítome cuando leyó el siguiente pasaje en *Sinfonía silbada*:

> Juan Martín Silva contrata al sastre Juan del Medio, el hombre más hábil con las telas, los hilos y las agujas. Silva le ordena que le confeccione un traje tan imponente y señorial como los que usaba Napoleón. «Quiero verme así, que me respeten como a él, así intuirán quién soy». Entonces el sastre se lanza a la odisea de confeccionar el traje [...]. Cuando presenta el resultado final, el dictador cae rendido: nunca ha visto una prenda tan hermosa.
>
> «Has hecho un buen trabajo», le dice al sastre fingiendo desinterés, pero, por dentro, se muere de ganas de probarse la chaqueta, prenda en la que, si se ve de frente y bajo cierto ángulo de luz solar, los seis botones dorados adquieren forma de estadios deportivos del mundo, estadios que guardan un secreto olímpico, y que, por el otro lado, al verse bajo luz artificial y con los dos últimos desabotonados, adquieren la forma de un brazo de mujer, de una mujer amada.

Jiménez levantó la cabeza, con la boca abierta, miró directo a los ojos de un contertulio invisible y le dijo: «Ella... ella sabe lo que está escribiendo, todo lo que ha escrito lo ha escrito ya, desde el principio». Emocionado, pidió una cita con Montenegro. En la oficina, le contó su descubrimiento, le leyó los pasajes respectivos y otros más para afianzar su teoría, incluso le leyó sus pasajes favoritos también.

¿De quién es ese brazo de *una mujer amada* que ahora aparece en primer plano?, dijo Montenegro.

No lo sé, dijo Jiménez.

Se miraron estupefactos. El resto de la cita elucubraron con agitación. Montenegro propuso que Jiménez leyera *Mujer con jardín en la cabeza* y *Con la huida de la gacela*. Él, en cambio, se encargaría de las obras más difíciles: *Gabo, el universo, Moby y Bela* y *La edad del tiempo*. En un mes volverían a verse para levantar teorías y hacer nuevas conexiones. Quizá el artículo que pensaba escribir se pudiera hacer a cuatro manos.

¿Sabe qué sería buenísimo para armar nuestra teoría, profesor?

¿Qué?

Que pudiéramos leer ahora mismo la siguiente novela de Torres, y después de esa la siguiente...

Es decir, leer toda la obra de Torres, interrumpió Montenegro, incluso la que no ha escrito.

Así es, dijo Jiménez, así ella no nos estaría obligando a releer todas sus novelas una y otra vez cada vez que saca una nueva novela, es como si quisiera recordarnos algo.

Como si quisiera recordar la existencia de un nuevo producto en el mercado, las semanas posteriores a la aparición de *Lisboa 1992*, la prensa repitió hasta el hartazgo que Tamia era una integrante de los Novísimos, grupo de novelistas en español, entre los cuarenta y cinco y sesenta años, considerados imprescindibles en las letras iberoamericanas actuales. Aunque la lista variaba según el crítico o periodista, todos coincidían en que eran cinco los escritores fijos: Jesús Cáceres (La Paz, 1985), Ana Carrasco (Madrid, 1976), Patricio Pron (Rosario, 1976), Margarita García Robayo (Cartagena, 1980) y Tamia Torres (Quito, 1982). No eran un ismo, no tenían una unidad temática o estilística que hermanara sus obras, pero se les consideraba como el puño de la literatura en español más importante de lo que iba del siglo XXI. Se decía que los Novísimos era un movimiento de márquetin de las editoriales, en complicidad con los medios de comunicación, porque se necesitaban héroes consolidados en épocas en las que el terror empezaba a levantarse de nuevo en Europa. Pero más allá de lo que podía habérseles achacado a los escritores, la respuesta yacía en sus libros: eran, en pocas palabras, pruebas de la salud de la literatura en el XXI.

Era un grupo simbólico que llamó la atención cinco años atrás, cuando se disparó la fiebre de las reediciones y las traducciones de sus obras, en sus respectivas editoriales y países. Si bien Tamia gozó de constantes reediciones, no tuvo traducciones como los demás, apenas se había editado *Woman with garden in her head*. Por esta ausencia, Gloria Fuertes hizo el *mea culpa*. A Tamia, en cambio, no pudo importarle menos. Gloria pidió a Daxhund España que buscara compradores de los derechos para traducción a editoriales amigas. Tamia no sabía cómo funcionaba aquello y no quería saberlo, por eso se lo encargó todo a Alexandra Benítez, la contadora amiga de su abuela que toda la vida había declarado los impuestos familiares, además de arreglar los papeles de la herencia de la casa y un larguísimo y fiscal etcétera. Cuando murió, le delegó el trabajo a su hija, Cristina Mosquera, abogada y contadora. Ella, que había sido su amiga de la infancia, ahora llevaba sus asuntos legales por amor a Aída y respeto a la carrera de la escritora. Además, le encantaba presumir que era la abogada de la famosa Tamia Torres, a lo que le respondían «No me había puesto a pensar que los escritores también pagan impuestos».

Como Tamia pidió a Daxhund que todo asunto legal se tratara con Cristina, ella aprendió el negocio del agente literario: desde pedir más por tal reedición a indicarle los lugares donde debía firmar en los documentos, pasando por tal obra ha sido comprada en tal país por tal editorial, aquí se necesitará su firma, esta cantidad te pagarán por tal novela, estate atenta a los mensajes de la traducción que te van a mandar dudas. Hacía un esfuerzo por responder puntual a Cristina y al traductor de turno, y tan pronto como había presionado el botón «Enviar» el asunto estaba olvidado porque no quería desperdiciar tiempo ni esfuerzos en algo que no fuera su proyecto literario, amén de lo aburridos que le eran esos temas. Entendía la importancia de traducir su obra, pero no le emocionaba porque su trabajo se limitaba a revisar y aprobar, lo que excluía la actividad artística. Por ello, gracias a la labor de Daxhund y Cristina, mientras Tamia se calcinaba en el verano parisino, empezaron a lloverle las versiones finales de sus obras traducidas.

Aparte de ser la única sin vastas traducciones, Tamia tampoco podía considerarse amiga de los demás Novísimos. Había pasado palabra con Pron y García Robayo años atrás, conoció a Ana Carrasco en Madrid, el año anterior, gracias a Marta Sanz, salieron algunas veces, incluso Tamia le pidió posada, pero nunca se forjó un lazo irrompible. Jesús Cáceres era su único amigo. De hecho, cuando se encontraron en la Feria del Libro de Barcelona, los demás miembros del grupo le preguntaron, en tono de broma, cómo había hecho para bajar las compuertas del claustro ecuatoriano. Pron, desconocedor absoluto del Ecuador, imaginaba que los ecuatorianos eran así de cerrados, a lo que Margarita respondió con un tajante no: los ecuatorianos son casi tan joviales como los colombianos. Ana terció diciendo que aunque no había conocido a muchos ecuatorianos, para conocer a Tamia se necesitarían dos vidas y un sacacorchos. Jesús cerró la ronda de elucubraciones diciendo que todos exageraban y que Tamia era muy buena gente, solo un poco abstraída, pero cuando el cuarteto cambió de tema, Jesús se dio cuenta de que, durante todos esos años, de lo único que había conversado con Tamia era de literatura y de sus países. Tamia sabía cosas de su vida y había compartido con su familia, pero Jesús no sabía nada de la vida privada de la ecuatoriana. Los cuatro Novísimos, eso sí, no tenían reparos en reconocer que Tamia era la mejor del grupo. Así lo confesaron en una entrevista múltiple que dieron en Barcelona el Día del Libro y la Rosa de 2033, a la que Tamia no asistió a pesar del pedido de la editorial. Lo ratificaron en una charla en un congreso de literatura y memoria, organizado por la Universidad de Barcelona, en noviembre de ese año, mientras Tamia seguía tras los pasos de Lewis Mencken en París.

En septiembre de 2033, durante la presentación en París de *Moby et Bela, super-héros*, novela escogida por la editorial Cahiers du Fromage para entrar en el mercado francés, este al fin pudo percibir a Tamia: ya podían ver y leer al miembro alejado del afamado quinteto Les Plus Récents. Tamia, que sabía poco francés —no le gustaba el idioma, aunque amaba a muchos escritores franceses—, creyó que la pregunta del periodista era un error de traducción del intérprete: ¿era un orgullo o un descontento pertenecer a los Novísimos? No sabía a qué se refería. El periodista se lo explicó. Tuvo que ser sincera: se acababa de enterar de su existencia y prometió averiguar más. Por la noche escribió un correo electrónico a Jesús preguntándole por qué nunca le había mencionado nada sobre el grupo en el que, desde ya, se sentía incómoda. Jesús respondió enseguida con un lacónico «Revisa tu bandeja de entrada».

Tamia, que continuaba en su carrera de aversión al correo electrónico y los celulares, entre las decenas de mensajes sin leer, halló una serie de conversaciones entre los cuatro Novísimos, en las que le hacían preguntas directas que nunca había contestado. Empezó a redactar una respuesta que, poco a poco, se hizo demasiado larga y detallada. Con placer entendió que aquello no era una respuesta atrasada, sino un cuento que le estaba dictando un lugar oscuro de su mente. Copió lo escrito en un procesador de texto y siguió deshilando su mejor prosa corta hasta que, bien entrada la mañana, lo dio por terminado y, antes de irse a dormir, lo tituló «Es cierto, abuela, pocas cosas me interesan».

«Pocas cosas me interesan con tanta pasión como entender la deshonestidad literaria, desentrañar la ambición artística y evadir de los chismes que se forman alrededor de estas. Con respecto a este último punto, sin embargo, hoy no pude pasar por alto el chisme que me contó Lewis porque va más allá: es vileza literaria. Caminando por Saint-Germain-des-Prés encontramos una crepería que vendía crepes con huevos fritos. Naturalmente entramos por pedido de mi amigo, quien se apresuró a ordenar dos platos para él...».

Así empezaba la entrada del diario de Emir Rodríguez-Monegal del 23 de mayo de 1973. Tamia anotó la fecha en un cuaderno y apagó la computadora del Institut d'Études Littéraires, donde llevaba varios meses indagando sobre la vida de Mencken a través del filtro de Rodríguez. Con el respeto que le tenía al estudioso uruguayo, ¿era del todo confiable? Esta faceta desconocida para Tamia, la del amigo de Mencken, la tomaba con pinzas. Por ejemplo, la entrada hablaba de la muerte de Miguel Ángel Asturias mediante el filtro de Mencken, quien a su vez recibió la historia, casi mágica, por parte de un campesino en Antigua Guatemala, en un bar. Tamia desconfiaba del tono coloquial de la narración porque necesariamente tenía que ser impostada. Se quedó viendo su reflejo en el monitor apagado y, entonces, se preguntó si su investigación tenía un motivo real para existir, si iba a aportar algo al mundo o si bien era su forma de evadir al mismo mundo y sus personas: o sea, un mero pretexto. Sacudió con fuerza la cabeza para deshacerse de semejante idea que amenazaba con quitarle la paz y el propósito.

Más allá de las dudas, las investigaciones parisinas estaban resultando fascinantes. Tamia salía del instituto como una colegiala enamorada y corría al metro, donde viajaba ordenando sus pensamientos, luego los ponía por escrito en su habitación de hotel, donde después de unos meses la reconocieron como «esa escritora sudaca famosa que no habla francés». Cada vez aparecían más escritores, casi todos olvidados, con los que ella no contaba: Mencken era apenas el faro en una isla perdida, donde hay cientos de incendios en valles ignotos. Esta idea la relajaba y se dejaba llevar, como lo estaba haciendo desde hace varios años, quizá desde que nació. Se la estaba pasando tan bien en París que había logrado ignorar el maltrato que veía a diario en las calles: franceses arrinconando a migrantes del Este para insultarlos y golpearlos. La cotidianidad nos hace insensibles, pensaba con pena, y eso es culpa del capitalismo, que a la larga ha matado más gente que los socialismos. Al parecer, no había salida con ningún sistema económico.

Por las noches, tras una cena frugal, se entregaba a la escritura, generalmente de nueve a tres de la mañana, se acostaba con la cabeza tan encendida que le tomaba una hora dormir, a lo que debía sumarse el malestar de la menopausia. Y mientras el sueño se dignaba en poseerla, leía los panfletos de la Nueva Ultraderecha Francesa que le habían entregado en la calle, los arrugaba y estrellaba contra la pared. Despertaba temprano, desayunaba e iba al instituto donde, después de la presentación de la novela, la señalaron como el más prestigioso miembro de los Novísimos. Entonces empezaron a darle todo lo que pedía —antes la desdeñaban por ser latinoamericana—, a veces a cambio de autógrafos en *Moby et Bela, super-héros*: ella escribía en español y le preguntaban en francés qué decía y ella respondía, en español, que disfrutes la lectura.

Claro que disfruté la lectura, ¡cómo se te ocurre decirme ojalá la hayas disfrutado!, dijo Kimberly Jones con una taza de té que había quedado a medio camino entre la mesa y su boca.

Esa fue la primera vez que se citaron: estaban sentadas en una cafetería del Barrio Latino, adentro. Tamia prefería sentarse en las mesas de afuera, pero Kimberly insistió. A medida que se siguieron citando en cafés, Tamia entendió que Kimberly, además de ser supersticiosa, odiaba sentarse en la calle porque tenía demasiados flancos que atender, bien podrían clavarle un puñal en la espalda. Adentro escogía una mesa que diera la espalda a la pared y, de ser posible, alineada paralelamente con las demás paredes y que tuviera una vista panorámica del local, sobre todo de la salida de emergencia.

—Estás loca, Kim —dijo Tamia cambiándose de mesa—. Algún día voy a meterte en una de mis novelas.

Y me harás un favor, mujer, dijo Kimberly, así me recordarán por siempre.

—¿Por siempre? Ya quisiera. A lo sumo unos cinco años.

Con algo de suerte, será por siempre, como a Aquiles.

—Brindo por eso.

Hablaban en español. Cuando Tamia se sentía osada, cambiaban al inglés: sabía el idioma, pero le faltaba práctica para soltar la lengua. Kim, oriunda de Boston, había pasado la niñez en Puerto Rico, Costa Rica y República Dominicana, donde el inglés era la segunda lengua oficial, por sobre las nativas. Como siempre tuvo un interés especial en los idiomas, Kim ejercitó el inglés y el español por igual —para ello sirvió mucho el apoyo de sus padres—y los perfeccionó en la etapa universitaria, cuando empezó a dedicarse a la traducción. A sus cincuenta y cinco años, Kim tenía la notable hazaña de tener cuarenta y nueve libros traducidos del español al inglés, algunos de los cuales habían ganado premios internacionales. Su trabajo con *Mujer con jardín en la cabeza* inició el debate sobre Tamia en las élites literarias de Estados Unidos. A pesar de esto, aparecieron tarde las palabras que le dedicaron dos escritores consagrados (no obstante, esto aceleró el proceso de traducción): Jonathan Franzen lanzó un escueto «Hace mucho que no leía nada igual» —que se podía entender también como una crítica demoledora— y Ben Lerner, en su página web, escribió «La literatura de Tamia Torres está abriendo nuevos derroteros por los que transitará la historia de la literatura universal».

Para aprovechar las dos críticas, la editorial de *Woman with Garden in her Head*, a pesar de que no se había agotado la primera edición, se apresuró a imprimir una segunda de menor tiraje, que se agotó pronto, junto con los remanentes. Esto desencadenó, asimismo, que dos casas editoras entraran en disputa por los derechos de las siguientes novelas. Así se programó la aparición, a finales de 2033, de *The Writer and his Universe*, la traducción de Kim de *Gabo, el universo*, y en 2034 *The Burocratic Adventures of Moby and Bela*, novela en la que la editorial apostaba porque trataba tangencialmente sobre Herman Melville, lo que sería más amigable para el público estadounidense, al que no le gusta lo extranjero, además de que el título evocaba la época dorada de los cómics.

Kim, que tenía la vida arreglada desde niña, se había mudado a París para airearse y, de paso, coincidir con Tamia, que también estaba viviendo ahí, así podrían trabajar juntas en la traducción de *Moby y Bela*. Verse en cafés les sentaba bien, no solo porque la traducción era inmediata y más profesional, sino porque la compañía mutua las rejuvenecía. A diferencia de Tamia, Kim tenía muchas amistades en Francia, pero cuando se concentraba en una traducción particular, le gustaba relacionarse con personas que retroalimentaran su trabajo, por eso, por ejemplo, prefería visitar a un joven escritor francés que a una vieja amistad de la universidad, incluso cuando la segunda fuera más allegada. Tamia, por su parte, encontró el gusto de estar con Kim después de la presentación de *Moby et Bela, super-héros*. Al inicio acudía a los cafés con la sensación de perder precioso tiempo de escritura e investigación, pero después Kim, con sus manías, le había enseñado que la traducción era un trabajo de orfebrería, era la labor del policía que desactiva una bomba tres segundos antes de que explote, como sucede en las películas. Había artesanía en la traducción. Tamia veía en Kim una proyección de su yo sobre una sábana tendida al sol. La traducción no estaba tan lejos de la escritura como ella había creído, ahora comprendía que era el envés de una moneda que había conservado desde niña. Al entender cómo funcionaba la traducción, su mente empezó a volar por el cielo de las infinitas permutaciones que podría alcanzar su obra literaria.

—¿Quieres que te diga una cosa, Kim? Pero primero debes prometer no ahondar más en el asunto, sino solo guardártelo.

¿Qué es?, dime, mujer.

—Primero, déjame decirte que haces una excelente labor —dijo Tamia—, pero mucho me temo que en cierto punto van a dejar de valer o van a tener que reformularse…

Las traducciones se percuden más con el tiempo que los originales, dijo Kim, eso es un hecho innegable.

—Lo sé. Pero lo que pasa es que cuando el mundo tenga toooda mi obra completa, yo creo que será necesario hacer nuevas traducciones, unas hechas bajo la luz de saber cómo lo he hecho todo, algo así como saber el final de la película. Sí, eso.

Dios mío, mujer, dijo Kim, ¿qué significa todo eso?, ¡no puedes ser así de cruel: desangrándome después de que me clavas la daga!, llévame a un hospital que me muero, no me dejes con la intriga, por favor.

Tenían la costumbre de visitar una cafetería nueva en cada encuentro, tres o cuatro veces a la semana. Kim ordenaba siempre un *chai latte* y algo de la pastelería, Tamia pedía un soviético bien cargado —en Europa se llamaba café americano— y como no había nada ni remotamente parecido a una empanada de verde o un muchín de yuca, se conformaba con un escueto cruasán. Tamia empezó a restar tiempo de investigación para pasar con Kim: ya no se quedaba en el instituto de ocho a cuatro de la tarde, sino hasta la una, salía a almorzar, iba al hotel a escribir sobre los escritores olvidados, se veía con Kim y regresaba, por la noche, a escribir hasta la madrugada. Esa fue la rutina hasta que llegó el invierno. El frío hizo que cambiaran las cafeterías por la casa de Kim, que era un departamento de tres habitaciones en el Barrio Latino. Pasaron la Navidad y el Año Nuevo juntas, celebraron a la usanza ecuatoriana, en la medida de lo posible, en ese país tan diferente al que la había criado. Se preguntó, en cierto punto, cómo hubiera sido su abuela de haber nacido en Francia y se mareó al imaginar la infinita cantidad de variables que acarreaba la pregunta. Como el invierno estaba llevándose los récords de frialdad —no había día en que no encontraran migrantes muertos del frío en los callejones—, decidieron que sería divertido que Tamia se mudara al departamento de Kim, así podrían fingir, por las noches, que la mesa del comedor era una cafetería, además, así ahorraría el dinero del hotel.

Cuando Kim muera, Tamia, totalmente devastada, recordará con mucho cariño aquel invierno, por demás largo, con el sentimentalismo que la Historia no puede capturar: el trabajo silencioso de cada una en su respectiva habitación, los chistes que intercambiaban al coincidir en el pasillo o en la cocina, las conversaciones que se armaban en la sobremesa, las implicaciones filosóficas de si parpadear es un doble guiño, la vela clavada en un cruasán para celebrar el cumpleaños cincuenta y dos de Tamia a finales de enero de 2034, la vela clavada en el pastelillo para celebrar los cincuenta y seis años de la traductora el 26 de febrero, las tardes en las que no se veían porque estaban encerradas, batallando contra las palabras, dándole sentido al caos con oraciones e ideas, como si aquello pudiera salvarlas del olvido, hasta que un día a mitad de primavera salió Kim de su habitación gritando que había terminado la traducción al inglés de *Moby y Bela*. Tamia la felicitó, se abrazaron. Ella, por su parte, le confesó, dueña de una extraña vergüenza, como la niña que cuenta a su madre que ha cometido una travesura, que en todo ese tiempo, que calificó de capullo plácido, con los escritos que arrastraba de capullos anteriores, había escrito tres novelas, no, seis en realidad si se tomaba en cuenta cierto artificio, aunque podrían ser dos si al final decidía hacer tal división, aunque podrían ser cinco si se las veía desde cierto ángulo...

¡Pero qué has estado haciendo, mujer!, dijo Kim.

—A ratos siento que no soy yo quien escribe, sino que alguien me está usando para escribir, siento que me poseen. A ratos ya no sé ni qué hago. Sí, eso.

Te va a faltar vida para publicar todo eso, mujer, dijo Kim.

—Esa es la idea.

Enciclopedia viviente
(2034-2035)

Si bien en 2034 no resultaba nueva la noción de una novela-enciclopedia, *Enciclopedia viviente* innovó la narrativa en varios aspectos. Para empezar, cada entrada tenía directa relación con la anterior y con la posterior, lo que no sucede en las enciclopedias más que por el orden alfabético, es decir, el final de una entrada daba pie al inicio de la siguiente.

—Y no saben, ay Dios mío, lo difícil que fue hacer que los finales coincidieran con los inicios y viceversa —dijo Tamia, con la mano en la frente, en la presentación de la novela, en una librería de París. El acto se retransmitía en directo por Internet y en las sedes de Daxhund de España y Latinoamérica.

Además, las entradas eran intercambiables, se podían leer en cualquier orden, incluso, si así lo decidía el lector, bien se podría conformar con leer una sola entrada, digamos la llamada «Guerra Fría», y abandonar el resto del libro sin remordimientos, y aun así, con esta aparente nimiedad, el lector se llevaría en el alma un conmovedor relato de impacto. Debido a este artificio, la novela era también un conjunto de cuentos concatenados. Cada entrada enciclopédica —o cuento— remitía a un saber de la humanidad o a un hecho histórico de relevancia. Para hilvanar el hilo narrativo de la novela, un narrador entrometido y poco fiable, el ficticio escritor ecuatoriano Roberto Ramírez, definía y organizaba todo el conocimiento desde los albores de la humanidad, pero llegaba a un punto en el que, incapaz de apartarse de lo narrado, terminaba mezclando todo, la Historia oficial e historia personal, lo que pasó con lo que hubiera debido pasar, lo que no pasó con lo que podría haber pasado. Así, por ejemplo, la entrada «Agricultura» inicia con el repaso de cómo el ser humano empezó a dominar la crianza de la tierra y las plantas en su beneficio, pero entonces la retrospectiva histórica —didáctica, si se quiere— se convierte en la narración de qué hubiera pasado con el ser humano si nunca hubiese logrado cultivar una simple semilla a voluntad y cómo esto habría afectado a las artes, al principio primitivas y luego más elaboradas. El narrador presenta al arte como metáfora del progreso humano, sinécdoque de su transformación, pues es latente —así lo hace saber el falso narrador en la introducción de la obra— que sin alimentación no habría nada, ni siquiera sociedades, mucho menos arte.

Ese es el juego de la novela: relacionar todos los saberes humanos en entradas como socialismo, amor, monarquía, sexualidad, comunismo, feminismo, capitalismo, ultraderecha, dictadura, Guerras Napoleónicas, reproducción, Colonización de América, novela, arte, Primera y Segunda Guerras Mundiales, artista, obras completas y un extenso y enciclopédico etcétera, y conducirlas por la añoranza al amor perdido del narrador, una mujer de iniciales AS. La trampa se va aclarando al final, en la definición de «Ucronía», en la que se explica cómo la Historia llega a este punto particular y se apresta a repetirse de nuevo. Esto es lo que dijo Daxhund en la contraportada:

> Un apócrifo escritor decide ordenar todo conocimiento humano en la enciclopedia definitiva, aquella que dé cuenta de lo que ha pasado hasta el momento y lo que no, es decir, escribir la Historia por partida doble. Al mismo tiempo se relata la historia de una vida, la de la enigmática AS, quien parece ser el compendio de la humanidad, el recipiente donde desembocan todos los actos e intenciones, desde los más nimios (la marcha de las hormigas en verano) hasta los más trascendentes (las guerras que redefinen los mapas y las vidas de los hombres).
>
> En *Enciclopedia viviente*, Tamia Torres vuelve a retar al lector, a arrinconarlo, le promete que no saldrá victorioso, sino herido, después de leer esta novela de la misma autora de clásicos contemporáneos como *Mujer con jardín en la cabeza*, *Gabo, el universo*, *La edad del tiempo* y *Lisboa 1992*.

El escritor Javier Cercas le dedicó una crítica en su columna semanal en *El País*, que tituló «¿Qué estás haciendo, querida?». Después de saludar con entusiasmo la nueva novela de la más destacada de los Novísimos, enumerar sus virtudes y dar un par de críticas constructivas, advirtiendo que no hay nada perfecto en el arte, Cercas preguntó directamente a los lectores: «¿Se dieron cuenta de que a partir del tercer párrafo de la entrada "Novela", se puede introducir el capítulo quince de *Gabo, el universo* (donde también hay una definición de novela), lo que hace que la entrada "Napoleón, historia de" adquiera un tono opuesto? ¿Es posible que la entrada "Literatura ecuatoriana, historia de la" se pueda reemplazar con los capítulos impares de *Sinfonía silbada*, tal como lo sugiere el narrador en la entrada "Soledad"? Lectores, les pido leer la nueva novela de Tamia bajo esta luz y les conmino a responderme».

La costarricense Luisa Domínguez, sin quererlo, también propuso una lectura, interesante por donde se vea, aunque muy poco creíble (parece más un hermoso chisme que corre en el viento). La relatan sus amigas, Julia y Jacqueline, en una conversación telefónica: «Me lo contó Luisa el otro día, en la universidad. Me dijo que se fue a la playa de Tamarindo, con su novio, se hospedó en una hostal llamado Botella de Leche. Te juro, existe el hostal, no te estoy mintiendo. La cosa es que el hostal, que es bastante artesanal y bonito, tiene dos plantas. Ellos estaban hospedados en la segunda, arriba. Y nada, se van a la playa. El novio se baña en el mar mientras Luisa lee la novela de Tamia, la última, ¿ya la leíste?, mejor, así la lees pensando en lo que te voy a decir. La está leyendo en la playa, en una hamaca, de lo más cómoda, cuando en eso viene el novio, todo romántico y mojado, a pedirle que se meta a nadar al mar, ella le dice que no y él no acepta la respuesta, así que la carga y la lleva hasta la orilla y amenaza con meterla al mar, todo juguetón. Ella no tiene miedo ni la intención de bañarse, así que no suelta la novela porque sabe que él no se atreverá a meterla al agua con el libro recién comprado. Y nada, están que pelean y pelean cuando en eso la discusión sube de tono. Entre ira y broma, él la suelta en el mar y ella y la novela se mojan de lo lindo. Ella sale cabreada del agua, le lanza la novela en la cara y se va. Él coge el libro y sale del mar y la persigue por todo el camino de regreso al hostal. Ahí discuten todavía más, se mandan a la mierda, pero poco a poco empiezan a besarse y se meten al cuarto todo apurados. Después del sexo, él le dice a Luisa que al regresar a San José le va a comprar la novela. Le pide disculpas mil veces y todo vuelve a la normalidad. Luisa sale al corredor del segundo piso y toma la novela, que se quedó botada afuera del cuarto. La novela está mojada, las hojas empiezan a pegarse, sostiene el libro bajo el sol directo para que se sequen las hojas, pero no hay forma de que la situación mejore. Se resigna y lanza el libro a medio leer en un basurero. Al siguiente día, nada en la piscina, se queda tendida al sol. Por curiosidad pasa al lado del basurero y saca el libro, que está maltrecho pero seco. Lo abre, separa sus páginas, el encolado está en la mierda y las páginas empiezan a salirse. Parece que podría leerse. Entonces aparece de nuevo el novio, hecho el juguetón, y le arrancha el libro y sale corriendo, riéndose. Luisa lo persigue por todo el hotel, muerta de las iras porque estaba resucitando al libro hasta que el imbécil se lo quitó. Suben a la segunda planta y él se detiene frente a ella: como es más alto, empieza a pasarse el libro de mano en mano, con Luisa tratando de agarrarlo, ya sabes lo pequeña que es Luisa, y como no lo consigue, como el novio sigue riéndose como un imbécil y como ya está cansada de la situación, le pega un rodillazo en los huevos, el novio se pone morado, baja la guardia y el libro, Luisa le da una cachetada en la cara y como este empieza a cubrirse con el libro, ella le da otra cachetada y el libro sale volando por los aires, y como hay mucho viento, las hojas empiezan a volar por todo el hostal. Las hojas empiezan a aterrizar en el patio central y en la piscina, sobre los demás huéspedes. A Luisa ya no le importa el libro, obviamente, pero como quiere verlo sufrir, le dice que si no recoge todas las hojas, terminan. Una relación de cinco años que se va al diablo por un juego de niños. Así que él, todavía con la cara roja, baja y empieza a recoger las hojas. Los demás huéspedes, casi todos extranjeros, se apiadan de él y lo ayudan. Sacan las hojas del agua y las colocan, en filas y en columnas, sobre el cemento del patio, para que se sequen. En esa tarea pasan unos veinte minutos, bajo el sol. Las hojas se empiezan a secar pronto. Toda la novela, en filas y columnas. A Luisa le da pena semejante desperdicio. Observa las hojas desde la planta superior. Una bañista se acerca a ella y en inglés le pregunta qué figura es la que quiere formar. ¿Figura? No, estamos secando hojas. Y la bañista le dice pero yo veo claramente un rostro de mujer, ahí. Luisa aguza la vista y no le parece una idea descabellada: el contorno de la tinta en las hojas, la forma que cada párrafo le da a cada página, al colocarlas en filas y columnas, forma una figura. No hay duda. Tienes razón, le dice Luisa a la gringa, yo también veo algo. Entonces las dos mujeres, desde arriba, empiezan a gritar órdenes a todos los hombres de abajo, para que reordenen las hojas. Ellos obedecen sin cuestionar y poco a poco, sobre el cemento, la despedazada novela de Tamia va dibujando la silueta de una mujer subiendo por un sendereo o por el espacio. Espera un momento, Julia: ¿me estás diciendo que la novela extendida, en cierto orden, forma *visualmente* una imagen? ¿Cómo se logra eso? Yo no lo sé, es lo que me contó Luisa: la novela también forma una imagen incluso sin leerla, es lo que me dijo, ah, y para que no creas que te estoy mintiendo, yo tampoco le creía a Luisa, te voy a mandar la foto que ella me mandó. Menos mal Luisa fue pilas y tomó una foto desde la segunda planta. A mí me parece que sí se forma una mujer, no sé qué pienses tú. Mira la foto, te la mando ahorita, y me cuentas: parece obra del diablo».

Parece obra del diablo, dijo Ángel por teléfono, solo tiene seis años y ya ha superado toda tu obra, *toda*, y de la noche a la mañana.

—¿La obra de Helenita?

No vayas a llamarla así, se molesta, dijo Ángel, ella dice que se llama Helena, no Helenita, porque ya es más grande y más inteligente.

—Lo tendré en cuenta cuando hable con ella...

Si lo haces algún día..., interrumpió Ángel.

—En serio quise ir a su cumpleaños, tenía el pasaje y todo, pero se me presentó algo más. No espero que me entiendas, pero te digo la verdad —dijo Tamia observando París desde la ventana. En la cocina, Kim la escuchaba fingiendo desinterés.

Yo te creo, a mí no me tienes que convencer de nada, dijo Ángel, es a Helena a quien vas a tener que convencer algún día...

—¿Ella sabe que soy su madre?

Sí, pero no gracias a ti, Helena sabe que Sonia no es su madre, aunque cumple todas sus funciones, ella y yo se lo dejamos claro desde el primer día, sabe que su madre es escritora, ella dice que su madre es famosa porque te ha visto en entrevistas en Internet y en los periódicos.

225

—¿En serio?

Sí, dijo Ángel, lo más chistoso es que hasta el año pasado, cuando todavía no sabía escribir, se hacía la que leía tus entrevistas, decía cualquier disparate, cosas del tipo «Yo soy Tamia y escribí un libro muy lindo, un libro para que lo lean los niños», jaja, cosas así, un día dijo, lo recuerdo bien, «Soy Tamia, escribí este libro para mi hija Helena».

—De alguna forma, todo lo que escribo está destinado a ella. Ya lo verás.

Tamia, yo ya me harté de intentar que te metas en su vida, dijo Ángel, de hecho, me sorprende lo presente que te tiene si estás tan lejos y ni siquiera se acuerda de ti.

—¿No recuerda nada de cuando vivíamos en Quito?

¡Dios mío, Tamia!, ¿estás bien?, a veces me cuesta creer lo desconectada que estás de la realidad: ¡cómo se va a acordar de ti si nos fuimos de Quito cuando ella no cumplía ni los dos años!, los niños no guardan recuerdos de esa época, ¿o te acuerdas de tu mamá antes de que desapareciera?

—…

En fin, como te decía, te tiene presente, habla de ti todo el tiempo, en casa, con sus amigos en la escuela, dice que su mamá tiene muchas ideas y que escribe muy bonito, dice también que ha leído todas tus novelas, claro, solo se ha limitado a abrir tus libros y revisarlos página por página buscando dibujos, pero para ella eso es leer, ahora que ya sabe leer, está empezando a leer las primeras páginas, se aburre y luego vuelve, hace un nuevo intento, te abandona, te deja y vuelve a ti.

—Hay una idea muy bonita en esa imagen.

Sí, pero no gracias a ti.

—Dios mío, Ángel, ¿podríamos tener una conversación civilizada, una en la que no me estés echando pestes a la cara a cada rato?

Es un reflejo involuntario, perdón, supongo que te tengo rencor en el fondo.

—Las relaciones nacen y mueren todos los días, Ángel, la nuestra se murió mucho antes de que nos separáramos.

Qué ego el tuyo, dijo Ángel, si hay rencor no es por eso, es por Helena, es porque una niña tiene que conocer a su madre por las fotos en el Internet y en los periódicos, por los libros que ni siquiera le dedica…

—Ya le dedicaré algún libro, tenlo por seguro.

Sabes que a eso no me refiero…

—Ángel, prometo visitarla en Bogotá algún día, pero por el momento mi lugar está aquí, lejos de todo. Mientras tanto, bien podríamos tener una conversación en la que no nos echemos en cara nuestros errores.

Se puede intentar, pero contigo es bien difícil…

—Mejor cuéntame cómo es eso de que Helenita… Helena apareció con una obra más grande que la mía.

Lo hizo en la noche del sábado, dijo Ángel, ese día ella se la había pasado preguntando sobre qué escribías y cuántos libros tenías, yo hice cuentas y le dije que diez novelas, entonces, esa noche ella tomó un cuaderno y arrancó algunas hojas, le pidió a Sonia que se las grapara para hacer once folletos, cada uno de unas ocho hojas, más o menos, se rehusó a irse a dormir alegando que era fin de semana, cuando amaneció, nos enseñó lo que había hecho: según ella había superado tus diez novelas haciendo once, te puedo mandar una foto más tarde, pero para que te hagas una idea, Helena, como ya sabe leer y escribir, copió palabras y una que otra frase de tus libros en sus folletos, luego las completó con garabatos y figuras geométricas, sobre todo líneas y flechas, y al final nos presentó once libros que, según ella, son mejores que los tuyos.

—Jaja, no te puedo creer, ja…

Sí, en serio, dijo Ángel, nosotros también nos matamos de risa de sus *obras completas*, mejor dicho, de las ganas que tiene de superarte.

—Y Helena solo tiene seis años —dijo Tamia acostada en su cama—. Yo empecé a hacer literatura a los diez, más o menos. Si se dedica, no me extrañaría que a mi edad ella me haya sepultado. ¿Alguna novela en especial que te haya llamado la atención?

La que más me gustó se llamaba *El sol sale de mañana*.

—*El sol sale de mañana*… Jaja… Una gran verdad… Una novela irrefutable.

También recuerdo *La muñeca callada*, *El perro de mi vecino es bonito*, *No me gusta dormir sola*, *Sonia*, *Ángel* y *Tamia*.

—¡Nos dedica novelas! ¿Qué dice la mía?

No sé, esa no nos la dejó leer, dijo que era parte de un proyecto secreto…, en eso se te parece, por lo visto, la sangre es más espesa que el agua.

—Me muero de curiosidad. Cuando puedas, mándame fotos.

Mejor vienes a ver las obras completas con tus propios ojos.

—Trataré, ahora estoy en París, pero es probable que haga un viaje por Bélgica, Italia, Suiza, casi toda Europa en realidad, si antes no nos aplastan los nuevos fascistas.

¿Viajas sola?

—No, conmigo viene Kimberly Jones, ¿te acuerdas? Es la que tradujo mi novela, con la que conversaba por correo en la época en que…

Sí, me acuerdo de esa época y no precisamente con cariño.

—Qué le vamos a hacer.

Sí, qué le vamos a hacer…, dijo Ángel, bueno, a lo que quería llegar es a esto: toma en cuenta que Helena ha pasado de interesarse por tu obra a querer superarla.

—Siempre será bueno para la sociedad que los hijos superen a los padres, ¿no?

Sí, pero lo que al principio empezó como imitación por admiración e intriga, se ha convertido en franca superación, la psicóloga de la escuela dice que en el fondo está tratando de superarte porque te empieza a tener rencor.

—¿Rencor? ¿Por qué?

¿En serio tengo que explicártelo? Hay dos posibilidades: que de aquí en adelante siga un camino en el que te odie por no estar en su vida e intente superarte, o bien está intentando superarte para que vengas en persona a retarla por hacerlo, en cualquiera de los dos casos, está llamando tu atención.

—¿Puedes acercarla al teléfono?

Tamia, dijo Ángel, ¿no te das cuenta de que yo estoy en el trabajo y ella está en la escuela?

—Lo siento. Se me fue el tiempo.

Siempre se te va el tiempo: no importa todo lo que hagas o todo lo que escribas, jamás vas a poder recuperarlo.

—¿Estás seguro?

¿Me lo preguntas en serio? Mejor llama de noche, en cinco horas, así hablas directamente con ella y le preguntas por su obra.

—Hoy no puedo. Kim y yo vamos a salir, tenemos asuntos urgentes que resolver.

Sí, siempre son urgentes todos los asuntos menos los más importantes.

—Todo es importante, Ángel, entiéndeme un poco tú también. Sí, eso.

Yo no te entiendo y no quiero hacerlo, Helena es quien debe hacerlo, yo estoy aquí para ella y nada más.

—Eso intento..., a mi manera. No es casual que no esté presente en su vida, es que quiero probar alg...

¡Qué cosa!, más te vale no estar haciendo experimentos sociológicos con nuestra hija, Tamia, más te vale, si me entero de algo así, te juro que te quito la custodia del todo..., aunque, claro, dudo que eso te importe.

—Ya, Ángel, tranquilo, tranquilo.

Llama de noche mejor.

—No puedo, lo haré apenas pueda.

Recuerda que ella no va a ser niña por siempre, dijo Ángel, si vas a estar en su vida, tienes que empezar ahora, en la infancia, porque en la adolescencia me va a rechazar hasta a mí, a esa edad se ponen medio tontos.

—A veces hablas como una mamá.

Es normal: he tenido que ser mamá de Helena ya que ella no tiene una.

—Vas a ascender a los cielos, créeme, canonizado y todo.

Y desde arriba te voy a ver en el infierno, ardiendo, la literatura solo te está condenando y tú ni te das cuenta.

—Qué moralista me saliste, buen católico y todo, como si tú no.... ¡Maldita sea, odio cuando me cuelga así! Maldita sea.

—Maldita sea —dijo Tamia en la presentación de *L'età del tempo*, en Roma. El intérprete español-italiano trataba de seguir la sinuosa estela de la rabieta, pero no podía evitar que se le escaparan palabras que, discretamente, la concurrencia entendía por el parecido de las dos lenguas romance—. ¡¿Qué clase de pregunta es esa?! ¿No se supone que eres un periodista especializado en literatura? ¿No se supone que la gente con educación tiene un poco más de sensibilidad o capacidad de análisis? ¿Qué haces en la presentación de mi novela? Vete de aquí, sal, no queremos gente como tú aquí.

El periodista del diario *Il Giorno di Oggi*, un minuto antes, había dicho: Buenas noches, Gaetano, buenas noches, Tamia, a pesar de que en Italia estamos empezando a conocerla, sabemos que usted en español tiene una larga cola narrativa, muy aclamada, de esas que aparecen de vez en cuando, que logra aunar calidad y cantidad, que suelen ser cualidades opuestas en los artistas, la felicito por eso, ahora bien, usted recordará a Virginia Woolf y Sylvia Plath, se cree que ambas tenían un trastorno de bipolaridad, Alejandra Pizarnik se mató con cincuenta pastillas y se cree que también tenía un trastorno límite de personalidad, Leonora Carrington estuvo en un psiquiátrico, como estos, hay muchos ejemplos más: todas mujeres de gran obra, todas mujeres con problemas en la psique, usted es como ellas: tiene mucha obra, por eso le pregunto cuál es su trastorno psicológico.

—¿Mi trastorno? —dijo Tamia—. Mi problema es que dejo entrar a cualquier persona a las presentaciones de mis libros.

Estimado, dijo Gaetano Sabatini, el editor de Sabatini Libri, la editorial que había apostado por Tamia en Italia, su pregunta no tiene cabida en esta presentación...

—Claro que no tiene cabida —interrumpió Tamia, con el intérprete apurado en el discurso, con Gaetano temeroso de lo que pudiera decir—. ¿O sea que porque soy mujer debo tener alguna enfermedad para justificar mi prolijidad literaria? ¡Dónde se ha visto semejante estupidez! Y no solo es una estupidez, sino un cliché dentro de un cliché, usted hace periodismo bastardo. Me da asco pensar que una persona como usted pueda leer mi obra e interpretarla. Maldita sea: ¡¿qué clase de pregunta es esa?!

Gaetano estaba en una difícil posición: trataba de conservar el orden, intentaba censurar al periodista y no perder al resto de la prensa que podría coincidir con el misógino de *Il Giorno di Oggi*. Gaetano entendía el valor de la prensa y de las buenas relaciones sociales que demanda su negocio. Sabatini Libri era conocida como la editorial independiente más prestigiosa de Italia, al punto de que muchos escritores la preferían a Daxhund Italia: era más intelectual y arriesgada. Tamia, que desconocía estas cualidades, escogió trabajar con ellos porque así compartiría biblioteca con Alessandro Baricco.

En auxilio de Gaetano vino la concurrencia, que censuró al periodista tras el ovacionado reclamo de Tamia. El periodista salió de la librería, escoltado por abucheos. Al día siguiente apareció su crónica de la presentación, en la que repudiaba el hecho de que Italia, al contrario del resto de Europa, siguiera abriéndose de piernas a los extranjeros, sobre todo cuando son mestizos como la escritora ecuatoriana. La crónica de *Il Giorno* abrió un debate: por una parte estaban los que condenaban la misoginia y la xenofobia, y por la otra estaban los que la abrazaban y querían que Italia fuera para los italianos. En lo más álgido del debate, un periodista tuvo la astucia de señalar que la historia se estaba repitiendo sin que nadie lo pudiera ver: «Se han cumplido ciento dos años del incendio del Reichstag en Alemania, se han cumplido noventa años del fin de la Segunda Guerra Mundial: en la Tierra no queda nadie vivo de esa época que pueda recordarnos el horror del que somos capaces. El problema no es la xenofobia, sino el olvido».

Para felicidad de Gaetano, el debate reportó publicidad gratuita para la novela. Esto permitió que para mediados de 2035, Sabatini Libri publicara *Con il volo della gazzella*, que fue bien recibido, sobre todo en Roma. Tamia, en cambio, después de la presentación de *L'età del tempo*, mientras en Italia empezaba el debate, dedicó tres semanas a conocer todos los lugares obligatorios para los extranjeros, como el Coliseo y el Foro romano, la Colina Capitolina, se perdió en las calles viejas de Roma y, sin querer, apareció en el Panteón de Agripa —de hecho, esto es lo que más le gustó de la ciudad: la capacidad de mostrar algo bello a los que se pierden—, lanzó una moneda en la Fontana di Trevi, comió un helado en Villa Borghese y luego rentó una bicicleta para recorrerla, comió espagueti en Trastévere y en uno de sus locales compró un payaso de hojalata, que movía los brazos al darle cuerda —con la esperanza de regalárselo a Helena—, visitó el museo del Vaticano y se maravilló con las pinturas de Rafael y Miguel Ángel, deseó crear el equivalente de su arte pero en la literatura, aunque aquello, como se lo dijo a Kim, era soñar muy alto.

El paria del cosmos
(2035-2036)

Eduardo Cepeda, investigador y docente universitario de Matemática Aplicada en Quito, decide dejarlo todo. Cierta mañana, sus compañeros de trabajo hallan su escritorio vacío. Por la noche, al no llegar a casa, su esposa llama a la Policía. Con el pasar de los meses, su familia recibe reportes anónimos: han visto a Cepeda en Berlín, en Atenas, en Ciudad de Singapur, en Suva, bajo otros nombres y otros aspectos. La desaparición es solo el inicio de una odisea en varios planos paralelos y superpuestos.

Esta premisa, aparentemente trillada, marca el punto de partida de *El paria del cosmos*, la novela más extensa de Tamia: mil doscientas treinta y tres páginas en rústica, tapa blanda con solapas —al ver el libro impreso, Tamia pensó en las bonitas ediciones de Daxhund de Charles Dickens y Henry James—. La extensión se debe a que está conformada por cinco novelas que pueden leerse de manera independiente. Cada una se centra en cada uno de los cinco sentidos de Cepeda, por ejemplo, en «Vista» se conoce lo que el personaje ha visto durante su exilio metafísico, en «Oído» lo que ha escuchado… Tras leer las cinco partes el lector adquiere una experiencia sensorial completa del mundo exterior e interior de Cepeda y, por si esto fuera poco, de las experiencias de las cinco variaciones que él tiene en cinco universos paralelos, donde la historia de la Matemática Aplicada cambia drásticamente de una a otra, a partir de pequeños detalles.

Así es como Gerry O'Driscoll resumió *El paria del cosmos* en un artículo para *The New York Review of Books*, que provocó un problema en la redacción de la revista porque a O'Driscoll, docente de Literatura Latinoamericana en la Universidad de Nueva York, le pidieron una crítica de la última novela de Tamia publicada en inglés, pero él, en cambio, la mencionó de forma tangencial para hablar de cómo esta se conecta con su más reciente novela publicada en español. Se armó un debate: unos apoyaban al artículo por lo ameno de la prosa y porque creaba expectativa sobre la obra de Tamia, que apenas contaba con tres novelas en inglés. Otros, en cambio, señalaban la inutilidad del artículo porque giraba en torno a una obra que ningún angloparlante podría conseguir en su idioma. Al final se publicó el artículo íntegro porque O'Driscoll hacía una observación muy interesante: Tamia era la Dickens del siglo XXI. El artículo señalaba que *El paria del cosmos* (que O'Driscoll había traducido como *Cosmic Pariah*) aunaba la obra de Tamia de formas contundentes y todavía incompletas: en uno de los universos paralelos, donde el tiempo se percibe diferente, Cepeda asiste a los juegos olímpicos de Lisboa 1992, trama de la novela homónima, y presencia un crimen. En otro universo, conoce al ficticio escritor Carlos Fuentes en la época que está inventando a su escritor fetiche Vargas Llosa, como sucede en *La edad del tiempo*. En otro universo, dentro de un sueño, Cepeda atestigua el impedimento del asesinato del presidente Eisenhower y presencia cómo la historia latinoamericana se escribe de forma diferente, como lo secundan varias entradas de *Enciclopedia viviente* y el último capítulo de *Mujer con jardín en la cabeza* —si se los lee como relatos independientes—, y continúa el paradójico etcétera dentro de la obra de Tamia y si se quiere también fuera de ella: según O'Driscoll, la novela «Olfato» es una continuación apócrifa de la novela *Drama histórico* del afamado Louis Cerduné y «Tacto» es un prefacio de *El sur está más allá*, la única novela de Jorge Luis Borges.

Así *El paria del cosmos*, aparte de ser un vagabundeo existencial, se convierte en un cálculo de probabilidades infinito que se entiende y se goza en su individualidad, pero se goza más, sacude y desconcierta si se lo lee en contexto: «Si Charles Dickens fue el pionero de la novela serializada en el XIX, Tamia Torres es la precursora de la *obra total* serializada en el XXI: en cada nueva novela y en su conexión con las demás, Tamia se está jugando la vida al reconstruir una panorámica completa del universo o quizá está describiendo, con mucho detalle, la fisonomía de Dios. Habría que ser más astuto y poder ensamblar mejor las piezas que nos ha dado ya del gran puzle, pero parece que, por el momento, trabajamos a partir de bellas presunciones de cómo todo va a terminar».

Sé cómo todo va a terminar: cayéndose, yéndose al diablo, si no se toman los correctivos a tiempo, y para eso necesito tu aprobación. Voy a enumerar los problemas, del más grave al más liviano: la falta de uso ha hecho que las cañerías de la casa queden inservibles. No hay agua en toda la casa. Hay que remover los cimientos y cambiar las tuberías y conectarlas con las de la calle, que deben estar tapadas con restos solidificados porque no ha corrido agua en años. Por si esto fuera poco, la ceniza de cuando explotó el Cotopaxi nunca se limpió, por lo que el techo del patio se vino abajo (la ceniza, seguramente, es lo que también ha taponado las cañerías), además, con las lluvias, los vientos y los años, la ceniza dañó las paredes (han cogido una humedad espantosa), hay que impermeabilizar ciertos sectores de la casa (para lo cual antes hay que picar). Las ventanas ya no se abren, las puertas están bastante maltratadas (hay que cambiar las bisagras). Los dos primeros problemas son los más graves y urgentes. Voy a pedir a un maestro amigo que me haga un presupuesto de cuánto costará volver a la vida a tu casa y te lo cuento en el siguiente correo, pero, básicamente, para que haya vida, tendrías que volver o dejar las puertas abiertas para que entre la felicidad de nuevo. Con esto ya te imaginarás lo que voy a decir: mi propuesta es que una vez que la casa esté sana, hay que ponerla en arriendo, que venga una familia a habitarla, el uso hace que las cosas no se dañen tan pronto (si bien la casa es muy vieja, el desuso es lo que aceleró la vejez y también el bendito Cotopaxi). Por tus cosas no te preocupes, las puedo embodegar en mi casa, después de todo, hay que vaciarla para las refacciones. Ponerla en arriendo dará una entrada extra de dinero (por ser una casa grande y estar en un buen sector, esto te lo digo como tu contadora) y así además nos quitamos de encima a este Gobierno, que se las jacta de nuevosocialista (no sé si has visto las noticias), dice que no puede haber casas desocupadas en Ecuador habiendo tanta gente en la calle (deberías ver las «mediagüitas» que tienen estos «socialistas»). En cuanto a mi trabajo, llevar registro de los ingresos en concepto de publicaciones se está haciendo cada vez más complicado, sobre todo por las traducciones de tus libros que se han disparado. No es que sean cantidades que dejan con la boca abierta, pero tampoco son malas, hay que llevar la cuenta (¿no crees que sería mejor si todos los ingresos te los quedas tú donde quiera que estés?, pues al mandar la plata al Ecuador hace que te cobren impuestos y demás plata que podrías estar ahorrando). Lo que te quería decir es que manejar tu fiscalidad y cuidar tu casa, etcétera, me está costando más de lo pensado, por eso me siento en la penosa obligación de pedirte un aumento de sueldo. Si bien mi sueldo era del tres por ciento, creo que estarás de acuerdo en pasar al cinco. ¿Qué dices? Mi querida Tamia, como ya sé que no me vas a escribir un correo que diga «Querida Cristina Mosquera, mi contadora favorita, acepto todo lo que me propones», tomaré tu falta de respuesta como un sí a todo (¿estás viva?, nunca respondes, si no es por la prensa extranjera creería que te moriste hace mucho y todo se está publicando póstumamente. ¿Cuándo piensas volver a Quito?). Si no respondes en una semana a partir de hoy, daré por aceptado todo lo expuesto. Guerra avisada no mata gente, como bien dicen por ahí.

Como bien dicen por ahí: «Hay sosiegos del campo en la ciudad. Hay momentos, sobre todo en los mediodías de estío, en que, en esta Lisboa luminosa, el campo, como un viento, nos invade. Y aquí mismo, en la Calle de los Doradores, tenemos el sueño bueno». La frase la dicen por ahí, la repite de memoria la gente de Lisboa, con un orgullo amistoso, no del nacionalista que se está convirtiendo en xenofobia europea. La gente de Lisboa repite el dicho cuando nota que eres extranjero y pides un oporto, como si fuera el único trago de Portugal. Hoy la frase es *vox populi*, pero su punto de partida fue el *Libro del desasosiego* de Fernando Pessoa, donde aparece subrayada en el ejemplar de Tamia, que tiene en sus manos y lee mientras espera que le sirvan un café, sentada en una mesa al aire libre, junto a Kim, que observa el mar y se deja maltratar por el viento del verano que está muriendo, y con él, un poco de sus vidas. Tamia y Kim no están en la Calle de los Doradores, pero sí en un café restorán del Arco Puertas del Mar. Aunque es media tarde, Kim espera un plato llamado Mamba Chicken, por recomendación de la mesera.

Kim admiraba el paisaje: sus ojos azules habían encontrado rival en el azul del río, que relucía bajo el sol. Se dejaba acurrucar por la brisa, sentía un vaivén de placer que la llevaba de un lado para otro como una hamaca, sin moverse de su asiento de mimbre, acariciada por los diferentes humores del río Tajo. Se dio cuenta de que sus ojos se habían cerrado unos segundos y se estaba durmiendo cuando Tamia dijo:

—Encontré otra referencia —dijo con los ojos clavados en el libro—: «Hay en Lisboa unos pocos restaurantes o casas de comidas en los que se alza un entresuelo que tiene el aspecto casero y pesado de un restaurante de ciudad pequeña sin tren. En esos entresuelos poco visitados, excepto los domingos, es frecuente encontrar tipos curiosos, caras sin interés, una serie de apartes en la vida».

De hecho, mujer, dijo Kim, estaba en uno de esos apartes de la vida y me sacaste.

Lo poco que habían conocido de la ciudad les pareció maravilloso y tan acogedor que Kim propuso mudarse. Tamia la secundó, pero sabía que aquello no pasaría de ser una idea, pues el calor que estaban soportando (treinta y nueve grados, con proyecciones de llegar a cuarenta y uno) estaba bien para una visita, no para vivir.

—Es demasiado calor para una india de páramo como yo —dijo Tamia—. Mejor mudémonos en otoño o invierno.

Busquemos unos maridos portugueses que nos preparen la comida y arreglen la casa mientras nosotras nos dedicamos a la escritura, ¿qué te parece, mujer?

—¡Salud! —dijo levantando la taza de café, Kim hizo lo propio con el plato de pollo.

Encontraron una Lisboa que erigía con amor cada brisa y la intensidad de cada ola, y sopesaba con sabiduría las especies de cada plato. Las trataron bien en la aduana y, lo mejor de todo, no habían visto palizas públicas a migrantes africanos, rumanos o de Oriente Medio como era la regla en el resto del continente, porque la popularidad de la extrema derecha seguía subiendo (se perfilaba como favorita en las elecciones del próximo año) y del mal sabor de boca que supuso la reciente aprobación del Parlamento inglés de pedir visa a los ciudadanos portugueses para entrar en el Reino Unido.

También reconocieron, en el corazón de Lisboa, un irrefutable amor por el libro y las letras: fue bien recibida la presentación de la versión portuguesa de *Lisboa 1992*. La comunidad lectora, el sector académico y la prensa estaban maravilladas con la idea de que una ecuatoriana dedicara una ficción a las Olimpíadas que habrían cambiado para siempre la historia de la ciudad.

Por la noche, en su habitación de hotel, mientras Kim se bañaba, Tamia se observó frente al espejo de cuerpo entero: el cabello suelto llegaba al ombligo, hace mucho que las raíces se habían vuelto grises, la única prueba del color anterior, que la había acompañado toda la vida, yacía quince centímetros desde las puntas, pero desaparecería para siempre con una sola visita al peluquero. Aprovechó la soledad para observarse el cuerpo desnudo: continuaba siendo delgada y, sin duda, era una mujer atractiva, pero el tiempo le había pasado por encima. Tenía los pechos menos firmes, la piel le colgaba en los antebrazos, su rostro tenía líneas de expresión, sobre todo bajo los ojos, y por las nalgas y las piernas le recorrían unas discretas estrías. ¿Hacía cuánto que no se miraba? Kim continuamente le recordaba lo fabulosa que se veía para una mujer de cincuenta y cuatro años, y enseguida le reprochaba que no se dejaba llevar por el paisaje: en lugar de apreciar Lisboa, Tamia apreciaba la Lisboa de Pessoa.

¿Así de enferma estás, pedazo de mierda? ¿Así quieres morir: dentro de un libro y no del mundo? ¿Cuánto tiempo de vida crees que te queda? Sintió el deseo de ovillarse, de protegerse en la tierra de los volcanes. Entonces el reflejo del espejo le devolvió la figura de Kim, que acababa de salir de la ducha con una toalla recogida en su cuerpo. Tamia, que no la había oído salir del baño, se apresuró a cubrirse los pechos.

No te digo, mujer, eres hermosa, ya quisiera parecerme un poco más a ti y no me refiero a la escritura, dijo Kim mientras caminaba por la habitación, recogiendo la ropa que vestiría esa noche. Volvió a encerrarse en el baño.

Otra vez sola, volvió a verse en el espejo: ¿es este el cuerpo de una escritora?, ¿soy digna de estar viva?, ¿necesito sentirme viva?, ¿mis ficciones no son una forma suficiente de vida?, ¿es que acaso puedo aspirar a más?

Una lágrima rodó por la mejilla. La pesadumbre empezaba a bullir. Por ello se apresuró a vestirse con la ropa que Kim le había recomendado para cazar lusos en los bares. A medianoche, cansadas de pasear en Lisboa, reconocieron que no eran unas adolescentes, pero se forzaron a seguir a pesar de que ya querían meterse en la cama. Un taxi las llevó al Barrio Alto, donde se dejaron guiar de bar en bar por la música y el instinto. Aunque a Tamia ya le había picado un insecto que no dejaría de segregarle veneno sino hasta el día de su muerte, esa noche se entregó a la vida y la celebró. Caminaron por las calles angostas y empedradas de la zona rosa. En un bar llamado Curta Vida tomaron una cerveza, pagaron y siguieron el camino. Como si las halaran de la mano, entraron a un bar llamado Solitário porque, en vivo, una mujer se desgarraba en el escenario cantando «Birdland» de Patti Smith y «A Boat Lies Waiting» de David Gilmour —sus versos se grabaron con fuego en Tamia—. Ahí también bebieron cerveza y lloraron con la interpretación de esa mujer que capturaba la esencia de la difunta Patti a sus sesenta años. A las dos de la mañana, entraron en una discoteca que Tamia creyó un designio: se llamaba Sertão Veredas. Pertenecía a una pareja de brasileños que llevaban veinte años en Lisboa. Adentro, tocaban música del recuerdo: música disco de los 70 y 80, rock de los 80 y 90, pop de los 90 y 2000, de ahí que la demografía de la discoteca incluyera, sobre todo, personas de entre cuarenta y sesenta años.

Mientras que a Tamia le costaba socializar, Kim no tardó en hacer nuevas amistades. Pronto se encontraron en el centro de un círculo compuesto por mujeres, que bailaban y celebraban cualquier ocurrencia. Tamia y Kim hablaban en español y las nuevas amigas respondían en portugués, y se entendían, pero cuando no se entendían, no importaba: alguna gritaba alguna palabra que la otra celebraba aunque no supiera a qué se refería. Mientras se turnaban para bailar en el centro, Tamia notó un detalle que la hizo recordar a Quito, a Latinoamérica: la gente de Lisboa sabía bailar. No importaba en qué lugar estuviera de Europa, el ciudadano promedio era incapaz de llevar bien el ritmo. En Lisboa el contoneo, métrico y gozoso, era algo natural.

Estaban las seis mujeres en la barra, bebiendo vino tinto, cuando empezó una canción de tambores electrónicos muy bajos, repetitivos, como si la música saliera de una calculadora china a la que se teclea con conciencia musical. Tamia reconoció la canción que escuchaba de niña, de contrabando. Mientras caminaba sola a la pista de baile, se preguntó cuándo fue la última vez que había escuchado «Heart of Glass» de Blondie. No obtuvo respuesta. Si bien la canción era de finales de los años 70, ella la escuchó a finales de los 80. La música estadounidense estaba vetada en Ecuador y Latinoamérica, pero durante los últimos años de dictadura era evidente que el control se había descuidado, de manera que la música prohibida se tocaba en bares clandestinos y en radios apócrifas de AM, en las que se hablaba mal del régimen y no se pasaba la música oficial —pasillos, boleros, sanjuanitos y yaravíes— y lo que estuviera de moda en la Unión Soviética.

La pequeña Tamia dejaba su cama e iba a la habitación de la abuela, donde la encontraba sentada en la mecedora, junto a la radio, girando una perilla con delicadeza para sintonizar una melodía que no pertenecía a los ritmos aprobados por la dictadura. Nunca se supo quién programaba la música prohibida a esas horas de la madrugada, pero muchos, como Aída y Tamia, agradecían la transgresión porque era un respiro, la confirmación de que había vida afuera de los muros levantados en Latinoamérica. Entre las muchas canciones que Tamia escuchó, las que más le gustaron fueron las de Michael Jackson y «Heart of Glass»: la voz de la cantante le parecía angelical, el ritmo le inspiraba un bienestar súbito. Volvió a escucharla en la adolescencia, ya en la democracia, pero con el tiempo la olvidó. Fue en ese momento, ese preciso segundo en aquel bar lisboeta, que Tamia recordó la acogedora sensación de quedarse dormida en el regazo de su abuela, escuchando Blondie como casco protector. Forzó su memoria para recordar el rostro de la abuela, muerta hace dieciocho años, pero no pudo, se sintió injusta e indigna, quiso llorar. Entonces se obligó a cerrar los ojos y se obligó a salir a la pista mientras la canción la escoltaba. Estaba sola de nuevo, como siempre lo había estado. Aunque Kim y las nuevas amigas celebraban cada movimiento de Tamia, ella continuaba sorda para el mundo: sus sentidos solo captaban las cadencias de «Heart of Glass» y a ellas se encomendaba con espasmos sutiles, dignos de una ninfa que celebra el comienzo de la primavera. Sus pies pequeños se elevaban y ladeaban, con tanta gracia y maestría, que pronto fueron imitados por las mujeres más jóvenes que estaban en el otro extremo de la discoteca. Como si estuviera en trance, mientras cantaba con los ojos cerrados, Tamia llenaba todos los recovecos del lugar con los finos movimientos de sus manos, de dedos delgados y erguidos, que palpaban el aire con extremo cuidado de romperlo, acompasados por los bamboleos de sus hombros, que se erguían con tanta exquisitez que si bien no era una obra maestra de la danza moderna, contenían el silencioso secreto de la música, que Tamia absorbía y revertía sobre la pista, siempre sola, guiada por el sutil contoneo de las caderas y de dos estrellas que, a la distancia, bailan sobre el tapete negro del universo.

Al finalizar, dos hombres, a distintos tiempos, la cortejaron. Tamia, refrescándose con la última cerveza de la noche, supo que mientras bailaba se había curado de la enfermedad, no había pensado en la escritura durante los cuatro minutos y medio que duró la canción, doscientos setenta segundos en los que la música se extendió sobre las facciones de todos los humanos que han vivido en la Tierra, desde el inicio de la Historia, recubriéndolas para que brillen más allá del olvido por una última vez.

En el último día del mundo dirás su nombre
(2036-2037)

Javier era de los que usaban una bolsa plástica para proteger los libros. Era de los que, una vez sentados en el autobús, sacaban el libro de turno y se entregaban a él hasta que el reloj interno les decía que era tiempo de bajarse en su trabajo, una agencia de publicidad donde despotricaba todo el tiempo. Siempre llegaba atrasado por leer mientras viajaba. En las últimas dos semanas, se había pasado de la parada seis veces. Pertenecía a la generación de estudiantes de Comunicación y Literatura que se inscribió en la carrera con la esperanza de tener a Tamia como profesora. Estaba leyendo *En el último día del mundo dirás su nombre*, la más reciente obra de Tamia que ya se vendía en Iberoamérica. La novela, cuyo título sale de un verso de José Emilio Pacheco, contaba la historia de Klaus H. Herzog, el pintor alemán más celebrado de Europa en los años 30, durante el ascenso del fascismo que destrozaría, dentro de poco, al continente. Herzog pertenecía a esa raza de intelectuales que no apoyaba a Adolf Hitler, pero tampoco condenaba el antisemitismo ni las tretas para acaparar el poder. En 1940, su carrera artística estaba más consolidada: sus cuadros colgaban en las paredes de museos y galerías de Alemania, formaban un gran todo: eran un gigantesco fresco descompuesto en cuarenta y dos pinturas autónomas que al ser ensambladas con la espiral de Fibonacci de fondo, daban cuenta de la condición humana del hombre caucásico de la Alemania de mediados de los 30. Si las pinturas se unían, aquello le habría valido el paredón por ir en contra de los dictámenes nazis.

Esta es la sinopsis general de la novela de Tamia, pero *En el último día del mundo dirás su nombre* es más compleja. Por ejemplo, el día en que Javier empezó el libro, leyó dos veces los dos primeros «capítulos» para entender lo que estaba pasando, pues en la novela los acontecimientos dichos están velados y hay que intuirlos: no se puede decir que Klaus Herzog, en el capítulo tres, visitó tal galería o en el capítulo cinco se acostó con su amante. No. Cada capítulo es la descripción pormenorizada de una pintura, como se acostumbraba a escribir en el XIX. La novela era un producto decimonónico publicado en pleno 2036.

El día que Javier entendió el truco narrativo, mojó el libro porque leía mientras se bañaba, con la mano extendida en lo alto, afuera de la ducha. Ya que cada capítulo era la descripción de cada una de las cuarenta y dos pinturas, estas se acompañaban al lado por las fichas catalogadoras, en las paredes, y especificaban el nombre de la obra, los materiales y el año de creación, información que el narrador usaba como pretexto para contar la historia de la pintura: en qué circunstancias políticas, económicas y sociales Herzog la había elaborado y cómo había ido a parar a tal galería —la historia de la transportación era importante para entender el ascenso de Hitler al poder—.

Mientras se pasaba la parada, Javier entendió que al aunar la descripción detallada de la pintura con su ficha e historia se armaba, invisible ante sus ojos, una historia más grande: el rumorado fresco. La novela contaba la hazaña de Klaus Herzog por recuperar todas sus pinturas en medio de la Segunda Guerra Mundial. Es decir, mientras el alemán promedio huía del conflicto, Herzog, indolente, recorría el país, de galería en galería, de museo en museo, salvando su arte, para que el fresco total revelara la verdad definitiva: el destino del mundo tras la finalización de la guerra. Javier no entendía cómo esta gran historia se confeccionaba ante sí, pero se dejaba maravillar: ¿acaso en la descripción del sinuoso camino dibujado en la pintura «La mujer muere en el sofá» se disfrazaba la misión de Herzog? ¿Tal vez los árboles talados en «La hija flotará en el espacio» remitían al antisemitismo que había poseído al país? ¿Es posible que la descripción del leñador de «Constelación de AS» le transmitiera el nefasto empecinamiento de Herzog por recorrer una Alemania destruida, solo para salvar unas pinturas que no le interesaban a nadie? ¿Y qué hay de la anciana y la niña que aparecen en todas la pinturas, en distintas posiciones y casi ocultas por completo? ¿La niña es la misma que se describe en la entrada «Niña lejana», de *Enciclopedia viviente*? ¿El espíritu vacío de la anciana puede llenarse con el alma vieja descrita en el capítulo ocho de *Con la huida de la gacela*?

Cuando su jefe lo retó por los atrasos, Javier terminó la novela. Leyó dos veces el final y comprendió lo que Tamia había hecho: la novela era sobre la compleja personalidad de Herzog. Si la novela del siglo XX deja que el lector conozca a los personajes por sus acciones y decisiones, Tamia, de alguna forma, había revertido el orden al explicar cada uno de los recovecos del temperamento y la memoria de Herzog a través de su obra pictórica. Herzog es terco no porque se relata cómo sus padres lo mimaron desde la cuna, sino porque hizo un determinado trazo que no iba acorde con el resto de una determinada pintura. A Herzog no le gustaba el amor rudo no por la narración de cómo se burlaba de sus amantes, sino porque en una pintura había colocado doce mujeres en un paredón y las había vestido con seda rosa. Herzog se juega la vida al reunir todas sus pinturas en medio de la guerra no por el relato de cómo evadía la muerte en cada esquina, sino porque en el cuadro titulado «En el último día del mundo dirás su nombre» se había incluido a sí mismo en un paisaje apocalíptico.

Poco le importó la amenaza del jefe, Javier continuaba bajo el efecto de lo que había conseguido Tamia, similar a la hipnosis: había reconstruido la personalidad de un artista, todas sus contradicciones y obsesiones, mediante su obra, es decir, de lo general (las pinturas) el lector debía viajar a lo particular (el mismo Herzog), como el método de Sherlock Holmes. Por ello la novela se leía también como una policial en la que se busca un misterio ulterior y escondido. Otra vez Tamia daba una obra de difícil catalogación: ¿novela-curaduría, novela-museo-galería (un museo que flota en el espacio), novela-Segunda Guerra Mundial, novela-Historia, novela-reconstrucción? Javier continuó atrasándose al trabajo, ahora por culpa de *Ana Karenina*, de Tólstoi, pero para celebrar que terminó de leer *En el último día del mundo dirás su nombre*, fue a un restorán italiano de la avenida República de El Salvador y ordenó dos platos de espaguetis, sabiendo que con uno solo quedaría saciado. Para Javier, comer hasta el hartazgo era su forma de redactar una carta de amor a la lectura, la carta definitiva y más apasionada.

Escribiré la carta más apasionada y rabiosa que Bélgica haya visto jamás, dijo Antoine Mertens, propietario de Editions Mertens, librería independiente ubicada en el corazón de Bruselas, a tres calles de la Grand-Place, ¡ya van a ver esos fascistas!, no han aprendido nada, han olvidado todo, tengo amigos en la prensa, ellos publicarán mi carta…

Si no te calmas te vas a infartar de nuevo, Toine, le dijo su esposa, Anna, mientras lo obligaba a sentarse. Cuando estuvo segura de que su esposo no iba a gritar más, le pidió a Kim que le ayudara a cerrar las puertas de la librería. Afuera, la iracunda muchedumbre se dirigía a la Grand-Place, gritando las mismas consignas que se escuchaban en Europa los últimos cinco años. Cerrada, la librería adquirió un aire lúgubre y triste. Kim y Anna, a través de los vitrales de la puerta, se quedaron contemplando a la gente marchar al centro de Bruselas, como un río cuyo cauce es la ira.

Van a ver, dijo Antoine con la voz pálida, yo soy uno de los promotores culturales del verano belga…, no me van a desoír…, esos imbéciles van a destruir Europa otra vez…

Cálmate, Toine, dijo Anna desde la puerta. El hombre calló y respiró profundo. Cuando recuperó el aliento, más calmado, y por lo tanto más entendible su francés, dijo: Qué pena, querida Tamia, no sabía que esto iba a pasar, quiero decir, sí sabía que esos fascistas iban a salir hoy, pero no sabía que eran tantos, que iban a cerrar las calles, que iban a colapsar el tráfico, mil disculpas, qué vergüenza de país, me disculpo a nombre de toda Bélgica que cree en la paz, ojalá podamos agendar la presentación para otro día.

Pero no podían: Tamia y Kim, que habían vivido en Bruselas los dos últimos meses, tenían programado el vuelo de regreso a París para el siguiente día.

—No se preocupe, Antoine —dijo Tamia en inglés. Gracias a todos los años vividos en París, podía entender francés pero no hablarlo—, ya habrá otros momentos, estoy segura de que volveré.

Tamia nunca regresará a Bélgica.

¡Malditos, dejen eso!, dijo Anne al ver que la muchedumbre se llevaba a rastras los letreros de la librería, incluyendo el póster que anunciaba la presentación de *L'encyclopédie vivante*, la novela publicada por el esfuerzo conjunto de Editions Mertens y la sección cultural del Ayuntamiento de Bruselas.

—No me tomen a mal lo que voy a decir —dijo Tamia—, pero lo que más lamento es que Louis Cerduné no haya podido llegar a la librería por culpa de los fascistas.

Cerduné, a quien Tamia leía desde la adolescencia y la crítica consideraba una leyenda viva de las letras universales, eterno candidato al Nobel, era buen amigo de Antoine: él le había pedido que presentara la novela. Él, gustoso, aceptó porque había visto con buenos ojos la literatura de la ecuatoriana tras la lectura de *Moby et Bela, super-héros* y *Lisbonne 92*. Tamia nunca había coincidido con Cerduné en ningún acto en París: mientras que él era aficionado a estos, Tamia los repelía, hasta en las presentaciones de sus libros se sentía incómoda, pero se entusiasmó porque conocería a uno de sus ídolos, que además había preparado un discurso sobre su novela-enciclopedia en francés. ¿Qué es lo que Cerduné habría dicho? Se moría de ganas de saber. Resignada, con los fascistas gritando a pocos metros, no dejó que nadie en la librería notara su descontento.

Afuera los manifestantes, colmando la Place, despotricaban contra el poder económico que los migrantes habían adquirido en Bélgica en los últimos treinta años. Como los judíos en su momento, las migraciones polacas, rumanas y musulmanas ahora disfrutaban de cierta holgura, incluso bonanza, que cierto sector conservador no veía con buenos ojos. En Francia, desde el inicio del nuevo siglo, después de la Guerra de Oriente Medio, se impusieron normas para restringir la migración que creó tan sangriento conflicto bélico, pero los que sí lograron entrar al país tuvieron tantas restricciones laborales y económicas que, treinta años después, se convirtieron en una minoría abiertamente maltratada. En Bélgica, que siempre tuvo fronteras abiertas, treinta años después, en 2036, con la ultraderecha en el poder, los manifestantes xenófobos tenían el respaldo estatal para exigir la salida del país de los «indeseables». Lo mismo sucedía en Luxemburgo, Dinamarca, Finlandia, Austria, Suecia y Reino Unido. Se había llegado a un punto en el que los europeos podían patear migrantes en la vía pública y recibir felicitaciones por el patriotismo.

Tamia sabía que la situación se estaba volviendo insostenible para los ciudadanos del mundo. Aunque era ecuatoriana y, en general, todavía no había *rencor abierto* de los europeos hacia los latinoamericanos, era cuestión de tiempo para que el Viejo Continente, noventa y ocho años después del estallido de la Segunda Guerra Mundial, se olvidara totalmente del pasado y la xenofobia se desplazara de los europeos del este, africanos y musulmanes a los latinoamericanos. A inicios de 2037 los ingleses declararon persona non grata a los portugueses, italianos y españoles, a quienes exigieron visa. Y casi todos los países, se rumoraba, pugnaban por disolver la Unión Europea porque así sería más fácil detener el tráfico libre de migrantes.

Tamia estaba considerando dejar para siempre Europa y viajar a Asia para conocer ese mundo al revés y enamorarse de su cultura. Encontrar un escritor soberbio de Japón o Corea, leerlo hasta la saciedad e incorporarlo oficialmente a su canon, pues en la historia de la influencia literaria, los puentes entre Occidente y Oriente siempre han estado construidos con los peores materiales. Basta ver el árbol genealógico de los principales escritores de Occidente para entender que la nuestra siempre ha sido una cultura que se ha jactado de autosuficiente, pero ha sido incapaz de mirar y adoptar al otro. La Historia de la Literatura de Occidente es Narciso mirando su reflejo en el agua.

Quería ir a Asia, pero el inicio de Coalición Chino-Rusa garantizaba tanto caos y odio como en Europa. También giraba la idea de volver. ¿Cuán cambiado encontraría a Quito? La idea brilló con intensidad, pero el resplandor duró unos segundos y se apagó con melancolía. Tamia no sabía que ahora la Historia de la Literatura Ecuatoriana se sostenía por su talento: solo sabía que en el aeropuerto no habría nadie para recibirla.

Mientras las protestas se tornaban violentas en la Grand-Place y los policías disparaban las primeras cargas de gas lacrimógeno, Tamia observó por la ventana los rostros deformados de los fascistas, precipitados en nombre de una libertad inexistente. Tuvo una vaga sospecha: su obra era ya importante en la Historia de la Literatura Hispanoamericana, esa era la razón por la que nadie la abrazaría en el aeropuerto, era la razón por la que no tenía a nadie en el mundo.

Cuentos académicos
(2037-2038)

A Europa, que estaba al borde de la disolución, le hacía falta reír, por ello Tamia publicó *Cuentos académicos*. Si bien Daxhund no acostumbraba a publicar cuento, hacía excepciones con sus escritores insignia. El libro era un compendio de doce piezas breves —cinco cuentos «tradicionales», cinco ensayos falsos y dos entremeses—, que tenían por protagonistas a dos académicos —Claudio Cótzul Figueroa y Joaquín Sobresaltos—, de manera que también podía leerse como una jocosa novela del estilo Wodehouse, Sharpe o Groucho Marx, en la que, con ironía sobre el mundo de las letras, los protagonistas fracasan una y otra vez en las ciencias humanas, como Bouvard y Pécuchet.

Cuentos académicos complicó la vida de los lectores porque era difícil encasillarlo dentro de la gran obra literaria. No guardaba relación con ninguna de sus trece novelas anteriores. Nadie podría decir, a ciencia cierta, que los ensayos falsos eran parte de las novelas falsas que aparecen en sus novelas. Nadie podría afirmar que los dos personajes principales se emparentaban con otros de otras obras. Después, Tamia dejó claro, en entrevistas vía telefónica con *El Mundo* y con *Reforma*, que el libro era un mero divertimento, una distracción necesaria para los tiempos que se vivían en Europa, que se preparaba para conmemorar los cien años del estallido de la Segunda Guerra Mundial, además, era una breve pausa de su actividad literaria, así Tamia descansaba de la literatura con más literatura.

Cuentos académicos es la clase de libro que la gente ama llevar a la playa para leer mientras se broncea y admira el mar, como sucedió en España, donde se alzó con el título de «Libro del verano», lo que disparó dos reimpresiones en tres meses. Por esta razón, y porque era una novedad, no figuró en la lista de los posibles libros de Tamia para publicarse en la Colección Historia de la Literatura Iberoamericana (Chili, como se la abrevió). La colección fue el fruto del trabajo conjunto de Daxhund con doce editoriales latinoamericanas y dos periódicos de España. El objetivo: poner a disposición del público los cincuenta títulos más representativos de la literatura iberoamericana de los últimos cincuenta años, a precios económicos y disponibles con el periódico.

Libros de bolsillo, A5, materiales delgados y agradables al tacto, con exteriores de color verde oscuro que los harán fácilmente reconocibles, muchas décadas después, en las librerías de viejo, su última morada. Otro factor característico será que las letras doradas de la portada, lomo y contraportada se borrarán con facilidad por el uso. Además, el encolado, con los años, se secará y los libros se destriparán como un cuerpo sobre la mesa de autopsia. Hermosos y brillantes al inicio, maltratados y olvidados muchos años después, pero ¡cómo marcarán la vida de los lectores de Iberoamérica! Los adolescentes y jóvenes de 2037 los recordarán con cariño en la vejez. El libro más anhelado de todos será *Visiones de un tiempo paralelo*, de Enrique Vila-Matas, que presumirá el número 1 en el lomo para abrir la colección, se seguirá buscando mucho después del lanzamiento. Jesús Carrasco también aparecerá en la colección: la obra elegida por los antólogos será la novela *Aquí estamos hablando de ucronía*, su única incursión en la ciencia ficción. Tamia obtendrá el número 12 en la colección y la novela elegida será *Gabo, el universo*, que aparecerá en kioscos y puestos revistas a inicios de 2038.

Una colección que presume tener lo mejor de la narrativa iberoamericana es una concepción subjetiva de la historia. ¿Qué hay de los olvidados?, pensó Tamia cuando recibió su ejemplar de la Chili. Le alegraba haber sido considerada para participar en el proyecto —no tenía elección, en realidad, aquello fue cosa legal de la editorial—, pero también le fastidiaba la visión reduccionista de este: ser parte de un museo viviente que abría las puertas solo para que pasara el canon. Le incomodaba ser parte de una galería fría donde se admira pero no se toca, donde se asimila pero no se critica. Las colecciones como Chili son un reflejo frío de la Historia, que siempre debería, acción, calor, estado. Por una Tamia o un Jesús que aparecen en una colección, ¿cuántos escritores son ignorados u olvidados? La Historia es reflejo del ser humano, por lo tanto, es subjetiva aunque trate de construirse con objetividad. La Historia de la Literatura también es oportunidad: para que los nombres de Kafka, Joyce y Faulkner se graben en la flecha del tiempo, es imperativo que el de miles se olviden. Ellos, los de arriba, conquistaron la cima escalando la pila de cadáveres de los ignorados: la Historia es una selección natural.

La selección de pinturas fue natural: en Ámsterdam, Tamia dio preferencia a los museos que tenían obras de Pieter Brueghel el Viejo, a quien admiraba desde la adolescencia. Si había tiempo, visitaría los demás museos. La prisa radicaba en que el Gobierno de Holanda había anunciado el cierre total de funciones por un periodo de cinco días (del lunes 10 al domingo 16 de mayo de 2038), para una reorganización, aunque todos sabían que se trataba de un severo caso de falta de liquidez. El país había comenzado a gastar ingentes cantidades de dinero en no ahogarse por el ascenso del Mar del Norte, a causa del calentamiento global. El cierre coincidió con el desfalco perpetrado por el partido de gobierno saliente, Reorganización Unida, de tendencia centroizquierdista, que dejó en la calle a miles de holandeses por malversación de fondos estatales y corrupción. No se había visto un caso así en Europa en mucho tiempo, al menos no uno tan sonado. El cese de funciones del Gobierno coincidió con el fin de las labores de Reorganización Unida y muchos de sus dirigentes cambiaron la mesa de chupatintas por una celda en prisión. Ese fue el último partido de izquierda que se vio en Europa en mucho, mucho tiempo. Tras el congelamiento del Estado, este se despertaría el lunes 17 de mayo, energizado, robustecido, o al menos creyéndolo, con el Partido de Avance Democrático a cargo. El partido de extrema derecha había ganado por mayoría apabullante en las elecciones, no porque prometiera un cambio en el rumbo de un país que se estaba ahogando, sino porque seguía la misma tendencia de Bélgica y Francia: gastar el escaso dinero holandés en los holandeses. También anhelaban saber qué pasaría en Alemania en 2039, el país más fuerte de Europa, de ello también dependía su suerte. Por lo pronto le apostaban al caballo ganador, con la esperanza de que Alemania pensara igual que el resto de Europa.

El último jueves antes del cierre, Tamia admiró los cuadros de Brueghel, luego la sacaron del museo por sus rasgos latinos. El día anterior, en la Librería Rotmensen, se presentó la versión holandesa de *La edad del tiempo*, publicada por Piest Editions, con una concurrencia tan pobre que no se comparaba ni con el lanzamiento de *Acacias*, su primera novela. Apenas cuatro personas habían asistido, sin contar con tres familiares del librero. Solo se hizo una pregunta, más bien una aseveración, que nada tuvo que ver con *La edad del tiempo*, sino con «¡qué opinión puede tener una ecuatoriana de la realidad europea sobre la crisis que se vive en Holanda!». Tamia, que no quería perder tiempo peleando contra misántropos, dijo que no sabía nada, pero no sería una mala idea que, para salir de la crisis, los holandeses siguieran el ejemplo de su antiguo rey, Guillermo III, que quiso vender el Gran Ducado de Luxemburgo a Napoleón III.

—Vean qué territorios les sobran y véndanselos a Alemania —dijo Tamia de lo más imperturbable—, seguro de ahí sacan plata. Sí, eso.

Días después, Tamia y Kim comieron una cena frugal y silenciosa, luego regresaron al hotel, se acostaron en sendas camas y vieron una telenovela en holandés, no entendieron nada y no les importó. Tamia tejió una chambrita. Después de una siesta, admiraron Ámsterdam desde la ventana: nadie caminaba en las calles, nadie paseaba en bicicleta. El paisaje de las postales había sido reemplazado por el ascenso del agua y el descenso de los espíritus. A las diez de la noche salieron a tomar una cerveza, con algo de suerte presenciarían un acto histórico: el asesinato del nuevo presidente electo, la huida del rey a Alemania, una turba de holandeses saqueando las calles. La cotidianidad no deja percibir el paso del tiempo, los actos simples no se registran en la Historia: eso sucede después, cuando la gran ola ha pasado.

Caminaron por barrios sin nombre. Entraron en un negocio llamado Veroordeelden Vrouw y se sentaron en una mesa que cojeaba. Les sirvieron dos vasos de cerveza, que estaba tibia. Mientras bebían, se sintieron observadas por ojos inexistentes. Tamia imaginó gente caminando por las calles, Kim revisó las noticias en el celular. Se quedaron así, inmóviles, hasta que la traductora rompió el silencio:

¡Mierda!, dijo en inglés, enseñándole a Tamia el minúsculo celular, luego continuó en español, se veía venir: éxodo masivo en Polonia.

—Pobres polacos, siempre les ha ido mal, sobre todo hace cien años.

¡Y qué crees tú que va a pasar con los polacos!, no los van a recibir en ningún país de Europa…, Dios mío, a eso se suman los migrantes de Oriente Medio y los nuevos grupos de poder, que no son muy europeos…

—Pobres polacos, y a cien años de que Hitler los aplastara —dijo Tamia sin dejar de ver por la ventana—. Supongo que eso cancela el viaje que teníamos a Polonia.

Qué pena, mujer, asumo que la versión polaca de *Sinfonía silbada* se quedará en las librerías, entera.

—¿Librerías? A esa pendejada ni siquiera la van a sacar de las cajas. —Hizo un gesto para que les trajeran dos cervezas más—. Muy pronto no quedará nadie que saque las cosas de las cajas en toda Europa.

Pasada la medianoche, después de varios años de amistad, por primera vez la conversación se agotó: o la situación europea las había enmudecido o estaban exhaustas de no pertenecer a ninguna parte y recién se daban cuenta. Después de dos cervezas más, al regresar del baño, Tamia pasó junto a la licorera y descubrió que entre las botellas europeas se escondía una del más barato aguardiente ecuatoriano: Quitapenas.

—¿Cómo llegó eso aquí? —El mesero se encogió de hombros—. ¿Cuánto cuesta? No importa, démela. —Fue hasta la mesa—. Kim, ahora sí vas a probar lo que es bueno. La botella está empolvada, pero no creo que esté caducada… ¿El licor caduca? No importa, toma sírvete. Toma todo, tienes que dejar vacío el vaso.

Después del primer trago de ese licor de cuarenta y dos grados de alcohol, después de que el ardor le bajara raspando por la garganta hasta el estómago, como un escalador que cae por una cueva de hielo, tratando de asirse a la pared con el piolet, Tamia sintió que le habían devuelto algo que le había sido arrebatado hace mucho tiempo, aunque no supo precisar de qué se trataba. Fue como si una injusticia se hubiera reparado.

¡Dios mío, mujer!, qué asco, es demasiado fuerte, dijo Kim tratando de controlar las arcadas, ya no más, por Dios.

Tamia se sirvió otro trago, seguido de otro y después del cuarto descansó un rato. El fuego del aguardiente le había devuelto al sitio del que nunca debió salir. Se sentía más cerca del Ecuador no porque quisiera regresar, sino porque estaba siendo expulsada de Europa. ¿Se equivocó al no aceptar la propuesta de matrimonio de David? Por eso terminaron el noviazgo. Ahora estaría casada, se habría convertido en madre antes de la escritura de *Ada desfigurada* y quizá, sólo quizá, no habría caído en el pozo fétido donde no entraba ni la luz. Si hubiera asistido a las reuniones sociales de sus colegas de la universidad, a sus pies le habrían salido raíces similares a las de las acacias y así, al sentirse anclada, tal vez nunca habría renunciado de la forma abrupta como lo hizo: recién en esa mesa en Ámsterdam entendía el poder de su descortesía. ¿Siempre había sido así? Quiso preguntárselo a Kim, pero como ella no tenía la respuesta, se dejó apaciguar por un trago más. Descortés, es muy probable: a su mente vinieron imágenes de sí misma caminando por los pasillos de la facultad, evitando a toda costa toparse con sus colegas para conversar de temas que no le interesaban, y aunque sí le interesaran, temía que llegara un momento en el que no supiera más qué decir. ¿Por qué había evitado una buena charla con el poeta César Cisneros? Después de todo, le caía bien. O aquella vez que vio al prosista Sánchez a tres metros: no fue capaz de acercársele para preguntar cómo lo había tratado la vida desde que terminaron las clases, cómo estaba la familia, qué estaba escribiendo. La decisión, en ese momento simple y obvia, hoy le impedía regresar al Ecuador para llamarlos por teléfono y decirles: «Ya llegué, vamos por un café».

¿Existiría una Tamia que no escribiera y fuera, por ende, ridículamente feliz? Recordó la sinopsis de *Nunca estamos verdaderamente aquí*, la novela de Lewis Mencken que más ansiaba leer y que más le había sido esquiva: trataba del viaje de un escritor estadounidense por las carreteras de infinitas Latinoaméricas. Quería leer la novela porque quizá hablaba de ella, de Tamia. Suponía que en otro universo, como fantasma, debía existir una Tamia que no escapara de la gente en los pasillos, que no cancelara citas, que no hubiera elegido pasar toda la vida encerrada en una habitación, frente a una computadora. ¡A quién se le ocurre! Aquello era la locura misma. Suponía, asimismo, que en la novela de Mencken, cuyos borradores no había podido hallar en los centros literarios de Europa, a pesar de que Rodríguez-Monegal aludía en sus diarios, había una Tamia que estaba capacitada para convivir con otros humanos. El consuelo de verse perfecto en un libro. Pero no: Tamia era una castrada social, un despojo vergonzoso que no podía hacer nada más que teclear ficciones que no servían para nada cuando Helenita mojaba los pañales o lloraba pidiendo leche. Ahí estaba ella, en una mesa miserable de Ámsterdam, perdida para el mundo y sus habitantes, nadie la requería en ningún lugar. Helena dentro de poco tendría diez años. Ella había pasado los cincuenta y seis y se seguía sintiendo tan inexperta como el primer día de clases. Quizás en la novela de Mencken yacía la luz que había estado evitando desde que se decidió a escribir, desde que se entregó al escape en tierras que no le pertenecen y empezaban a rechazarla.

—Nunca estamos verdaderamente aquí, ¿no?

¿Qué?, Tamia, ya estás muy borracha, dijo Kim, mejor vámonos, mujer.

Pero el cuerpo de Tamia no colaboraba. Se había vuelto viejo y pesado como una pianola olvidada en el sótano. Con los ojos cerrados, Tamia abrazó a Kim para usarla como bastón. Caminaron por la noche oscura de Holanda, que era una extensión de la noche europea. De camino al hotel, Kim confundió la ruta dos veces y dos veces tuvieron que recoger los pasos para no perderse más. Doblaron en una esquina y avanzaron por una calle en la que, de repente, se vieron con el agua hasta las rodillas. Kim sintió que las fuerzas de los brazos la abandonaban. Aunque trató de evitarlo a toda costa, aunque lanzó manotazos en el aire, Tamia cayó de bruces en el agua del Rin. Kim la sacó enseguida, la cargó hasta la acera y la obligó a ponerse de pie, siempre con un extraño chillido que venía de algún lugar. La abrazó de nuevo y caminaron de regreso, media calle, hasta un zaguán abierto que parecía abandonado. Ahí la sentó en una grada de piedra antigua, al igual que el resto de la vecindad. Kim se apoyó en la pared, frente a ella, y trató de recuperar el aliento que se le quedó en el Rin. Cuando estuvo más calmada, Kim entendió que el chillido de ratón provenía del interior de Tamia: era el llanto tenue de un muerto que lucha para hacerse camino hacia la superficie, pero antes tiene que batallar contra mil demonios.

Tamia, ¿qué te pasa?, ¿por qué lloras?

Las palabras de su amiga, desde el otro lado de la realidad, la hicieron consciente del dolor, así que se dejó ir: lloró como si su abuela hubiera resucitado solo para abandonarla. Entonces, súbito, vio en la esquina del zaguán a un perro dachshund café que pasó y se perdió en menos de un segundo.

—¿Lo viste? ¡¿Lo viste?! —preguntó alterada. Es el perro salchicha del logo de Daxhund Booxs, debe ser una señal, pensó creyendo haberlo dicho en voz alta.

Kim no vio nada ni supo de dónde vino el atisbo de lucidez corporal de Tamia, por ello, para cuando reaccionó, la escritora ya se había perdido en la esquina del zaguán con la agilidad de una joven gimnasta. Trató de seguirle el paso, pero cuando llegó a la esquina, no había señales de su amiga.

Tamia seguía de cerca al perro, que caminaba rápido por las calles húmedas. Lo llamaba. Dobló en una calle y luego en otra, hasta que dio muestras de cansancio. Tamia se le acercó sabiendo que este nunca le haría daño.

—Es Daxhund Booxs, es mi perro... No puede ser una coincidencia —musitó.

Su mano derecha envolvió el hocico y la cabeza café del perro, como un abrazo en miniatura. Bajo la luz intermitente de un poste, Tamia pudo apreciar que el morro del perro salchicha estaba cubierto de canas, al igual que la región de los ojos, las cuatro patas, el vientre y la cola. Era un viejo hermoso. Debería tener unos trece años o más. Respiraba con dificultad no por la huida, sino porque, se notaba, tenía problemas en los pulmones. Lo acarició. Se quedaron unos minutos mirándose a los ojos, con la resignación que emanaba el pozo silencioso de la vida de Tamia. Sintió que en otro universo se habían amado toda la tarde de un viernes, toda la vida del perro. Entonces la mirada del animal le dijo que estaba listo para irse. Después de acariciarle la pata, Tamia lo soltó para siempre. El perro dio media vuelta y reanudó su andar lento pero apresurado, sin regresar a ver a esa mujer que quizá en otra realidad fue su ama. Dobló la calle y se perdió para siempre, con una suerte de digna felicidad. Tamia pensó en correr de nuevo para abrazarlo hasta que el llanto mudo de los dos se apaciguara, pero se echó para atrás porque eso no era lo que quería el animal, podía sentirlo. «Nunca te voy a olvidar», susurró en la calle vacía. De pronto, se vio sola y sin guía en esa calle de Ámsterdam, en Holanda, en Europa, en el planeta Tierra, en la Vía Láctea, en el universo observable, en el universo...

—No sé, no sé qué estoy haciendo... pero no puedo hacer nada más —dijo Tamia cuando Kim la halló. Palabras ebrias salían disparadas de su boca, otras se atoraban y acomodaban sobre el llanto, como un barco de papel en un pequeño río de agua de lluvia, que pronto desembocará en una alcantarilla—. No puedo hacer nada más, en serio... Me levanto..., todos los días... y me digo hoy va a ser diferente, hoy voy a conversar con alguien, trataré de que eso no me gane, que no sea más fuerte, pero al final no puedo, es más fuerte que yo... Kim, ayúdame. —Kim estaba tan asustada que estuvo a punto de gritar por ayuda, parecía que Tamia se iba a morir de un infarto—. Siempre me digo eso, por ella, por manipularla a lo lejos... Yo tengo la culpa, pero no podía haber hecho nada más por ella, en serio: la abandoné, Kim, yo la abandoné...

El dragón en mis sueños
(2038-2039)

Cuentos académicos redobló las apuestas por el siguiente libro de Tamia, como si la literatura fuese una rueda de casino. El mundo le demandaba una novela extensa, de difícil factura, que remitiera otra vez al esplendor de la novela del dictador, uno de esos edificios narrativos y quiméricos que dejan entrever la maravilla de la arquitectura interior.

Daxhund España le advirtió que *El dragón en mis sueños* no era lo que la gente quería en ese preciso instante, pero no pudieron disuadirla. Era la novela más corta de su carrera —ciento cuarenta páginas— y, en apariencia, era más simple. Era el largo monólogo interior de una mujer sin nombre que rememora la segunda mitad de su vida, desde los treinta y cinco años, regida, según los lectores existencialistas, por la teoría del absurdo de Camus: cuando el ser humano sabe que el universo no tiene sentido, se atiene a tres opciones: continuar con la cotidianidad, el suicidio o la rebelión. Los críticos dijeron que la mujer había escogido la segunda opción, de ahí que rememorara todo en su lecho de muerte, y los lectores escogieron la tercera. La mujer había cometido el mayor acto de rebeldía posible para el ser humano: escoger la soledad. El monólogo es un sistemático recuento de cómo se había deshecho de amistades a lo largo de toda su vida, cómo había logrado apartar a la gente imprescindible es pos de un objetivo final, que ella llama *milagro*, para, en un punto avanzado de su existencia, estar completamente sola.

Entre lo más criticado de la novela estaba que no se especificaba el milagro-objetivo del personaje principal, por lo tanto se volvía plano, carente de motivaciones, inexplicable en esencia. Tampoco se aclaraba si la mujer tenía un problema de aprendizaje, pues su fluir de consciencia adolecía de fallas al conformar las oraciones. Se presumía que las faltas ortográficas y los hipérbatos estaban ahí por una razón, pero ¿para qué? Si la mujer sufría de una especie de retraso mental, habría sido imprescindible que, de alguna forma, se lo mencionara en la narración. Aquello era gratuidad de la mala.

Tras la publicación de la novela, Tamia desapareció, no estuvo disponible para entrevistas, lo que le valió una reprimenda de Daxhund España, a lo que ella respondió que si no estaban contentos con su labor, podían prescindir de futuros trabajos en conjunto. Ródenas, impactado por la frontalidad, sabiendo que ella podía irse a una editorial de la competencia donde la recibirían con los brazos abiertos, bajó el tono, incluso mencionó que seguramente atravesaba por una etapa Salinger-Pynchon, de la que esperaba que saliera pronto para promocionar el libro. Pero Tamia le había escrito aquello no como una amenaza, sino porque era lo más obvio, después de todo, lo primero siempre ha sido la escritura, la publicación es secundario.

Tamia reapareció en la vida pública el 31 de agosto de 2039, en Berlín, en la presentación de la versión alemana de *En el último día del mundo dirás su nombre*. Por su «trama ambientada» en la Segunda Guerra Mundial, esta había sido la obra escogida para entrar en el mercado alemán, de mano de Editorial Innenkrieg. Louis Cerduné se disculpó nuevamente con Tamia porque no podría asistir a la presentación por problemas de salud, no obstante, envió su ponencia, que leyó Kim en alemán después de la intervención del reconocido escritor berlinés Otto Müller.

Los tiempos que vivía Alemania no permitieron hacer una correcta lectura de *En el último día del mundo dirás su nombre*. La masa incapaz de entender el arte porque su historia no se lo permite. Esta es la razón de que haya obras adelantadas a su tiempo, por eso las historias de la literatura también se alimentan de relegados, de parias que llegan tarde al asentamiento de sus vidas en la flecha del tiempo. Un hombre le preguntó por qué los alemanes deberían leer el libro de una extranjera en lugar del libro de un alemán. Tamia respondió en inglés:

—No lo leas, hazte un favor y no lo leas.

Müller le pidió al hombre que saliera de la librería. Se retiró maldiciendo, pero su pregunta contagió al resto de la concurrencia, su humor se impregnó en las paredes y el suelo.

Señorita Torres, dijo en alemán un hombre de unos cuarenta y cinco años, ¿por qué deberíamos leer un libro sobre la Segunda Guerra Mundial, ambientado en Alemania, que escribió una ecuatoriana que ni siquiera estaba viva cuando sucedió la guerra y que ni siquiera visitó Alemania mientras lo escribiría?

Dubitativa, Kim le tradujo la pregunta. Tamia miró al hombre directo a los ojos mientras le hablaba en inglés:

—Yo también me pregunto por qué un hombre que no vivió durante la Segunda Guerra Mundial debería leer mi libro. El colmo de los nacionalismos es apropiarse de las vergüenzas, como la guerra. Gente como usted es posible porque, precisamente, en la Tierra ya no hay nadie que nos recuerde el horror de la guerra. Si alguien está verdaderamente interesado en la literatura, yo voy a estar aquí, en la mesa. Si quiere preguntarme algo real, estoy aquí, pero si tiene ganas de seguir jactándose de las victorias alemanas, por favor, hágalo afuera, que esta presentación se terminó.

Al día siguiente, el jueves 1 de septiembre de 2039, Tamia y Kim, en la habitación del hotel, vieron por televisión la declaración oficial del consejo electoral: el triunfo del Partido del Orgullo Alemán, que había obtenido el sesenta y ocho por cierto de los votos nacionales, por sobre las ofertas de campaña de la Unión Central Democrática. El Partido del Orgullo Alemán había conquistado a los votantes con su lema: «Alemania para los alemanes».

—Kim —dijo Tamia apagando la televisión—, es momento de dejar Europa.

La eternidad en una hora
(2039-2042)

En agosto de 1939, no era ningún secreto que Hitler invadiría Polonia, aun con el Tratado de Versalles. Los polacos lo sabían mejor que nadie: habían visto el progresivo avance de los soldados alemanes, los vieron cruzar las fronteras y quedarse a vivir entre ellos. Como judía, Tesia Jakov se sabía perdida, a pesar de que los rabinos de su comunidad decían que Hitler no se atrevería porque el recuerdo de la Gran Guerra pesaba demasiado. Ella no les creyó, así que tomó sus ahorros, fue a visitar la tumba de su madre y se encaminó a la estación de tren de Varsovia. Compró un billete a Cracovia, adonde llegó tres días después, tras seis trasbordos: dos por desperfectos y cuatro por razones desconocidas. Poco faltó para que la dejaran sin transporte, de no ser por las quejas y súplicas de los viajeros. Un aire viciado deterioraba los servicios, hasta las estaciones de telégrafo se cerraban en horas hábiles. Era una anomalía en el sistema, la sensación de que el orden colapsaría en cuestión de horas.

En Cracovia, lo primero que hizo fue buscar comida: devoró con frenesí, como un perro que no sabe cuándo volverá a probar bocado. De las seis estaciones de tren que visitó, ninguna podía llevarla a la frontera con Hungría, así que caminó. Ningún auto paraba. Presintiendo lo peor, optó por dejar la carretera y viajar oculta por las casas y los maizales, preguntando de vez en cuando si estaba en la vía correcta. ¿A cuál frontera quiere ir: la frontera con Eslovaquia o con Hungría? Cualquiera, respondía. Una persona le dijo que conocía a un hombre, un granjero judío en Nowy Targ, que estaba por viajar a Eslovaquia: si le pagaba podría llevarla. Tres días después llegó a la casa del hombre, quien, se notaba, huía pero no por judío, sino por algo atroz. No sería fácil salir de Polonia porque los mismos polacos lo impedían. Tras acordar una cantidad que superaba con creces lo que Tesia había presupuestado, se pusieron en camino. Intentarían salir por Checoslovaquia, si había problemas darían media vuelta para ir al borde con Hungría.

En la frontera encontraron filas tan largas de vehículos y familias que barajaron la posibilidad de abandonar la vetusta camioneta y abalanzarse a la frontera, cruzarla como prófugos, so riesgo de recibir un balazo en la espalda. La fuga tendría éxito solo si fuera masiva: una estampida era arriesgada porque los soldados polacos, que recibían órdenes de los alemanes, eran capaces de las peores canalladas. ¿Qué había pasado en Polonia? ¿Así de inminente era el fin del mundo? El hombre prefirió esperar, sabiendo que los viajeros pensaban igual. Con algo de suerte, dijo, mañana estaremos en Zuberec. Tesia vio que algunos vehículos pasaban el control sin problema, pero también vio a los soldados bajando a los pasajeros, a veces a porrazos, los metían en una caseta, de la que no volvían a salir, y luego abandonaban el vehículo atrás de las oficinas. Tesia temblaba porque durante la espera, después de analizar docenas de casos, no podía más que atribuir al azar quién pasaba y quién no, al humor del soldado de turno. Tesia se imaginaba en el centro de un bosque frondoso, rodeada de pirómanos.

Al siguiente día, los soldados la observaron detenidamente y alabaron su belleza, no le pidieron que se bajara del vehículo y no hallaron falsedad en los documentos que indicaban que era esposa del hombre. Pasaron. El hombre se apresuró a poner kilómetros entre ellos y la estación fronteriza, mientras Tesia se despedía de Polonia, de su vida. Una vez en Trstená, el hombre buscó un potrero alejado y estacionó el vehículo. Exigió la segunda mitad del pago y explicó que debido al sacrificio que había hecho, lo normal era que ella, por su propia voluntad, diera una propina. Tesia le dio el dinero, pero rechazó la propina. El hombre dijo que él obtendría la propina por las buenas o por las malas. Muerta del miedo, Tesia entendió que no tenía escapatoria: con asco se quitó la ropa y el hombre contempló su cuerpo delgado y pálido. Él se abalanzó y ella, inmóvil, colaboró. Al final, el único consuelo que Tesia tuvo fue que el hombre estaba tan urgido que no duró nada. Se sintió estúpida y sucia por encontrar consuelo en esa idea. Mientras se vestían, el hombre dijo que mejor se apuraban porque tenían un largo camino hasta Zuberec. Tesia dijo que continuaría por su cuenta. Él le gritó que estaba loca por querer quedarse sola en medio de la nada. Tesia se bajó de la camioneta y corrió hasta perderse en el bosque. Cuando se aseguró de que no la seguía, se agazapó junto a un árbol, lloró, vomitó, lloró. En cuclillas orinó, usó los dedos para extraer el semen y reanudó la huida. Corrió. Sintió que corrió kilómetros en pocos segundos, la eternidad en una hora. En un árbol durmió cobijada por el calor del agonizante verano.

Checoslovaquia, sin duda, estaba funcionando mejor que Polonia, quizá porque los nazis ya tenían un año manejándolo todo con sus máquinas burocráticas perfectamente engrasadas. Se sentía un poco más tranquila: lo que fuera con tal de no estar en Polonia ni tener que pasar por los Sudetes. Conversando con personas locales (todavía estaba en la zona donde se hablaba polaco), se enteró del fin del mundo: Alemania había ocupado Polonia, incluso un gran contingente de tropas había tomado con violencia Nowy Targ, donde estuvo hace pocos días. En la República de Checoslovaquia la circulación era menos complicada: solo tuvo que hacer tres trasbordos para atravesar por medio de la cordillera de los montes Tatras. Al llegar a Banská Bystrica, devoró todo lo que pudo, de ahí no probó bocado hasta alcanzar Zvolen. Varios trenes, autobuses y vehículos después, llegó a la aduana de la frontera con Hungría, donde soportó el racismo para que la dejaran salir. En Budapest se sintió más relajada, incluso pensó en quedarse a vivir, pero los rumores expansionistas de Hitler la obligaron a sacar fuerzas para seguir. Con relativa rapidez, inusual en un continente que se resquebraja, llegó a Yugoslavia: en un hotelucho de Zagreb se enfrentó a la pregunta cuya respuesta significaba seguir con vida: ¿debía ir a Italia y cruzarla, llegar a España y cruzarla, y llegar a Portugal con la esperanza de encontrar un barco o un avión que la sacara del continente o, en cambio, bajar a Cetiña y tomar un barco que la llevara por el mar Mediterráneo, navegando por el norte de África, con la esperanza de llegar, como fuera, a Marruecos, donde era más probable encontrar un barco que la sacara hacia algún lugar de América, para luego subir a Estados Unidos, la tierra de la libertad? Al final, Musollini y Franco la ayudaron a decidir. Tres días después estaba a bordo de un carguero llamado Universo que iba a Marsa Alam, con una parada previa en Alejandría, donde, tras una segunda violación, abordó el barco que la llevaría a Marruecos. Viajó en una bodega pestilente, en la que comía a oscuras cuando a su contacto en la cubierta le daba la gana de alimentarla. Lloró de felicidad al tocar el suelo de Rabat. Viajó por tierra a Casablanca, también protectorado francés. ¿No estaba ya lo suficientemente lejos de la guerra? En tres meses se había alejado tanto de Polonia que todo le parecía una horrible pesadilla. Quiso quedarse a vivir en Casablanca, pero los locales —los franceses que ocupaban Marruecos a la fuerza— le aconsejaron que se marchara porque, tarde o temprano, los alemanes conquistarían Francia, y con ello esa zona de Marruecos. Un francés le dijo que aprovechara que no tenía raíces para irse. Tesia le respondió en francés: «No es que no tenga raíces, es que no tengo a nadie».

Hablar francés y socializar con los locales le ayudó a conseguir mejor trato en un viaje clandestino hacia América. Aunque lo intentó, nadie pudo sacarla por aire hacia Estados Unidos, así que viajaría por barco a Venezuela y de ahí buscaría la forma de atravesar medio continente hacia el norte. Dos meses después, en 1940, el barco llamado Constelación atracó en Puerto Cumarebo, en Venezuela. El viento del Atlántico, la gente de piel morena y la variedad de frutas le dijeron al oído que finalmente estaba a salvo. Era imposible que a este paraíso llegara la guerra: bastaba con mirar la naturaleza y la forma de vida tan diferente. Todavía con la idea de llegar a Estados Unidos, dos días más tarde, Tesia subió una vez más al barco. Después de vadear el Golfo de Venezuela, entraron en aguas colombianas. Tras una parada de emergencia de un día en el puerto de Riohacha, atracaron en Santa Marta, donde pernoctarían tres días. Tesia bajó del barco y se adentró en esa región que era lo opuesto a la guerra. En Santa Marta el tiempo se había detenido: la gente, de ropas ligeras y piel canela, iba a ningún lugar sin prisa, vivía de las exquisiteces del mar y era aficionada a la cerveza negra. No podía existir mejor lugar para desaparecer que en uno en el que no pasara el tiempo. No tuvo ninguna duda ni remordimiento al ver al Constelación zarpar.

Los pocos złotys que le quedaban de nada le sirvieron en Santa Marta, le dijeron que eran billetes de mentira. Mejor le fue con los francos de Marruecos, que cambió en un banco por pesos colombianos, así pudo sobrevivir los primeros días, en los que optó por dormir en la calle para ahorrar. Tesia, que era una mujer inteligente, aprendió el español, que se le hacía como un francés más fácil y divertido. Consiguió trabajo en un restorán a orillas del mar, donde lavaba platos, atendía las mesas, limpiaba, barría e iba al mercado y al puerto, hacía todo lo que le pidieran. Pronto se la empezó a conocer como la Polaca: llamaba la atención que una persona de ese país hubiera venido a esas regiones olvidadas por la mano de Dios. Sabían que había llegado a Colombia huyendo de la guerra, sabían que era una migrante desesperada y solitaria, por eso la gente la trataba bien, incluso una anciana le alquilaba la habitación por la mitad del precio original.

Un año después, a inicios de 1942, tuvo la suerte de servir la comida de Lorenza Villegas, la primera dama de la nación, que estaba vacacionando en Santa Marta. Conmovida por su historia de supervivencia, le propuso ir a Bogotá a trabajar como ama de llaves en la mansión del presidente Eduardo Santos. Fue bien recibida, se sentía tan a gusto en su nuevo trabajo que no tardó en enamorarse del chofer, Andrés Ordóñez, que también hacía las veces de jardinero. Se casaron en 1943, en el patio de la casa de los Santos, a la que asistió el mismo expresidente, ahora dedicado al periodismo. Cuando Tesia le dijo a su marido que estaba embarazada, él le dijo que era momento de volver a su tierra, Ecuador, donde tendrían trabajo en la casa de un hacendado de Imbabura, familiar de Santos. En 1945, en Ibarra, nació Julio Ordóñez Jakov, bautizado bajo la fe católica que Tesia había adoptado en los primeros meses en Colombia, como una forma de buscar aceptación en tierras latinoamericanas, donde «los judíos eran unos europeos que no creían en Jesús».

—Claro que creía en Jesús —dijo Tamia. Dio un sorbo del insípido café, pidió azúcar a la azafata, revolvió el líquido, dio una nueva probada y continuó—. Mi abuela Aída no hacía nada si no tenía la aprobación de Jesucristo. Mi abuelo también creía en Jesús, se llamaba Julio Ordóñez Jakov. Creo que nunca te he hablado de él.

Para nada, mujer, dijo Kim, he leído tu obra y siento como si Aída fuera mi abuela, una abuela fantasma, por cierto, pero de tu abuelo nada...

—Mi abuelo era un hombre hermoso: mitad ecuatoriano, mitad polaco, por eso tenía aspecto de indio de acabados delicados, por decirlo de alguna manera. —El letrero «Por favor abróchese el cinturón» se encendió. El avión entró en una zona de ligera turbulencia—. Las mujeres se volvían locas por él en Ibarra, una ciudad a dos horas al norte de Quito, donde vivió la mayor parte de su vida. Luego, cuando conoció a mi abuela, se casaron y fueron a vivir a Quito. Ahí nació, en 1964, mi mamá, Juana.

¿Qué más sabes de tu bisabuela Tesia?, dijo Kim, ¡qué personaje!, ¿algo más aparte del milagroso escape?

—Lo del escape me lo contó mi abuela Aída cuando yo era adolescente. Me impactó tanto que escribí un cuento feísimo, a los catorce años, lo debo tener archivado en mi casa, si es que mis cosas siguen ahí. No sé mucho más de Tesia, era muy reservada, sobre todo después de que se hizo católica. Tesia contó una sola vez la historia de su escape. Mi abuela sabía que para Tesia era un tema tabú, no solo por lo que los alemanes hicieron con los judíos, sino porque sentía vergüenza de haber sido violada.

La moral machista y religiosa es una maravilla, ¿no?, dijo Kim, sentirse avergonzada de algo así cuando ella es la víctima.

—Pasa y seguirá pasando.

No puedo ni quiero imaginármelo, dijo Kim.

—Tienes mucha suerte de ser fea, ya nadie quiere violarte, jajaja.

¿Ah, sí?, dijo Kim, no sé si te has visto últimamente en el espejo, mujer, pero hace rato que tú también dejaste de ser la prioridad de los depredadores sexuales.

—Brindo por eso —dijo Tamia levantando la taza, Kim alzó una copa de plástico con vino tinto—. Más allá de lo mal que lo pasó mi bisabuela Tesia, lo que quería decirte es que ella huyó de Europa en 1939 y yo estoy haciendo lo mismo cien años después. Ni tú ni yo estamos saliendo en las mismas condiciones, por Dios, ¡estamos dejando Europa en avión, tomando café y vino! Tenemos la suerte de no ser migrantes. La guerra de los migrantes contra los europeos de pura cepa, quién diría, a pesar de que ahora son minoría en su continente... Para mí no deja de ser curioso cómo se suceden los ciclos.

¿Ciclos?

—Sí. La historia se va repitiendo, se va mordiendo la cola. Ahora yo salgo de aquí, cien años después, sin habérmelo propuesto, salgo porque ya no me siento cómoda por la xenofobia. Salgo al cumplirse cien años del estallido de la Segunda Guerra Mundial, que nadie parece ya recordar. En cien años la nieta de Helenita hará lo mismo, en 2139, quizá deba huir de Colombia porque ya se han explotado todos los recursos del Amazonas...

¿2139, todos los recursos del Amazonas?, dijo Kim, mujer, si al Amazonas no le debe quedar vida más allá de 2055.

—Es triste. Sí, eso.

Consolémonos sabiendo que vamos a llegar a las celebraciones en Nueva York, dijo Kim levantando otra vez el vaso de vino, este planeta se va a la mierda, pero estamos a punto de arruinar uno nuevo.

Tamia miró por la ventanilla: nubes bajo el avión, a lo lejos una tormenta eléctrica.

—Estamos volando a diez mil metros sobre la Tierra: a esta altura estamos un poco más cerca que cualquier humano de los astronautas que van a llegar a Marte.

¿Puedes creerlo?, todo indica que a la tercera va la vencida, no quiero ni recordar la explosión del segundo cohete, pobres, murieron seis astronautas.

—Estos astronautas también van a morir, tarde o temprano. Es un viaje solo de ida. Yo no podría ir a morir en otro planeta.

Los soviéticos habrán sido los primeros en poner a un hombre en la Luna, dijo Kim, pero nosotros seremos los primeros en poner al hombre en Marte.

—¿Y tú desde cuándo tan nacionalista? Te olvidas de que los soviéticos fueron los primeros en enviar una sonda a los confines del espacio.

¿Y tú, mujer, desde cuándo tan protectora de los soviéticos? La dictadura no les dejó muy buenos recuerdos...

—A la larga, son hitos humanos, no nacionalistas.

Brindo por eso.

Tamia miró las nubes y el cielo trasatlántico. Pensó en la sonda Viajero: ¿qué estaría viendo en ese momento?

Si lo piensas un poco, dijo Kim, que el hombre esté yendo a Marte no deja de ser también una huida del planeta.

—También es una forma de perennizarse: los seis astronautas que van a morir allá ya tienen garantizada su memoria en la historia de los hitos humanos. —Tamia miraba el fondo de su taza de café, como si dentro del líquido oscuro se ocultara un secreto.

Se puede hacer lo mismo con la literatura, dijo Kim.

—Pensar en eso me marea.

Podemos pedir una bolsa a la azafata.

—Jaja... me da vértigo pensar en el olvido, cuando escribo sobre el olvido.

A todos nos marea algo en la vida, mujer.

—Sí, pero esto es diferente.

Apuesto que tu bisabuela Tesia también sintió vértigo cuando viajaba oculta en los cargueros.

—Ella también huía...

Y aquello de la violación..., Dios mío, no quiero ni pensarlo.

—Se alejó de todo...

Ahora que lo pienso, tu ascendencia polaca explica tu palidez, los brazos morenos son por vivir tan cerca del sol, en Quito, pero el resto, mujer..., a veces hasta a mí me asustas...

—¿Será que yo también termino así?

Claro que pensar que eres pálida por tu remoto pariente europeo es casi un cumplido, eres pálida porque escribes, mujer: nunca te da el sol, siempre te la pasas sola bajo techo, maquinando, mira mi pecho, si hasta yo soy menos pálida que tú...

Era más pálida de lo que recordaba: la luz de Nueva York. Kim no se acostumbraba a pesar de que ya llevaba más de una semana en la ciudad, en el departamento de Brooklyn de sus padres. ¿Cómo estará la luz de su natal Boston? Viéndola cuestionarse de esa forma, Tamia, angustiada, supuso que le pasaría lo mismo al regresar a Quito.

Los primeros días se encerraron: se dedicaron a dormir, comer chino y contemplar las celebraciones desde la ventana. Luego salieron porque había en el aire un sentimiento de historicidad, de periodo eterno. Aída le dijo a Tamia que cuando el hombre llegó a la Luna, toda Latinoamérica salió a celebrar, y como buenos latinoamericanos, los festejos duraron una semana: por primera vez en casi una década, la gente pudo gozar a viva voz en las calles, impensable en dictadura. En Nueva York se estaba celebrando igual: desfiles, bocinazos a toda hora, confeti sobre las calles, publicidad electrónica con la imagen de Adam Jackson pisando por primera vez suelo marciano. Paulatinamente, la emoción empezó a descender: de la felicidad extrema se pasó a la indiferencia mundana, y en el medio el olvido. Quizá de esa forma puede continuar la vida, pensó Tamia.

Kim guio a Tamia por los museos de la ciudad. Visitaron un portaaviones repleto de helicópteros y naves espaciales. Comieron los sándwiches más grasosos que habían probado jamás. En la segunda semana en Nueva York, Tamia retomó la escritura y se dejó llevar en actividades relacionadas con la profesión: con Kim como intermediaria, conoció a las Guerrilla Girls por pedido de estas, porque su literatura, para las activistas, hablaba del poder de la mujer en la sociedad actual. Se tomaron dos fotografías: en una, las cinco usaban máscaras de gorila, en la otra solo Tamia, sin máscara, miraba a la cámara. Tuvo dos entrevistas: la primera con *The New York Review of Books*, donde la admiraban por el artículo de Gerry O'Driscoll, con quien conversó: el diálogo fue más allá de la literatura y de su próxima novela en inglés, *The Age of Time*. O'Driscoll citó al filósofo e historiador Jack Mikkelsen, quien pugnaba para que se reformulara la Historia con la Guerra Fría como la Tercera Guerra Mundial, la más devastadora y trágica del siglo XX. Tamia asintió y dijo que la Guerra Fría sería uno de los eventos más asesinos de la historia, porque habría que hacer la sumatoria total de las bajas de las guerras y dictaduras. Según esta lógica, la guerra contra la migración de Europa tendría la potencia de una guerra mundial: «Se espera la destrucción de Europa, pues lo que están haciendo es lanzarse una bomba de tiempo de un país a otro».

En muchas regiones de Europa, dijo O'Driscoll, hay campos para migrantes, cientos, miles, millones de migrantes que no pueden entrar a las grandes ciudades porque Europa no los quiere ahí, los niveles de vida que llevan a esos campos y los trabajos a los que se ven sometidos nos hacen pensar en los campos de concentración del nazismo, de hace cien años, ¿qué opinión tiene usted?

—Parece que la historia está repitiéndose. Lo más curioso es que los caucásicos europeos dejaron de ser mayoría. Lo mismo está pasando aquí, en Estados Unidos: en pocos años, los migrantes serán la mayoría étnica, lo cual es paradójico porque ustedes han reelegido como presidente a un exmiembro del Ku Klux Klan, que aboga, con doble discurso, por la limpieza étnica de este país de migrantes. Ese racista está haciendo con este país lo mismo que pasa en Europa, pero de una forma menos obvia gracias a su noción de libertad y capitalismo, como pasó en la Guerra Fría, pero es simple xenofobia. Si hay una Cuarta Guerra Mundial, Estados Unidos estará tan metido como Europa.

La segunda entrevista, hecha por un mexicano de *The New York Times*, se mantuvo dentro de los límites de la literatura, pues el periodista, que había leído toda la obra de Tamia en español, intentó sin éxito sonsacarle hacia dónde se dirigía el proyecto.

—Va al mismo lugar que la sonda Viajero —respondió Tamia.

Dos días después, con Tamia, Kim y Ben Lerner en mesa, *The Age of Time* se presentó en la librería Strand. Al verse rodeada de tantos libros, Tamia se sintió como en casa. Al fin un descanso: después de varios años, un libro suyo no era recibido con críticas xenófobas. Después de firmar ejemplares a la vieja usanza, salieron. Nueva York era brillante, barroco de marcas y estímulos. Fueron a cenar a un restorán italiano de la misma calle. El espagueti le supo a gloria, la cerveza fue un elixir bendecido. Por la noche, mientras intentaba dormir, Tamia entendió por qué la experiencia estadounidense le estaba sentando tan bien: porque pronto se terminaría. Se había puesto un plazo de tres semanas para conocer Nueva York y luego directo a Quito. ¿Pero tendría el valor para comprar el billete de avión? No había visto su país en ocho, casi nueve años, tenía miedo de enfrentarse a aquello de lo que había huido. Quizá debería viajar a Bogotá: con algo de suerte, Helena, ya de once años, la cubriría de besos al verla por primera vez. También existía la posibilidad de que, sabiéndose abandonada, le lanzara en la cara el ramo de flores, a la vista de todos, en el aeropuerto. Así la venganza de Helenita Herrera estaría completa. Para tranquilizarse se preguntó: ¿es necesario volver? ¿Por qué? ¿Acaso no puedo quedarme vagando por el mundo como el astronauta que ha salido despedido de la estación espacial y ahora gira eternamente en la oscuridad del universo? ¿No sería mejor aceptar que no pertenezco a ningún lado más que al país de las letras, porque mi patria es la literatura? Sentía la obligación del regreso como un mandato que le garantizaba que solo así su cuerpo, al final, podría descansar, pero antes tendría que aterrizar en la región fantasma de donde provenía la sensación de que su abuela nunca sería olvidada, donde siempre era de noche. El proyecto estaba entrando en las etapas finales y eso la acobardaba porque después solo había el vacío.

Antes de comprar el regreso a Quito, Tamia recibió una llamada telefónica. Era el director de la Feria del Libro de Guadalajara: le habían concedido el Premio FIL en Lengua Española de 2039. Debería estar presente en la feria, en noviembre, para recibirlo. Tamia y Kim celebraron con vino, hamburguesas y charla. Eran dos mujeres que sabían que estaban a punto de separarse. Por la noche, un poco más calmadas, compraron el pasaje de avión: Tamia saldría a Ciudad de México en cinco días. Se propuso recorrer México durante octubre y parte de noviembre, antes de ir a la feria, para seguir de cerca los pasos de Lewis Mencken. Asimismo, en la feria se presentaría su nueva novela, *La eternidad en una hora*. Una nueva luz, una no tan pálida como la de Nueva York, se había puesto en el horizonte y Tamia se abrazó a ella como el alpinista a la copa de un árbol, en una avalancha. Los días restantes, Tamia y Kim no se separaron ni un instante. Tamia le propuso que viajaran juntas por México para continuar la aventura, pero Kim dijo que francamente estaba cansada de no pertenecer a ningún lado.

La falta de raíces agota y envejece, mujer, dijo Kim, tú lo sabes mejor que nadie, no creas que ya he olvidado tus depresiones, tus deslices, tus llantos, algún día, Tamia querida, todo acaba, los artistas también deben colgar los guantes y deben colgarlos en un punto alto, para no terminar convertidos en villanos, como tu Palacio o tu Rulfo, sé que nunca te pasará, pero no te conviertas en villana, por favor.

—Te veo en noviembre en la feria —dijo Tamia, abrazándola.

No me la perdería por nada del mundo, dijo Kim, abrazándola más fuerte.

Kim la vio partir. Tamia le entregó el pasaporte a una oficial de aduana y desapreció por un pasillo. De vuelta en el departamento de Brooklyn, mientras recogía sus cosas para ir a Boston, donde su familia la esperaba con ansias, notó una anomalía en la imagen de Tamia perdiéndose en el pasillo del concurrido aeropuerto JFK. En la imagen mental, que debería tener de fondo a decenas de personas corriendo a sus aviones a punto de despegar, Tamia desaparecía completamente sola: en el cuadro no había nadie más, incluso la oficial se desvaneció enseguida. Tamia volvió a su estado natural.

A su estado natural, si la humanidad volviese a su estado más primitivo, ¿cuáles serían las historias dignas de conservarse? Las más simples, las que reconfortan. Los primeros humanos contaron estas historias alrededor de una fogata, en medio del bosque, rodeados de oscuridad y depredadores: esas ficciones —versiones exageradas de las cacerías— alejaban al miedo, así los niños y las mujeres olvidaban, durante el tiempo que ardía la madera, que todo estaba en su contra, que si no morían en las fauces de las fieras, lo harían por el frío y la soledad. Miles de años después, ya dentro de casas con chimenea o calefacción, las madres repetían estas historias a sus hijos para que no tuvieran miedo de los monstruos y eligieran la vida. Esas historias, contadas de la forma más simple y cronológica, similares a los cuentos de hadas, son las que valen la pena, las que deben sobrevivir al paso del tiempo. Esta idea es la premisa de *La eternidad en una hora*, la novela que Tamia presentó en la Feria de Guadalajara, dos días después de que le concedieran el Premio en Lenguas Romances. Tamia reveló que el título de la novela viene de un poema de William Blake:

Ver el Mundo en un Grano de Arena
y un Cielo en una Flor Silvestre:
tener el infinito en la palma de tu mano
y la Eternidad en una hora.

También reveló que era su trabajo más nostálgico, más desesperanzador. Si las historias más simples son las que deben preservarse para siempre, ¿existe un medio humano que, de forma irrefutable, las preserve? La memoria es vasta pero frágil, nada garantiza que todas las historias que vale la pena recordar pasen de abuelos a nietos, se pueden perder en los rincones de la flecha del tiempo, sobre todo si tenemos en cuenta que, tarde o temprano, todo desaparecerá: el ser humano no es eterno y con él se irán las historias. Aunque dejemos soportes que salvaguarden nuestro legado, al final, como pasó con la faraónica obra de

Ozymandias, no será más que arena del olvido, lista para convertirse en vidrio cuando el Sol devore a la Tierra. Si existe un medio que resistirá al olvido mucho después de que la humanidad haya desaparecido, ese es la sonda Viajero, que dará cuenta de la vida en la Tierra, durante cuarenta mil años más. Un hermoso mensaje dentro de una botella, arrojada al océano de estrellas, con la forma de un disco de oro que contiene información de la Tierra, muestras de música, saludos grabados en varios idiomas y ciento veinte imágenes que explican el planeta Tierra y la raza humana.

Estas imágenes, para Tamia, son las historias que merecen preservarse para siempre, más allá de la humanidad y del olvido. Este es el punto de partida de *La eternidad en una hora*: la novela se divide en ciento veinte capítulos pequeños, cada uno es el relato de una historia relacionada con una de esas imágenes. La primera presenta a un círculo, uno de los pilares de la civilización, por lo tanto, el capítulo uno de la novela relata, como si se tratara de una historia susurrada frente al fuego, la creación del primer círculo: el histórico momento en el que, con una vara, un protohumano dibuja un círculo perfecto sobre la arena. El relato está influenciado por la película del ruso Tarkovsky, *Viaje astral por el espacio* (1968), la escena en la que el protohumano, junto al monolito, descubre el uso de las herramientas.

La segunda imagen representa las ubicaciones de la Tierra y la Vía Láctea dentro del universo: Tamia, por su parte, crea un cuento de cuna en el que una madre alienígena consuela a su hijo lloroso, inventando la historia de una civilización primitiva, ubicada en los rincones oscuros del universo. La madre narra la humanidad, desde el inicio hasta el final, en apenas una hora, que para los humanos equivale a la eternidad. La imagen 12 es una instantánea de la Tierra vista desde el espacio, con la leyenda «Hogar», por lo tanto, el capítulo 12 relata, con extremo detalle el sentimiento del héroe que llega a su hogar después de veinte años de estar perdido en el mar y también lo que piensa el hombre que llega a su hogar después de un viaje de trabajo de veinte días. En las imágenes 27 y 28, que representan la concepción humana, Tamia cuenta la historia de una niña abandonada en la ciudad que, mucho después, cuando sale al espacio, entiende la razón del abandono. Con la imagen 34, una madre dando de lactar, la narración regresa a la madre que consuela a su hijo, con un giro: las historias se transmiten a través del alimento. La imagen 60 muestra a los miembros de una familia y la prosa retrata a un artista que lo ha dejado todo por su obra —probablemente el pintor Herzog de *En el último día del mundo dirás su nombre*—.

Las imágenes 72 y 73 dan cuenta, usando árboles y hojas, de la escala humana: Tamia hace lo propio sopesando la presencia de Aquiles en la historia humana, doce mil años después de haber vivido, gracias al poema de un aedo ciego. Las imágenes 90 y 91, que muestran el Taj Mahal y la Plaza Roja y el Kremlin, retratan los logros artificiales del ser humano, mientras que Tamia les atribuye un inicio mítico, al igual que a las herramientas. En la imagen 100 se ve a un hombre leyendo un libro, *Ana Karenina* de Tólstoi, y en el capítulo 100 se cuenta la historia abreviada de la Guerra Fría y por qué se decidió grabar a un hombre leyendo las primeras cinco páginas de la obra maestra de Tólstoi. Con la imagen 115, que muestra un poético ocaso en la playa, Tamia narra el ocaso de la humanidad, la última hora de vida antes de perecer aplastada por el peso de su propia historia.

El último capítulo dejó boquiabiertos a los detractores de *El dragón en mis sueños*, que veían un innecesario lenguaje impostado, defectuoso. El capítulo 120, al usar la imagen de tres hojas de árboles en diferentes estaciones, es el monólogo de una madre humana que observa las hojas muertas de un árbol: las analiza con detenimiento porque es lo único que le queda tras la pérdida de su hija. El monólogo, de forma imperceptible, es absorbido por el discurso de la madre alienígena, que también ha perdido a su hijo y pide que no se lo olvide nunca. El truco narrativo hace lo impensable: explica *El dragón en mis sueños*. Cuando se conecta la novela con este capítulo *La eternidad en una hora*, se explica que el defecto del habla de la madre responde a la superposición de los dos discursos, en tiempo, espacio y lenguaje. La voz de las madres es única, destaca sublimemente en la novela, le da una nueva dimensión a la anterior y maravilla. *El dragón en mis sueños* es una imagen desprendida del disco de oro llamado *La eternidad en una hora*, que es, en realidad, la obra de Tamia.

Un crítico llamó a la novela «catálogo de maravillas», un periodista dijo «es la clase de obra que tatúa el cuerpo de la Historia», un estudioso del olvido mencionó que es «borgiana y blakeiana, un libro imposible y real al mismo tiempo, de factura aritmética y de amor perenne que se convierte en dolor y necesidad». Rosa, una lectora de ojos entornados, al terminar de leer el libro y apretarlo en el pecho, habló de una colosal fotografía hecha de ciento veinte pequeñas instantáneas, en la que una mujer que huye de los acosadores escapa al espacio sideral: desde la altura privilegiada, sola y flotando, mira al planeta y siente nuestra insignificancia: de nada sirven los ríos de sangre derramados por dictadores y emperadores, porque las guerras y la Historia, vistas desde el universo, se desmenuzan en motas de olvido.

Se dijo que se trataba de una novela-sonda interestelar, pero también se mencionó novela-humanidad que daba cuenta de aquello que no debe olvidarse, el canto de cisne del ser humano antes de morir, el eco infinito de lo que fuimos y pudimos lograr. ¿Es posible que Tamia hubiese logrado aquello a base de palabras? La concurrencia a la Feria del Libro de Guadalajara dijo que sí, y ni siquiera la esperada novela de Octavio Paz, *Raíz del hombre*, opacó el monumento literario de Tamia. *La eternidad en una hora* no parecía hecha por un alma latinoamericana, ni siquiera por una humana, aquello era producto de una esperanza que, con algoritmos y sorpresas, había descrito lo que fue, es y será.

Ante la pregunta de un ávido lector de la ecuatoriana, en la presentación de la novela (¿para escribir algo así es necesario estar completamente solo como usted, señorita Torres?), Tamia no supo qué responder.

Sí supo qué responder, incluso levantó la mano para meterse en la conversación, pero nadie le estaba hablando, ni siquiera viendo, la pregunta no se la habían dirigido, así que no tenía sentido, por más que lo deseara.

La mujer le había preguntado al hombre que estaba sentado frente a ella, con sendos cafés de por medio, si tenía alguna recomendación para leer, una novela que enganchara. El hombre dijo que últimamente no había leído nada digno de recordar. A Tamia le pareció inaudito que no pudiera recomendar algo, después de todo, bebían café dentro de la UNAM y parecían ser docentes. Qué ganas de meterse en la conversación, sentir el calor del argumento seguido de otro. Tú sabes que los mexicanos son amabilísimos, si confiesas que los estuviste escuchando y les das una sugerencia, ellos no se van a molestar, te van a recibir como a un viejo amigo del colegio, quizá hasta te abracen después de unas cervezas, ah, cierto, tú ya no puedes beber como antes, la gastritis, es que la edad ataca, pero eso a ellos no les importa, lo que les dirás les va a gustar más que hayas estado husmeando. ¿Husmear? Claro que sí. ¿Te das cuenta del nivel al que has llegado, pedazo de mierda? Sentarte en una cafetería para espiar a la gente: no en afán antropológico, no para estudiar al comportamiento humano para tu siguiente novela, pedazo de mierda, no, los estás espiando porque así es como puedes estar cerca de otro ser humano. Ahora ya no está Kim para ayudarte, para hacer bulla en el departamento, ahora estás de nuevo completamente sola. Ahora que has decidido darte un descanso, ahora que has ordenado tus próximas escrituras y publicaciones, quieres volver al mundo que abandonaste como si este te fuera a esperar, como si los humanos no cambiaran. Todo muta, sobre todo el universo. No esperes volver al mismo lugar en donde dejaste a los demás. ¿Ves, pedazo de mierda, ves cómo se divierten conversando? Se ríen de tonterías, señalan lugares, hacen planes y mascan el sándwich compartido. Sería bonito tener a alguien con quien compartir un sándwich, ¿no? Tú lo has tenido, varias veces, pero luego huiste, y ahora te atreves a envidiar lo que rechazaste: ¿qué es lo que te pasa por la cabeza, pedazo de mierda? Piensa qué pasaría si te acercas y empiezas una conversación: imaginemos que no los matas del aburrimiento con tu charla, imaginemos que hacen buenas migas y esa mujer y ese hombre llegan a quererte como a una buena amiga, ¿qué vas a hacer después, pedazo de mierda? Ambos lo sabemos: te vas a ir por esa maldita necesidad de estar sola, únicamente para encerrarte en tu casa, aferrarte a la pared y respirar profundo, diciéndote que lo que te pasa no es un ataque de pánico. Te vas a ir, pedazo de mierda, y por eso ellos te van a olvidar, es lo que te mereces. Y te atreves a combatir el olvido en tu obra como si este no fuera tu alimento diario. Hipócrita. Por eso estás como estás, en ningún lugar. Kim ya estará en Boston, quizá el lindo portugués que conocieron en el bar ya fue a visitarla, quizá van a adoptar hijos y con él pasará los últimos años de su vida, mientras tú, en cambio, estás en este país que no te pertenece, deseando establecer contacto humano. Por eso no te atreves a abrir los correos de Kim: no quieres saber cómo ha avanzado su vida porque la tuya sigue estancada en el mismo lugar hace veinte años, porque no puedes hacer nada más, porque elegiste el peor destino de todos. ¿Sabías que en un universo paralelo hay una Tamia que le dio un amor inefable a su hija, desde el mismo momento de su concepción, y ahora ella goza de la amistad, el amor y la compañía de una Helenita que pronto cumplirá doce años? Si estuvieras a su lado, ahora mismo, quizá estarían hablando sobre menstruación y libros. Qué feliz es esa Tamia: desde aquí, desde este lado de la historia, puedo verla y tú no, pedazo de mierda. Incluso con Ángel seguirías feliz. Hoy seguro ya está canoso y gordo, como sucede con los cuerpos a medida que envejecen. Habrían envejecido juntos, ¿te das cuenta? ¿Y te has preguntado qué habría sido de ti si no hubieses salido impulsivamente del Ecuador? Yo sí sé: hay una Tamia de un universo paralelo que recibe en Quito visitas periódicas de su hija que vive en Bogotá, ella es una adolescente a quien le agrada tu esposo, ella dice que es una buena persona y te hace bien. ¿Recuerdas lo bien que se siente que una persona así te quiera? Claro que no, pedazo de mierda, porque estás apagada, estás perdida porque le apostaste al caballo perdedor, al más raquítico y lento: se gana la eternidad cuando una persona te recuerda con cariño, cuando dice «Qué buena era esa persona, me ayudó con mis tareas, gracias a ella soy más locuaz, gracias a ella tuve almuerzo caliente todos los días después del colegio, gracias a ella pude comprarme una entrada al cine», pero nadie dirá eso de ti. ¿Has pensado en lo que van a decir cuando te mueras, pedazo de mierda? Y ojo: acabas de cumplir cincuenta y ocho años, ¡cuántos crees que te quedan! ¿Cuántos años más de escapes y abandonos? ¿Probando teorías que a nadie le importan y que no perdurarán en el tiempo porque no eres Homero ni tus creaciones son Aquiles? Hasta Aquiles será algún día olvidado: ¿qué esperanzas tienes tú, pedazo de mierda, que no puedes ni entablar una conversación? Anda, ve, levántate, trata de olvidar mis palabras con escritura, anda, métete en tu habitación a escribir, solo así dices que logras callarme, pero sabes que al final te voy a agarrar y te voy a vencer porque tú me has estado alimentado todos estos años, soy el monstruo que vive de tus anhelos y resentimientos. Le apostaste a la Historia: a pesar de ser lo humanamente más grande, es el caballo sacrificado después de la carrera por extenuación. Deberías regresar a Quito y tratar de reconectar con los que alguna vez defraudaste, incluyendo los muertos. ¿Te acuerdas de Guillermo Bass? Claro que sí. No hay un solo día que no pienses en él. En lugar de recordarlo con cariño, piensas en que no pudiste adivinar los signos de lo que haría, pedazo de mierda, con toda tu experticia en narrativa no pudiste deducir su final, por Dios, si ni siquiera su memoria has podido grabarla en la conciencia pública. Por eso no puedes acercarte a la pareja que ya se va, jamás les sugerirás un libro, a lo que te has dedicado toda la vida, desde pequeña, mientras a tu lado, dentro de un elegante tranvía, la vida pasaba a la velocidad de la luz.

A la velocidad de la luz, Tamia dijo que sí cuando le propusieron dar clases de Literatura Hispanoamericana, una en la maestría y otra en la licenciatura de Letras de la UNAM. El director de programas de posgrado se le acercó, nervioso, durante la firma de ejemplares en la presentación de *La eternidad en una hora*, en una librería en Ciudad de México. Le explicó que desde 2035 la universidad tenía una cátedra que estudiaba su obra, con bastante acogida, a pesar de ser una materia optativa.

Por la noche Tamia revisó las cuentas bancarias e hizo una proyección de gastos a un año según la economía mexicana, y aunque a mitad del cálculo se perdió y no obtuvo una respuesta concluyente, se dijo que si era necesario lo haría gratis. Contacto humano: la última frontera. La propuesta de trabajo la animó más que la buena recepción de *La eternidad en una hora*. Pero como no volvió a saber del director de posgrados durante dos semanas, empezó a estresarse: ¿qué tal si se cayó el proyecto? Tamia llevaba una semana viviendo en Cuidad de México, lista para cumplir con el deber que le había caído, más que como una oportunidad, como una obligación moral: la salida del laberinto. Se deprimió. Entonces a mediados de diciembre de 2039, en su habitación de hotel, recibió la llamada del director de posgrados: se excusó porque el día que hablaron nunca intercambiaron datos de contacto, así que tuvo que conseguirlos por su cuenta, cosa que no fue simple, pues la gente de Daxhund nunca los facilitaba. Esa tarde se vieron en la oficina del director, en la UNAM. Tamia llegó una hora tarde no solo por la lejanía del hotel con la universidad, sino porque el campus era inmenso y las direcciones que daban los mexicanos eran confusas. El director indicó que percibiría un buen salario, igual al de un docente emérito, además le facilitarían un pequeño departamento en la villa de visitantes oficiales, en la parte trasera del campus, y siempre que almorzara dentro de las cafeterías de la universidad, bastaría con mostrar su carné para pagar la mitad.

Así, un día de febrero de 2040 se halló a sí misma perdida en una cafetería de la UNAM, sola en una mesa, husmeando en la conversación de una pareja. Al final se quedó congelada, con la respiración acelerada, hasta que la pareja se fue por el pasillo de la inmensa universidad que, pensó, algún día será devorada por los árboles y la tierra. Se puso de pie, se colocó en el hombro el nuevo bolso y subió por las escaleras al tercer piso, donde daría clase. Ya no era tan sencillo eso de subir las escaleras. Sabía que, con algo de suerte, estaba a dos décadas de necesitar ayuda como su abuela.

Aunque la de esa tarde fue la tercera clase de Literatura Hispanoamericana en la maestría en Letras, se vio a sí misma divagando frente a los alumnos, como el piloto que no puede encender el motor porque ha olvidado dónde se inserta la llave. Filosofó sobre la literatura y la historia, sobre cómo se puede relatar el paso del tiempo con las letras. Tamia comprendió, con cierto disgusto, que había alcanzado un prestigio en el que cualquier estupidez que se le cayera de la boca sería recogida con suma diligencia por los alumnos, quienes también se habían inscrito en la optativa que estudiaba su obra literaria. Esta, y sus clases, estaban llenas. Fue a partir de la cuarta sesión cuando se sintió más desenvuelta y cómoda, pues la cátedra se fue convirtiendo en una versión ampliada de sus clases en Quito, pero con más lecturas y con el doble de ensayos. Además, tenía la suerte de haber conseguido los ensayos de Emir Rodríguez-Monegal: gracias a las enseñanzas del crítico uruguayo, los datos que había recabado en los institutos europeos y el seguimiento a la obra de Lewis Mencken, la clase se trasformó en un interesante y estupendo monólogo sobre el poder de la poesía y la prosa frente a la muerte y el olvido.

Tamia entendía que los monólogos eran escritura en voz alta: la investigación estaba encontrando su cauce. Los datos sobre Mencken se estaban conformando en un libro que, llegado el momento, brotaría de forma salvaje, como el odio. Así, perseguir a Mencken y a su séquito de olvidados no habría sido una forma de huir, sino una meta. Se entusiasmó tanto que hasta aceptó la invitación de Sergio Mena, el decano de la facultad de Humanidades y Letras. La primera vez que salieron fue con el pretexto de ponerse al día: quería coordinar las entrevistas de la Cátedra Tamia Torres. En la tercera salida, el decano Mena supo que el destino final de su obra sería un misterio, y él, como buen lector que era, tampoco quería saberlo.

La química entre los dos fue evidente en las entrevistas de la cátedra, los alumnos las disfrutaban más que las clases porque, además de desentrañar secretos de la profesión, hablaban como dos viejos amigos. En la sexta cita Tamia besó a Sergio —mientras movía sus labios lo mejor que recordaba, se dijo a sí misma «Con que así besa una vieja de cincuenta y ocho años»—, pero fue en la séptima cita cuando Sergio le dijo que tenía quizá el único ejemplar de la novela *Nunca estamos verdaderamente aquí*, de Lewis Mencken, que se había ocultado con inusual ahínco.

—Tenía un ahínco inusual. Es de la única persona que te puedo decir eso, que es mucho. Ojalá la hubieras conocido: gruesa, morena, bajita, como una pera, de rasgos aindiados, con una de esas caras que parecen talladas por el viento, una escultura en roca lascada desde adentro, con ángulos que caen rectilíneos...

...como las paredes de un volcán que estalló hace millones de años, interrumpió Sergio, sí, reconozco a tu abuela, dijo entornando los ojos, esa descripción aparece en *Enciclopedia viviente*, en la entrada de «Sangre», si no me equivoco...

—¡Muy bien, Sergio! Ojalá la hubieras conocido, se habrían llevado bien porque ella también era descarada. Era de esa forma porque la obligaron, la dictadura la obligó. Uno quiere lo mejor para los hijos, las mejores condiciones sociales y de salud, es impensable imaginarlos caídos o heridos. Y esa imagen, su hija caída, desaparecida, es lo que la hizo dueña de su destino porque la obligó a salir a buscarlo. Protestar todos los días, reunirse clandestinamente y arriesgar la vida en las decisiones más simples es una forma de empoderarte de tu destino. Sus últimos años de vida, cuando yo tenía unos treinta y cinco años, aunque no me lo dijera, ya quería morirse, estaba cansada porque aunque después de la dictadura se declaró que la desaparición fue un crimen de Estado, nada le devolvió a su hija, nada le devolvió a mi madre. Creo que mi abuela habría muerto con una pequeña sensación de triunfo si hubiera visto una última vez a mi madre, cosa imposible. ¿A ti te pasó eso, Sergio? ¿No deseaste revivir a tu esposa, verla entrar otra vez a la habitación aunque sabías que eso era imposible?

...

—Me lo imaginaba, perdón por recordarte estos temas. Creo que al final de su vida sintió un derrotismo por no haber conseguido lo que quería. Las vidas que se destruyeron en un punto necesariamente terminan arruinadas. Nunca me lo dijo, pero yo podía sentirlo: su vida había sido dedicada al fracaso. Y sentir eso en los últimos años de vida debe ser lo más atroz, la broma cósmica definitiva, en su más infinita e irónica expresión. ¿Cómo hacer que una vida valga la pena? ¿Hay una receta? Tal vez no arruinarla nunca, pero eso no depende de uno, la incertidumbre también ataca.

Eso depende de si encaminas tu vida hacia algo más grande que tú, algo poderoso y que te rebase, dijo Sergio, los astronautas que ahora recolectan muestras y datos en Marte: a ellos siempre se los recordará como los primeros hombres en Marte y ni la muerte podrá arrebatarles ese prestigio, todo depende de la elección: somos lo que escogemos.

—Parece que te pegó durísimo el discurso del presidente de Estados Unidos por la conquista de Marte.

Gran discurso, dijo Sergio, brindo por él.

—Gran discurso, así es, he visto que lo venden en folleto, en las calles. De hecho, ese discurso debería disfrutarse y estudiarse como alta literatura. Es el más claro ejemplo del poder del lenguaje sobre el hombre: nadie se atrevió a cuestionar esas palabras, esas ideas, nadie, ni yo, ni tú, nadie. ¿Recuerdas? El ser humano ha ganado su derecho de abandonar el espacio próximo que rodea a la Tierra, el ser humano es el elegido para dejar una estela de conocimiento por donde transite, el progreso humano está hecho de una aleación indestructible... Lindas ideas, ideas tan potentes que no nos dejan ver lo que realmente hay en el fondo: nos gastamos miles de millones construyendo un cohete para mandar a seis personas a morir en la superficie de Marte.

Ellos hicieron su elección.

—Claro que hicieron su elección, eligieron morir en un lugar donde nunca ha muerto otro ser humano, y nosotros se lo permitimos porque tenemos grabada la idea del progreso. Ahora imagina lo superior que debe ser el discurso que el presidente hubiera leído en caso de que la nave no hubiera aterrizado en Marte. Ese discurso debe ser digno del Nobel.

Lo tuyo se está haciendo digno del Nobel.

—¿Lo dices por el comentario de Guijarro, en clase? No seas iluso. Él eligió hacerme ese cumplido y yo elegí no dejarme sorprender, por eso no tendrá puntos extra ni ayudas.

Sí, Guijarro es un lisonjero, dijo Sergio, pero tiene razón, ya ves, casi se duplicaron los matriculados en la licenciatura y la maestría para el siguiente año lectivo, y te están rogando para que te quedes para las cátedras de 2041.

—El comité me está rogando que me quede porque me estoy acostando con el decano de Humanidades y Letras, y eso hace que él haya mejorado su humor, ya no es tan cascarrabias ni odioso.

No sabía que antes era cascarrabias.

—Y odioso, no te olvides de odioso. Sí, eso.

Por lo visto, dijo Sergio, soy una carga para la facultad.

—Yo solo digo la verdad, jaja… en fin. Lo que quería decirte desde el inicio, si no nos hubiéramos desviado del tema, es que mi abuela Aída agarró al destino por el cuello, se obligaba a vivir, ella *elegía* por eso *era*.

Ella eligió y eso determinó quién era, dijo Sergio, ¿quién eres tú, Tamia, ya que elegiste escribir sin descanso?

Sin descanso escribió *El escape de la escritora*. En la novela, Jesús Cáceres volcó los rencores hacia su padre y, en parte, se inspiró en Tamia. En julio de 2040, Daxhund puso la novela en todas las librerías de Iberoamérica. Enseguida se la relacionó con *La eternidad en una hora*: el diario mexicano *Reforma* publicó la teoría en la columna de humor «Conexiones conspirativas». En clave de homenaje, el artículo parodiaba la obra de Tamia: su capacidad para ser lo que sea, adaptarse a lo que fuera, absorber lo improbable, conquistar lo mundano. «*La eter-*

nidad en una hora contiene a *El escape de la escritora* de la misma forma que el mural *El origen de la vida*, de Diego Rivera, puede observarse, usando una lupa, en una de las miles de gotas negras de *Ritmo de otoño*, de Jackson Pollock». La columna dio pie a una forma de leer la última novela de Tamia que pronto fue secundada por artículos, en otros medios mexicanos, en los que se elucubraban teorías más radicales:

- *La eternidad en una hora* absorbía a *Raíz del hombre*, de Octavio Paz.
- La novela de Tamia filtraba las obras buenas de Juan Rulfo.
- Era el tamiz que reflejaba la literatura latinoamericana de los siglos XX y XXI.
- Recuérdese que en *Gabo, el universo*, el ficticio escritor colombiano escribe una novela sobre una sonda estadounidense que viaja al espacio interestelar y da cuenta de las historias de la humanidad que deben recordarse.
- ¿Es posible que Tamia esté construyendo una obra que se devorará a sí misma? Después de todo, si Tamia nos transmite la sensación del *big bang* y la vastedad del universo, no es descabellado creer que se acerca un *big crunch*.

Tamia leyó las teorías en el celular, sentada en el autobús que la llevaba a Teotihuacán. Se divirtió porque aquello denotaba que la literatura y el lenguaje eran un ser vivo, indetenible, que se esparcía como un virus infeccioso. Se bajó del autobús con el resto de turistas y, con la vista de las imponentes pirámides en el horizonte, caminó cien metros hasta la compuerta de acceso, hecha de rejas metálicas, custodiada por diez guardias de traje y gafas negras. Uno de ellos informó que ese día el acceso estaba prohibido a particulares. Una mujer australiana insistió en que debía entrar ese día, pues mañana viajaría de regreso a su país. Ante el silencio de los guardias, que en realidad parecían guardaespaldas, otros turistas la secundaron. Tamia notó que los mexicanos no solo no reclamaban, sino que se retiraban en silencio. Minutos después, la masa de turistas caminaba de regreso hasta la estación para regresar a Ciudad de México. Tamia tuvo la astucia de sentarse junto a un mexicano en el autobús, le preguntó si sabía cuál era el problema. Él dijo que Teotihuacán estaba cerrado por un evento *privado*. Ante la mirada expectante de la escritora, el hombre dijo que el Gobierno, sin previo aviso, cerraba los parques estatales para bautizos, bodas, primeras comuniones, fiestas en general.

—¿Me hablas en serio?

Es que la gente que está ahoritita celebrando en las pirámides es dueña del Gobierno, dijo el hombre, bajó la voz y continuó: es la gente que controla el narcotráfico de aquí, de Centroamérica y de Estados Unidos también, y no se asombre si ahorita entre los invitados, en la Pirámide del Sol, está el mismísimo presidente de los Estados Mexicanos, si hasta debe ser el padrino del bautizado, caramba.

Rentar espacios públicos emblemáticos para eventos privados era la última «moda» en México, tan reciente que aún se corría como un rumor vergonzoso. Todos lo sabían, pero nadie podía comprobarlo. Al siguiente día, Sergio, con la mayor naturalidad del mundo, le dijo que el hombre del autobús tenía razón: lo más probable es que el presidente hubiera estado en Teotihuacán, borracho hasta el copete, abrazado de un narco, cantando «Las mañanitas» o algún corrido.

—¡¿Pero no les horroriza?! ¿Por qué no hacen algo?

Tamia, dijo Sergio, llega un punto en el que la impunidad vive tanto tiempo con uno que se hace natural, es como viajar a la costa y saber que vas a ver el mar.

Se sabía que México era el nuevo paraíso para el narcotráfico desde el inicio del siglo XXI, pero aquello rayaba en lo inverosímil. Intrigada, Tamia propuso un viaje por México para conocerlo a fondo. Él tomó la oportunidad como un medio para consolidar su relación, para ella, en cambio, el paseo fue más bien antropológico. A finales de 2040 partieron para Ecatepec: una ciudad caótica, desbordada de gente temerosa que reza para no caer al vacío. A Juárez, por consejo, no entraron: Tamia ya era vieja, pero hasta las viejas desaparecen en Juárez. Dos días antes habían encontrado una fosa con trescientos cadáveres, los forenses ya ni se molestaron en tratar de identificarlos. Juárez se había convertido en la pesadilla del futuro vaticinada por Octavio Paz en su novela *Raíz del hombre*: el *Pedro Páramo* de las mujeres y la impunidad. Puebla, se rumoraba, cambiaría su nombre a Ciudad Aguirre, y todos sabían a qué Aguirre aludían. En Guadalajara, Tamia leyó la noticia de que la Feria Internacional del Libro había cambiado tres veces de fecha porque el recinto había sido «alquilado» por «inversionistas privados». Llegó a Xalapa, en Veracruz, con la ilusión de visitar la Universidad Veracruzana, pero encontró a una institución en decadencia, cuya editorial se dedicaba a publicar las biografías mal escritas de personajes relevantes del Gobierno. En Cancún y Acapulco solo pudo vacacionar en las áreas designadas para turistas, con la constante sensación de que en cualquier momento iban a apuñalarla por la espalda. En Mérida visitó la zona arqueológica de Uxmal, pero le desconsoló comprobar que se habían instalado parlantes y reflectores a lo largo de toda la arquitectura maya, como si se tratara de un centro de convenciones. Tamia celebró su cumpleaños cincuenta y nueve en Aguascalientes, con relativa calma. A inicios de febrero, regresaron a Ciudad de México para retomar las clases de posgrado.

Tamia disfrutó el viaje: el país era hermoso, el territorio más parecido al Ecuador en el que había estado desde que dejó Quito hace casi una década, se sentía como en casa por el trato de la gente y el paisaje. Pero la impunidad no la dejaba dormir por las noches, y más allá de esta, le aterrorizaba cómo los mexicanos se habían acostumbrado a ella. Ahí radicaba el verdadero terror: la gente le rezaba a la Virgen no para que los protegiera del mal, sino para que el mal les cayera a otros.

El mal, en efecto, cayó sobre Marta Sanz. Tamia se enteró de la noticia antes de entrar a clase, se lo dijo una alumna en el pasillo, como un chisme cualquiera. Había muerto en su piso de Madrid después de una larga batalla contra el cáncer de seno. Tamia nunca supo que había estado enferma. Se quedó congelada en el pasillo de paredes blancas. Al fondo, al lado de los baños, en una banca de madera, vio a una pareja de jóvenes discutir con fervor. Un alumno salió del aula y encontró a Tamia apoyada en la pared. Le preguntó si iba a entrar. Ella pidió que la excusara con el resto y empezó el largo periplo hacia la salida de la facultad, por el pasillo oscuro, sola. Bajó por las escaleras, abrazando contra el pecho los libros que había llevado para la clase, uno de ellos, de hecho, era de Marta, la novela *La muerte de mis padres*, en la que relata la descomposición progresiva de un cuerpo que cede ante las enfermedades. Tamia quería explicar cómo la novela era una obra que lucha contra el olvido, la enfermedad definitiva, y la muerte, a la que su amiga se había entregado. La sincronización le pareció irónicamente macabra.

En su departamento, se aventuró a abrir el correo electrónico. Tamia valoraba muchísimo las amistades que había forjado en el camino, sobre todo porque se sentía incapaz de hacer nuevas y no sabía cómo prolongarlas en el tiempo. Tenía una marcada reticencia a seguir en contacto con gente que había salido de su vida al cerrar un periodo. Nunca supo atinar de dónde provenía el problema, y por ello siempre se dijo a sí misma que era un pedazo de mierda. En el tiempo se diluyeron los esfuerzos por mantener viva la amistad con los amigos de colegio y de la universidad, los amigos de cuando hizo periodismo, cuando hizo libros de literatura para colegios, la gente que conoció en muchos otros trabajos, nunca tuvo el valor para congeniar con el resto de los Novísimos excepto por Jesús, aunque no supiera nada de él desde que se fue de Barcelona. Jesús le había escrito hacía dos años: iba a dejar su piso en Gracia para ir a Bolivia, con su familia, además, le decía que se iba a llevar sus cosas. Nunca respondió. Tampoco respondió a los correos de Gloria Fuertes. Y esto era lo peor: nunca vio a tiempo el mensaje de despedida de Marta, enviado hace un mes, en el que le contaba que estaba desahuciada, con una esperanza de vida de tres meses. El mensaje, que era breve, decía que valoraba mucho la amistad que tuvieron en Madrid, cuando Tamia fue una «desplazada de sus temores, refugiada de sus propios dolores». Desplazada, refugiada: a Tamia le pareció brillante la relación entre su vida y la situación de Europa. «Por Dios, conversa con la gente. Te quiero».

—Eso quisiera —susurró a la pantalla de la computadora. Abrió la ventana y, viendo a Ciudad de México, lloró en silencio. Quiso continuar tejiendo la bufanda café que ya tenía más de dos metros de largo, pero la falta de fuerzas la consumió.

¿Cuál era la diferencia entre la muerte de su abuela y la de Marta? ¿Por qué en este momento la muerte de Marta se sentía tan devastadora como la de la abuela, sabiendo que la una la crio y amó y la otra no? No podía trazar con seguridad la línea, pero colegía que la respuesta se hallaba en el tiempo. La muerte de Marta le había hecho sentir que estaba sola y, además, que era la siguiente. De la muerte de la abuela, en cambio, todavía no se recuperaba, jamás lo haría a pesar de los veinte y tres años que habían transcurrido. La muerte de Aida fue el acontecimiento que le dio sentido y dirección a lo que estaba haciendo. La intensidad de la muerte marca el camino de los vivos: en el mejor caso, lo ilumina, y en el peor, lo condena. El progreso humano se ha cimentado sobre los muertos para erigir una gran silueta sin nombre pero con alma. Tamia era el único sobreviviente de la familia, al morir ella, su abuela desaparecería para siempre. Dicen que los seres humanos mueren dos veces: la primera cuando el cuerpo se consume y la segunda cuando se pronuncia su nombre por última vez sobre la faz de la Tierra. Tamia llevaba más de dos décadas pronunciando el nombre de su abuela. Si el lenguaje es un virus y se usa ese virus para repetir un nombre, se grabará con fuerza en la memoria de los hombres. Pero ¿y si nadie recibe el mensaje, basados en la misma probabilidad de que nadie encuentre la sonda Viajero, miles de años después de la extinción de la raza humana? Aquello sería un secreto nunca susurrado.

Imposible saber cuántas veces Tamia releyó el mensaje de Marta, siempre sonriendo cuando llegaba a la parte «Aquí sigue la estatuilla del Premio Letra Libérrima que olvidaste». Tamia acarició cada palabra, imaginando que en ellas se escondía el secreto de su abuela: el lugar secreto donde nace la literatura.

Como consuelo, lo que le sigue a la muerte es una orgía de vida. Acto seguido Tamia encontró un correo de Kim, que llevaba seis meses sin abrir: le enviaba una fotografía del niño que habían adoptado con su flamante esposo, el portugués del bar. Se veían felices, sobre todo el niño, que se llamaba Juan Gabriel, mexicano de nueve años. Después se entregó, creyendo que eso era una orgía de vida, a ordenar y reescribir la información sobre Lewis Mencken, pero se sintió incómoda.

Supo lo que tenía que hacer.

No iba a abandonar las clases en la UNAM como hizo con las de Quito. Esperaría los dos meses que faltaban para el fin del semestre y no firmaría la renovación del contrato, a pesar de que dijo que sí lo haría. Mientras tanto, se dedicaría a investigar sobre los olvidados mexicanos, los menckianos de la novela-universo, cuya obra no fue *big bang* sino *big crunch*. Luego recorrería toda Latinoamérica, de México a la Patagonia. El plan era llegar a Argentina a inicios de 2042 para celebrar su cumpleaños sesenta y observar cómo, según el pronóstico de los científicos, se hundían las islas Malvinas en el océano Atlántico. El viaje sería largo y provechoso, así lo imaginaba. Mientras estuviera en la carretera podría dedicarse a saborear cada palabra de la novela de Mencken que aplazaba por miedo de reconocer el futuro, *Nunca estuvimos realmente aquí*: en ella encontraría una luz, un ariete para arremeter contra lo que más se teme.

Lo que más se teme es lo que más se ama, dijo la mujer sentada en la estación de autobús, no te preocupes, que los dolores del corazón pasan pronto. La mujer tendría unos ochenta años, pero lo firme de su voz y la jovialidad con la que se dirigió a Tamia al verla sola, en la banca, a punto de llorar, daban la impresión de tener diez años menos.

—A veces no sé qué estoy haciendo —dijo Tamia. Aguzó la vista para ver si aparecía el autobús en el horizonte, para regresar a La Habana.

Tranquila, dijo la mujer, nadie en el mundo sabe lo que está haciendo, solo dan la impresión de saber, pero todos están tan perdidos que da vergüenza.

Dándole vueltas a la idea, Tamia subió al autobús. Antes de partir, la mujer, con señas, le pidió que bajara la ventanilla, entonces dijo:

Ya ves, chica, yo estoy aquí sentada sin saber qué hacer, viendo la vida pasar.

A pesar de haber compartido no más de cinco minutos, Tamia le confesó que no extrañaba a Sergio, sino que se sentía mal por haberlo abandonado, siendo ella la primera mujer a la que pudo amar después de enviudar.

Iba hacia el aeropuerto que la sacaría de Cuba, se iba decepcionada porque la visita no resultó provechosa como esperaba: no había hallado escritores olvidados y dilataba cada vez más la lectura de *Nunca estuvimos realmente aquí* por un miedo que sospechaba, pero que no quería decir en voz alta. Esa angustia la sintió semanas antes, en República Dominicana, donde el viaje resultó también infructuoso. Días después, en Ciudad de Guatemala, se enfermó de amigdalitis, y no hubo nadie para ayudarla. En la habitación del hotel, donde estuvo postrada durante dos semanas, la fiebre le recordó las peores facetas de la soledad. Ni siquiera hallar la novela de un olvidado, *Antigua Guatemala* (1974), de Juan Ramón Rosa, le devolvió el ánimo porque era francamente aburrida.

En San Salvador fue incapaz de resolver el misterio de por qué no había librerías de viejo, pero lo atribuyó a que el Partido Unificado de Trabajadores, que estaba por ser reelegido por cuarta vez, no tenía intereses culturales. En el patio abierto de la Biblioteca Nacional de Nicaragua, en Managua, con un café soviético bien cargado, hojeó una novelatanque de guerra llamada *Un mundo solitario*, autopublicada en 1971 por Carlos Gutiérrez: mil quinientas doce páginas de historia contrafactual o literatura ucrónica de Nicaragua. Avanzó incómoda durante las primeras cien hojas, hasta sintió un misterioso estertor, como de muerto, un susurro que le preguntó: ¿qué es lo que haces, pedazo de mierda: quemando tiempo? Aunque se obligó a continuar la lectura durante las siguientes semanas, se sintió vieja e inválida, así que dejó Nicaragua y entró a Panamá: al mes de haber llegado, sentada en un café del Canal, admirando las esclusas, sentía un respiro por haber decidido no buscar a ningún olvidado en la ciudad. Más bien, su atención se centraba en otro aspecto: como estaba a punto de salir de Centroamérica, dudaba si ir a Venezuela, llamada «la nueva Haití» por el desastroso manejo político de años recientes, o ir a Colombia, la tierra de su hija. Con el lento transitar de un barco por el canal, el alivio se esfumó. Le tembló la mano al ordenar una botella de agua mineral. Si me lanzara ahora mismo al canal, pensó, nadie reclamaría mi cuerpo.

Aquí tampoco nadie reclamaría mi cuerpo si todos se confabularan, me agarran de las patas para meterme al caldo, pensó Tamia viendo el vapor humeante que se desprendía de la gigantesca olla de acero forjado, mientras una mujer mecía el potaje con una titánica cuchara de palo. Si se aburría, tenía la novela de Mencken, que era ya solo un pretexto, pero sería grosero leer para ocultar a la gente, pues había sido invitada a la fiesta y debía socializar, aunque nadie de la fiesta le dedicara una sola mirada.

Había conocido a doña Matilde en un mercado de Lima. Mientras Tamia admiraba las artesanías de madera tallada, con las manos en los bolsillos por los ladrones, una mujer mayor se paró a su lado para regatear el precio de un juego de cocina en miniatura, ideal para una casa de muñecas. Pronto Tamia se vio ayudando a que el artesano bajara el precio de la chuchería, después de todo, como ecuatoriana sabía regatear. Doña Matilde, como agradecimiento, la invitó a la fiesta de cumpleaños de su nieta: toda la familia iba a asistir después de un pleito por tierras que los había separado, por lo tanto, iba a ser la fiesta del año. La invitación de doña Matilde fue emotiva y sincera, todo lo contrario de la invitación del decano de Ciencias Humanas de la Universidad Nacional Mayor de San Marcos, que fue más bien hosca y fría, cuando le propuso que diera unos conversatorios sobre novela latinoamericana.

Se quedó pensando por qué las invitaciones se sentían tan diferentes. Por la noche, acostada en la cama del hotel en Miraflores, lo entendió: en los lugares académicos la invitaban por su reputación, para que compartiera su conocimiento, en cambio la petición de doña Matilde no pedía iluminación, sino que viniera a compartir, a divertirse, a ser ella quien absorbiera de otras personas. En contra de su naturaleza huidiza, decidió ir. Llegó ilusionada a la casa de doña Matilde, en Villa El Salvador, después de un viaje en autobús que la hizo sentir de nuevo en Ecuador: viajó con indígenas que llevaban, en el pasillo, atados de gallinas y costales con papa, yuca y camote. Apenas entró en la casa, la sentaron en una silla de mimbre. Cuando la timidez empezó a ganar terreno, se obligó a guardar el libro y caminó hasta la mujer que mecía el caldo. Le preguntó qué cocinaba. Ella, sin mirarla a los ojos, le dijo que era chuño cola.

—¿Chuño cola?

Era un caldo picante de varias carnes y diversos granos, el chuño era papa secada al sol. Le habló una media hora sobre la comida tradicional de Perú, y en cierto punto la mujer, que se llama Patricia, la miró directo a los ojos. Entonces apareció doña Matilde, se llevó a Tamia y se la presentó al resto de la familia como su amiga del mercado: nada de la escritora, la ganadora de tal premio, la que estaba creando un universo literario que amenazaba con comerse al universo real. Para la familia, Tamia era una mujer que, cosa rara, frecuentaba el mercado y, cosa más rara aún, era ecuatoriana.

Usted no es ecuatoriana, mija, dijo el marido de doña Matilde, don Alberto, si usted no es gringa, al menos será argentina o de esas chilenas platudas, pero no se preocupe, no importa de dónde sea, aquí usted es bienvenida.

En ese momento Tamia entendió que la reticencia inicial de la familia era la misma de las familias indígenas del Ecuador hacia los mestizos, rezago indestructible de la Colonia. Doña Matilde la hizo pasear por el amplio patio de la vecindad, conoció a la mayoría de las cabezas de familia, que le dieron la bienvenida. Otros la saludaron sin dejar de jugar fútbol. Los adolescentes estaban apartados, en un rincón del garaje, bebiendo cerveza, y los niños jugaban a caerse a palazos, de vez en cuando aparecía uno de ellos llorando, pidiendo asistencia a su madre. Tamia no saludó a todos, pero calculó que había cerca de sesenta personas metiendo barullo, riéndose estruendosamente por la chicha y la felicidad. Le reconfortaba saber que aquella escena familiar, que se repetía en el Ecuador, no se había extinguido a pesar de que estaban en la ciudad y no en el campo. Si bien Villa El Salvador ya era parte oficial de la ciudad capital, todavía se podía respirar un aire a suburbio andino, a pueblo orgulloso de sus tradiciones, donde no tienen cabida los grandes proyectos literarios. Le agradó conversar con un hombre llamado Florencio, de unos setenta años, que entre semana cuidaba la casa de campo y trabajaba la tierra de una familia limeña. Estaba feliz porque nunca había visto a toda la familia reunida.

Seguro es la última vez que nos veamos todos, dijo, ¿y usted a qué se dedica, mija?

—Yo soy escritora.

Ah, como del periodismo, ¿trabaja en *El Comercio*?

—No, no soy periodista. Escribo novelas.

¿Novelas?, ah, como los cuentos, dijo Florencio, entonces usted es una de esas personas que inventan los cuentos del campo.

—No. Los cuentos populares… se inventan solos, es un saber tradicional.

Pero alguien los crea, ¿no?

—Sí, pero no sabemos quién, por eso son anónimos. Los cuentos que yo invento no son populares, aparecen como libros para adultos. Sí, eso.

Pero entonces, dijo Florencio, si sus cuentos no se cuentan en el campo ni a los niños, no sirven para nada.

—Sí, es una forma válida de apreciar la literatura, Florencio.

¿Y son entretenidos sus cuentos?

—Yo creería que sí, a la gente le gustan, aunque no sé si los entiendan.

Y si no está segura, ¿para qué los escribe?

—Sinceramente, Florencio, porque no sé hacer nada más.

O sea que solo sabe escribir y nada más, dijo Florencio.

—O sea, sé escribir y hacer algunas cosas más, pero es lo que mejor sé hacer.

Venga conmigo una semana al campo y verá cómo aprende a hacer muchas cosas.

—Me encantaría cultivar la tierra.

Pero, ojo, que cultivar la tierra es muy distinto a cuidar una plantita que compró en el mercado, dijo Florencio, ya viéndola bien, no sé si usted aguante una semana en el campo, vea sus manos, blanquitas, delicaditas, ni un rasguño.

—Tengo callos en los dedos por la escritura.

Qué van a ser callos esos, vea mis callos, vea, toque.

Las manos de Florencio, en efecto, eran el mapa interandino del Perú: una sucesión de grietas y canales sobre una superficie pedregosa, con grandes cortes no tratados en su momento, que ahora eran el testimonio de la domesticación de la barbarie. Tamia pensó que eran las manos más hermosas que había visto jamás.

Ya ve, así debería tener las manos, dijo Florencio, ¿vio las manos de la Matilde?, son manos de cultivo y crianza de niños, ¿sabe cuántos hijos tuvo?, doce, cinco muertitos al nacer, que Dios los tenga en su gloria, ahora mírese sus manos, usted no tuvo hijos.

—No.

¿Y está casada?

—No, soy soltera.

¿Soltera?, ¿a su edad?, creo que le faltó marido, ¿quién la va a cuidar cuando sea vieja y enferma?

—No lo sé, supongo que una enfermera.

Si se viniera una semana al campo a trabajar, hasta de que está enferma se olvidara.

—Sí, supongo que sí.

Más bien, mija, hágase útil y tráigame un platito de chuño cola.

Tamia se levantó del asiento, caminó hasta la fila donde le entregaron dos platos hondos, vacíos. Mientras esperaba su turno, apelmazada por la familia Yánez-Collahuaso, mientras los niños se escudaban en sus piernas, imaginó miles de hectáreas de tierra negra cultivada por Florencio: plantas que brotaban y caían secas, tierra que se extendía hasta donde los ojos podían ver, se conectaban con el horizonte y subían hasta el espacio, que era un campo infinito cultivado de estrellas y astros que nacían y morían.

Florencio sabía que existía la literatura, pero no le veía el sentido: ¿de qué sirven un montón de mentiras cuando hay que trabajar el campo? En la fila, Tamia pensaba que mañana la recibirían prácticamente con honores en la universidad, para la sexta charla de las ocho pautadas. Pero aquí, con la gente de pies enraizados en la tierra, su objetivo de vida era inútil, palidecía ante lo importante: el alimento y la familia. ¿Acaso en el traspaso de los genes no radicaba la verdadera eternidad? La suya era Helena, una adolescente de trece años que nunca había visto a su madre. Quizá sí le había apostado al caballo perdedor y un humilde campesino se lo había revelado, no un doctor ni un universitario después de pedir un autógrafo.

El caldo hirviente le reinició el alma. No quería salir de la casa, nunca. El resto de la tarde se dedicó a ver corretear a los niños, que luego lloraban y buscaban a sus padres para mostrarles un chichón, un corte sangrante. Los padres, en cambio, sin dejar de beber, los consolaban y mandaban de nuevo al ruedo, donde se repetía el ciclo. Entrada la noche, Tamia cenó ají de gallina. Después continuaron la velada con chicha y baile acompasado por cantos andinos que brotaban de la quena, el charango, el tambor, la zampoña y el violín, de los músicos de la familia. Al verla bailar, comprobaron que Tamia sí era ecuatoriana. Así continuaron durante la madrugada, pero una parte de la familia había dejado de bailar para dedicarse a las cartas y otra por entero a la bebida, recordando anécdotas de la familia, malentendidos y salvajadas durante el carnaval. Tamia descubrió que había felicidad en ignorarse a sí misma. En ese barrio de Lima, por una sola vez, la literatura no pudo alcanzarla.

No solo la alcanzó, sino que la tumbó sobre el césped y, arriba de su cuerpo, trató de aplastarla con su escaso peso.

—Me rindo —dijo Tamia riéndose—, tú ganas.

Yo siempre gano, dijo Amaru, el hijo de Jesús de cuatro años, voy a traer el balón.

No, dijo Jesús Cáceres, ya deja a Tamia tranquila, anda a jugar con tu hermana, anda, deja que los grandes conversen.

Aburrido, dijo Amaru.

Estaban en el patio trasero de la casa paceña de Jesús Cáceres, en una zona residencial de la ciudad. La familia del escritor hacía parecer el patio más pequeño de lo que en realidad era: un tío y un primo se encargaban de la parrilla, cuyo olor a carne dominaba la escena, los niños bajaban por una resbaladera de plástico y caían en una piscina inflable, su hermano y un primo repartían cerveza, asegurándose de que nadie se quedara sin licor ni un solo instante. Los demás familiares conversaban en las mesas de plástico. Tamia y Jesús se acomodaron, de pie, junto a la balaustrada que dividía la casa de la vecina, desde la que se podía observar la parte tumultuosa de La Paz. Mercedes, la esposa de Jesús, visitaba seguido a los escritores con el pretexto de darles cerveza o bocadillos, se quedaba unos minutos y reiniciaba su proceso de encontrar un interlocutor.

¿Te das cuenta?, dijo Jesús, así de incómoda ha estado desde que llegamos a Bolivia, supongo que es natural después de dejarlo todo por tu familia, supongo que extraña Cataluña, ver a diario a sus papás, pobre, ojalá pudiera hacer algo más, pero ella misma fue la que propuso venir a La Paz, ya ves cómo se pusieron las cosas en Europa.

—¿Viste la masacre en Alemania?

¡Sí!, ¡qué tragedia!, quién diría que, después de tanta palabrería, los alemanes sí se atreverían a disparar contra los migrantes.

—Se están matando allá. En unos pocos años, no va a quedar nada de Europa.

Es la Cuarta Guerra Mundial, Tamia, dijo Jesús, a este paso los muertos de la Guerra Fría serán minoría en comparación.

—Y nosotros no nos quedamos atrás.

Sí, pero no se pueden comparar las barbaries del primer mundo con las nuestras, hasta para hacer maldades somos muy pobres los latinoamericanos.

—¿Recuerdas esa vez que estuvimos en la casa de Gloria Fuertes, celebrando su retiro de Daxhund?

¿Te refieres a ya sabes qué?

—No me refiero al sexo. En esa fiesta, Gloria nos dijo que lo que más la apenaba de dejar su trabajo es que este, de alguna forma, la mantenía al tanto de lo que pasaba en el mundo, le permitía ver el futuro, adivinarlo.

Ya sabes cómo era ella cuando se le daba cuerda: todo Opus Dei.

—Sí, pero, si lo miramos fríamente, sí vaticinó el futuro, ¿no? En esa fiesta nos dijo que aprovecháramos nuestra vida editorial en Europa porque, en cuestión de unas décadas, el continente se iba a destrozar por la xenofobia, y es lo que está pasando.

No es tan difícil adivinar esa clase de futuro si tenemos en cuenta que hace cien años pasó lo mismo, dos veces, se asesinó mucha gente en nombre de la xenofobia.

—Sí, y lo más probable es que vuelva a pasar en un siglo, en el año 2141. Pero siempre me quedó girando en la cabeza lo que dijo.

No sabía que te habías vuelto tan romántica.

—Ya quisiera ser un poco más romántica. Ya quisiera ser una Tamia que, en un determinado momento de la historia, eligió diferente.

Gloria decía que recordaba bien el momento en el que su vida cambió, dijo Jesús, cuando renunció a su cómodo trabajo de secretaria para representar a Andrés Caicedo ante las editoriales de España, a Caicedo nadie lo conocía, fue un movimiento audaz, ¿te has preguntado qué sería de ti y de mí, de muchos de nosotros, si ella hubiera optado por tener una vida tranquila y sin sobresaltos como secretaria?, lo más probable es que yo seguiría siendo profesor de colegio, eso sí, con una nutrida obra inédita, pero bien nutrida.

—Yo quizá sería una madre amorosa, sin obra ni nada. Sería una gran madre.

El llanto de un niño atravesó el jardín: se había caído de cabeza, desde la resbaladera. Sus padres lo socorrieron y el llanto bajó de intensidad.

Serías una gran madre, dijo Jesús, pero sí tendrías obra, una obra tan nutrida como la de hoy, quién sabe si más nutrida, no puedo imaginarte en ninguna realidad sin escribir.

¿Y puedes imaginarme en alguna realidad siendo feliz y estando acompañada?, pensó Tamia. Tuvo miedo de que al exteriorizar la pregunta se liberara el monstruo que le gritaba «pedazo de mierda». No tenía ganas de aguantarlo, así que en su lugar dijo:

—Gloria, Glorita... ¿Cuánto vivió? ¿Cien, ciento cinco años?

No me acuerdo, pero sí que fue longeva la Gloria Fuertes, que en paz descanse.

—Supongo que murió rodeada por sus seres queridos —dijo Tamia observando a dos parejas que se carcajeaban por un error en un juego de naipes—. A esa edad debes tener muchos parientes, sin otra opción. A esa edad te quieren o te quieren, punto.

En silencio observaron La Paz. A esa hora de la tarde, en ese domingo de agosto, parecía un pueblo silencioso que se reponía del Carnaval.

—¿Crees que haya pensado en nosotros?

Claro que sí.

—No nos escribió ni nada.

Según lo que leí, los últimos años de vida ya estuvo ciega, dijo Jesús, su familia y las enfermeras hacían todo por ella, hasta le escribían los correos.

—Ayer, leyendo la noticia de su muerte, me asaltó esa idea: ¿pensaría en mí?, y si lo hizo, ¿cuándo? Digamos que Gloria Fuertes murió a la una de la tarde, el último suspiro. La importancia de mí en su vida sería indirectamente proporcional al último pensamiento que me hubiera dedicado. A la una, pensaría en sus seres queridos más próximos, incluso quizá en las personas muertas que significaron mucho para ella, como su esposo. Antes de eso, a las doce y cincuenta, vendrían los pensamientos a gente que tuvo un impacto moderado en su vida, luego, a las doce y cuarenta, estarían los colegas del trabajo y la gente que le caía bien pero que se perdió en el tiempo, y así sucesivamente hasta llegar a las doce, una hora antes de morir, cuando empezó con la ronda de pensamientos finales y recuerdos perdidos, lo que fue importante, pero como no puede ver, deja de luchar contra la memoria. ¿En qué punto de esa hora estaría mi recuerdo? ¿A las doce y diez como una perfecta malagradecida? ¿A las doce y veinte como una persona *cuyo nombre no recuerdo pero era buena gente*? ¿O a las doce y cincuenta y siete, como el tipo de persona que quieres a tu lado, para que te guíe hasta a la otra orilla?

Se nota que has pensado mucho en este asunto, dijo Jesús, sinceramente, y no es por hacerla de menos, hace tantos años que no la veo que siento que no me afecta tanto su muerte como a ti.

—No sé si me duele la muerte de Gloria —dijo Tamia— porque me siento como adormecida, toda mi vida me he sentido adormecida, incapaz de dar un abrazo o sentir otra cosa que no sea curiosidad, pero sí me ha hecho cuestionar mi rol en la memoria de las personas. Mucho me estoy temiendo que aquello es lo más fuerte que puede existir.

¿Y por qué dices eso de *mucho me estoy temiendo*?

—Porque si es así, le aposté al caballo perdedor.

¿De qué hablas?, ¿qué tipo de apuesta?

—La apuesta más grande.

Ya no más cerveza para ti.

—Al contrario, Jesús —dijo Tamia levantando el vaso rebosante de cerveza—: por Gloria.

Por Gloria, dijo Jesús chocando su vaso con el de ella.

—Y que descanse en paz.

Descansa en paz, mi vida, dijo el anciano al cadáver de su esposa, no te olvides de que, mientras yo viva, hay alguien que no te va a olvidar, te quiero mucho, mi compañerita.

El anciano se besó la punta de los dedos y los puso sobre la mejilla derecha de la mujer, luego sobre la izquierda y finalmente sobre los pálidos labios. Un hombre de unos sesenta años se acercó al anciano y lo ayudó a bajar del estrado, donde yacía el ataúd, rodeado por los cuatro costados de largos cirios encendidos. El hombre lo guio hasta una silla cercana, donde se dejó caer pesadamente, apoyó los codos sobre las rodillas y, con la cara cubierta por las manos, se entregó al llanto. Mediante señas, el hombre, que Tamia presumía sería el hijo de la anciana fallecida, pidió a otros tres hombres que le ayudaran a cargar el ataúd. Lo hicieron con vigorosidad, se notaba que era un honor. Tamia, en un rincón de la improvisada sala de velación, vio el último cortejo que recibiría la anciana. Su marido también vio con detenimiento el fluir del ataúd sobre las cabezas de los presentes, que se apresuraban a ponerse de pie. Se oían llantos y lamentos que trataban de ser sofocados, sin éxito. A lo lejos, en el pórtico del hotel, unos niños jugaban fútbol. La gente empezó a hacer fila detrás del ataúd, caminando con pesadumbre en la estela mortuoria. La anciana, sin duda, había sido querida en vida, pues la sala estaba repleta y afuera, mucha más gente esperaba que la fila saliera para unirse a la procesión. Nadie notó que el esposo no tenía fuerzas para ponerse de pie, excepto Tamia. Lo tomó de los brazos y lo ayudó. A pesar de ser muy delgado, el anciano reveló un peso que a Tamia le pareció excesivo. Redobló esfuerzos y en un segundo intento, abrazándolo, la escritora guio al anciano hacia la puerta.

—Lo siento mucho —dijo Tamia, pero el anciano no la oyó. Afuera hacía un día hermoso y cálido, demasiado animado para un día tan triste.

Del brazo, Tamia guio al anciano por detrás de la multitud llorosa, hasta que su hijo apareció y lo reclamó como si se hubiera olvidado una mochila. Agradeció a Tamia y lo escoltó hasta el asiento del copiloto dentro de la carroza mortuoria, donde, en la parte trasera, ya estaba instalado el ataúd. Con suma parsimonia, la procesión desapareció en la esquina. Tamia recogió los pasos, ingresó al hotel, pasó de largo por la sala de estar que había servido de velatorio, tomó la escalera y subió a la segunda planta, donde entró en la habitación 201. Le molestó el desorden, la cama sin hacer, los vasos con restos de vino caliente, pero enseguida recordó que las mucamas estaban llorando a su patrona y se sintió torpe y egoísta. Intentó arreglar el caos, levantó un par de cosas, pero al llegar al escritorio y ver los libros apilados y las hojas desperdigadas, desistió. Se sacó los zapatos, se recostó lentamente en la cama y, hecha un ovillo, que era el resumen de su vida, se puso a llorar tratando de no hacer bulla, como una niña castigada.

En esa habitación de Asunción había encontrado la paz necesaria para entregarse a la escritura, a la lectura y al tejido, como en ninguna otra ciudad de Latinoamérica, por eso había extendido su visita en el Hotel Descanso Eterno, nombre que ahora le parecía irónico y cruel. Había hecho buenas migas con los dueños del negocio, la pareja de ancianos, que pronto la vieron como a una hija con una ocupación interesante. Si bien no habían leído nada de Tamia, sí sabían de su reputación, por eso estaban encantados de tenerla. La anciana, ahora muerta, había dicho que cuando Tamia se marchara pondrían una placa afuera de la habitación 201, que señalara que ahí había vivido la famosa escritora Tamia Torres. La anciana, incluso, le había pedido que le contase en qué estaba trabajando para especificarlo en la placa que, juraba, sería de plata y oro. Tamia encontró tierna la exageración y se sonrojó. Le detalló lo que estaba haciendo, pero la anciana, debido al cansancio natural de la vejez, se aburrió del relato y cambió de tema a uno más ameno, como el calor y humedad de Asunción y los perros pequeños. Su anciano esposo, que notaba la trampa de su esposa, le viraba los ojos con esa paciencia y hartazgo propios de los matrimonios de largo alcance, luego se lo achacaba y le pedía disculpas a Tamia, que volvía a sonreír.

Casi siempre los tres conversaban durante la cena, que venía incluida con la habitación, al igual que el desayuno. Al anciano le interesaba la investigación de Tamia, más que a ella misma en ese punto, y le alegraba que hubiera elegido Asunción para poder leer y descansar. La anciana, aquejada por la diabetes, disfrutaba cuando Tamia le resumía sus novelas: trataba de hacerlo de forma lineal para que no perdiera interés, pero la anciana era lista, solo aparentaba no serlo cuando se enfrentaba a lo que no le interesaba.

Déjeme ver si le entiendo, Tamia, dijo la anciana una noche en la sobremesa, en sus novelas se cuentan las historias de sus personajes no por lo que hacen, sino por medio de un montón de novelas que son falsas, ¿verdad?

Ay, mujer, dijo el anciano, deja ya de molestarla con tus tonterías, eso no es posible, ¿o sí es posible, Tamia?

—Eso intento —dijo Tamia—, estoy haciendo que una obra sea una persona, que se conozca a esta persona mediante lo que crea o escribe y no mediante lo que hace.

Pero crear, dijo la anciana, es *hacer*, a la larga si uno crea una obra sobre creaciones, está haciendo acontecimientos, unos raros pero acontecimientos al final.

—Bueno, sí —dijo Tamia pensando que la anciana hubiese sido una gran crítica.

Muy bien, mi vida, dijo el anciano, le ganaste a la escritora.

Tamia no supo identificar en qué momento el llanto se transformó en sueño profundo. Despertó a las once de la noche. La habitación era un desolador bloque negro, salpicado de las luces asuncenas que se filtraban por la ventana. Bajó dos plantas y comprobó que estaba sola en el hotel, o quizá los dependientes no estaban o se habían ido a dormir. ¿Estaría el anciano en su cuarto, detrás de la recepción? Quiso llamarlo para ver cómo estaba, pero tuvo miedo de sacarlo de un sueño en el que su esposa seguía viva y desistió. También lo imaginó diciéndose a sí mismo, hecho un ovillo en la cama, *lo que perdí fue un océano*, repitiendo la frase una y otra vez hasta caer dormido. No pudo identificar el origen de la frase y se la anotó en la mano. Regresó a la habitación. Bebió agua directamente de la llave del baño. A pesar del hambre, se metió en la cama y se durmió con sorprendente rapidez. Volvió a soñar, después de muchos años, con el cine y los monstruos: ahora Tamia estaba en el escenario, sentada en una silla de metal, fumando y repitiendo, en diferentes tonalidades y voces, *lo que perdí fue un océano*, que se sentía como un pensamiento sabio. Al terminar el espectáculo, en los pasillos y entre las sillas reclinables, los monstruos alababan el acto, le daban palmadas amistosas y la abrazaban como quien da el pésame. Pero para su horror, una vez afuera del cine —era la primera vez que Tamia lograba ver el exterior del cine: era el universo infinito—, cuando ella les preguntaba su opinión del acto, los monstruos no lo recordaban porque afuera, en el espacio, el *show* había sido ejecutado hace miles de millones de años, y los monstruos aguardaban su muerte. Tamia, ante sus ojos agonizantes, era una intrusa.

Despertó bien entrada la mañana, con una sensación de vacío y miedo que no la abandonó en el resto del día. Pidió el almuerzo y se sentó sola en una esquina del comedor del hotel. Cuando la mesera le extendió el plato, le preguntó por el anciano. Ella dijo que se había ido a dormir a la casa de su hijo, pero que vendría en la noche. En vano Tamia esperó al anciano, quería verlo aunque no sabía qué podía decirle al hombre que había perdido a la mujer que lo había acompañado durante más de cincuenta años. Para distraerse, por la tarde, retomó sus notas y leyó en el libro de Mencken, ordenó la poca información que había conseguido en Santiago de Chile, a pesar de que la visita había sido casi tan corta e infructuosa como la de Caracas. Encontró a su proyecto tan desinflado que mejor se fue a dormir. Por la noche, dado que el anciano no había regresado al hotel, cenó frugal y desayunó igual. El almuerzo lo tomó en un restorán tradicional en el centro de la ciudad, después asistió a un conversatorio organizado por la Universidad Nacional de

Asunción, donde la ronda de preguntas se encaminó a desentrañar las conexiones de su obra literaria con el espacio sideral, con el polvo de estrellas del que estamos hechos. Declinó la invitación para tomar unos tragos con los organizadores de la universidad, y cuando llegó a su habitación de hotel y cerró la puerta, se sintió a salvo. Después de tejer y de una siesta, bajó al comedor para cenar y vio al anciano sentado en la misma silla en la que ella se había sentado ayer.

—Estaba preocupada por usted.

Mi hijo tenía que salir del país por trabajo, dijo el anciano jugando con un vaso de gin, me pidió que me quedara con mi nuera y mis nietos, pero yo no quería, así que me vine acá.

—Su hipertensión… El gin no le va a hacer bien…

Bah, qué más da, igual yo ya empecé a morirme.

Tamia haló la silla y se sentó al lado del anciano.

—Supongo que sería estúpido preguntarle cómo se siente.

Sí, sería estúpido, dijo el anciano, pero te respondo: me siento como la mierda…, hace tanto que no probaba gin, es rico…, huela, hasta duelen las fosas nasales.

—¿Me sirve uno? —Tamia fue al mostrador y regresó con un vaso de vidrio. El anciano destapó la botella y sirvió un chorro.

¿Y ahora qué hago?, dijo el anciano.

—Seguir viviendo —dijo Tamia—. Es lo que su esposa hubiera querido, que siguiera con el hotel, conociendo gente.

Eso es lo que hubiera querido ella, pero ella, como ya se marchó, me cambió los planes, la legalización de la eutanasia fue, sin duda, un gran triunfo para Paraguay, pero deberían legalizar la eutanasia para los que pierden a un ser querido, eutanasia para los que se quedan solos, así nos evitaríamos las sorpresas de hallar un cadáver podrido tres meses después, solo porque empieza a oler mal, no porque alguien lo extrañara.

—Ese es el pensamiento más triste que se me puede ocurrir —dijo Tamia después de un sorbo de gin—: un ahorcado balanceándose en el centro de la sala, solo, sin que nadie lo reclame ni extrañe.

Usted procúrese una vida que no la conduzca a ello, dijo el anciano.

Tamia bebió el resto del gin de un solo trago, sintió en la garganta un infierno personal. El aroma le salió por las fosas nasales y empezó a toser. El anciano le sirvió otro trago y vació la botella en su vaso.

Tan linda ella y ahora se la comen los gusanos, dijo el anciano, usted, como escritora, ¿qué le diría al hombre que acaba de perder a su compañera de vida?

—No hay mucho que decir —dijo Tamia—, y si lo hubiera, no sería suficiente.

Intente…

—Hay una idea, un consuelo que me vino a la mente cuando se murió mi abuela Aída, hace ya veinte y tres años —dijo Tamia, apuró el resto del gin y continuó—: el universo tiene trece mil ochocientos millones de años, la Tierra cuatro mil quinientos millones, los seres humanos apenas doscientos mil años sobre este planeta, tiempo en el que han vivido y muerto billones de personas. Entre tanto caos y tanto tiempo, usted se las arregló para coincidir en el mismo tiempo y en el mismo espacio con su esposa, y el haberse conocido entre millones de improbabilidades es algo que hay que celebrar.

El anciano bajó el vaso, en silencio, y lo alejó hacia el centro de la mesa. Durante unos minutos se quedó masticando las palabras de Tamia, viendo un punto indeterminado de Asunción, a través de la ventana. Luego estiró el brazo, tomó el gin con determinación y lo apuró hasta acabarlo. Sorbió hondamente por la nariz y se secó una lágrima que Tamia no había visto por la oscuridad del comedor.

—¿Está bien?

Sí, dijo el anciano, solo pensaba en lo que dijo usted.

—Como le digo, no hay mucho que decir.

Guardaron silencio unos minutos más. Tamia terminó el licor.

Me gustó lo que me dijo, hay que celebrar, dijo el anciano.

La última noche antes de que Tamia partiera a Montevideo, el anciano pidió que el personal del hotel se diera cita afuera de la habitación 201 para el develamiento de la placa conmemorativa. El acto fue corto y emotivo. El anciano quitó el pañuelo que había puesto sobre la inscripción y leyó:

Alicia Galárraga y César García,
dueños del Hotel Descanso Eterno, señalan que:
En esta habitación vivió la increíble escritora
Tamia Torres, del 12 de octubre al 21 de diciembre de 2041. Aquí

corrigió su próxima novela y escribió un
proyecto de investigación y leyó mucho, se hizo nuestra amiga
y conversamos. Aunque no tenemos biblioteca,
sentimos que sus libros se quedan con nosotros.
Asunción, 21 de diciembre de 2041

Tamia lloró con una risa nerviosa al leer la inscripción que había escrito la anciana. Era obvio que él lo hacía más como una forma de homenaje a su esposa, que por el orgullo de haber albergado a una escritora reconocida. Las palabras atropelladas en la inscripción tenían un cierto dejo a *honoris causa*, a homenaje póstumo. De todos los premios que había cosechado, incrementados en los últimos años, este era el más sincero. Lamentó no poder llevarse la placa, pero el anciano le obsequió la servilleta en la que había escrito inicialmente la anciana y corregida por él, con esferográfico de color rojo. Tamia le regaló una copia autografiada de *Gabo, el universo*, que compró en una librería de centro comercial, donde tuvo que refugiarse por una protesta violenta que buscaba impedir la postulación del presidente del país a un cuarto mandato consecutivo.

Había pensado pasar Navidad y fin de año en Uruguay, en un hotel, siendo parte de un paquete promocional todo incluido para retirados, uno que le permitiera escribir y pasear para aminorar la soledad, pero se dejó disuadir por el solitario anciano y celebró las festividades en la casa de su hijo, a las afueras de Asunción, con el resto de su familia. Después del abrazo de Año Nuevo, Tamia le confesó que había pensado en lo de la eutanasia para solitarios y se le ocurrió que estos deberían ahorcarse en hoteles, así se aseguran de que los encuentren pronto. El anciano rio por la macabra ocurrencia y se marchó apresurado a la habitación, alegando cansancio, aunque todos sabían que era depresión. El 2 de enero de 2042, Tamia dejó para siempre Paraguay y el día 17, mientras escribía en su habitación de hotel en Montevideo, se sirvió un café. Mientras lo bebía, leyó el correo electrónico en el que le informaban que la noche anterior, mientras en Iberoamérica salía a la venta su nueva novela, el anciano había muerto de un infarto fulminante.

Catalina, el universo
(2042-2045)

Lo que perdí fue el océano
(2065-)

Le decían *vieja* porque la edad promedio de las detenidas era diecinueve años, precisamente la edad de Juana, la madre de Tamia, cuando la secuestraron en el centro histórico de Quito. La Historia llamó a la juventud ese 24 de junio de 1983 para derrocar los regímenes dictatoriales de Latinoamérica, sin suerte, y después del contraataque del poder, se desató el horror sistemático, las torturas planificadas y desapariciones «por si las moscas». Una de esas desapariciones fue la de Aída Suárez, a quien los militares, después de un culetazo de rifle en los pulmones, la llamaron *vieja*, cargaron y lanzaron en una camioneta doble cabina que se perdió a toda velocidad por las calles de El Batán Alto, escoltada por el llanto de una pequeñísima Tamia, tierna y rosada, que desde la cuna buscaba una mano a la cual aferrarse.

Arrojaron a Aída dentro del vehículo sin placas y de vidrios polarizados, que se movía como una ambulancia en emergencia. Cayó en la parte de atrás, abajo, los militares la usaron como reposabotas, uno incluso le pisó la cabeza cubierta con la capucha negra. Aída se preguntaba cuánto tiempo le quedaba de vida mientras escuchaba aterrada las vulgaridades de los militares: que por estar tan vieja le violarían de mala gana, no como a las jóvenes, y por eso la pegarían más de la cuenta. Dentro del universo oscuro y ardiente de la capucha, Aída empezó a llorar, tratando de tragarse las lágrimas y los mocos para que los hombres no supieran que su espíritu estaba ya doblegado. Uno de los ellos mencionó que fue una idiotez no haber traído a la bebé, podría haber valido un buen fajo de billetes por lo blanquita y bonita que era, algún milico impotente seguro habría pagado bien. Uno propuso regresar, pero otro, el que estaba a cargo de la operación, dijo que volverían cuando el esposo de la vieja estuviera en casa, así mataban dos pájaros de un tiro. Entonces Aída suplicó que dejaran en paz a Tamia y a Julio, ellos nada tenían que ver, ella misma nada tenía que ver con el activismo de su hija, ahora desaparecida, y el suicidio de su yerno.

Eso ya lo veremos, dijo un militar, ya saben que gallina vieja da buen caldo.

Los hombres estallaron en risas.

Aída había escuchado los rumores de lo que se estaba haciendo con los opositores en todos los países de Latinoamérica: no solo los desaparecían, antes los torturaban para obtener información, de las formas más creativas posibles. Alguien tendría que salvarla: ya había pasado tiempo desde la matanza pública del 24 de junio, la comunidad internacional no podía hacerse la de la vista gorda, las Naciones Unidas tendrían que intervenir militarmente para reestablecer el orden, el Vaticano condenaría las aberraciones humanas. Solo era cuestión de esperar.

Pero no. Latinoamérica estaba sola.

Cuando la bajaron del vehículo, le propinaron culetazos en los muslos por si acaso, la arrastraron por un camino de tierra —tenía las manos atadas por la espada— y la arrojaron dentro de lo que ella supuso sería una celda. La empujaron tan violentamente que se golpeó la cabeza contra una pared y luego contra el suelo y ahí quedó inconsciente. Cuando volvió en sí, el olor a excrementos traspasó la tela de la capucha y le asqueó en su profunda oscuridad. Sentada, se movió por instinto hacia atrás, para agazaparse y refugiarse contra lo que pudiera estar al frente. Su espalda tocó una pared húmeda. Empezó a temblar. El suelo de concreto también estaba mojado. Trató de normalizar la respiración para escuchar si estaba con alguien en la celda. Todo indicaba que estaba sola, aunque la sensación de que la apuntaban con un arma no desaparecía. Oyó, a lo lejos, los gritos desesperados de una mujer y un perro que ladraba. Empezó a sollozar. Pronto escuchó los pasos de alguien que se acercaba. Su voz era la de uno de los hombres de la camioneta, militares de sierra ecuatoriana. Aunque podría ser de otra persona. Ya no podía distinguir nada. ¿Cuánto tiempo había pasado inconsciente? Un haz de luz se filtraba por la tela de la capucha. ¿Julio ya habría encontrado a Tamia? Pero si Julio estaba detenido en una celda cercana, ¿eso significaba que Tamia estaba condenada a morir de hambre? Peor aún: ¿y si algún militar ya la había vendido a un teniente? Todo estaba perdido. Quizá lo mejor sería que le pegaran un tiro, lo más rápido posible. ¿Es así cómo se sintió su hija Juana? La desolación, la tristeza, el miedo más profundo. Si su hija había pasado sus últimos momentos de esta forma, ya nada valía la pena.

Se desmayó de nuevo o se quedó dormida. A tientas, se puso de pie y su cabeza golpeó el tumbado. La celda debía tener un metro de altura. Se sentó de nuevo y no tardó en acostarse de lado, a pesar del dolor que le provocaba descansar el peso de su cuerpo sobre el brazo. No había espacio para estirarse. Cuando sentía que se adormecía, cambiaba de lado. Se echaba boca arriba para sentir el resto del cuerpo, aunque en esa posición los brazos se le desvanecían al mismo tiempo. Solo boca abajo podía dar un respiro a los brazos, pero era fatal para el resto del cuerpo. Imposible acostumbrarse a ninguna posición. Se quedó dormida un tiempo que para ella fue eterno.

La despertó un golpe en el estómago. Desesperada, trató de aspirar aire pero la capucha le frenó todo impulso vital. Empezó a escuchar las voces de dos hombres que, a pocos centímetros, empezaron a preguntarle a gritos sobre los amigos de Juana, nombres y direcciones, todo. Aída dijo que no sabía nada. Entonces el segundo hombre le golpeó los senos con un tubo de metal. Antes de desmayarse, el primer hombre dijo que la iban a violar si no cooperaba y el segundo agregó que la iban a violar perros y ratas. Así que esto es lo que le pasó a mi hija, pensó, tanto sacrificio y tanto amor para que mi niña terminara violada por un perro, y Tamia va a crecer sin nadie, será la persona más solitaria del mundo. Se desvaneció.

Tuvo la sensación de haber dormido toda la noche, pero no podía estar segura. Al abrir los ojos, no sintió la presión en los brazos: ¡estaban libres! Tampoco traía puesta la capucha. La tortura convierte las tareas más simples, como el entendimiento, en odiseas. Miró en derredor y comprobó que la celda era como la había imaginado. Quiso incorporarse, pero un dolor agudo en el vientre y en la entrepierna se lo impidió. Cayó de lado. Se miró. Estaba cubierta de sangre seca de la cadera para abajo. Se horrorizó, se hiperventiló, empezó a sollozar. Se armó de valor y se apresuró a bajarse el pantalón. Tenía moretones alrededor de la vagina, sin duda de ahí había salido la sangre. ¿Le habría pasado lo mismo a Juana? A Tesia también la violaron varias veces en su escape desde Polonia hasta Marruecos. ¿Serían capaces de violar a Tamia, que apenas pasaba de un año? Sin duda. Eran unos criminales, los peores, porque alguien les había dado poder sin posibilidad de castigo. Mientras se acomodaba el pantalón, empezaron los gritos devastadores en una celda lejana. Eran remedos de mujeres que alcanzaban sus últimas cotas de denigración. Se agazapó en el rincón de la celda, como un perro que se oculta para morir. Donde estaba, no existía el consuelo. Era el infierno. Hasta Jesucristo la había abandonado. La puerta de metal se abrió y entraron dos hombres con linternas, apuntándole directo a los ojos. No pudo verlos bien, pero distinguió que estaban vestidos de civiles, con pasamontañas.

¿Te gustó lo que te hicimos, vieja?, dijo el primer hombre, eso fue una cortesía para que veas lo buena gente que somos, la siguiente es despierta si no nos dices lo que te preguntamos.

Mejor colabora, vieja puta, rápido, dijo el segundo hombre.

Mientras el primero empezaba a acosarla, a pellizcarle los senos, un tercer hombre, también en pasamontañas, apareció en la puerta y el segundo fue a su encuentro. Hablaba demasiado alto: era obvio que querían que Aída escuchara.

Si esta vieja no habla hoy, dijo el tercer hombre, la transfieren al SIC-10.

Aída empezó a temblar: el Servicio de Inteligencia Contracriminal (SIC) era un rumor, se decía que era una policía especializada creada por el dictador Juan Martín Silva para torturar a todo opositor al régimen. Nadie salía de ahí vivo.

¿Oíste, puta?, dijo el tercer hombre metiéndose en la celda, con un ligero acento a costeño ecuatoriano, ¿oíste, malparid...

El hombre calló de golpe cuando vio el rostro de Aída, agazapada en la celda.

Te vas al SIC-10 mañana mismo, si no hablas, dijo el segundo hombre.

Mientras el primer hombre empezaba a sacarle la ropa a la fuerza, el segundo y el tercero salieron de la celda y cerraron la puerta escoltados por los gritos desgarradores de Aída. Era el fin del mundo: una serie de manoseos, puñetazos en la cara, golpes en las piernas para que perdiera fuerza, una penetración que la vaciaba desde adentro. En cierto punto, Aída dejó de luchar, se abandonó a sí misma y se desmayó. Creyó haber dormido durante días, pero se horrorizó al descubrir que había despertado justo cuando acababa la violación —o quizá sí era otro día y acababan de violarla de nuevo—. Tratando de estar erguido en la diminuta celda, el primer hombre se abotonó el pantalón.

Tu turno, le dijo al hombre de afuera.

Entró el tercer hombre y, mientras Aída sacaba fuerzas para arrastrarse al fondo de la celda, le dijo al primero que se largara, que no quería verlo jamás en esa celda.

¿Por qué?, dijo el primero.

De aquí en adelante yo me encargo de la vieja puta, dijo el tercer hombre, vos y León váyanse al pabellón siete, dijo desabotonándose el pantalón.

Como usted mande, mi capitán.

Apenas salió de la celda, el tercer hombre se volvió a abotonar y, en cuclillas, analizó el pedazo de carne que era Aída, tiritando de miedo y dolor, incapaz de pronunciar lo que tenía en mente: Tamia. Cuando el hombre la tocó, ella se lanzó para atrás como un reflejo. Tenía la mirada ida, pero extrañamente presente en el hombre que la iba a matar. Usó la manga de la camisa para limpiarle la sangre de la cara, se dio media vuelta y desapareció unos segundos —Aída pensó que esa sería la única oportunidad de escapar, pues había dejado la puerta abierta, pero los músculos no le obedecían—, entró de nuevo y le puso un cazo de agua sobre los labios, que ella bebió pensando que estaba envenenada: el agua le supo a gloria porque le sabía a muerte. Entonces Aída se perdió de nuevo en la oscuridad, pensando que no despertaría de nuevo. Juana, Tamia, susurró.

Despertó otra vez sin saber del tiempo. Oyó gritos de mujeres en celdas contiguas. Se sentía un poco mejor, se revisó la entrepierna: al parecer, no la habían violado. Se sacudió al ver al tercer hombre sentado al frente, apoyado en la pared, viéndola como un pervertido. La reacción natural de Aída fue huir. La misma escena se repetía en miles de celdas de Latinoamérica.

¿Cómo te sientes?, dijo el hombre. Su tono era el más afable que había escuchado desde que la raptaron y, por lo tanto, el más tenebroso por el misterio que encerraba.

Aída no respondió. Señaló la bandeja de metal que estaba a su lado, que contenía un plato con una pata de pollo y un puñado de arroz y un vaso de plástico con agua. El festín no duró ni un minuto. Ojalá esté envenenado, pensó Aída.

¿Te gustó?, dijo el hombre.

Aída no respondió.

El hombre tomó la bandeja y salió de la celda. Aída volvió a desvanecerse, pero por primera vez, por el cansancio, no del terror. Aunque no podía precisar el tiempo, calculó que llevaba cuatro días sin violaciones, en los que el tercer hombre la alimentó, tratando de hacer conversación.

Ayúdeme a salir de aquí, usted parece bueno, dijo Aída temblando, por favor, tengo una nieta, su mamá... mi hija... desapareció, no hay nadie más que la cuide.

Sí, me lo contaron.

No hay nadie que la cuide.

¿Y su esposo, Julio Ordóñez?, dijo el hombre, él la estará cuidando.

Ojalá, pero esos hombres dijeron que lo habían apresado, dijo Aída, ahora ya estará muerto como mi hija... Ayúdeme a salir.

Ahora quiero que hagas silencio para lo que va a venir, dijo el hombre.

Aída empezó a llorar, se replegó: Ya no, por favor, señor, ya no...

Tranquila, dijo el hombre. Se acuclilló, se sacó el pasamontañas y le indicó la cara. Aída, con un ojo bien abierto y el otro cerrado y amoratado, lo observó con atención, analizó cada detalle de ese rostro hasta que lo reconoció.

¿Qué haces aquí?, dijo Aída casi gritando.

Shh..., dijo el hombre, calla, nadie puede saber.

No había visto su cara en más de veinte años. Ambos habían sido los primeros novios, el uno del otro, poco después de cumplir los quince años, en Azogues, al sur del Ecuador. Se amaron en los años 60: fueron el primer cuerpo desnudo que el otro vio, y eso, en una sociedad conservadora, debía sellarse con matrimonio, pero como ninguno de los dos quería, huyeron juntos pero se separaron en el camino, como si el amor hubiese sido el pretexto para salir de una vida miserable en una región olvidada de la mano de Dios. Aída fue a Quito y él a Guayaquil. Siempre se recordaron con cariño porque vivieron un sentimiento diáfano que se transformó en escape.

Este es mi trabajo, dijo el hombre.

¿Cuántos azares se habían puesto en movimiento, desde la creación del universo hasta ese instante, para que a Aída se le tendiera un puente? Ella habría renunciado a su suerte con tal de que esa oportunidad se le hubiera dado a Juana.

Ayúdame a escapar, por favor…

Eso es lo que trato, dijo el hombre, todavía no sé cómo o si podré sin que sospechen, pero al menos ya no dejo que te violen.

¿Tú mandas aquí?, ¿qué es esto, el SIC?, dijo Aída.

Mientras menos sepas, mejor, pero debes prometerme una cosa: si sales de aquí, debes olvidarte de mí, jamás decirle a nadie nada y te debes largar de Quito, debes escapar, desaparecer.

Cuando el hombre se fue, Aída volvió a sumergirse en una bruma espacial, similar al capullo de Tamia muchos años después, en el que envejecía y, a la vez, permanecía estática. La bruma duró un mes en el que sólo el hombre se le acercó para conversar un rato y alimentarla. Finalmente llegó el día en el que escuchó las voces de nuevo, las del primer y segundo hombres, quienes aporrearon la puerta, le pusieron una capucha, le ataron los brazos por detrás, la cargaron y arrastraron por pasillos fríos, donde los gritos se intensificaban y desvanecían a medida que avanzaba.

No, están equivocados, dijo Aída llena de horror, por favor, hay un hombre que…

Cállate, vieja verga, dijo el primer hombre dándole un puñetazo en la mandíbula que la dejó muda el resto del arrastre, te dijimos que hablaras, que colaboraras, ya no eres nuestra responsabilidad, te vas al SIC-10, puta.

Aída empezó a llorar en silencio, las lágrimas mojaron la tela de la capucha. De pronto, a través de esta, atravesó la luz del sol, su calor, que le apreció algo de ciencia ficción. Vio un resplandor que le hirió los ojos pero la consoló. Lo del exnovio había sido un bonito espejismo. La metieron en un vehículo, en la misma posición humillante de la última vez. Mientras se movía por las calles de Quito, el primer hombre le repetía que se iba a morir en el SIC-10. Aída intuyó que aparte de él, solo estaba el conductor. Después el vehículo se detuvo, el hombre se bajó, la tomó de los brazos, la bajó y le dijo:

Camina cien pasos y te sientas, no te saques la capucha, ni regreses a ver para atrás o te pego un tiro aquí mismo, dijo el hombre dándole un empujón.

Aída empezó a sollozar, imaginó que estaba caminando en un estrecho puente de madera, bajo el que, en un lago, la esperaban decenas de cocodrilos hambrientos. También sintió el cañón de un revólver en la sien. Se detuvo esperando que le dispararan, pero nada pasó y continuó la marcha. Escuchó unas llantas derrapando. El sol le daba en la frente: se siente rico, pensó. Pronto empezó a escuchar el cuchicheo de gente a su alrededor, luego una mano sudorosa la tocó en el brazo y ella se lanzó en otra dirección, donde unos brazos la aprisionaron. Aída empezó a luchar, a gritar, a patear, pero los brazos eran más fuertes, la redujeron al suelo, que —pudo oler— era de tierra, lo cual sintió como un consuelo. Le sacaron la capucha y los ojos se acostumbraron, después de unos segundos, a la luz: vio árboles frondosos, césped verde y vendedores ambulantes tratando de consolarla. Le desataron las manos, la ayudaron a pararse.

¿Qué le pasó, mi niña?, dijo una anciana que vendía chochos con tostado.

Dios mío, pobrecita, dijo una mujer que vendía espumilla.

Déjenla que respire, dijo una mujer que tenía una bandeja con cigarrillos.

¿Dónde estoy?, dijo Aída, pero los árboles le dieron la respuesta: estaba en el Parque El Ejido, en el centro de Quito.

Tiene suerte, dijo una mujer que vendía choclomote, seguro eran los escuadrones de la muerte de Silva, solo Dios sabe por qué la liberaron...

Váyase a su casa, corra, tenga para el taxi, dijo una mujer que vendía collares, extendiéndole unos billetes.

Ella se incorporó inmediatamente porque sospechaba que la falsa liberación era una prueba de algo. La seguían observando desde algún lugar, saldrían en el momento menos pensado y se la llevarían de nuevo. Las vendedoras la acomodaron en un taxi que se perdió por la avenida Kaganóvich, antes avenida Patria. Con el corazón a mil, llegó a casa. Entregó todos los billetes al conductor y bajó apresurada del taxi. Afuera de su casa, se preguntó cómo entrar. Timbró y no hubo respuesta, entonces empezó a llorar. La estaban observando desde la casa de enfrente. Tenía que entrar. Con la ayuda de un hombre que pasaba, trepó la cerca y cayó del otro lado, sobre el jardín, de bruces. Se quedó lamentando su suerte. Se incorporó y trató de entrar a la casa. Como todo estaba cerrado, tomó una silla del jardín y rompió la ventana de la habitación de Tamia —que muchos años después se convertirá en el estudio de la escritora—. Se cortó con los vidrios rotos, pero poco le importó. Adentro no había señales de Julio ni de Tamia. Se echó para atrás al ver a una mujer desconocida en la habitación, pero luego, con miedo, descubrió que era ella misma en el espejo de cuerpo entero: ¡cuánto había cambiado!

Quizá sí la habían liberado, quizá no la estaban probando ni esperando, quizá el exnovio sí había sido real. Siguió inspeccionando la casa. Todo parecía en orden, excepto por los roperos: estaban abiertos, con ropa colgando y regada por el suelo. No estaban las maletas grandes, ni la cuna ni la ropa de Tamia. Era un milagro. Se abalanzó a la biblioteca de la sala de estar, donde debía encontrar el mensaje escondido dentro del libro, un código pautado en caso de emergencia. La escena se repetía como un eco por toda Latinoamérica. Sacó los libros con frenesí, los volúmenes cayeron sobre el suelo y el sonido reverberó en toda la casa. Ojalá no sea un sueño. No estaba el libro. Fue a la biblioteca del estudio, ahí también desparramó todo hasta que dio con él. Era la novela de Lewis Mencken *Nunca estuvimos realmente aquí*. Abrió el libro donde descansaba el papel doblado. Reconoció la letra de su esposo: él y Tamia estaban bien. Estaban escondidos en la casa de su familia, en esa choza en medio del campo, cerca de Otavalo. Al final del libro encontró el dinero: «Si lees este mensaje, por favor, reúnete conmigo». Aída fue a la habitación, se cambió de ropa, se lavó la cara, se peinó, se maquilló para ocultar los golpes y salió corriendo de la casa. Se tomó el tiempo de cerrar la puerta, con la esperanza de volver algún día. En la esquina, siempre con miedo, se dio cuenta de que estaba usando *Nunca estuvimos realmente aquí* como si fuera una cartera, así que sacó la nota, los documentos y el dinero, guardó todo en los bolsillos y lanzó la novela lo más lejos que pudo, como si la ficción de Mencken —que cincuenta y nueve años después sería el vago pretexto de Tamia para huir también— fuera la prueba definitiva de que todo lo sucedido fue real.

¿Esto es real?, dijo Ángel, no me lo creo.

—Aló, Ángel, ¿me escuchas? —dijo Tamia mientras la imagen se estabilizaba.

¡Pero miren quién decidió dar la cara!, dijo Ángel Herrera a la computadora, si no es por la prensa, yo te habría declarado muerta hace rato.

—Ha pasado mucho tiempo —dijo Tamia acomodándose en la silla, en su habitación de hotel, en Buenos Aires.

¡Mucho tiempo!, ¿mucho tiempo es una década?, te juro que ya ni me acuerdo cuándo fue la última vez que te pedí que vinieras a Bogotá a ver a tu hija, creo que Helena tenía, no sé, unos cinco años… ¡no sé!, ¿sabes, por lo menos, la edad que tiene ahora?

—Este año cumple catorce, lo sé.

Y no la ves desde que tenía casi dos, ¡dos años, Tamia!, dijo Ángel, es una eternidad, ¿te das cuenta?, para que lo sepas, hace rato que ella dejó de preguntar por ti.

—Bueno, sí, me lo suponía… —dijo Tamia. Hubo un silencio incómodo. Tamia dijo lo primero que se le vino a la mente—: Te ves un poco más gordito, pero no por comer, sino la gordura propia de la vejez.

No solo no llamas nunca, sino que cuando lo haces me insultas, dijo Ángel, eres una descarada. Tú no te ves mejor, ¿sabes?, estás más flaca que nunca, ojerosa, demacrada, y no tienes ni un pelo que no sea gris, ¿cuántos años tienes?, ¿sesenta, no…?

—Sí, voy a cumplir sesenta.

¡Ah, ya sé para qué llamaste!, dijo Ángel, no tienes a nadie que te diga feliz cumpleaños, es mañana, ¿no?, ¿qué esperabas: que Helena te dijera como si nada feliz cumpleaños, mami, te quiero mucho?, no, Tamia, los títulos familiares se los gana uno, no eres madre solo por haberla parido.

—Parece que nunca podremos conversar en paz, ni una sola charla, nunca.

Tienes razón, dijo Ángel, empecemos de nuevo: feliz cumpleaños, Tamia, ¿cómo has estado?, ¿qué tal ese viaje por el mundo, buscando maravillas que no existen, ah?, contesta, Tamia, ¿no es eso lo que querías?

—¿Está Helena por ahí? —dijo Tamia sintiendo que un calor le subía por la frente y luego se le regaba por los músculos, pero como corriente fría—. ¿Puedo hablar con ella un rato, por favor?

A ver, Tamia, déjame ver si entiendo, dijo Ángel acomodándose en la silla, tu hija no te conoce, nunca te ha visto más que en fotos de la prensa y las de las solapas de tus libros, ¡no te ha visto nunca en vivo!, ¡¿y quieres que la primera vez que se vean sea por medio de esta estúpida cámara?!, Dios mío, Tamia, ¿qué es lo que te pasa?, ¿tan desconectada de la humanidad estás?

—Ángel... No sé... Quiero hacer las cosas bien... A ratos no sé qué hacer... Ella me persigue siempre. Ahora siento que debo conocerla antes de que sea muy tarde. Ya estoy vieja, puedo morir cuando sea, no estaría mal que me viera una vez.

Para empezar, Tamia, si quieres verla, ven a Bogotá y preséntate como un ser humano normal, puedes hacer lo que te dé la gana con tu vida, pero si se trata de entrar pateando la puerta de la vida de Helena, eso sí que no, sobre mi cadáver antes de que la desestabilices más de lo que está.

—¿De lo que está? —Tamia se acercó a la pantalla, como si la cercanía le permitiera sonsacarle la verdad a Ángel—. ¿Le pasa algo?

Lo que le pase a ella no es de tu incumbencia, dijo Ángel, para tu información, desde los cuatro años Helena llama mamá a Sonia, que es su verdadera mamá.

—¿Ha sido una buena madre para ella?

Claro que sí.

Ángel vio la expresión de Tamia: una vieja derrotada que pedía un poco de clemencia. Recordó, por un segundo, a la mujer que amó hace tanto tiempo y le tuvo compasión, por ello dijo:

Si te comprometes a venir a Bogotá, yo puedo hablar con ella antes, puedo preparar el terreno para el encuentro, pero si me aseguras que eso es lo que quieres, a la larga, creo que le hará bien conocerte en persona, pero hay que pensar cómo hacerlo.

—¿Le has dicho algo de mí, de mí últimamente, quiero decir?

¿Qué puedo decirle?, dijo Ángel, más allá de lo que sabe de ti por la prensa y por tus libros, trata de leerte siempre, tus novelas...

—¿Ya leyó la última?

La pregunta de Tamia despertó un demonio encerrado en el interior de Ángel, cuyo ceño se frunció, se puso rojo de ira y gritó:

¡Pero qué maravilla!, ¡gracias por recordarme tu última novelita!, ¡cómo es que se me había olvidado el despecho que sentí al leerla!, ¡qué joya!, ¡claro que Helena no ha leído *Catalina, el universo*!, yo no se lo he permitido, pero sé que lo hará algún día, eso no se puede evitar, y me duele pensar que ese día llegará... ¡Pero yo sí he leído tu porquería de novela y entiendo todo lo que has hecho, lo que has estado haciendo todos estos años!, ¿no te da vergüenza pensar que tu hija leerá eso algún día?, ¿no te paraste a pensar que todo eso podría hacerle daño?

—Ángel, es sólo una ficción, no tiene...

¡Solo una ficción!, dijo Ángel de forma tan fuerte que, en el estudio, apareció su esposa para preguntarle si estaba bien, le pidió que se calmara (Tienes que pensar en tu corazón, le dijo), le extendió un vaso de agua y una píldora, que él se apresuró a beber, cuando se calmó, le pidió a su esposa que saliera del estudio y cerrara la puerta, cuando estuvieron otra vez solos, continuó: *Catalina, el universo* no es solo una ficción, Tamia, y tú lo sabes, es la confesión de un ser despreciable, capaz de engendrar a alguien solo como parte de un experimento, ¡cuando leí la novela entendí que siempre has sido un ser repulsivo, Tamia, y por eso mereces morir sola!

—Ángel, en serio —dijo Tamia empezando a llorar—, es solo una ficción, es...

¿Solo una ficción?, dijo Ángel, ¿una ficción con una mujer que escapa de los nazis, una mujer que escapa de la dictadura, una mujer que escapa del mundo?, y una mujer que escapa de quién sabe qué solo para darse cuenta de fue criada para probar una teoría, ¡adivina cuál de esas es Helena?, ¡dime!, anda, dime.

Tamia no podía contener el llanto.

—Ángel, yo... Eso no se puede saber ahora sino en el futuro...

Me repugnas, Tamia, dijo Ángel, olvídate de conocer a tu hija, ¡no vengas nunca por acá!, ya me encargaré de hacerle entender que no vales la pena, aunque creo que ya lo sabe, le voy a decir la verdad, ¡no!, más fácil, voy a dejar que lea *Catalina, el universo* a que se deshaga de tus cadenas de una buena vez.

—Ángel, en serio, no sé qué decirte..., no seas así...

No vengas nunca por acá, quédate donde estés, no te queremos aquí, ella ya te olvidó, búscate una vida y luego escríbela, en vez de inventarte bobadas, ¿de qué te ha servido toda esa habilidad si ni siquiera puedes mantener una conversación con tu ex ni hablar con tu hija?, la vida se trata de prioridades, Tamia, y la tuya, con sesenta años, ya sabes cuál es.

La comunicación se cortó. Los rayos de sol que entraban por la ventana reflejaron su rostro en la pantalla: reconoció a una vieja desvalida y árida. Era el verano argentino el que la sofocaba, no la presión de una vida desperdiciada, no la alfombra del cuarto de hotel, sin gato ni perro. Se lanzó a la cama y, hecha un ovillo, la misma posición que adoptó para dormir desde 2028, se entregó al llanto, lo estiró como una nota sostenida en un violín que se desintegra, con la esperanza de morir deshidratada.

Va a morir deshidratada la presidenta, ¡agua!, ¡rápido!, boludo, dijo el guardaespaldas. Nadie a su alrededor se movió, fue como si no lo hubieran oído o no tuviera rango para dar órdenes. Miró en derredor, se encogió de hombros y regresó a su posición estoica al lado de la presidenta de Argentina. Ellos, los del palco presidencial, no se daban cuenta, no tenían forma de saberlo: la gente que veía la transmisión por televisión e Internet podía escuchar todo lo que pasaba porque el micrófono se había quedado encendido.

Dos hombres sentados en una mesa cercana a la de Tamia, en voz alta, empezaron a reír y burlarse, repetían que la presidenta era una concheta desubicada, que no sabía lo que hacía y que no tardaría en morir deshidratada porque en la Patagonia no había agua de Evian. Tamia no pudo evitar reír en voz alta y los hombres notaron su presencia. Ella trató de disimular regresando a lo que estaba haciendo: tejiéndose unas polainas.

Pero qué programa más farsa, dijo uno de los hombres señalando la televisión empotrada en la pared de la cafetería. Finalmente, le dieron una botella de agua a la presidenta y el audio del palco fue reemplazado con el de los presentadores de televisión que, en *off* desde un estudio en Buenos Aires, relataban lo que pasaba. Entonces apareció la leyenda: «Hundimiento de las Islas Malvinas en el Atlántico. Transmisión en directo».

Pero a quién carajo le importa que las Malvinas se hundan, dijo el otro hombre, hace rato que no servían más que para ver el pasto crecer.

Era el 6 de marzo de 2042, la fecha escogida por el Gobierno para asentarse en los libros de la historia como el fin de las Malvinas, a pesar de que los científicos estimaban que, por lo menos, faltaba una década para que todo rastro de las islas desapareciera por completo. Por lo tanto, la transmisión de televisión era, en síntesis, ver una planta crecer.

Tamia se aburrió, hizo a un lado el tejido, pidió un café y trató de leer *Nunca estuvimos realmente aquí*. Antes de marcharse de la cafetería, uno de los hombres manifestó interés en Tamia, pero cuando se le acercó, ella fue cortante. A esa hora, Tamia era la única comensal. El resto de la noche, después de cenar y del octavo café del día, revisó las anotaciones sobre los olvidados que halló en Uruguay y Argentina, pero las dejó a un lado cuando entendió que el continente se le había agotado: literalmente había visto el hundimiento del fin del mundo, y el resto del planeta nunca sería suficiente. Quizá lo suyo estaba afuera de la Tierra, viajar a la estación espacial, pero antes tendría que ganar el Nobel de Literatura, así la NASA le ofrecería un viaje gratuito, como sucedió con Richard Ford en 2021, pero el estadounidense falleció un año después de cáncer pancreático, a pocos meses de iniciar el entrenamiento para abandonar el planeta.

Era el momento de regresar a Quito. El regreso a su ciudad era tan seguro como que era tiempo de irse de la cafetería para que los meseros la cerraran e ir al hotel para dormir hecha un ovillo. Al salir, en la televisión pasaban un documental sobre el salmón que, a contracorriente, regresa al lugar de nacimiento para reproducirse y morir.

No durmió nada por la cafeína. El insomnio podría explicar la decisión tan alterada: a primera hora fue a la agencia de viajes y, al borde de un ataque de ansiedad, compró un pasaje de ida para el país que creyó que desaparecería antes de tener la necesidad de regresar.

«La necesidad de regresar al origen, al punto donde nace toda su literatura —de recuperar los pasos perdidos, como los muertos—, es el motor vital de *Catalina, el universo*», así iniciaba la crítica de Sergio Mena para la sección de libros de *Reforma*. Se publicó el fin de semana de la presentación de la novela, pero Tamia recién dio con ella en la sala de espera del aeropuerto. Sergio saludaba a la novela como un clásico contemporáneo, explosión de una vida consagrada a las letras y a la imaginación. Tamia supuso que era una súplica para que volviera a México para continuar donde dejaron la relación, pues no había motivo para tanta alabanza. O quizá se equivocaba. Sergio era un profesional, quizá estaba hablando desde el fondo de su corazón académico y, contrario a lo que Tamia creía, la novela sí era buena. «*Catalina, el universo* es la amalgama del destino individual y del destino de la Tierra, a través de la figura de cinco mujeres de una familia: cinco generaciones que resumen el trajín del ser humano y predicen su futuro».

Kiara se leía las mil páginas de *Catalina, el universo* en el metro que la llevaba a diario al trabajo y de regreso al hogar, por la noche, en Santiago de Chile. El libro la protegía de los acosadores que, alegando falta de espacio en el vagón, se refregaban contra su cuerpo. Callaba porque sentía vergüenza, pero una mañana se dijo: «Si la polaca Tesia huyó de los nazis y llegó a Colombia, yo puedo hacer esto, yo puedo hacer esto». No reconocía su voz a medida que salía de su boca: mandó a la mierda al acosador, le dio una cachetada. Él se bajó en la siguiente estación, censurado por los insultos de los viajeros. La aplaudieron: Kiara, sosteniendo el libro contra el pecho, se sonrojó.

Cristina, docente de la Universidad de Sevilla, escribió un ensayo sobre por qué la novela de Tamia era el perfecto compendio de la doctrina feminista: argumentaba, anclada en la ficción, que los problemas se solucionarían si el mundo fuera manejado por mujeres: mujeres presidentas, jefas, directoras... Las historias de las cinco mujeres de la novela de Tamia resumían el estado putrefacto que había alcanzado el mundo de los hombres: Tesia huyó de los nazis y Magdalena escapó de la dictadura ecuatoriana, su hija Enriqueta huyó, pero poco tiempo: la dictadura se encargó de desaparecerla, y las dos siguientes mujeres, Andrea y su hija Catalina, eran producto de esos escapes, por eso ellas, a su manera, también huyeron: la primera de sí misma, la segunda, la que cerraba la novela y daba sentido a la obra de Tamia, huía de la verdad pues podía ver su futuro.

Geert Kotska, un año después, leyó *Catalina, el universo* en alemán, durante su encierro en el campo de migrantes de Szczecin, en Polonia. Le habían entregado el libro como parte del programa de «humanización» emprendido por algunos países de Europa, como respuesta a la crítica de las Naciones Unidas, Estados Unidos y la Coalición Chino-Rusa por el trato inhumano y los rumores de desapariciones que asolaban el continente. Los migrantes seguían muriendo, pero al menos antes podrían instruirse *in extremis*. Geert halló edificante la novela: le fascinó la idea de comparar a cada una de las cinco mujeres de la familia con sus equivalentes en el universo observable, y aunque él desconocía la historia de la literatura hispanoamericana, notó que la novela parecía un universo: una creación que abarcaba la historia de la gran expansión hasta la desaparición de todo.

Verónica Merino se sintió orgullosa al descubrir que el nombre de la protagonista salía de un antipoema de Nicanor Parra, «Catalina Parra», antes de que Tamia lo revelara en una entrevista, a propósito de la concesión del Premio a la Novela Iberoamericana de 2042, de la Fundación Onofre. Antes de decidirse por *Catalina, el universo*, la novela iba a llamarse, obviamente, *Catalina pálida*. También se jactó ante unos amigos de poder equiparar las vidas de las mujeres de la novela con las de la vida real de Tamia: Tesia era Tesia, Magdalena era Aída, Enriqueta era Juana, Andrea era Tamia y Catalina era Helena.

Josh leyó *Catalina, el universo* y amó cómo cerraba interrogantes planteadas en novelas anteriores, además de abrir otras que, según la prosa melancólica de una Tamia en el punto más alto de su talento, parece que nunca cerrarán o que no conviene que hallen un final, que es el anhelo secreto de todo escritor. Gracias a *Catalina, el universo*, la protagonista de *Acacias*, la primera novela de Tamia, recibe el maletín que había esperado, pero no puede abrirlo. El tirano de *Sinfonía silbada* se esfuma tras la caída de la dictadura en Ecuador, pero en su huida, a lo lejos, en el campo, se escucha la canción de cuna que se susurraba Magdalena, durante su cautiverio en el SIC-10. Gabo Martínez, el escritor más talentoso del mundo de *Gabo, el universo*, es mentor en los sueños de Andrea Torres, la escritora que huye de la humanidad. El Vargas Llosa de *La edad del tiempo* se revela como real en *Moby y Bela*. Si se lee primero el tercer capítulo de *Catalina, el universo*, las Olimpíadas de *Lisboa 1992* ya no se efectúan en la capital portuguesa, sino en Barcelona. Si se lee primero el cuarto capítulo, el que trata de Andrea, la *Enciclopedia viviente* no es más que una burda tira cómica que una anciana lee a su nieta antes de dormir. En *La eternidad en una hora*, cada historia que viaja en la sonda espacial se refuerza con la idea de que todos los humanos son personajes tristes y solitarios buscando un poco de cariño, en un escenario que se va congelando y oscureciendo, y que a nadie le importa. *El dragón en mis sueños* puede leerse como una rigurosa precuela de *Catalina* y continuación de *Mujer con jardín en la cabeza*. El artificio más prodigioso, que maravilló a Josh por completo, sucede si se tienen frescas en la memoria las lecturas de *El paria del cosmos* y *En el último día del mundo dirás su nombre*: ante los ojos del lector, que no da crédito a lo que lee —tiene que pasar los ojos una, dos, quince veces sobre los mismos párrafos—, se materializa una mujer hermosa, de rasgos aindiados, viajando como polizón en la sonda Viajero, junto con las ciento veinte historias humanas más hermosas del universo.

La obra de Tamia se ensambla como un robot conformado de partes pequeñas, vivas e independientes, máquinas de fuego que adoptan formas celestiales dictadas por los huracanes de Júpiter: una mujer acostada a lo largo y ancho de toda la extensión del universo observable, y quizá también más allá, pero no podemos ver en la oscuridad donde no ha llegado el verbo. Ahora los lectores se maravillan con los ojos abiertos.

Pero las interrogantes continúan. De ahí que el tono de despedida de *Catalina, el universo* se difumine, en cierto punto, como un triste fantasma que se ha hartado de asustar, que se marcha para dar la esperanza de que hay vida más allá del adiós postrero, y la pista narrativa de ello es la frase que se repite Catalina cuando está sola, el único de los cinco personajes femeninos cuyo destino es el resultado de la ecuación existencial propuesta por Tesia en su huida de los nazis, razonada por Magdalena en su escape de la dictadura, susurrada por Enriqueta antes de que los torturadores la asesinaran y trabajada una y otra vez, como un molino que gira día y noche, en las novelas que escribe Andrea para justificar su incapacidad patológica de relacionarse con nadie más que no sean los libros y los muertos. La pequeña Catalina, cuyo destino ha sido pautado de antemano en una serie de escapes, abandonos y ficciones, repite la frase *lo que perdí fue el océano, lo que perdí fue el océano*, sin saber por qué.

Mentira: sí sabía por qué. Tenía miedo. Estaba paralizada frente a la puerta del edificio, sin decidirse a timbrar el intercomunicador. Sudaba, se secaba las manos en los bolsillos del abrigo. Alzaba el dedo, lo ponía encima del botón, lo quitaba como si hubiera recibido una descarga eléctrica, se marchaba, daba una vuelta a la manzana, regresaba a la posición inicial y el ciclo se repetía de nuevo con una variante: el miedo era cada vez más ancho.

La población mundial, al iniciar 2042, había superado los nueve mil millones de habitantes. ¿Cuántos de ellos, en ese instante, eran presa de un miedo paralizante, como ella? Le consolaba la idea de que, al menos, unos tres mil millones estarían igual. De ellos, mil millones tendrían un ataque de pánico, la mitad se habría desmayado y el resto ya estaría en casa, escudado dentro de la cama, consolándose con la idea de que el fracaso es mejor que el rechazo. La respiración se le entrecortaba, como si hubiera caminado una cuesta quiteña, pero no estaba en Quito, sino en Bogotá, y aunque las ciudades eran muy similares, la colombiana tenía menos subidas.

Tamia repitió la rutina dos días. Como se supo incapaz de tocar el timbre, ansiaba que Helena o Ángel salieran del edificio, así ella, como si pasara casualmente por ahí, saludaría con sorpresa. Estaba tan desesperada que incluso estaba dispuesta a lanzarse a los brazos de Sonia, la esposa de Ángel, la verdadera madre de Helena. Al tercer día de merodear el edificio del Antiguo Country donde se enamoraron hace tantos años, le atacó la idea de que se habían mudado, pero como Ángel nunca mencionó un cambio de casa, tenían que estar adentro. Pero ¿y si todos los días salían al trabajo en auto, por el garaje? Era lo más probable. Cómo no se te ocurrió antes, pedazo de mierda. ¿Qué tal si mejor recoges todas tus cosas y te vas a Quito a morir de una buena vez? ¿Qué estás haciendo en Bogotá? Quieres ver a tu hija, ¿para qué? Estás mejor muerta en su mente y corazón, pedazo de mierda. Déjala en paz y lárgate por donde viniste. Eso, camina, métete en el parque y lánzate al lago, ahógate ahí, deja que los vivos vivan en paz. ¿Qué le vas a decir? Hola, Helenita, ya vine: soy el pedazo de mierda que te abandonó a los dos años porque es incapaz de relacionarse con nadie excepto uno que otro libro o personas condenadas a morir o marcharse, como yo, como hacen los pedazos de mierda. Sí, esa soy yo, soy Tamia

Torres, el pedazo de mierda que te parió como quien sale a comprar pan.

Nadie sabía que estaba en Bogotá, ni siquiera Daxhund Colombia. La editorial habría aprovechado para que Tamia promocionara *Catalina, el universo*, diera una que otra conferencia e hiciera todo lo que el escritor moderno está condenado a repetir. Había pasado una semana de incógnito en Bogotá y no la habían reconocido en las librerías donde se perdía durante horas, para matar el tiempo. Los libreros no le habían preguntado cómo estaba ni por qué había elegido tal libro. Los taxistas no le habían preguntado de qué equipo era ni qué pensaba del tirano de Urquiza Sánchez que no quería soltar la presidencia. Los meseros no le habían preguntado qué tal estaba la sopa o si le podían traer algo más. La recepcionista no le había preguntado cuánto tiempo iba a hospedarse, como si hubiera asumido que Tamia era un fantasma que se quedaría por siempre. Su tiempo había pasado y lo sabía. Solo estaba arranchando horas extra a la vida. Tamia dedicó toda su vida a construir una imagen que pudiera ser recordada siempre: ya ves, pedazo de mierda, lo que tuvo que hacer Ozymandias para que se hable de él en 2042, y aun así desaparecerá de la memoria del ser humano en menos de quinientos años, así que ¿quién eres tú, pedazo de mierda, para aspirar a la inmortalidad? No podrás, así que desaparece ya de una vez.

Los días bogotanos también fueron días de encierro. En la habitación del hotel, no había nada más deprimente que organizar un árbol genealógico que resumiera la presencia de Lewis Mencken en los olvidados latinoamericanos, sin saber para qué ni tener la menor gana para hacerlo. Tamia se levantaba de la mesa en la que su computadora portátil bullía de calor, daba un paseo por el cuarto y el baño, como si eso fuera a distraerla, y regresaba a la cama, llena de culpa, se metía en las cobijas, tejía unos guantes y luego, hecha un ovillo, se entregaba al sueño. Al despertar se daba cuenta de que había dormido catorce horas seguidas y seguía con sueño. Después de tomar agua de la llave del baño, regresaba a la cama y, antes de quedarse dormida, se preguntaba si el anciano de Asunción habría pensado en ella mientras se moría. Claro que no pensó en ti, pedazo de mierda.

Tamia nunca supo de dónde vino la repentina voluntad en medio de todos esos sueños de muerte. Fue un instante de lucidez en el infierno.

Un sábado se levantó de la cama y caminó hasta el edificio del Antiguo Country. Sin reflexionarlo, pues estaba demasiado agotada para eso, timbró. Un chispazo eléctrico abrió la puerta. Tamia, indecisa, atravesó el umbral y encontró en la recepción a un hombre amable que le preguntó a quién buscaba. Ella balbuceó un nombre, luego otro, quizá mencionó que era madre de uno de esos nombres. El hombre tomó el auricular, marcó un número y, después de unos segundos, la anunció. Luego vino el silencio: hasta los autos dejaron de circular en la calle, las aves dejaron de volar. El hombre tuvo que preguntar si lo escuchaban bien, cerró, volvió a marcar y se hizo de nuevo el silencio. Luego colgó el auricular, sacó de un cajón una tarjeta y la acompañó hasta el ascensor, presionó el botón 13, las puertas se cerraron y Tamia se quedó sola en ese rectángulo de metal que debería bajar al subsuelo, pensó, yo no merezco subir. Pero el ascensor no sabía de ansiedad, miedo ni decepción. Un vacío empezó a ganar espacio en su estómago. ¿Cuánto duraría la tortura? Estás subiendo, pedazo de mierda, ¿te das cuenta? Al fin recibirás la certificación de que eres un pedazo de mierda. Tamia supuso que el ascensor se había dañado porque dejó de sentir la vibración, también dejó de sentir los brazos y las piernas, aunque sospechaba que le estaban temblando. Se armó de valor y levantó una mano para tocarse la frente: aquel era el sudor más frío que había tocado jamás. Quizá estaba goteando agua desde el techo, líquido refrigerante, como el de los autos. Pero eso no explicaba por qué le costaba cada vez más enfocarse en un punto concreto, ver hacia adelante. Tampoco explicaba el súbito bloqueo que sentía en la tráquea: tenía algo en la garganta y no era llanto, era una manzana de metal que no dejaba que el aire le llegara al cerebro. Pero si no le llegaba aire, ¿por qué estaba respirando tan hondo y tan desesperada? Su esencia empezó a migrar a otro cuerpo y en esa idea encontró consuelo. No era la dueña de ese cuerpo, sino otro pedazo de mierda, uno nuevo, uno calificado para arruinar la vida de los demás y fracasar miserablemente en todo. Mejor deja que el ascensor caiga al infierno y ahí quédate, pedazo de mierda. Una mano que no era la suya le tocó de nuevo la frente y el sudor ajeno seguía empozado ahí, en la línea donde nacen las canas. Quizá, con algo de suerte, el sudor treparía por todo el cabello hasta llegar a la punta del moño alto que se había hecho cuando sintió ese minúsculo derroche de vigor. El cuerpo ya no le pertenecía, nunca más los rayos del sol volverían a tocarla.

Cuando las puertas del ascensor se abrieron, Ángel tuvo que tragarse la ira que iba a escupir porque el espejo del fondo reflejó su imagen de niño asustado frente a una muñeca de trapo que había sido arrojada en el fondo del baúl de los juguetes, con las extremidades desproporcionadas, la cabeza apoyada en la pared y un hilo de sangre bajando por la nariz.

La nariz era diferente: era más gruesa, ese ensanchamiento propio de envejecer, además, el tabique se había desviado, un buen golpe hace unos años, eso era seguro. El razonamiento, poco a poco, empezó a llegar, primero en forma de Ángel y su narizota, luego como la luz del sol traspasando las cortinas, después el entendimiento de dónde estaba —las semanas de soledad y la ansiedad—, pero no recordaba qué había pasado.

¿Cómo te sientes?, dijo Ángel.

—Descansada, creo… Sí, eso.

De pronto la lucidez la abofeteó en todo su esplendor. Estaba acostada en el sofá rojo del departamento de Ángel: eso quería decir que Helena debía estar cerca, quizá observándola escondida detrás de las cortinas. Trató de incorporarse lo más pronto posible y ponerse presentable, pero Ángel la detuvo y la obligó a seguir acostada.

Ten, bebe esto, dijo extendiéndole un vaso de agua y una pastilla blanca, te diste un buen golpe en la cabeza, cálmate primero, descansa.

A través del vaso de vidrio, deformada por la circularidad, entrevió la silueta de un cuerpo que entraba a la sala. Se atoró con el agua. Ángel la asistió, recogió la pastilla que salió expulsada de la boca. La silueta se colocó detrás y empezó a darle palmadas para que recuperara el aliento perdido.

Respira por la nariz, dijo una voz de mujer, respira por la nariz.

Poco a poco, el alma volvió a metérsele en los pulmones: esa voz no podía ser la de Helena. La mujer, que se identificó como Sonia, trajo otro vaso de agua y Ángel la instó a que tragara la pastilla. Sonia era más hermosa de lo que recordaba en las breves intromisiones en las videoconferencias. Tendría la misma edad que ellos, pero no tenía ni una sola cana y su hermosa sonrisa la hacía parecer menor. Sus dedos eran largos y finos, trataban con delicadeza y soltura todo lo que tocaban, como el vaso y la espalda de Tamia.

¿Ya estás mejor?, dijo Sonia.

Creo que ya está mejor, dijo Ángel viendo a Tamia directamente a los ojos.

—Estoy mejor. Ya recuerdo lo que me pasó. Creo que nunca me había desmayado.

Tamia, dijo Ángel, sé que no te he visto en vivo hace unos doce años, pero te ves como la mierda.

—Gracias —dijo Tamia—. A mí también me da gusto verte. Sí, eso.

Hablo en serio, dijo Ángel, te ves muy mal, ¿estás enferma?

—No que yo sepa —dijo Tamia. Se tocó la nariz y comprobó que había sangrado.

¿Entonces por qué te desmayaste?, dijo Sonia desde un sofá cercano: hasta su voz era hermosa.

—Habré estado baja de alguna vitamina, la D es lo más seguro —dijo Tamia después de apurar el vaso de agua.

Tenemos que llevarte a un hospital, dijo Ángel, no solo por lo que puedas tener, sino porque te golpeaste la cara y la cabeza en el ascensor.

—Estoy bien —dijo Tamia abrigándose las piernas con una cobija que estaba a su lado—. Estaré mejor cuando haya hablado con ella.

Helena no está, dijo Sonia, tajante.

Tamia miró a Ángel a los ojos.

Es cierto, dijo Ángel, Helena no está.

—¿A qué hora viene?

¿De qué quieres hablar con ella?

—No sé, solo hablar…, conocerla. Sí, eso.

Toda tu vida te has pasado armando narraciones fabulosas, no dudo de que algún día te den el Nobel, dijo Ángel sentándose en la mesa de centro de la sala, para estar al mismo nivel de ella, pero en la vida real eres incapaz de hacer algo que no sea impulsivo, vives en la irracionalidad, ¿no te paraste a pensar qué podría pasar con Helena si habla contigo de buenas a primeras?

No se puede entrar así, tan de golpe en la vida de una niña, dijo Sonia, de una niña a la que se abandonó.

—Creía que Helena ya no era una niña, tiene catorce años, ¿no?

Ya no es una niña, dentro de poco cumple catorce años, dijo Ángel, pero para estas situaciones siempre se es una niña, siempre se es inexperto, yo tengo sesenta y un años y ahora mismo me sentiría como un mocoso si conociera a mi padre.

—No quiero que eso me pase a mí, Ángel —dijo Tamia—, por eso estoy aquí.

Estás aquí para arruinar la vida de una niña inocente, dijo Sonia, se tapó enseguida la boca con vergüenza, perdón pero ya lo dije, es lo que pienso, no tienes el derecho a…

Sonia, dijo Ángel, por favor, deja que yo me encargue, Tamia, aunque quieras, no puedes conocerla porque Helena está de viaje, no está aquí…

—¿Dónde está? ¿Argentina? No me digas que esta allá, yo estuve ahí recién, podría haberla visto allá…

Tamia, tranquila, respira, ¿por qué crees que está en Argentina?

—No sé, solo me pareció que podría gustarle allá…

No, Tamia, dijo Ángel, ella no puede salir del país gracias a que no tenemos un permiso legal en el que tú la autorizas.

—¿O sea que nunca ha salido de Colombia?

No, dijo Ángel, desde que llegó acá, ha estado condenada a no salir del país gracias a que no cuenta con tu autorización como madre.

¿Condenada?, dijo Sonia, es una palabra fuerte, Helena ha tenido una buena vida.

Sí, perdón, disculpa, dijo Ángel, Helena ha tenido una buena vida, ya visitará el extranjero cuando cumpla la mayoría de edad.

—¿Y por qué nunca me pidieron el dichoso papel? Yo no te lo habría negado.

Te pedimos, dijo Ángel, varias veces, pero escribirte es una guerra perdida, tú nunca respondes, nunca te importa nada que no seas tú y tu escritura.

—Es que tengo miedo… todo el tiempo…

¿Miedo de qué?, dijo Ángel, de abandonarla por segunda vez, mucho me temo que entres en su vida para salir de nuevo, para escapar como lo hiciste.

Tamia bajó la cabeza. Después de unos segundos, dijo:

—¿Y dónde está ahora?

En Santa Marta, dijo Ángel, donde sus primas, la familia de Sonia, allá suele pasar las vacaciones de medio año.

—¿Cuándo se fue? ¿Cuándo regresa?

Se fue la semana pasada, regresa a principios de julio.

—Estará más de un mes afuera... Podría ir a Santa Marta... podríamos ir...

No, eso sí que no, dijo Sonia, tú no vas a visitar a mi familia sin mi autorización, ellos no saben ni siquiera que existes, y para el caso, yo soy la madre de ella aunque no la haya parido, ¿me oyes?

Tranquila, Sonia, dijo Ángel, yo me encargo.

¿Tranquila?, dijo Sonia, ¡tú mismo dijiste que ibas a mandarla al carajo apenas se abrieran las puertas del ascensor!, solo estoy haciendo lo que tú habrías hecho.

—¿Me ibas a mandar a la mierda? —dijo Tamia.

¿Y qué esperabas?, ¿qué te recibiera de brazos abiertos?, son catorce años, Tamia, doce años en realidad de preguntas de Helena, doce años en los que nosotros nos graduamos de mejores mentirosos que tú porque tuvimos que inventar historias para que no se le rompiera el corazón, y aun así ella siempre tuvo la curiosidad intacta.

—¿O sea que todo esto ha sido para nada? —dijo Tamia. Aunque la pregunta era retórica, Ángel dijo que sí—. ¿Me dejas acostarme un rato más?

Sería mejor que fuéramos al hospital, a que te vean.

—Déjame dormir un rato y ya veremos qué hacer.

Sin esperar respuesta, Tamia se acostó en el sofá, dio media vuelta para encarar al espaldar y se cubrió la cabeza. Ángel y Sonia contemplaron la silueta bajo la cobija, que podría ser la de un cadáver. Se perdieron por el pasillo oscuro. Tamia escuchó una puerta cercana cerrarse y asegurarse por dentro, sacó la cabeza del encierro y respiró profundo, ladeó el cuerpo hasta poder girar la cabeza en derredor: era un departamento muy bonito, hogareño, familiar. Seguro Helena ha tenido una buena educación, pensó, aunque su futuro esté afuera de este mundo. Regresó a la posición inicial y trató de hacerse un ovillo, pero el sofá alargado se lo impedía. Se durmió esperando que, en el momento menos pensado, Helena atravesara la puerta gritando *mami, papi, llegué antes de Santa Marta, ¿qué hay de comer?*

—¿Qué hay de comer? —dijo Tamia, sin interés. Tenía un cuadrado de gasa, adherido por esparadrapos, en la parte lateral de la frente. La mesera recitó los especiales del día de Hornitos. Solo prestó atención a la palabra *ajiaco*. Al final dijo lo primero que le vino a la mente—: Tráigame un jugo de lo que sea.

Que sean dos jugos de mora, gracias, dijo Ángel. La mesera se retiró.

—Hace tanto que no tomo un jugo de mora —dijo Tamia viendo, por la ventana de la segunda planta, los autos detenidos en el tráfico de sábado—. Era tan rico el jugo de mora, sobre todo si estaba bien frío.

Ya tendrás tiempo de probar muchos jugos de mora cuando estés en Quito, dijo Ángel, porque te vas a Quito, ¿no?

—Asumo que sí —dijo Tamia sin interés—. ¿Adónde más sino? Siento que ya se me ha acabado el mundo.

Te faltaría Asia, África, Oceanía, dijo Ángel, el mundo es muy grande.

—Estos años me han servido para darme cuenta de que no lo es —dijo Tamia—. Es minúsculo y encima nosotros somos hormigas.

Ángel no supo qué responder, así que también miró por la ventana, siguió en silencio el trayecto errático de un automóvil gris, parecería que el conductor estaba aprendiendo a manejar. La conversación de los demás comensales, a la hora del almuerzo, era insoportable, pero a Tamia no parecía importarle como a él. En cierto punto, incluso, se imaginó a sí mismo levantándose de golpe de la mesa para gritar que se callaran. Borró la fantasía de su mente y siguió sin saber cómo continuar la conversación, más bien, cómo reiniciarla. Empezó a cuestionarse por qué estaba ahí con ella, tratando de socializar como si fueran viejos amigos, sobre todo con el resentimiento que tenía atorado en el pecho y la pelea que le había provocado con Sonia cuando él mencionó que sería bueno que Tamia comiera algo.

—La que te espera al regresar —dijo Tamia, fingiendo una sonrisa.

¿De qué...?, ah, Dios mío, lo notaste, dijo Ángel.

—¿Sonia es celosa?

Para nada, dijo Ángel, pero está bien cabreada por tu aparición repentina.

—Se siente amenazada, ¿no?

Obvio, no por mí, por lo que tuvimos, sino por Helena, después de todo, tú eres su verdadera madre.

—Pero si nunca hemos cruzado palabra —dijo Tamia con resignación—, ¿por qué habría de considerarme su verdadera madre?

Sonia se siente amenazada porque desde que era una niñita, Helena mostró una curiosidad inmensa por ti, usar la palabra *inmensa* se queda corto.

—¿Qué decía o qué dice?

Nosotros siempre la criamos con la verdad, dijo Ángel, desde el inicio, desde que tuvo un poquito de uso de razón, le enseñamos que Sonia no era su verdadera madre, y cuando aprendió a hablar y pudo preguntar dónde estaba su madre, le dijimos que era una mujer muy ocupada, que se la pasaba escribiendo libros para el provecho de la humanidad.

—Jajaja, ¡¿para el provecho de la humanidad?! —Tamia rio sinceramente—. ¿No se te ocurrió algo mejor?

No se lo dijimos con esas palabras, pero fue algo así, dijo Ángel, no sé si estuvo bien o mal, la psicóloga dijo que hicimos bien, pero teníamos que hacer que ella creyera que su madre estaba en una misión lo suficientemente importante como para dejar a su hija al cuidado de su padre y otra mujer.

—¿Y se lo creyó?

Sí, al menos mientras era niña, dijo Ángel, de pequeña Helenita solía preguntarme, de buenas a primeras, qué te gustaba comer, qué cosas te gustaban, qué hacías, en qué trabajabas, poco a poco empezó a idolatrarte, te puso en un pedestal que, de alguna forma, la hacía sentir a ella especial también, al menos eso creo yo.

—¿Es la época en la que empezó a copiar mis novelas?

Sí, bueno, no, dijo Ángel, eso es posterior, cuando aprendió a leer, mejor dicho, cuando leía de corrido, con los impedimentos de un niño normal, ya ves cómo son los niños con la tecnología, apenas aprendió a escribir, te buscó en Internet y te encontró así de fácil, Ángel chasqueó lo dedos, la mesera puso los vasos de jugo sobre la mesa, y supo que eras escritora y confirmó nuestra excusa para tu abandono... a veces pienso que te he defendido demasiado, Tamia. Dios mío, ni siquiera debería estar aquí, debería estar almorzando con mi esposa..., en fin..., a Helenita le gustó que seas escritora, ahí es cuando empezó a imitarte, pensó que estabas haciendo algo valioso y grande, leía las noticias que salían de ti en Internet, veía tus fotos, te vio envejecer en una computadora, siempre quiso hablar contigo, pero tenía miedo, le daba miedo que a ti no te gustara ella, que no la hallaras digna, así es como para los diez años Helena desarrolló una timidez bastante problemática, con una incapacidad de comunicarse con sus amigos en la escuela, Dios mío, me asustó tanto ver cómo tú te repetías en nuestra hija, y se estaba repitiendo lo peor de ti, no lo mejor, sufrí mucho esa época.

—¿Y cómo está ahora?

Muchísimo mejor, dijo Ángel después de un sorbo de jugo de mora, hace rato ya tiene amigas y es más comunicativa, se desenvuelve mejor, trae mejores calificaciones, sobre todo en las materias que le dan más libertad, como Arte, también en Matemática, sigue escribiendo, pero ya no nos deja leer sus cuentos, creo que empezó a profesionalizarse y le gusta guardar su distancia, la reserva coincidió con el inicio de la adolescencia, ahora tiene otros intereses, salir con las amigas, casi no podía creer cuando le dimos permiso para pasar todas las vacaciones con sus primas de Santa Marta.

—Me alegro por ella. Me alegro de que esté sana a pesar de...

Tú no estás enferma, Tamia, estás desmejorada, eso sí, creo que estás deprimida pero no soy ningún psicólogo, te haría bien ir a uno, hablar con alguien.

Tamia quitó la pajilla del vaso y bebió de un trago el jugo de mora, que estaba helado. A medio camino, frunció el ceño, se apretujó el tabique con los dedos, como si fuera a salírsele el cerebro por la nariz, y soportó el dolor frío todo lo que pudo. «Ya, pronto pasará», se dijo a sí misma. Al pasar, se dio cuenta de que seguía viva.

¿Más jugo?, dijo Ángel con ironía. Ella sonrió con sarcasmo. Él se dio cuenta de que nunca había visto a nadie de esa edad autoprovocarse *brain freeze* con semejante entusiasmo. Tamia respiró hondo. Como la conversación se había congelado también, miraron con envidia el plato que el comensal de al lado tenía: arroz con huevo frito, tan simple como exquisito. Pidieron dos platos de lo mismo y dos jugos de mora, pero al clima. Guardaron de nuevo silencio, comunicándose apenas con miradas recelosas y de soslayo. El silencio incómodo se interrumpió, cinco minutos después, cuando la mesera trajo la comida. La ansiedad les había producido hambre. Empezaron a comer.

—Y ahora que ya es adolescente, ¿qué opinión tiene de mí?

Como ya se está convirtiendo en una mujer, dijo Ángel, se está formando una opinión de todo, incluyéndote, ahora ya no te es tan favorable, ahora sí cree que la abandonaste y no porque nosotros se lo hayamos dicho.

Tamia, que estaba a punto de meterse comida en la boca, bajó el tenedor que tenía arroz embadurnado con la yema de huevo. Dejó el utensilio sobre el plato y observó los granos de arroz quemado, recordó que su abuela hacía el mejor cocolón del mundo. La extrañó porque ella sabría guiarla hacia su hija.

—¿Por qué piensa eso? O sea, ¿por qué *específicamente*?

Porque es obvio, dijo Ángel limpiándose con una servilleta, una persona que no responde llamadas ni correos durante mucho, mucho tiempo, no quiere tener nada que ver con la otra persona ni con nadie en el mundo, llegar a esa conclusión es lo más obvio.

—¿Entonces crees que Helena me habría recibido mal?

¿Creíste que iba a recibirte bien?

Tamia no lo sabía. A ese nivel de desconexión has llegado, pedazo de mierda. Ojalá hubiera estado Helena, ojalá te hubiera recibido con el chirlazo que te mereces, te hubiera puesto en tu lugar y luego habría continuado con su vida, lejos de tu influencia, pedazo de mierda.

Ángel entendió que su pregunta la había desarmado y le tuvo lástima, y aunque no debía hacerlo, se sintió en la obligación moral de salvarla de sí misma.

Tamia, si te consuela, dijo Ángel, aunque Helena ya no tenga la misma curiosidad por ti, sus acciones y sus palabras la contradicen: no deja de leerte y releerte, todas tus novelas, las noticias sobre ti, aunque no lo diga se alegra cuando te dan algún premio, le da orgullo, creo que sigue sintiéndose especial por ser *producto* de una mujer que se ha dedicado mejor que muchos hombres en un campo mayormente masculino, no lo ha dicho así, en estas palabras, pero esa es la esencia, antes de que pensara que la abandonaste, tenía una carpeta en la computadora en la que guardaba los enlaces de las noticias web en las que salías, ese es el equivalente a los álbumes de recortes que se atesoran, ¿no?

Tamia, dueña de una expresión impenetrable, que Ángel no pudo leer, se dedicó a comer en silencio hasta acabar la comida. Ángel pidió la cuenta, Tamia intentó pagar pero no se lo permitió. Salieron del restorán: enfrentarse a la calle bogotana fue, para Tamia, como alunizar. Empezaron a caminar sin rumbo.

—¿Le gusta lo que escribo?

Sí, sin duda, dijo Ángel, aunque todavía no creo que logre entender la dimensión de lo que estás creando, que es increíble…, sé que te entenderá mejor cuando sea más grande y tenga más comprensión lectora, sé que ella, en el futuro, será tu mejor lectora, tu mejor crítica, la mejor estudiosa de tu obra, la que podrá desentrañar el misterio de lo que escribes y por qué eres así.

Ángel vio, de soslayo, cómo Tamia trataba de ocultar una lágrima. Pensó en abrazarla con la esperanza de que hallara un camino, un consuelo, pero imaginó a Sonia agazapada en la esquina, espiándolos, imaginó su reacción nefasta y desistió.

—Ángel, tengo miedo de acabar con esta conversación, pero igual tengo que preguntar: ¿Helena ya leyó *Catalina, el universo*? Tu reacción cuando conversamos de ella…, hasta ahora tengo pesadillas, creí que te iba a dar un infarto.

Ángel se detuvo en seco. Tamia vio su fisonomía transformarse y temió lo peor, pero Ángel, poco a poco, apeló al sentido común: sintió que esa sería la última vez que la vería, así que respiró hondo y la vio a los ojos, directamente, como el que desea extraer la verdad de la vida.

A veces quisiera pensar en ti como un bonito recuerdo, dijo Ángel, lo que he conseguido bastante, entonces me acuerdo de esa insolente novela y…

—Es solo una novela —dijo Tamia poniéndole las manos sobre los hombros, como si eso fuera a contener la ira—. ¿La ha leído o no, *Catalina, el universo*?

No, no lo sé, lo dudo, dijo Ángel, esta es la primera novela que no le he comprado apenas sale a la venta, le dije que es muy compleja para alguien de trece años, que mejor la lea más tarde, así la apreciará mejor, pero sé que es cuestión de tiempo para que se dé cuenta de que la estoy engañando, que sepa que no quiero que la lea, porque no quiero que se convierta en una mujer amargada, resentida, sabiendo que su madre la abandonó para predecir el futuro.

—El futuro está en ella, Ángel —dijo Tamia—, ella puede elegir su camino, va a elegir su camino. El futuro está afuera de este planeta.

Pero mucho me temo que tú, aunque siempre ausente, se lo elijas por ella, a pesar de todos mis esfuerzos por darle una buena educación.

—Mi novela tiene trampa: queda a criterio del lector lo que Catalina hará.

Claro, sí, trampa para el lector promedio, dijo Ángel retirando las manos de Tamia de sus hombros, no para la gente real que sale en la novela... ¡crees que no sé o no entiendo la imagen que estás formando con todas tus obras!, Dios mío, ¡cómo lo haces!, al mismo tiempo me maravillas, como al resto de los lectores, pero al final terminas dándome miedo porque tenemos una hija en común a la que...

La voz de Ángel se quebró.

—Ven, vamos —dijo Tamia empujándolo adentro de un bar—, entra, esto te va a hacer bien.

Adentro, la gente los miró detenidamente porque eran los únicos sexagenarios en un mar de adolescentes que bebían alcohol en un bar clandestino. Algunos, incluso, huyeron a ocultarse al baño. En la barra, Tamia pidió dos *shots* del aguardiente más fuerte.

—Salud —dijo Tamia.

No debería tomar, dijo Ángel.

—Calla y bebe —dijo Tamia poniéndole el vasito cerca de los labios.

Qué más da, dijo Ángel. Apuraron el licor, Tamia sacó un billete, se lo extendió a la cajera y salieron del bar tan pronto como entraron. Afuera, como si hubieran estado bebiendo durante horas en un lugar oscuro, los refrescó una brisa bogotana.

—¿Mejor?

Sí, estuvo bueno, a los años.

—Ven, ahora vamos, sígueme acá.

Recogieron los pasos, como dos muertos, durante dos calles, hasta que Tamia se detuvo afuera de una notaría.

¿Al fin vamos a declarar la unión de hecho?, dijo Ángel.

—Uy, sí, seguro. Vamos.

No había clientes en la notaría, pero sí varios funcionarios, al menos ocho, que se movían tras escritorios atiborrados de papeles dentro de carpetas. Una señorita que atendía en la entrada les dijo que estaba a punto de cerrar. Tamia le explicó el motivo de la visita y ella dijo que volvieran el lunes.

—Mañana me voy de Bogotá —dijo Tamia. Ángel la miró sorprendido.

Lo siento, igual tiene que volver.

—Dígale a su jefe que si me hace ahora mismo el documento que le pido, le pago el triple de lo que cuesta.

La señorita abrió la boca: sin duda, era la primera vez que eso sucedía.

—Le pago cuatro veces lo que cueste el trámite, con una propina para usted.

La señorita se levantó del escritorio y se perdió tras una puerta. Volvió después de dos minutos.

Mi jefe dice que sí es posible hacer ahorita el documento, si paga cinco veces el precio oficial, pero igual dice que se va a demorar al menos unas dos horas.

—No hay problema, no tenemos prisa —dijo Tamia.

Un hombre de la notaría se encargó de cerrar el local, con Tamia y Ángel atrapados adentro. La señorita les pidió sus documentos y fue hasta el escritorio de un colega, que se puso a escribir en la computadora.

Gracias, dijo Ángel, con el permiso Helena viajará adonde quiera.

—Según dijo, sí sirve —dijo Tamia sentada en la silla de espera—, porque es un documento notarizado, escrito libremente por las partes interesadas. Si uno no estuviera de acuerdo, ahí sí habría un gran problema.

Gracias, dijo Ángel, no me lo esperaba, no te esperaba aquí... Todo es tan raro...

—Ojalá pudiera tener esta lucidez todo el tiempo —dijo Tamia refregándose el rostro con las manos, como si quisiera sacarse una máscara de hule—, ojalá...

¿Y qué hacemos hasta que redacten el documento?, dijo Ángel sentándose en la silla de plástico, por demás incómoda, estos notarios son bien lentos.

—No sé —dijo Tamia viendo una polilla que arremetía una y otra vez contra la luz fluorescente del techo—: conocernos.

¿Conocernos? Qué va. No conocí a Tamia cuando vino a Bogotá, ni siquiera me enteré de su *visita* sino muchos años después, en 2052, cuando me iba becada a Estados Unidos, a estudiar Matemática Aplicada, y mi papá tuvo la *amabilidad* de contármelo. Es muy extraño cómo funciona la cabeza cuando no se tiene tiempo de procesar las emociones: cuando me lo contó, me enojé con él, y mucho, a pesar de que yo ya era grande, tenía veinticuatro años, y por obvias razones ya no había nada que hacer. Estábamos desayunando, era nuestro último desayuno como familia, al menos en mucho tiempo. Mi papá puso la fotografía de Mamá Sonia en su puesto de la mesa, así ella nos acompañaría y me daría la bendición desde el más allá, como él decía. Mi vuelo salía por la tarde, ya tenía todo empacado y listo, estaba tan emocionada que su confesión fue un baldazo de agua fría. Conversábamos de lo más normal, como un día más de nuestras vidas, como si yo no estuviera por salir a buscar mi sueño, cuando él soltó la bomba, y la soltó sin querer porque empezamos a hablar del sofá de la sala, él dijo que iba a botarlo a la basura por lo viejo que estaba, y luego, como si nada, de lo más tranquilo, dijo que ahí había dormido Tamia mientras yo estaba en Santa Marta, cuando tenía catorce años, había caído de improviso y le había creado muchos problemas con Mamá Sonia. Se me fue el hambre, se me fue, así de instantáneo. Le reclamé por qué nunca me dijo nada y puso cara de «se me escapó». Para no gritarle, me levanté y fui a la sala a ver el sofá, para imaginarme a Tamia, sus marcas, su sombra atrapada. Nada. Era un simple sillón, viejo y maloliente. Mi papá apareció a mi lado y me puso una mano en el hombro y me pidió que por favor no me enojara, que ya estaba por irme y quién sabe si nos volveríamos a ver. Volvernos a ver: la incertidumbre definitiva. ¿Existe algo más desolador? Lo abracé y le dije ojalá estuviera aquí Mamá Sonia, se lo dije muy sincera, sin dejar de ver el sillón, el color opaco, el material derruido, las formas achatadas por el peso. Empezó a llorar y me dijo yo ya tengo setenta y un años, y aunque ahora la expectativa de vida del colombiano promedio supera los ochenta, esas expectativas no toman en cuenta la soledad. Lo abracé más fuerte. La confesión de mi papá, inútil en ese punto de mi vida, cambió algo en mí. Me hizo cambiar de opinión: yo no iba a llevarme el manuscrito que me mandó Tamia, iba a dejarlo en mi clóset de Bogotá a que se pudriera... Es tan complejo, me duele hablar, me duele pensar, y sin embargo ahí estaba yo, haciendo lo opuesto a lo que ella había preparado para mí en *Catalina, el universo*. Maldita sea, Tamia, ahí estaba yo queriendo hacer lo contrario de sus pasos, creo que en contra de mi voluntad... A veces nos engañamos a nosotras mismas, nos decimos mentiras que con el tiempo terminamos creyendo y, sin darnos cuenta, erigimos altares donde adoramos esas mentiras. El manuscrito era una de esas mentiras... Más o menos cuando cumplí la mayoría de edad, me decidí, mejor dicho, le grité al mundo que mi madre, mi verdadera madre, Tamia, era una egoísta de la que nunca querría saber nada. Sí, lo dije a los cuatro vientos... Como no sabía de quién era el paquete, lo abrí y ahí estaba: una novela de más de mil quinientas páginas llamada *Lo que perdí fue el océano*. Aquello fue en el año 2047, lo recuerdo bien porque, aunque soy el ser más racional del mundo, les huyo a los dioses o a los aparecidos, pensé que aquello era obra del diablo porque Tamia llevaba dos años muerta.

Muerta del miedo, estaba muerta del miedo. Así describió Tamia su aterrizaje en Quito. Si bien el aeropuerto tenía más de treinta años afuera de la ciudad, sintió como si aterrizara en el antiguo aeropuerto, en medio de casas y edificios, de la gente y de sus sueños. Sobrevoló la ciudad por la noche. Quito era un manto silencioso de puntitos luminosos, como el espacio sideral, y cada brillante luz daba cuenta de una vida que, con el tiempo, se apagaría. Quiso conocer todas las historias correspondientes a las luces, que se acercaban más porque estaba, después de una década de huida, en el país que había moldeado su literatura y, por lo tanto, su historia y su vida.

Mientras el avión descendía y las vidas de los quiteños se hacían más evidentes, clavaba las uñas en los reposabrazos. Las palmas y la frente le sudaban. Su corazón se encogía, y con él, ella misma, hecha un ovillo en su mente, resignada y temerosa. ¿Cuándo había empezado su proceso de desaparición? Sin duda los años fuera del Ecuador habían sido un agravante, pero, mientras seguía descendiendo, asumía que eran un síntoma de algo siniestro que siempre había estado con ella, desde la infancia, cuando su abuela la cuidaba haciendo las veces de madre y padre. La incomodidad de estar viva. En un momento, sin que lo percibiera, el ego que la había ayudado a sobrevivir a la infancia y la adolescencia se empequeñeció, y su único sitio de fuga, un punto diminuto en la gran esfera de la soledad, fue una salida oculta que le permitió que su literatura fluyera hacia el exterior, como la expresión máxima de un espíritu incapaz de conectar con nadie más. Empezaba a aceptarlo y, por ello, a desesperar.

En la aduana tuvo un respiro: una oficial muy joven, después de revisar con la boca abierta los pasaportes atiborrados de estampas, le dijo:

Bienvenida al Ecuador, señora Torres.

Inclinó la cabeza, tomó los pasaportes y caminó hasta la banda eléctrica a esperar la maleta. Un joven de unos veinte años, que estaba frente a ella con un libro en la mano, la reconoció y, bastante nervioso, se acercó para que le autografiara su edición de bolsillo de *El paria del cosmos*, una edición especial de Daxhund que Tamia nunca había visto, con nuevo diseño de portada, parte de la llamada «Biblioteca Tamia Torres». Se preguntó cuándo sus libros habían sufrido esa metamorfosis. El joven quiso fotografiarse con la escritora, pero ella se disculpó y le dijo que no, pues acababa de regresar de un viaje muy largo y debía verse tan fatal como se sentía. Tamia le sonrió y se apartó sin despedirse para tomar la maleta roja, que giraba por la banda. Si bien tenía ruedas, no pesaba como debería pesar la maleta del viajero que regresa a los diez años a su patria. Odiseo, pensó Tamia, cuando pisa Ítaca, después de veinte años, no lleva posesiones. Ella apenas tenía una que otra mudada: de la ropa se fue deshaciendo paulatinamente en los hoteles, como si la olvidara. Traía algunos libros de los hijos de Mencken, además de anotaciones en cuadernos y libretas, que casi arrojó en un basurero en Bogotá: no lo hizo para tener un pretexto físico de haberse marchado. Nada de postales, nada de regalos: ¿para quién?

Afuera, por supuesto, no había nadie para recibirla.

La consoló descubrir que en pleno 2042 los taxistas seguían escuchando cumbias, pero a medida que subía a Quito, a dos mil ochocientos metros sobre el nivel del mar, empezó a sentirse mareada, la sensación de vaivén en las plantas de los pies, el paso restringido de oxígeno al cerebro y pulmones. Apoyó la cabeza en el vidrio y, mientras luchaba contra la sensación de querer morirse, admiró la superpoblación de la carretera, otrora desértica. La ciudad había continuado su desastrosa expansión hacia regiones poco habitables para suplir la imposibilidad de crecer a lo ancho, por su ubicación en un valle.

El malestar la acompañó la hora que duró el viaje hasta El Batán Alto. Maleta en mano, Tamia contempló la fachada de su casa, bañada por la luz de la luna en una noche sin nubes, húmeda y silenciosa. Se habían hecho modificaciones: ya no había tejas sobre el muro, sino unas barras de metal que daban la impresión de ser lanzas. El color blanco se había transformado en un azul marino, que en la noche daba la impresión de ser negro. La altura la estaba matando. Tuvo que apoyarse en la pared para retomar el aliento y enviar hacia adentro a la náusea. Se acuclilló para buscar las llaves de la casa: las halló en el bolsillo delantero, de los que nunca se usan porque no hay forma de poner un candado para clausurarlos. Puso la llave en la cerradura, pero no entró, probó con todas sin éxito. Habían cambiado la cerradura. ¿En algún momento de su viaje, Cristina no le había dicho que iba a poner en arriendo su casa? Para salir de la duda, timbró. Después de unos segundos, una voz por el intercomunicador dijo:

¿Quién?..., buenas noches, ¿quién es?..., ¿hay alguien ahí?

La persona del otro lado del intercambiador distinguió que alguien tenía arcadas. Para cuando Tamia terminó de vomitar en la puerta de su casa, la persona maldijo al borracho que estaba molestando y colgó.

¿Qué iba a decir? Hola, esta es mi casa, ¿puede por favor desalojar para que yo vuelva a vivir de nuevo aquí? Caminó con la maleta por el barrio. Le pareció haber visto unos hoteles cerca, que no había antes, lo que quería decir que El Batán Alto se había trasformado en un sector atractivo para el turismo, no porque tuviera muchas atracciones, sino porque, seguramente, la ciudad había crecido tanto que ahora se encontraba en el centro-norte de Quito. Continuó subiendo por la avenida Eloy Alfaro —antes avenida Gran Revolución Comunista—, hasta que la rueda de la maleta se desenroscó del eje. Incapaz de arreglarla, arrastró la maleta durante varias calles. Cerca del Estadio Olímpico Atahualpa encontró el Hotel El Futuro. Ya en la habitación, después de vomitar por segunda vez, continuó tejiendo una cobija y después se quedó dormida, hecha un ovillo, en un santiamén.

Un santiamén, incluso menos, me tomó decidir qué hacer con el manuscrito: fuego, fuego. Eso simbolizaría lo que Tamia significaba para mí a los diecinueve años: una gran pila de cenizas que se barren y se olvidan. Si esa era su forma de joderme desde el más allá, en mis manos estaba joderle su posteridad. ¿Por qué el mundo debería recordar a una mujer tan egoísta? Tomé el bote de basura de aluminio de mi habitación, lo vacié en la basura de la cocina y con una caja de cerillas abrí la puerta para subir a la terraza del edificio. Mi papá, desde el estudio, me preguntó adónde creía que me iba con semejante lluvia. Como el manuscrito de Tamia me llegó de una forma tan súbita, no tuve tiempo de inventar una mentira, así que le dije que necesitaba estar sola. Qué tono habrá tenido mi voz que mi padre se asomó a la puerta del estudio para preguntarme si estaba bien. Vio mi cara y, asumo que por mi edad, creyó que había terminado con Santiago. Preguntó de nuevo. Le dije que quería estar sola un rato, nada del otro mundo. Me pidió que me pusiera una chaqueta abrigada, que llevara paraguas y que no me mojara. Le recordé que ya era mayor de edad, pero le hice caso. Entonces me preguntó qué era lo que había recibido en el correo, señalando el manuscrito que tenía en la mano. Mi corazón latía a mil. Esta vez mi mente sí reaccionó más rápido y le dije que mi prima Marta me había enviado su tesina de fin de grado para que le echara un vistazo. Creo que no me creyó, pero no insistió. Subí corriendo las escaleras, abrí la puerta y el viento me golpeó de una forma tan fea que pensé en bajar, pero el peso del manuscrito en la mano me recordaba la misión, una vida que clausurar para continuar con la mía, libre de una vez por todas. Me ubiqué bajo el techo en la zona de la parrilla y me senté en el suelo de cemento, ahí estaba protegida del viento y la lluvia. Coloqué el manuscrito dentro del basurero, encendí varias cerillas a la vez, las arrojé sobre el papel y, después de unos segundos, se apagaron todas. El fuego tenía que ser focalizado. Encendí una cerilla y la acerqué a una esquina del manuscrito, que empezó a arder lentamente. A medida que el fuego se esparcía sobre la primera página, iluminaba las letras y noté un detalle que la ira no me había dejado ver: estaba dedicado a mí. «Para Helena Herrera», decía. Tampoco usé la razón en ese instante, mis manos se lanzaron adentro del cesto, sacaron el manuscrito, lo lanzaron sobre el suelo y lo pisoteé hasta que dejó de arder. Se quemó un poco, pero nada de gravedad, no había perdido información que podría ser valiosa para «comprender mi propia existencia», eso fue lo que pensé, lo juro. *Lo que perdí fue el océano. Lo que perdí fue el océano.* El título era hermoso. Me evocaba una pérdida total, la más grande, ya que el océano está hecho de agua y el agua es vida, y sin ella no habría nada. Este breve pensamiento me animó pero, al mismo tiempo, me desoló. Asumía que se trataba de una novela, pero ¿si era una confesión, las últimas palabras de Tamia antes de morir, la autobiografía que juró nunca haber escrito? Tamia llevaba dos años muerta y continuaba retándome, controlando mi vida desde el más allá. *Lo que perdí fue el océano. Lo que perdí fue el océano.* Con mi papá siempre tuve una relación magnífica, más que con Mamá Sonia. Será porque, en el fondo, no compartía sangre con ella y mi corazón lo sabía. Rara vez le mentía a mi padre y cuando lo hice, fue por nimiedades, para salir hasta más tarde en las noches de rumba, cosas así. Pero no había pasado ni un minuto de haber recibido el manuscrito y ya le había dicho dos mentiras, y eran dos mentiras que yo consideraba trascendentes. ¿Qué iba a decirle? Él era un hombre muy justo, me habría dicho que hiciera con el manuscrito lo que yo quisiera, después de todo, estaba dirigido a mí, me lo había mandado Tamia. No voy a mentir: se me cruzó por la cabeza venderlo a Daxhund a un precio exorbitante. Ellos pagarían lo que yo pidiera. Cuando Tamia murió, todas sus posesiones pasaron a ser mías, incluyendo la casa de Quito, pero como tenía diecisiete años, mi papá fue mi testaferro hasta que cumplí la mayoría de edad. Pero durante ese año, Daxhund Booxs se lanzó sobre él como perro hambriento para que les permitiera publicar la literatura que Tamia había dejado: diarios personales, novelas y cuentos terminados e incompletos (esto era lo más valioso para ellos), notas y libretas, correspondencia, todo. Hasta el Harry Ransom Center de Texas ofreció millones por todo el material. Cuando Tamia murió en 2045, estaba en la cumbre de su carrera, siempre lo estuvo, era considerada una eminencia de las letras, acababa de ganar el Premio Cervantes del Gobierno español y su nombre sonaba en las quinielas del Nobel desde hace un par de años. Era obvio, casi natural, que Daxhund se lanzara sobre mi padre. Pero él, después de hacer un inventario de las posesiones de Tamia, llegó a la conclusión de que no había nada más, pero nadie le creyó. ¿Cómo es posible que una artista tan prolífica no dejara nada de nada, ni siquiera garabatos en servilletas? Le dijeron de todo, lo calumniaron. Decían que estaba guardando el resto de las novelas para venderlas al mejor postor, porque *debía* haber más novelas después de *Catalina, el universo*, eso era seguro, debían existir. ¿Qué había sido de la investigación por la que viajó por Latinoamérica y Europa, buscando a los escritores olvidados de la novela-universo? Tamia no podía haberse marchado así como así, dejando huérfanos a sus lectores alrededor del mundo. Pero el tiempo pasó y, poco a poco, aceptaron que sí eran huérfanos, que lo que había es todo lo que habría. Se lanzaron reediciones de sus novelas, se hicieron nuevos estudios sobre su obra para inventarle un final que nunca llegaría, se programaron homenajes, se disculparon con mi papá y lo olvidaron y, por extensión, a mí también.

A mí también me habría encantado que me avisaras, dijo el poeta César Cisneros, te hubiéramos ido a recibir al aeropuerto, con bombos y platillos.

Y a mí también, dijo un docente que Tamia juraba jamás haber visto, te habríamos recibido con la prensa, en ese punto eres la hija prodigio del Ecuador que regresa al hogar.

—Yo tampoco sabía que estaba regresando —dijo Tamia dando un paso para atrás, así estaría un poco más lejos de la gente que le robaba el oxígeno, cada vez más escaso en la facultad—. Gracias, pero no es para tanto.

No digas tonterías, dijo César, hay que celebrar, voy a preguntar qué docentes pueden unirse de noche, todos querrán verte, aunque te advierto que hay muchos nuevos docentes, mucho más jóvenes, la nueva generación que nos va relevando.

—No sé si pueda hoy de noche —dijo Tamia con temor, pero no pudo evitar que se le escapara la siguiente frase—: dile a Vicente Preciado que venga, él me ayudó mucho cuando trabajaba aquí...

No sabías, Vicente murió hace cinco años, qué pena que debas enterarte así, cáncer, creí que lo sabías, te escribí sobre eso, te escribimos.

—No sabía.

Lo siento.

—Ojalá no haya sufrido mucho.

Los ojos silenciosos de César le dijeron que, en efecto, había sufrido mucho.

—Qué pena.

A la conversación se sumaron más docentes y muchos alumnos curiosos que la habían reconocido, hasta que el pasillo de la facultad se hizo pequeño y Tamia tuvo que retroceder aún más para poder respirar. Le preguntaban por qué había regresado, le dijeron que estaba mejor afuera representando tan bien al Ecuador, le aconsejaron que se fuera pues con el Gobierno actual la cultura estaba muerta, aquí no encontraría sino rechazo. Un par de alumnos, que se acercaron demasiado para el gusto de ella, le pidieron que firmara sus libros. Ella lo hizo con más espanto que gusto. El resultado fueron unos garabatos diminutos en los que apenas se podía colegir su nombre. Cuando la masa se hizo más grande, comandada por César que no dejaba de hacerle preguntas sobre su vida en el extranjero, su espalda tocó la pared. Incapaz de retroceder más, se excusó, pidió paso y caminó hasta el final del pasillo y se metió al baño. Apoyada en el lavamanos, viéndose en el espejo... pedazo de mierda, ¿te das cuenta?, afuera te llaman y tú aquí, oculta, alegando que te falta aire, que ya no puedes estar cerca de nadie, ¿qué tienes, pedazo de mierda: ébola?, ¿temes contagiarlos?, te habrías quedado en tu casa tranquilita en lugar de venir a dar pena a esta gente que ya te olvidó, ahora sal de aquí, pedazo de mierda, despídete y sal de la universidad, rápido, con la cabeza gacha... Tuvo un acceso de náusea, similar al que sintió al bajar del avión, tres meses atrás. Respiró hondo una vez, dos, tres, cinco, diez. La náusea se detuvo, pero necesitó apoyarse en la pared. Después de refrescarse la cara, salió del baño decidida a despedirse de César y excusarse porque no aparecería de noche. Iba a hacerlo, en serio, pero vio, a lo lejos, que la masa había crecido, así que tomó la escalera que estaba junto al baño, descendió a la planta baja, salió de la facultad, atravesó el parque, pasó por el lugar en el que Guillermo Bass pedía limosna y subió al primer taxi que se detuvo… ¿Te das cuenta de que ni siquiera cuando estuviste embarazada sentiste ese tipo de náuseas, pedazo de mierda? Así de muerta has estado siempre.

Abrió la ventana y dejó que el aire de la mañana la refrescara. Ya se había habituado a la altura de Quito, pero no a la gente. Cada vez se sentía más lejos del contacto humano, se le hacía más pesado hilvanar una frase que permitiera a una conversación seguir viva. El taxi frenó a raya porque el auto de adelante se acaba de chocar con otro que se había pasado la luz roja. Los dos conductores se bajaron de sus vehículos y Tamia vio cómo iniciaba el festival de insultos y empujones. Cuando estuvieron listos para batirse a puñetazos, llegó un policía en motocicleta y, a gritos, les advirtió que si no se calmaban irían presos. La atención de Tamia viajó desde el altercado a una pareja que había dejado de prestar atención al choque para seguir con su conversación. De pronto, la mujer se levantó abruptamente de la silla, tomó la cabeza de él entre las manos y le clavó un sonoro beso que él correspondió cerrando los ojos. Tamia sonrió. ¿Por qué aquello era tan difícil para ella? El taxi vadeó el altercado y continuó por la avenida, sin autos adelante, así que pudo acelerar durante varias calles, hasta que se detuvo en una luz roja. De la acera bajó un hombre en silla de ruedas para pedir limosna al taxista, que se la negó. Tamia le extendió unas monedas y el inválido, tras agradecer, regresó a su posición en la acera: no había más autos para mendigar. A medida que el taxi avanzaba y la imagen del parapléjico quedaba atrás, imaginó que había perdido la motricidad porque cierto día, sin previo aviso, había decidido dejar de usar las piernas como forma de protesta, y cuando no se usa un miembro, se atrofia y la evolución se encarga de eliminarlo. Tal vez mi alma se atrofió mientras escribía, pensó.

El taxi la dejó en la acera de enfrente del Hotel El Futuro. Pronto, según lo que le informó Cristina, podría volver a su casa. Los arrendadores, por ley, tenían dos meses para desalojar tras la notificación. Ellos se fueron poco antes de que se cumpliera el plazo, pero los albañiles estaban poniendo a punto la casa para el regreso de su dueña: las adecuaciones, incluyendo la mudanza de sus pertenencias, estaban tomando más de lo pensado. Cristina se disculpaba casi a diario por teléfono y lamentaba que la escritora debiera quedarse en un hotel durante tanto tiempo. La trataba como a una eminencia. Más que adularla, a Tamia la estresaba porque no sabía cómo corresponder.

—No hay problema —decía improvisando una respuesta—, no tengo prisa.

Sí tenía prisa, curiosidad con prisa. Una mezcla extraña, como un ataque de ansiedad, como los que tuvo Tamia en los últimos años de su vida, según me contó mi papá. Se estaba deshaciendo en pedazos y yo no tenía ni la menor idea porque, a esa edad, tenía otras preocupaciones, las clásicas de una adolescente bogotana: los amigos, las rumbas y otras fiestas, salir, odiar a tus padres porque no te comprenden, odiar a tu madre por haberte abandonado y saber de ella por la prensa, odiarla mientras el mundo la amaba. En el colegio nadie supo que Tamia era mi madre. Me habría podido jactar de eso, después de todo, en la clase de Literatura, la lectura de *Mujer con jardín en la cabeza* fue obligatoria en penúltimo año y en el último *Con la huida de la gacela* o la novela que quisiéramos de ella. Yo podría haber dicho que ella era mi madre, pero ¿para qué? Siempre tuve buenas calificaciones, así que no me hubiera servido para salirme con la mía. ¿Para gozar de las mieles de la popularidad? No estaría mal, era una buena razón, pero nunca usé esa carta porque aquello sería poner a Tamia en un altar que no se merecía. ¿Te enteraste? La verdadera mamá de Helena Herrera es la escritora famosa… Habría sido acosada con preguntas de cómo era ella y cuándo la traería para que diera un discurso en el colegio o algo por el estilo, y no tendría respuesta a ninguna de las peticiones, no quería tener respuesta, me rehusaba y mis papás lo sabían. Mi papá era más abierto, comprensivo, nunca lo dijo de frente, pero no le molestaba del todo la idea de que me abriera a mi nueva madre. Eso, en cambio, para Mamá Sonia habría sido una puñalada por la espalda. Aunque ella no decía nada cuando se topaba el tema de Tamia en la casa, su silencio significaba, por un lado, que la odiaba, que odiaba la idea de que yo considerara a otra mujer como mi verdadera madre y, por el otro lado, se moría del miedo de que la conociera y ella, de alguna forma, terminara reemplazándola. Después de que Mamá Sonia murió de cáncer, en las noches que nos quedábamos conversando en la sala, yo sentada en el mismo sofá donde durmió Tamia, mi papá me contó que ella tenía pesadillas con ese tema. En sus sueños, yo viajaba a Quito a conocer a Tamia y nunca regresaba. Nada monstruoso, nada fuera de lugar, simplemente me llevaba bien con Tamia y decidía nunca regresar a Bogotá. Mamá Sonia se despertaba asfixiándose y mi papá le ayudaba a respirar, le pasaba agua y luego la abrazaba mientras ella lloraba. Esto lo confirmé después de su muerte, pero siempre lo sospeché, siempre. Quizá esa sea la razón de que nunca haya intentado acercarme a Tamia durante la adolescencia, aunque me moría de ganas y de curiosidad. Mamá Sonia tenía ataques de ansiedad, Tamia tenía los suyos en soledad. Yo no puedo confirmar que los haya tenido a ciencia cierta, pero sí me sentí muy mal en muchas ocasiones. Cuando me pongo a pensar en perspectiva, con la perspectiva que me dio *Catalina, el universo*, que más bien debería llamarse *Helena, el universo*, me queda claro que pertenezco a un linaje de mujeres fuertes, que al final pagan el precio. ¿Cuál será el precio que pagaré? Mi abuela Juana, que en paz descanse, fue desaparecida por la dictadura del Ecuador. Mi bisabuela Aída, «hacia el final de su vida, se dedicó a empequeñecerse, a volverse invisible porque sentía que su tiempo había pasado: había enterrado a un esposo y a una hija, aunque nunca haya encontrado su cuerpo. Magdalena vivió con la urgencia de una existencia sin respuestas, con el simulacro de su hija recordándole que todavía no podía darse por vencida». Podrá haber sido una pésima madre, pero sí sabía escribir. Si sigo subiendo en mi árbol genealógico, está Tesia, mi tatarabuela, la polaca de quien nadie sabría nada de no ser por los escritos de Tamia. Hay gente que no sabe el significado de la palabra *trascendencia* y termina convertido en estatua o, como en este caso, en bellos pasajes literarios. En el tercer capítulo de *En el último día del mundo dirás su nombre*, Tamia escribe: «¿Qué sabía Aquiles, el guerrero griego, de la migración de la memoria? Lo sabía todo, ansiaba la inmortalidad: por ello, al saberse bendecido por los dioses, dueño de un talento singular en el campo de batalla, se entrenó como un héroe y se marchó a la guerra, provocó la disputa con Agamenón, que es el berrinche de un niño al que le han quitado la paleta, y renunció. Semejante infantilismo, aunado a su regreso a la batalla y la gloriosa muerte que tuvo, llamó la atención de Homero, que hizo versos en su honor, y henos aquí, doce mil años después, recordándolo. Pero no te engañes, algún día su recuerdo también se irá de la memoria de los hombres, porque por un Aquiles hay miles de millones de hombres sin nombre». Es una idea ingeniosa y triste porque es real. Hay nombres que sobreviven, el de Tamia, por el momento, es uno de los afortunados: en ese momento era el año 2060, yo estaba entrenando en la NASA y a ella se la seguía leyendo, estudiando, disfrutando. A veces al punto de seguir arruinando la vida de los otros. Después de graduarme en Matemática Aplicada, me presenté en la NASA para cumplir mi sueño (mucho me temo que no era mi sueño, pero aun así lo quería). De los seis mil presentados, fuimos escogidos apenas doscientos. Y el primer día, el mismísimo primer día, apenas nos instalamos en nuestras habitaciones, se me acercaron tres novatos: un mexicano, una suiza y una estadounidense. Emocionadas, me preguntaron si yo era hija de Tamia Torres, dijeron que habían leído todos sus libros, me preguntaron qué se sentía ser su hija, cómo era ella, etcétera, dijeron que no había mejor obra literaria que la de Tamia para unir al ser humano con el universo, el universo *per se*, no solo la novela-universo. Y claro, ellas no habían leído todavía *Lo que perdí fue el océano*, como yo lo haría en pocos años, después de que me seleccionaran para viajar a la Estación Espacial Internacional que, en aquel momento, se llamaba William Herschel.

.

—William Herschel, su idea de los fantasmas del espacio siempre me pareció el acto de poesía más grande que ha podido concebir el cerebro humano —dijo Tamia acercándose al micrófono, el anfiteatro estaba repleto—. La poesía más hermosa la concibió un astrónomo en el siglo XIX. No se molesten en buscar por ese nombre, fantasmas del espacio, yo lo llamo así. William Herschel fue el primero en usar el telescopio como una máquina del tiempo: fue el primero en entender que la luz, que viaja trescientos mil kilómetros en un segundo, no es lo suficientemente rápida. A la Tierra, la luz de las estrellas más cercanas les toma años alcanzarnos, a las más lejanas siglos y siglos, y a las increíblemente lejanas, les toma miles de millones de años para que las podamos ver en nuestro horizonte espacial. Eones. Y para cuando la luz de esas estrellas lejanas llega acá, estas ya han muerto. Vemos su luz, pero su cuerpo se ha ido hace mucho, mucho tiempo, es decir, vemos sus fantasmas. El cielo nocturno es un cementerio infinito.

La idea era hermosa, no había duda, pero la concurrencia no entendió cómo Tamia había llegado a ese punto después de la pregunta que le hizo un académico: qué opinaba de los artistas que no se retiran a tiempo y que no saben reinventarse, que terminan repitiendo una y otra vez la misma obra, en desmedro de la calidad. El académico repitió la pregunta y Tamia dijo:

—Perdón, creo que no entendí tu pregunta —dijo Tamia y no hizo ningún esfuerzo por responder tras la repetición.

Era un homenaje a su obra, organizado por la universidad donde había estudiado y trabajado gran parte de su vida, que buscaba honrar el valor de su literatura en el contexto de las letras ecuatorianas. Era la celebración tácita de que, después de mucho tiempo, un escritor local ascendía hasta lo más alto del podio de las literaturas ecuatoriana e hispanoamericana. Hace mucho Tamia tuvo la fuerza suficiente para doblar la flecha del tiempo, la torció apuntándola hacia sí misma, tal vez sin desearlo.

Las preguntas se sucedieron a lo largo de una hora, y habrían continuado de no ser porque César, el maestro de ceremonias, le pidió al rector de la universidad que terminara el acto, pues Tamia, al oído, le había susurrado «Necesito irme a mi casa». Creyó que se trataba de una broma, pero vio que no solo no sonreía, sino que estaba pálida y ojerosa, fatigada. César pensó que desde el momento cuando la vio el año pasado en los pasillos de la facultad, hasta ese punto de 2043, Tamia había sufrido un proceso de envejecimiento acelerado. O tal vez estaba deprimida.

¿Qué pasa?, dijo César en voz baja, tapando el micrófono con la mano, ¿te sientes mal?

—Solo necesito irme a mi casa, quiero estar sola, *necesito*...

Parecía como si estuviera muerta del sueño.

—Ya no soporto estar aquí, con tanta gente viéndome, me desespero.

¿Puedes esperar a que se acabe el acto?, dijo César, puedo decirle al rector que termine las preguntas, pero habría que saludar a la gente, hacer vida social, todos quieren celebrarte, está la prensa.

Tamia bajó la cabeza y se quedó en esa posición, como si estuviera viéndose los senos. Respiró hondo una, dos veces. Levantó la cabeza y vio al frente, a la concurrencia, como si un reflector le estuviera apuntando a los ojos.

—Vamos.

Bajaron del estrado. La gente dejaba sus asientos y se acomodaba afuera del anfiteatro, esperando que Tamia saliera para pedirle un autógrafo.

Nada tenía sentido. Nada. Los homenajes son para los muertos, para los soldados, para los héroes, no para ella, no te lo mereces, pedazo de mierda. ¿Qué vas a hacer con la medalla? Mejor regálasela a alguien que la aproveche, quizá tenga algo de oro.

Atrapada entre la gente, respiraba hondo para no gritarles y retirarlos a empujones, aunque dudaba tener tanta energía para la violencia. Tamia sabía dónde debía estar, conocía el lugar al que pertenecía: se veía a sí misma como un cráneo en el fondo de un pozo nauseabundo, alumbrado escasamente por la luz de una estrella en el cielo nocturno. ¿Por qué se sentía así? ¿Por qué te sientes así, pedazo de mierda? ¿Por qué?

Porque recuerdo claramente ese hermoso pasaje de *La eternidad en una hora*: «Cuando se te acaba el tiempo, te das cuenta de que las cosas que antes pasaban desapercibidas porque las dabas por sentadas, hoy son importantes e imprescindibles, como la amistad y el amor. La vida no te espera: cuando te des cuenta, reza para que estas no hayan decidido abandonarte. Disfrutar de una puesta de sol en la playa antes de quedarte ciego, tocar la piel del ser amado antes de perder la sensibilidad, escuchar al hombre cantar *lo que perdí fue el océano* antes de que los tímpanos colapsen, saborear los langostinos más exquisitos antes de que se extingan, oler el cuello de tu bebé antes de que crezca y le defraudes. De eso se trata la vida, pero pocos lo saben». La frase, un poco cursi, la dice un personaje construido por Tamia para causar rechazo, por lo que no se repara lo suficiente en ella, pero si se la descontextualiza, la frase alcanza cotas inimaginables, sobre todo si se tiene en cuenta que *La eternidad en una hora* tiene la premisa de que las historias ahí contadas vivirán por siempre porque recrean los objetos de la sonda Viajero. Sin ir tan lejos, mi caso es el más claro ejemplo: por esta frase acepté el ofrecimiento de la Universidad de los Andes. Después de la muerte de Tamia, el rector le pidió a mi papá que diera un taller sobre su obra y lo que había dejado atrás. Él rechazó la oferta a pesar de lo generoso de la paga. Mi papá se negaba molesto, colgaba el teléfono y decía, como desinflándose, hasta cuándo Tamia nos va a seguir jodiendo desde la tumba. Pero las insistencias no solo eran de parte de la de Los Andes, sino de la Universidad de Barcelona, la UNAM, otras de América Latina, otras de España y de Estados Unidos, también tenía museos encima y a la misma Daxhund, que quería hacer las paces y analizar cómo más se podía explotar a mi madre, ya que no había más novelas. A todo mi papá dijo no. La Universidad de los Andes le insistió dos o tres veces más (eran los más insistentes seguramente porque residíamos en Bogotá) y al final dejaron de molestar cuando supieron que yo había cumplido dieciocho años y era la dueña de los derechos de la obra de Tamia, al igual que sus propiedades, todo lo que alguna vez ella fue. Todo el dinero que Tamia tenía en el banco al momento de su muerte, que era bastante, pasó a manos de mi padre, que no tocó ni un centavo, y luego a mi cuenta, donde, además, Daxhund me deposita mensualmente cantidades que no creí posibles en el mundo de la literatura, y no porque me transfirieren millones, no, nada de eso, sino que uno siempre tiene el prejuicio de que los escritores se mueren de hambre. No era el caso de mi madre, su viaje de diez años lo prueba, a pesar de que, como me dijo mi papá, ella nunca se preocupaba por las finanzas porque siempre tenía la cabeza en otra parte. Un día, tiempo después de que murió Mamá Sonia, le pregunté que si él creía que Tamia nunca había desarrollado el instinto materno porque tenía la cabeza en la escritura. Mi papá, que se notó que le había incomodado mi pregunta, trató de arreglar su respuesta para que no me sintiera mal, después de todo, a nadie le gusta saber que no le quieren. Él me dijo que ese no fue mi caso, Tamia sí quiso tenerme, de lo contrario habría abortado, pero después de mi nacimiento empezó a mostrarse más ausente que de costumbre. Mi papá me dijo que no me lo tomara personal, pero es bastante difícil, sino imposible. ¿Cómo se ve a los ojos de la mujer que se rindió y prefirió mandarte lejos? Esa pregunta me la hice durante la adolescencia, incontables veces: ¿cómo iba a ver a Tamia si algún día tenía la oportunidad? ¿Cómo iba a saludarla? Durante la adolescencia viví con miedo de que ella sacara una novela y viniera a Bogotá a presentarla. Estaba segura de que habría terminado oculta entre la muchedumbre que le pedía autógrafos, incluso le habría pedido uno y ella no se habría enterado de que era yo, aunque nos parezcamos físicamente: también soy alta y delgada, pálida como ella y como Tesia, pero mi papá me dijo que yo era mucho más bonita que Tamia a esa edad, aunque él esté genéticamente predispuesto para decirme eso. Nunca me preocupé demasiado por mi aspecto a esa edad, siempre me consideré fea y no le daba vueltas al asunto. Aunque no sea del todo correcto decirlo, aceptar la baja autoestima adolescente me dio tiempo para enfocarme en otras cosas, dos en realidad: el estudio de las matemáticas porque mi sueño, desde niña, siempre fue ser astronauta, y segundo, el estudio de la obra de Tamia, y esto era un secreto. Aunque me joda reconocerlo, siempre fui su lectora, desde niña, cuando no entendía nada, pero me entretenía intentar leerla y que mi papá me la leyera, en contra de la voluntad de Mamá Sonia. Después, en la adolescencia, ya leí por mi cuenta todas sus novelas, casi a escondidas, no sé por qué, aunque en realidad sí lo sé: sosteniendo sus libros en mis manos, sentía que cargaba a un enemigo. Ese montón de hojas y letras, de símbolos y sueños eran lo que mi madre había preferido hacer en lugar de cuidarme y criarme. Esos libros eran mis enemigos, por eso los leí de cabo a rabo, los memoricé, y terminé entendiéndolos y odiándolos al mismo tiempo, sobre todo *Catalina, el universo*, que fue la novela que, me cuesta decirlo, me dijo lo que *no* debía hacer. Leer toda su obra por curiosidad y rencor me permitió, a los veinte años, un año después de haber recibido *Lo que perdí fue el océano*, empezar a rotar. Le llamaba «rotar» a la serie de conferencias y entrevistas que di cuando me decidí a hablar de mi madre ante el público colombiano. Suena demasiado elevado y pedante llamar «conferencias y entrevistas» a lo que en realidad hice, que fue más bien leer un pedazo de papel frente a una audiencia y que me pagaran por ello. Nada del otro mundo. Estaba haciendo lo que mi papá se negó a hacer en su momento. Siempre, en todas las sesiones, que iniciaron la Universidad de los Andes, empezaba advirtiendo que no respondería preguntas personales ni cuestiones familiares. Estaba ahí para dar mi punto de vista de la obra de Tamia, de la cual, al parecer, era una experta. Todos sabían que ella me había sacado de su vida, y maldito sea el morbo de la gente: ¡cómo querían relamerse en los detalles escabrosos! Menos mal Tamia siempre fue, digamos, más recatada, su único pecado fue, digamos, abandonarme y desconectarse del mundo, que al final tuvo consecuencias nefastas. Pero yo evitaba esas preguntas malintencionadas como los extintos toreros, me había hecho una experta y me salía con la mía. Lo mío era exponer mi apreciación de las novelas de Tamia, vistas en orden cronológico y luego, obviamente, en desorden, que era como ella nos obligaba a leer las novelas. Y si me preguntaban, yo decía que mi apreciación era la misma que la de cualquier otra persona, no me hacía especial haber sido su hija, pero nadie lo entendía así, yo debía entender o saber algo más, ante lo cual solo me encogía de hombros. A los lectores de Tamia, a los académicos, a los críticos, a los periodistas les gustaba mi apreciación de la obra, creo yo, y esto es una mera suposición, porque les facilitaba las cosas: la obra de Tamia era muy compleja y yo, de alguna forma, daba conferencias en las que trataba de ordenarla, que era como darle orden al caos puro y duro. Había académicos, cómo no, que se sentían amenazados en su masculinidad por recibir cátedra de una mujer de veinte años, y durante las preguntas trataban de hacerme caer con conceptos narrativos y teorías literarias, pero yo, que ya me sabía su juego, me acordaba de las palabras que Tamia escribió en *Catalina, el universo* para referirse a ella, a mí, a nuestros antepasados: «Una mujer se ha levantado: ¡teman!», así que declaraba que no tenía respuesta porque, como habrán notado, mi conferencia no trataba de eso y daba paso a la siguiente pregunta. Ignorarlos era peor que responderles bien. Volvían a sentarse avergonzados. Las preguntas más contundentes eran las que me pedían una interpretación global de la obra de Tamia, vista a través de los ojos de su hija. Empezaba diciendo que responder a esa pregunta equivalía a enunciar una opinión más en un espacio infinito de opiniones, nada tenía que ver que yo fuera su hija, pero luego dejaba claro que para mí lo que perseguía Tamia era luchar contra el olvido y la muerte, y si ella no hubiera sido escritora sino una genetista, habría dedicado su vida a buscar la fórmula de la inmortalidad. Tamia, les decía, buscaba configurar una obra que creara la imagen global de alguien, el imaginario colectivo de un ser amado, de la misma forma en que todos los seres humanos ven los mismos arquetipos durante la parálisis del sueño. ¿Y quién es ese ser amado, si se puede saber?, siempre preguntaba alguien después de mi explicación, sin falta. No puedo probarlo más que con intuiciones literarias, les decía, pero creo que es la abuela de Tamia, la mujer que la crio cuando su madre fue asesinada, es decir, mi bisabuela Aída. De ella son las imágenes que recibimos una y otra vez al leer y releer su obra, por eso yo la siento muy cercana, casi como si hubiera conocido a Aída. ¿Pero cómo espera Tamia que yo recuerde a su abuela si ni siquiera la conocí?, atacaban. Recuerdas a Aquiles y nunca lo conociste, ¿no?, y se sentaban, avergonzados. A veces, después de explicar este punto, a modo de reproche, me sacaban en cara que los lectores no habían «sentido» o «visto» a la abuela Aída, sino a la misma Tamia o a un pariente cercano, recién fallecido. Y yo contraatacaba diciendo: ¿No te das cuenta de lo afortunado que eres?, y se sentaban de nuevo, ahora maravillados, con la boca abierta. Me atacaban, sí, como a Tamia cuando estaba empezando a ser notada y luego como cuando regresó a Quito, ya consagrada, porque su talento era más grande que el Ecuador. Siempre me pregunté si a los parientes de Cerduné los acosaban con preguntas de este tipo, yo asumo que no porque él era hombre. Era el año 2048 y el machismo estaba tan fresco como siempre.

El odio también estaba fresco: era la primera vez que Tamia lo presenciaba. Había aceptado la invitación porque estaba quemando sus últimas naves para retrasar el proceso de degradación.

El ser humano es un animal social, pero ¿y el escritor? Es el animal que, por excelencia, rechaza su naturaleza humana: embarcado en la complicada tarea de explicar la naturaleza de la vida a base de palabras, se olvida de que allá afuera hay una que podría estar viviendo. Su oficio es antinatural. Pero ahí estaba ella, en un foro de literatura, en una sala remodelada de la Casa de la Cultura, advirtiendo de los peligros de la profesión a futuros aspirantes. El aforo estaba repleto: lo más probable es que su ausencia haya incrementado el interés en la literatura o, en resumidas cuentas, todos querían verla, después de todo, había adquirido un estatus de celebridad que a Tamia le fastidiaba.

Vestía un abrigo de su abuela, de cuero con lana de borrego en las solapas, la única prenda de vestir que no regaló a la caridad tras su muerte. Los panelistas dirían después que Tamia olía a «guardado», a encierro, a vieja de asilo. Dado que el foro se titulaba «Literatura ecuatoriana: pasado, presente y futuro», ella habló del desaparecido poeta Guillermo Bass, de su legado inolvidable como artista. No preparó ningún documento porque creyó que todo estaba fresco en su memoria, que fue ayer cuando Bass estuvo viviendo en su casa y compartiendo la poesía de la vida diaria. Pero la memoria le fallaba y su discurso temblaba: había olvidado versos y los nombres de los poemarios, lo que dificultaba ilustrar su punto. Como el discurso salía atropellado, sin piedad de su boca seca, la concurrencia se distraía y cuchicheaba, incluso los panelistas, la nueva generación de narradores ecuatorianos, todos mucho menores que ella, señalaban la falta de cohesión de Tamia, pero en lugar de hacerlo preocupados, lo celebraban con bromas internas, destinadas a herir a la reina de las letras ecuatorianas.

Tamia se vio obligada a terminar el discurso, finiquitado por un cansado y solemne «Gracias», al que le siguieron aplausos discretos y fugaces. Su rostro, para los presentes, demostraba una evidente incomodidad, un hartazgo colosal. El resto de los discursos señalaron las nuevas voces de la literatura ecuatoriana, algunas de las cuales, como la del novel escritor Luis Baroja, estaban en guerra abierta contra Tamia porque, según ellos, había pasado a representar al escritor cuya fama no deja que se descubran nuevos talentos.

—¿De qué hablas? —dijo Tamia al micrófono.

El panelista, el escritor ambateño Julio Jorge Arengo, explicó que hace treinta años la literatura ecuatoriana reclamaba una figura digna para competir por un puesto en el canon de las letras hispanoamericanas, entonces apareció Tamia Torres para ocupar ese lugar y oponerse a las figuras que habían monopolizado el mapa editorial —mencionó la famosa disputa con Adolfo Mora, tras la publicación de *Mujer con jardín en la cabeza*—. Tamia llevaba tantos años subida en el pedestal y no había forma de bajarla para que otros subieran. «No sabes lo difícil que ha sido para nosotros publicar bajo tu sombra».

—Eso no es mi culpa —dijo Tamia: su voz, débil y marginada, escapó de los parlantes y se regó como agua en todos los rincones del recinto—, ese es un síntoma del mercado editorial, en el que yo no tengo…

Calló de golpe. ¿Tanto había envejecido? ¿Ahora era ella la villana?

—El arte exige sacrificio —dijo Tamia—, los que estén dispuestos a escribir mal para que se repare en nuevos escritores están condenando al arte a un círculo de mediocridad. Cada generación debe luchar contra sus padres, aniquilarlos con escritura, no con insultos, amenazas o complejos de inferioridad. —La voz se debilitaba, era evidente que tenía la garganta seca y que los nervios le dictaban el tono y el volumen—. El compendio de mi obra es infinitamente inferior al del poeta Guillermo Bass, pero ninguno de ustedes, estoy seguro, lo ha leído como se merece.

El aire se le escapaba de los pulmones, y lo poco que lograba aspirar se enrarecía, hedía a esmog cuyo hollín se le adhería al interior del cuerpo. ¿Qué era todo eso de querer derrocarla? Tamia estaba consciente de que había dedicado toda su vida a lo único de lo que se sentía capaz de hacer y ahora, más allá del rechazo de las nuevas generaciones ecuatorianas, le estaba pasando factura.

Todo era tedioso e infecto. ¿Debía buscar ayuda? ¿Esta ayuda podría atenderla en casa? No tenía las fuerzas necesarias para ir a un consultorio. Se sentía agotada y triste, el rostro se le chorreaba hasta descubrir el cráneo que resplandecía al fondo del pozo. No podía identificar la fuente de su miseria: ¿el fin de un proyecto literario puede agotar de muerte al que lo ideó? Sentía en las manos la humedad de los anfibios. ¿Cuándo había atravesado el umbral oscuro en el que los humanos habían dejado de serlo, en el que el roce de la piel de otro era materia útil para escribir sobre una cruzada?

Pedazo de mierda, nada de esto tiene sentido: mira a las estrellas, pronto tú también serás olvidada.

Olvidarla, eso es lo que quería, pero Tamia estaba tan presente después de mis conferencias que todos llegaron a hartarme. No me querían dejar ir. La odié una vez más, aunque ese nuevo odio era mi forma de recriminarme por los acontecimientos del día de su muerte: mi incapacidad, su falta de fuerza. Durante la niñez me enorgullecía pensar que yo era hija de Tamia, pero al crecer y adquirir conciencia de la situación, se convirtió en mi enemiga a la que, sin embargo, seguía de cerca. Lo admito: lo hacía con vergüenza, escondida. Buscaba en sus libros mensajes ocultos hechos para mí y para nadie más. Pero su literatura me hablaba a mí tanto como al resto de los lectores, y a todos nos enviaba mensajes que adoptábamos según nuestras necesidades. La interpretación del arte. Si Tamia era escritora y había dedicado toda su vida a las letras, ¿no era lo más obvio y correcto que yo estudiara Letras o Filología para seguir sus pasos? ¿Cuántos hijos terminan siguiendo el mismo camino de sus padres? Dos universidades me ofrecieron la gratuidad de mis estudios con tal de que los eligiera. Mi papá era docente, Mamá Sonia era contadora. ¿Qué debía hacer? Después de las conferencias, a los veintiún años, en 2049, me enfrenté a esta decisión. Mi papá me alentaba a que siguiera Letras en la universidad. Mamá Sonia lo tomaba como una ofensa que castigaba con indiferencia, entonces mi papá explicaba, sin perder tiempo, que yo tenía una gran sensibilidad para la literatura, ya que había leído desde pequeña, había logrado entender cómo funcionaba la ficción, ¡por Dios, decía, qué mujer de veinte años, antes de entrar en la universidad, da conferencias sobre la obra literaria de una escritora!, que yo recuerde a nadie le ha pasado. La odiaba, pero, al mismo tiempo, a la distancia, ella había forjado mi vida con su ausencia: ¿la presencia de Tamia habría sido tan predominante en mi vida si hubiera estado presente, si hubiéramos crecido como una familia feliz en Quito? Esta pregunta es del tipo que no halla respuesta a menos que imagines universos paralelos en los que la historia es diferente porque, en cierto punto decisivo, tomamos la opción contraria, de manera que los universos se van apilando uno sobre el otro, infinitos, gracias a todos ellos hemos vivido todas las vidas posibles. En *Catalina, el universo* escribió: «El ser humano tiene la capacidad de concebir la existencia de universos paralelos no porque la ciencia los considere plausibles, sino porque el ser humano, al caer en un pozo oscuro, tarde o temprano, quiere creer que existen regiones donde hemos tomado otros caminos, hemos *elegido* diferente, y somos felices. Creer que hay un lugar donde estamos vivos, donde elegimos a la persona correcta, donde estamos rodeados de gente, donde en definitiva optamos por la opción acertada, creer en un lugar respaldado por la ciencia equivale a consolarnos con la idea de que sí existe un sendero amarillo que nos lleva a un lugar donde nos queremos y estamos a salvo, que es el consuelo de la improbabilidad y, a su vez, los territorios de lo divino». En alguno de esos universos, motivada por los rechazos, Tamia decidió dejar de buscar editorial y toda su obra literaria quedó inédita, y quizá yo la descubrí y la publiqué póstumamente, y ahora ella es tan famosa como lo es Octavio Paz, quien parece que siguiera vivo. En ese universo también doy conferencias sobre ella. Esta idea me llevó a cuestionarme el poder de la predestinación. En todos los mundos, al parecer, estoy condenada a seguir los pasos de Tamia, su sombra, mejor dicho. Por eso en este universo y en esta Historia quise ser libre de sus tentáculos literarios y me lancé por la otra borda: decidí estudiar Matemática Aplicada en la universidad, como si esto fuera lo opuesto de la literatura. Me esforcé tanto en distanciarme de Tamia y la Catalina de la novela que me gradué con los mejores promedios de la carrera. Esto llamó la atención del Gobierno colombiano, así que me concedieron una beca para estudiar en el extranjero. En la graduación mi padre lloró de orgullo, pero también de pena porque Mamá Sonia no estaba para verme triunfar. La hija de Tamia Torres era la mejor matemática joven del país, eso dijeron los medios de comunicación. Nunca dijeron: La hija de Mamá Sonia es la mejor matemática joven del país. Si algo agradezco de su temprana muerte es que no vivió para ver semejante traición, le habría deshecho el corazón. El Gobierno me becó para continuar estudiando en Estados Unidos. Mis profesores sabían que quería entrar en la NASA y convertirme en astronauta, así que me apoyaron. Tenía excelentes calificaciones, pero ser seleccionada por la NASA fue un calvario poco menos que infernal que ser abandonada por la madre: ¡casi dos años de pruebas y entrevistas!, y había la posibilidad de que entrara en la NASA, pero no necesariamente de ir al espacio. Recordar aquel calvario me trae a la memoria, con cierta nostalgia, lo que sentí el último día de vida de Tamia. En el primer caso se dilató dos años, en el segundo se condensó en un día, y todos sabemos que las estrellas condensadas en minúsculos espacios explotan con más energía.

La energía que desprendió Tamia durante su vida se materializó en obras de arte que la hicieron valedera de un lugar primordial en la historia de las literaturas hispanoamericana y universal. El arte se construye con talento y reconocimiento: así podría resumirse el relato de este proceso. Y hasta este lugar se podría acompañar a Tamia, dejarla que entre en su casa y se pierda de vista, tras cerrar la puerta. Pero la energía no desaparece, se transforma, y adentro de esa casa quiteña todavía había transformación. Y aunque mutará como los humanos que aman y odian, los que cantan y ríen, los que matan y huyen, los humanos que sostienen en la mano un libro al que siguen con atención, Tamia todavía tiene energía adentro, una energía negativa que le impedirá salir de su casa, pero la dotará de un último chispazo de ingenio para fabricar el mensaje cósmico que resplandecerá con la luz más viva.

Cumplió sesenta y tres años. Llevaba encerrada en casa más de un año. Tres años habían pasado desde la publicación de su última novela y el mundo le exigía más. Corría el rumor de que estaba enferma de muerte, que había colgado la pluma, que se había convertido en una misántropa y una acumuladora, que al fin había adoptado un perro y un gato. Los periodistas y sus lectores conocían su casa, timbraban de vez en cuando para probar suerte, nunca se sabía cuándo estaría de humor para conversar de literatura, de la vida y del universo. ¿Qué es lo que pasaba puertas adentro? Aparte de filosofar sobre el contacto humano, hacía lo más obvio: escribir, que es transformar la energía.

Cuando Tamia se encerró en el primer capullo, hace muchos años, del que resurgió con varias obras y embarazada, escribió una novela que guardó en el fondo del clóset, como lo haría muchos años después su hija. Esa novela era la que debía publicarse entre *Gabo, el universo* (2021) y *Moby y Bela* (2027), según la intención de Daxhund. La liberó de su calabozo de tiempo para revisarla. Estaba lista para continuarla, mejor dicho, para reescribirla con base en las experiencias que había tenido a lo largo de su vida. Adquirió la rutina, herramienta del artista: durante muchos meses se levantaba temprano, se preparaba un café soviético y se sentaba en el escritorio, frente a la computadora, y conjuraba a los muertos dentro del caos de letras. Sabía adónde debía ir la novela, pero nunca entendió cómo empezó a infectarse con el germen del olvido, que lo corrompió todo. Retrocedía, borraba párrafos y páginas enteras, pero el olvido regresaba. ¿Acaso se había equivocado trazando el plan desde el inicio? Todo en esta nueva novela debía encaminarse a la consolidación, sin lugar a equívocos, de la imagen final que la humanidad debía recordar. Pero el ego la atacaba como hormigas a la carroña. Se desesperó. Perseveró. El sargento reapareció para recordarle que era un pedazo de mierda y todo lo que escribía también era mierda. Sin colegirlo, la ficción se mezcló con la infructuosa investigación que guio su vida por tantos años, por la que recorrió Europa e Hispanoamérica. Entonces la novela empezó a contar la vida de una casa que está en pie desde los albores de la humanidad hasta el fin de la Historia, habitada por humanos comunes y corrientes: cada uno viene a escribir un párrafo y se marcha, después de despedirse con cariño. Ella sería una más de ellos. «El olvido tiene la misma lógica de un agujero negro: este, que no se puede ver, es únicamente detectable por las estrellas y los planetas que son succionados en su campo gravitacional, que no deja escapar ni la luz. En la literatura, a la inversa, se puede ver el impacto de la obra de un escritor en la Historia porque atrae hacia su centro las obras de aquellos que han influido y las de sus seguidores, pero estas, a diferencia de las estrellas y los planetas, no se ven porque han sido olvidadas». *Lo que perdí fue el océano*: este es su espléndido inicio. Tendrán que pasar veinte años para que su hija lo lea.

Lo leyó mi papá. Leyó en voz alta la noticia, en la mesa, mientras desayunábamos. Yo tenía diecisiete años, lo recuerdo bien, porque estábamos conversando de las mieles de cumplir la mayoría de edad. Mamá Sonia se fastidió, pero no pudo ocultar que le preocupaba la salud de Tamia, no porque le tuviera algún tipo de consideración, sino porque le preocupaba cuál sería mi reacción si algo le pasaba. La noticia contaba sobre la desaparición de Tamia de la vida pública. La comparaban con otros excéntricos como Pynchon o Salinger, o como Philip Roth cuando dejó de escribir y ni la concesión del Nobel lo hizo salir de casa. Se me fue el hambre. Tamia no se había dejado ver no solo en la escena literaria y pública, sino que no había salido de su casa en casi dos años. La noticia, que recogía testimonios de los vecinos, destacaba el mal olor que salía de la casa. Ante la sospecha de muerte, se había llamado a los bomberos para que entraran a la fuerza. Apenas botaron abajo la puerta de entrada, una débil anciana los recibió a escobazos. No había foto del suceso, yo lo lamenté mucho porque me moría de curiosidad por saber cómo se veía en ese momento, a sus sesenta y tres años. El escándalo dejó claro que seguía viva, así que ahí terminó la insistencia de los medios y de los lectores que buscaban guía para interpretar su obra. Todo el mundo se preparaba para conmemorar los cien años de la finalización de la Segunda Guerra Mundial, y Daxhund quería que Tamia reapareciera para hablar del suceso, a la luz de su obra literaria, que tenía mucha influencia de esa guerra, además de que querían que promocionara las ediciones conmemorativas por el trigésimo aniversario de *Sinfonía silbada* y el décimo de *El paria del cosmos*. Daxhund, que solo tenía contacto con Tamia a través de Cristina Mosquera, temía un desequilibrio mental. Lo más probable es que necesitara asistencia psicológica. Nadie sabía realmente las condiciones en las que Tamia vivía, qué hacía a diario. Mis padres concluyeron que Tamia no tenía a nadie en el mundo, nadie cercano, nadie a quien ella quisiera abrir la puerta, excepto yo. Nunca nos habíamos visto y el mundo demandaba que la rescatara, como si ella hubiera hecho eso por mí alguna vez. Al principio me negué, pero a mi papá le pareció una buena idea. Traidor. Mamá Sonia la secundó. Traidores, me traicionaban a pesar de que mi voluntad siempre estuvo con ellos. Lo mejor sería dejarla morir en su casa, que se pudriera como una momia. Eso les dije. Entonces mi papá me dijo que al rechazar ayudarla, me estaba pareciendo más que nunca a Tamia. «¿No quieres librarte de su influencia para siempre? ¿No quieres ser diferente de ella? No seas como ella y sé un ser humano. De eso se trata salvar una vida». Mamá Sonia, a su pesar, lo secundó solo con la mirada y yo me fui a mi habitación a llorar.

Lloró durante la escritura de tantos pasajes porque en cada uno iba impregnando un pedazo de su alma y ella se iba quedando hueca. El traspaso de la conciencia, la migración de la energía, la esperanza de la memoria eterna. Su existencia iba deshilando sus fibras para tejerse de nuevo en el texto, donde se materializaba como alfabeto, símbolo y sentido. Había elegido, para el acto final, contar la historia de la casa infinita que con el tiempo se va quedando vacía, vista desde los ojos de sus propietarios. Entre ellos había una escritora que escribía una novela sobre una escritora a la que el lector no podía conocer por su voz o sus acciones, sino por sus creaciones: las novelas eran su voluntad. También estaba su hija, quien vivió en esa casa sin saber que había pertenecido a su madre. Terminó de escribir la novela el día de su cumpleaños sesenta y tres, el 29 de enero de 2045. La imprimió y, por primera vez en mucho tiempo, salió de su casa para entregar el manuscrito a la persona correcta, aquella que se encargaría de completar el círculo, de darle significado a la pérdida de su alma.

El resto de 2045 se dedicó a observar las estrellas con un telescopio que había comprado antes del encierro. Imaginaba cuál de ellas albergaría vida, cuál de ellas habría albergado vida y recién estábamos viendo su resplandor, millones de años después de su muerte. La literatura también era una luz, y como tal, al igual que la raza humana, también debía apagarse. La luz le mostró imágenes de la edición crítica de las obras completas de Guillermo Bass, empolvándose en las partes del fondo de los estantes: ni siquiera la primera edición, tantos años después, se había agotado. La luz le dijo que le habían concedido el Premio Cervantes y debía regresar a España: su respuesta fue meterse a la cama y hacerse ovillo. La luz le susurró que Kim acababa de morir de cáncer de mama, rodeada de su esposo y de su hijo, resignada y feliz. Tamia se preguntó si antes de morir, Kim la habría mentado. Las luces se iban apagando como el murmullo de un bebé que se está quedando dormido.

¿Cuáles son los personajes de la historia a los que es más difícil olvidar: los héroes o los villanos? Los héroes traen el progreso, pero los que intentan neutralizarlo, los villanos, son más recordados por el morbo de nuestra naturaleza. Quizás esa fue la razón por la que Tamia escribió su obra en el lenguaje de la gran dictadura latinoamericana, el de las novelas-universo: si creaba una imagen que se adhiriera a los villanos, esta duraría más. Lo cierto es que para Tamia el discurso de la Historia, que tejía en sus novelas, es fluido, articulado por una infinidad de voces que se acoplan la una a la otra, donde se inicia con el fin del discurso anterior, en un distinto tiempo-espacio, para lograr un objetivo común: dar cuenta de algo grande, noble, pero que a la postre será olvidado.

El caos vino en los días subsecuentes, no se puede precisar ninguno. Tamia destrozó la casa, aquello consta en el reporte policial, no se puede precisar con cuánta antelación antes del incendio. Tamia esbozó una sonrisa escuálida cuando vio que Ángel llegaba en el momento justo.

En el momento justo en que mi papá entraba en la sala de espera del aeropuerto, yo me arrepentí y me puse a llorar con toda la tristeza de mis diecisiete años. Era una niña, pero toda mi vida había pasado lidiando con problemas más complejos, así que también era una mujer. Lo llamé al celular y le dije que me sentía muy mal, que sí quería conocer a Tamia, luego ya tendría tiempo para mandarla a la mierda por haberme abandonado, lo principal era que viviera. Mi papá se alegró y le pidió a Mamá Sonia que comprara un par de boletos para viajar a Quito, lo más pronto posible. Así lo hizo ella. Volaríamos al día siguiente, a la una de la tarde, con llegada a Quito a las dos y media. Nací ahí, pero nunca había estado *realmente* en Quito, la ciudad de Tamia. Esa sería mi primera vez y sería la primera vez que viera a mi madre. Lentamente sentí que me abandonaba el rencor, lo reemplazaba una angustia y una alegría extrañas, una mezcla muy particular de ambas. Sentía que quería abrazarla. Sabía que cuando pasara la emoción, la ira volvería y tendría que enfrentarla. Pero quería verla. Mi papá se reportó desde Quito. Se había hospedado en un hotel cerca de la casa de Tamia, desde donde hacía varios intentos diarios para que le abriera la puerta. Mi papá nos contó que sabía que estaba ahí porque había levantado el intercomunicador pero no había hablado. Intentó cuatro o cinco veces, pero después Tamia ya ni se molestó en coger el intercomunicador. Esa noche no dormí de la emoción. Tenía una mezcla de sentimientos. Por un lado tenía la curiosidad de saber cómo era su voz, qué había pensado al escribir esas novelas, qué la había impulsado, pero también quería achacarle que ninguna obra se puede cambiar por un ser humano. A la larga, eso solo crea miedo y soledad, y eso, según yo, era lo que le estaba pasando. Se había desangrado, la vida se le había derramado en letras rojas, y por primera vez yo quería estar ahí para limpiar el desastre. Al siguiente día, a las once de la mañana, Mamá Sonia y yo estábamos sentadas en la sala de espera del aeropuerto. Yo estaba repasando los subrayados que tenía en las novelas de Tamia para conversar de eso si se ponía raro el ambiente. Incluso tenía preparado un discurso que le gritaría en la cara en caso de que me agarrara el rencor, le gritaría que entendía muy bien lo que había tratado de hacer en *Catalina, el universo*: entendía que la suma de las historias de las mujeres de mi vida, Tesia, Aída, Juana y Tamia, desembocaba en la ecuación inevitable: Catalina, es decir yo, sería escritora. Le gritaría que se había equivocado, que no sabía nada de nada, porque yo, desde niña, estaba estudiando para ser astronauta, ella no era nadie para decirme qué hacer. El rencor imaginario se me esfumó cuando vi la cara que puso Mamá Sonia al hablar por celular con mi papá. Empezó a llorar en silencio, viéndome directamente a los ojos, con una expresión de lástima, como si fuera un perro anciano al que van a dormir. Después de colgar, me pidió que tomara mis cosas y la acompañara al baño. Una vez ahí, Mamá Sonia se puso a llorar apoyada en el lavabo. Verla así me destrozó y yo también empecé a llorar. Le pedí que me contara qué había pasado, me estaba muriendo del misterio. Cuando se calmó, me contó la historia que mi papá le había contado y que él me contaría después: había ido a insistir otra vez para que Tamia le abriera la puerta. Mientras timbraba y golpeaba, del otro lado de la pared apareció una columna de humo elevándose hacia el cielo de Quito. Enseguida mi papá, desesperado, pensó que Tamia se iba a quemar viva, así que empujó la puerta con las pocas fuerzas que le quedan a su edad. Unos jóvenes que pasaban, después de ver el humo, le ayudaron, pero la puerta de madera y metal no cedía. Mientras tanto, el humo crecía en volumen y se podía oler papel, madera y plástico ardiendo. Alguien llamó a los bomberos, que según los testigos llegaron en menos de cinco minutos, pues hay una estación cerca, pero mi papá alega que estuvo tratando de botar la puerta media hora. Los bomberos usaron los arietes y al tercer intento la puerta se vino abajo. Le prohibieron pasar. Estaba tan desesperado que burló la vigilancia de un bombero e ingresó a la casa. Adentro no había el inmenso incendio que había imaginado. Los bomberos, con extintores, apagaron una gran pila de fuego que Tamia había encendido en el patio trasero. Mi papá pudo distinguir que había una gran cantidad de papeles chamuscados, cuadernos, libretas, libros, la computadora portátil y, como dijo él, kilómetros y kilómetros de tejido de punto. Nada de explosiones al final, esta vez. El volumen de lo quemado había creado una columna de humo digna de asustar a cualquiera. Mientras un bombero lo obligaba a salir, vio a otro cargando la pequeña existencia de Tamia, que se escurría entre esos fornidos brazos. Le dieron primeros auxilios en el lugar, pero no reaccionó. Mi papá, que demandaba información, vio llegar a una ambulancia, donde la metieron con una máscara de oxígeno. Antes de que se marchara, alcanzó a decir que era el exesposo, que no tenía a nadie más en el mundo, y por lástima lo dejaron subir.

Subió a la ambulancia pensando en Helena, en que ella estaría por abordar el avión para venir a Quito. Se sentó lo más lejos posible de los paramédicos, para no estorbar. Ninguno de los dos tendría más de veintidós años y, se notaba, estaban más nerviosos que Ángel.

¿Qué le pasa?, dijo Ángel, ¿se asfixió con el humo?

Lo ignoraron. Ángel repitió la pregunta y uno de ellos le pidió que se callara. Mientras la ambulancia corría frenética por los carriles exclusivos para autobuses, un paramédico le colocó una mascarilla en la nariz y la boca, luego le abrieron los ojos y le examinaron las pupilas con una linterna de bolsillo. Le pellizcaron los brazos.

Tamia, Tamia, ¿me escucha?, dijo el paramédico, con la linterna en los ojos.

Ángel observó con ternura que Tamia todavía tenía pelos en los brazos.

Señor..., dijo uno de los paramédicos.

Ángel Herrera, dijo Ángel.

Señor Herrera, ¿sabe si la señora tiene alergias o padece de alguna enfermedad?

Ángel hizo memoria. Recordó haber recibido inyecciones de penicilina sin problemas, cuando estuvieron juntos, desarrolló una rinitis alérgica antes de la separación. Nada grave que pudiera recordar, excepto que tenía una tendencia marcada a rechazar a la gente y enfrascarse en la soledad, hasta que esta la consumiera, entonces salía de nuevo, trataba de ver gente y se repetía el proceso. ¿Depresión quizá?

Nada que yo recuerde, dijo Ángel.

Le colocaron una solución intravenosa. Después, un paramédico pidió consejo por el intercomunicador, el otro le tomaba los signos vitales y anotaba los datos en una hoja cuadriculada. Ángel se preguntó si debía llamar a Helena para contarle lo que estaba sucediendo, escucharla lo haría sentirse menos solo. Reconoció las calles aledañas a la universidad donde Tamia estudió y trabajó. A pesar de la impotencia y desesperación, reconoció que el viaje al hospital iba a durar poco. Sabía que estaban cerca.

Entonces Tamia, de súbito, empezó a dar signos de querer despertarse: bajo los párpados, sus ojos se movían con frenesí, como si estuviera luchando contra la parálisis del sueño: los monstruos altos y coloridos que siempre la atendían en el cine, finalmente habían decidido llevársela. Trataba de levantar los brazos, pero apenas se separaban de la camilla, como si estuviera atada. Balbuceó unas palabras ininteligibles, que salieron de su boca con burbujas de saliva, todavía anclada en ese cine que, por una vez, flotaba en el espacio. Fue cuando vomitó dentro de la mascarilla. Un paramédico se la retiró y puso de lado a Tamia para que no se ahogara con el vómito. Mientras tanto, el otro paramédico dijo al doctor que le escuchaba por el intercomunicador que prepararan todo para un posible envenenamiento.

¿Envenenamiento?, dijo Ángel, ¿va a estar bien?

No respondieron. El paramédico, que sostenía el cuerpo ladeado de Tamia, le pidió que tomara una toalla del compartimento alto de la ambulancia y limpiara el suelo, el pantalón y los zapatos que se habían manchado con esa gelatina pálida.

No había terminado la tarea cuando la ambulancia se detuvo. Ángel se golpeó la cabeza con la camilla y el zapato de Tamia: después de tantos años, todavía seguía usando zapatos de montaña. Las puertas se abrieron y dos enfermeras le dijeron que se quitara del camino. Ángel se bajó lo más rápido que pudo, se hizo a un lado y entre los cuatro sacaron la camilla, se desplegaron las ruedas y la empujaron por una rampa. Tamia se perdió tras el vaivén de las puertas de Emergencia. Ángel, con la toalla en la mano, preguntó a la enfermera si Tamia iba a estar bien. Ella le respondió que no sabía y le pidió que fuera a Ingresos para llenar las formas que autorizaban su intervención. Con bolígrafo y papel en mano, con absoluto horror, Ángel confirmó que no sabía nada de la madre de su hija. ¿Habría alguien en el mundo que supiera algo de Tamia Torres? En el papel no había casilleros para señalar la gran novelista que era y su pasión por los libros, su tendencia a aislarse, que era un atavismo heredado desde Tesia y que Ángel esperaba que se petrificara en Tamia: odiaría ver a Helena sufrir así, no quería que viajara nunca sin él y se perdiera dentro de un escabroso laberinto construido por un arquitecto para aniquilarse a sí mismo. Tal vez no era la soledad, tal vez comprendió el significado del fin, donde no existe la posteridad. O tal vez la escritura la había alcanzado con el dardo más venenoso. No había casilleros para señalar el fin de un proyecto, la imperativa salida de un artista de su propio legado, el necesario distanciamiento con el mundo y la Historia, donde es posible imaginar a una mujer que se mete en su cama, que ya ha sido calentada por el ser amado. Es la pérdida de lo más grande, el océano que nos abandona a todos.

Abandonamos a todos, tarde o temprano, siempre abandonamos. Cuando nos separamos de los demás, la historia deja de escribirse, hay un quiebre y se retrasa, luego reaparece con imperfecciones, vaga. ¿Qué hizo Tamia después de haber permitido que mi papá se fuera a Bogotá conmigo en brazos? ¿Saltó y celebró, se echó a llorar, se largó a escribir? Hay elipsis que ni siquiera la historia de las historias puede llenar, y eso, cuando lo pienso en las noches, me entristece, me abruma, porque es el *no poder saber* definitivo. Alguna vez se lo comenté a Mamá Sonia, a los quince años, y me dijo que no me preocupara por idioteces. Esa fue la palabra que utilizó. Me fui a mi cuarto y me sentí muy sola. Creo que lloré. Igual de sola me sentí ese día en el avión, mientras esperaba que voláramos a Quito. Mamá Sonia preguntó por qué la tardanza en el despegue. La azafata respondió que estaban haciendo los últimos chequeos de rutina y se disculpó por el retraso. Cuando iniciaban las indicaciones de seguridad sonó el celular de Mamá Sonia: su cara me lo dijo todo. Tamia había muerto: nunca tendría la oportunidad de verla a los ojos, de abrazarla, de reprocharle mi ira. Me puse a llorar en silencio. Una azafata le pidió a Mamá Sonia que apagara el celular, ella dijo dos o tres palabras más y colgó. Me lancé a su regazo para que me abrazara, pero el cinturón me mantuvo en mi lugar. Tenía diecisiete años pero me sentía como una niña de seis, que acaba de caerse de la resbaladera. Mamá Sonia me vio tan descompuesta que se apresuró a explicarme que Tamia estaba viva, estaba hospitalizada con un cuadro bastante crítico, no le habían dado mayores detalles a mi papá, él oyó decir en la ambulancia que había sido envenenada. Imaginé a Tamia como una espía secreta del Gobierno ecuatoriano, a la que, después de múltiples y espectaculares escapes, los enemigos finalmente habían neutralizado. La imagen, que me pareció tonta y cursi, me enorgulleció. Le pregunté a Mamá Sonia quién, por qué y con qué la habían envenenado, ella no supo qué responder. Antes de colgar, le había dado las indicaciones para llegar al hospital, lo antes posible, esta sí era una situación de vida o muerte. Resiste, Tamia, resiste solo hasta poder saludarnos. Aquel fue el peor vuelo que puedo recordar, peor que el vuelo para llegar a la NASA en Texas, muchos años después, cuando el avión cayó unos diez segundos al entrar en un banco de nubes traicioneras. En algún punto entre Bogotá y Quito me dio fiebre. La azafata me entregó, por pedido de Mamá Sonia, un paracetamol, que bajé con agua, muchísima agua. Me atranqué. Estaba pegada a la ventana, así que me era más fácil marearme al ver las nubes. Era un día precioso, lo recuerdo bien porque pensé que si el universo me estaba metiendo en la peor situación de mi vida, el paisaje debería ser apocalíptico: nubes negras, rayos mortíferos, inundaciones adonde no llega la ayuda. Pero no. El sol resplandecía en lo más alto del cielo. Resiste, Tamia, susurraba en mi cabeza. Según la pantalla, todavía faltaba una hora de vuelo. Estábamos en algún punto entre la frontera colombo-ecuatoriana, que se me hacía eterna. Como Tamia, yo también vomité, Mamá Sonia sostuvo la bolsa para el mareo y luego me cobijó. Creo que, viendo las nubes, me quedé dormida unos instantes, en los que vi un sinnúmero de monstruos volando en cohete, abandonando la Tierra. Sonó el timbre, debíamos prepararnos para el descenso. Quise abrocharme el cinturón y entendí que nunca me lo había quitado. La azafata me preguntó cómo me sentía. Mejor, creo. En efecto, la fiebre había remitido. La azafata dijo que era muy probable que antes de pasar por la aduana, debería visitar al doctor del aeropuerto. Me congeló la idea de pensar que mi súbita y tonta enfermedad pudiera evitar que viera a Tamia. Mamá Sonia le explicó el caso. La azafata le torció los ojos y se marchó. ¿Te creyó?, le pregunté. No sé, dijo Mamá Sonia. El piloto, por el altavoz, anunció que lo que veíamos a la izquierda del avión era la ciudad de Quito. Mi papá me había dicho que Quito era muy parecido a Bogotá, pero para mí sí era muy diferente. ¡Alguien había construido una ciudad en medio de las montañas! Había algo de mágico y asfixiante. La ciudad de Quito, bajo nuestros pies, continuó durante quince minutos. Las casas sobre la vegetación eran interminables. Finalmente el piloto dijo cabina, prepárese para el aterrizaje. Minutos después el avión tocaba tierra y se detenía bruscamente. Como en Colombia, la gente aplaudió. Maldita sea mi suerte: no teníamos hangar. Tendríamos que esperar. A pesar de la prohibición, Mamá Sonia prendió el celular y llamó a mi papá. Solo en ese instante entendió que necesitaba Internet, que es como mi papá nos había estado llamando todo este tiempo. Esperamos diez, quince, veinte minutos, dos días, una eternidad. Creo que morí en el aeropuerto de Quito y cuando renací el avión ya estaba conectado a una manga y Mamá Sonia, tomándome de la mano, pedía permiso y me arrastraba por el pasillo del avión. Luego yo la arrastraba. Golpeábamos a la gente, nos insultaban. Yo les decía que era una emergencia. Corrimos por la manga y luego por los pasillos. Llegamos a la aduana mucho antes que la gente del avión. Una oficial comparó nuestras caras con las fotos de los pasaportes. Luego le preguntaron qué relación tenía con Mamá Sonia, dijo que era mi madrastra. Le extendió el permiso para salir del país que Tamia le había dado a mi padre el día que fue a visitarme. La oficial dijo que eran necesarios otros papeles para salir del país, ya que era menor de edad. Dijo algo sobre un permiso actualizado. Mamá Sonia le explicó que en Bogotá nos habían dejado salir sin problemas con ese documento, así que era claro que no faltaba nada. La oficial dijo no, dejó su cubículo y se fue a una oficina, con nuestros pasaportes. Minutos después regresó y nos dijo bienvenidas al Ecuador. Tomamos los documentos y salimos corriendo. Pasamos de largo la zona de las bandas: no teníamos más equipaje que las mochilas que traíamos encima. Mientras corríamos, Mamá Sonia me preguntó qué prefería: que buscáramos un taxi o que buscáramos una tienda para comprar Internet para llamar a papá. El taxi, el taxi, dije. Salimos. Afuera nos recibió un calor seco. Fuimos acosados por un océano de taxistas que nos ofrecían los precios más baratos a la ciudad de Quito. Mamá Sonia me metió en un taxi, el primero que vimos, vociferó el nombre del hospital y el taxi partió. El límite de velocidad dentro del aeropuerto era de veinte kilómetros por hora, así que hasta tomar la carretera sentí que la fiebre me regresaba, esta vez con más intensidad. Resiste un poco, Tamia, solo hasta vernos. Pasado el punto de no retorno, Mamá Sonià le dijo al taxista que acelerara todo lo posible, que estábamos en una situación de vida o muerte, le ofreció una gran propina. El taxi amarillo, debo decirlo, se convirtió en una saeta en las carreteras quiteñas. Volamos junto a una infinidad de negocios y casas que se veían recientes. En ciertos tramos, el taxi alcanzó los ciento veinte kilómetros por hora, cuando la velocidad máxima era de noventa. Las curvas, creo yo, las tomaba a unos ochenta. Me empecé a sentir mareada. Mamá Sonia me preguntó si estaba bien, mi cara le dijo todo. El taxista, que estaba alerta, le dijo que en el bolsillo del asiento había bolsa para el mareo. Vomité de nuevo, con el viento jugando con mi cabello. El taxista dijo que eso era muy común en los turistas débiles por la altura de Quito. Él no sabía lo que estaba atravesando. Me estaba desgarrando por dentro. Me limpié con la manga y me hundí en el espaldar. Ante mí se sucedieron una infinidad de montañas verdes y frondosas, otras montañas secas y otras cortadas a la mitad, revestidas de cemento. Se notaba que habían cercenado una buena porción de la naturaleza para conectar a Quito con el aeropuerto. En un punto del trayecto, el taxista tomó una ruta aledaña, de calles pequeñas y adoquinadas, circundada por casas pequeñas y vistosas, que subía serpenteando. Guápulo, dijo el taxista. Después de detenernos varias veces por lo angosto de la calle, finalmente accedimos a una plaza llena de gente que comía en platos desechables. ¿Qué habrá comido Tamia antes de ser envenenada? Lo más probable es que tras nuestra última comunicación con mi papá, Tamia ya estuviera mejor. O quizás había empeorado y estaba en coma. Tenía tiempo para pensar en todo porque el tiempo pasaba más lento. Cuando el taxista dijo ya mismo llegamos, me entraron unas ganas de llorar. Tuve que contenerme, hice mucha fuerza para que Mamá Sonia no me viera llorar por mi verdadera madre. No sé por qué, era lo que sentía en ese momento. El corazón me latía a mil, supuse que así se siente la gente que está a punto de morir de un infarto. Finalmente el taxi se detuvo afuera del hospital. Mamá Sonia sacó billetes de la cartera y en ese instante entendió que no había cambiado los pesos por sucres, así que le preguntó si podía pagarle con pesos y el taxista dijo que no. Abrí la puerta y me bajé. Mamá Sonia gritó mi nombre mientras yo pasaba por la entrada principal del hospital. Alguien me gritó que no corriera, pero no hice caso, atravesé un jardín que olía a comida y llegué a la puerta de Emergencias, me dijeron que no podía pasar, pregunté dónde estaba Tamia Torres, ellos dijeron que preguntara en Información o en Ingresos, corrí hasta allá, donde me señaló un guardia, corrí sintiendo que estaba sola en todo el mundo, en todo el universo, empujé una puerta de vidrio y me arrimé sobre la mesa de Información, aullé el nombre de Tamia y cuando el señor lo digitaba en una computadora, oí por detrás una voz que decía mi nombre, di la vuelta y vi a mi papá, que había estado sentado en la sala de espera, a unos diez metros de donde yo estaba, abrió los brazos para recibirme y yo corrí a él como si tuviera seis años y me enredé en un abrazo eterno, como si hubiera sido él el moribundo. Él me protegió con sus brazos y yo me puse a llorar, lloré muchísimo mientras lo abrazaba, de nada me importó la gente que me veía, decidí cerrar los ojos y concentrarme en el abrazo, que me estaba haciendo sentir bien, que me estaba haciendo olvidar la noticia, el vuelo, los vómitos, el mareo de la altura que me estaba alcanzando, el rostro de Tamia que nunca había visto. Cuando me calmé un poco, mi papá me apartó de su cuerpo para buscar mis ojos. Cuando los encontró, viéndome con una dulzura que no he presenciado jamás, me dijo: Helenita, mi vida, lo siento tanto, Tamia murió hace una hora.

Una hora más o menos duró la conversación que tuve con Renata Escobar, la colombiana que ahora es presidenta de la flamante Daxhund Hispanoamérica. No la culpo: las circunstancias serían inverosímiles para cualquiera. A pesar de que ella ya me conocía porque soy la heredera de la obra de Tamia Torres y de la época de mis conferencias, le costó creerme que me había decidido a llamarla porque al siguiente día tenía altas probabilidades de morir. Le dije que la llamaba desde mi habitación en las instalaciones de la NASA, en Texas. Al día siguiente, le dije, volaría en un cohete llamado Eternidad hacia la estación espacial William Herschel, a cuatrocientos kilómetros sobre la Tierra. Creyó que estaba loca, pero al ver mi seriedad y los logos de la NASA en mi habitación, buscó mi nombre en Internet y obtuvo muchas respuestas: en efecto, si todo salía bien, al siguiente día me convertiría en la primera colombo-ecuatoriana en abandonar la Tierra, la vigésima primera latinoamericana. Si todo salía bien, pasaría flotando en el espacio ciento treinta días. Se quedó con la boca abierta un buen rato y dijo: ¿Cómo se felicita a una mujer que va a salir al espacio? Eres digna hija de tu madre. Luego siguió una serie de preguntas que contesté con santa paciencia: me preguntó si algún día iría a Marte, le dije que no, me preguntó qué iba a estudiar allá arriba, le dije que eso era clasificado, me preguntó si era verdad que también era ciudadana estadounidense, le dije que sí porque era obligatorio nacionalizarse para salir al espacio, me preguntó cómo se sentía mi papá al saberse exesposo de la mejor escritora latina y por tener una hija astronauta, le dije que mi papá había fallecido el año pasado, en 2064, me preguntó si la estación espacial podía disparar misiles o rayos láser a la estación espacial china a propósito de la guerra, le dije que eso no era todavía posible. Cuando se le terminaron las preguntas, expuso su miedo a volar en avión y alabó mi valentía... Tuve que interrumpirla para explicarle que el motivo de mi llamada era avisarle que, en una valija diplomática, le había enviado la fotocopia del manuscrito de la última novela de Tamia, que se llamaba *Lo que perdí fue el océano*. Calló unos segundos, con la boca abierta, otra vez. Pidió una explicación de cómo había conseguido la novela. Le dije que si quería una explicación, tendríamos que conversar en otro momento, cuando regresara del espacio o desde la estación espacial, procuraría darme tiempo para ello. Para ser sincera, y no me esperaba otra cosa, se alegró más de la novela póstuma de Tamia que de mi logro espacial: dijo que apenas la recibiera, la mandaría a editar y la tendría en el mercado en dos meses, como máximo, a tiempo para conmemorar los veinte años de la muerte de Tamia. Dijo que no solo sería un éxito de ventas, sino un logro magistral para la literatura hispanoamericana dentro de la historia de la literatura universal. Se despidió más contenta que yo. A mí me estaban matando los nervios: al siguiente día estaría afuera de la Tierra, en la soledad más grande que ningún humano es capaz de concebir. La soledad por antonomasia. También estuve muy nerviosa las últimas semanas por el riesgo de cancelación del viaje por la súbita declaración de guerra de Estados Unidos en contra de la Coalición Chino-Rusa, por el control total de los países europeos devastados por la guerra. Cuando hay guerra, la cultura, la educación y la investigación espacial son los primeros sectores en sufrir recortes. Por eso, cuando nos dieron luz verde, lloré y me asusté porque ya no había marcha atrás. Estaba por experimentar la infinitud desde un plano diferente. El día del despegue, vomité algunas veces de los nervios, pero al final sí tuve el valor de meterme en la cabina y resistir el ascenso, el vertiginoso esfuerzo que hacemos los humanos para escapar de la fuerza de la gravedad. Poco recuerdo de la salida de la Tierra, así de fuertes e inimaginables son las fuerzas que actúan sobre nuestros frágiles cuerpos, de la misma forma que poco recuerdo del viaje del aeropuerto al hospital. Mientras ascendía, me pregunté por millonésima vez por qué Tamia había ingerido veintinueve pastillas de lorazepam, cuatro horas antes de su muerte, según reveló la autopsia. Pensar en la muerte de tu madre, mientras abandonas la Tierra, no es el mejor consejo. Salté de una teoría a otra, y a otra y a otra, pero al final me consolé al saber que los seres humanos viven para ser el misterio de otros. Una vez en la estación, mi misión fue observar el comportamiento de diversos fluidos en el espacio, para trazar patrones en su flujo y así predecir sus movimientos. Era muy rudimentaria mi tarea, por eso tenía otra misión: observar el comportamiento de la literatura en el espacio. Esta fue la razón de que casi veinte años después de haber recibido el manuscrito, me haya decidido a leerlo. Liberé a *Lo que perdí fue el océano* de su prisión y me aseguré de traerlo conmigo a Estados Unidos y me entregué a su lectura por las noches, cuando me anunciaron que yo había sido seleccionada para ir a la estación espacial. Esas eran las últimas palabras de Tamia y yo las estaba desempolvando. La novela, cómo decirlo, es de esas obras maestras dictadas por la tristeza. Me obligó, cómo no, a releer el resto de sus novelas. Aquello fue como reencontrarme con un viejo amigo, al que, a medida que conversamos, las formas que recordaba van tomando nuevas simetrías. Para mi sorpresa, *Lo que perdí fue el océano* no cierra un ciclo narrativo como todo el mundo anheló en su momento, cuando reclamaron la continuación de *Catalina, el universo*. La novela póstuma crea una infinita serie de nuevas interpretaciones al leerla bajo la luz del resto de su obra: capítulos que se desprenden y se superponen para dar nuevos significados, sentidos variados sobre el destino de la humanidad y su visión del universo, el hallazgo del amor en una vida que desesperadamente necesita contacto humano. Más allá de ser una novela-Universo, así con mayúscula, era una novela-más-allá-del-universo-observable, era novela-eón, infinita. Cerca del final de la lectura, sobrecogida hasta el paroxismo porque estaba ante una obra magnífica y porque eran las últimas palabras de Tamia en la Tierra, su canto de cisne y testamento artístico, entreví un patrón que no había señalado ningún crítico, académico ni lector empedernido, ni siquiera yo misma: el común denominador de todas las novelas no era un artificio complejo ni colosal, era simplemente que todos los personajes estaban solos, en un espacio confinado dentro del universo, siempre solos. Durante mis tiempos libres en la estación espacial concluí que en la novela queda girando la idea de que el olvido es esencial para que el ser humano pueda seguir existiendo. Sin olvido, no hay vida. El olvido nos libra de la superpoblación de la memoria. La idea me vino cuando comprendí el último truco de Tamia, el más grande, el que estaba destinado solo para mí: el protagonista de *El paria del cosmos* abandona a su familia y su carrera en Matemática Aplicada para adentrarse en una aventura existencial por los sentidos y el espacio. En *Lo que perdí fue el océano*, este personaje es el silencioso testigo de la vida de las cinco mujeres que están en eterna huida en *Catalina, el universo*, y desde otro tiempo-espacio influye, mediante sus diarios personales, en la decisión de Catalina: en esta nueva realidad, creyéndose libre, ella *rechaza* el estudio de Letras y se entrega a las ciencias exactas, así algún día se asegura el destino de dejar el planeta Tierra. Mientras floto dentro de esta lata de metal, hago un repaso de los párrafos que me llevaron a esa conclusión, que espero sea propia y no condicionada. Quiero creer que los libros nos hablan y que es posible extraer visiones de todas las épocas, porque si la Historia forja el camino de los humanos y los moldea como vasijas de barro, la literatura es el fuego que endurece el material. Persigo con la memoria los párrafos de la novela póstuma, de todas las novelas de Tamia, me impulso sin gravedad en pos de ellos y me conducen a la cúpula de la estación, que es un pequeño mirador, donde contemplo, tan lejos y tan cerca, al planeta que llamamos Tierra, nuestro hogar, el pedazo de roca azul que alberga todo lo que fuimos, somos y seremos: desde esta altura no puedo distinguir a los humanos batallando sobre las regiones desoladas de Europa, no distingo cómo se asesinan porque son menos que hormigas, de impacto nulo y risible. Los dictadores, desde aquí arriba, dan lástima. Y si miro por la ventanilla opuesta, olvido pronto a las hormigas porque ante mí se despliega el universo en su vasta extensión: es oscuro y silencioso, el océano de olvido donde flotamos. Y si miro más allá y aguzo la vista, puedo imaginar lo que ve la sonda Viajero, el último vestigio de nuestra valía, testamento de nuestra soledad. Un día la sonda se detendrá porque las estrellas estarán tan lejos de los planetas que todo se congelará y no habrá vida en ningún lugar y, por lo tanto, no habrá nadie que recuerde. El perenne témpano de muerte. Pero si me obligo a regresar y evito que mi mente se vaya tan adelante en el tiempo, todavía mirando por la cúpula, puedo imaginar una constelación radiante que nadie ha descubierto, a millones de años luz de nuestra orfandad, a la que llamaré Constelación de Aída.